Domek
nad morzem

Maria Ulatowska

Domek
nad morzem

Prószyński i S-ka

Projekt okładki
Olga Reszelska

Zdjęcie na okładce
Jan Włodarczyk
www.jan-wlodarczyk.com

Redaktor prowadzący
Anna Derengowska

Redakcja
Ewa Witan

Korekta
Agnieszka Ujma

Łamanie
Ewa Wójcik

ISBN 978-83-7648-940-7

Warszawa 2011

Wydawca
Prószyński Media Sp. z o.o.
02-651 Warszawa, ul. Garażowa 7
www.proszynski.pl

Druk i oprawa
Drukarnia Naukowo-Techniczna
Oddział Polskiej Agencji Prasowej S.A.
ul. Mińska 65, 03-828 Warszawa

Barbarze – mojej ukochanej szwagierce
i przyjaciółce

Pewne wydarzenia dzieją się bez naszego wpły-
wu na bieg rzeczy.
Ale gdyby się nie stały, nie wydarzyłyby się także te następne…

Rozdział 1

– Zdobyłem dwa kilogramy huby. Jednak co Bazar Różyckiego, to bazar. Może tam i drogo, ale za to kupić można wszystko – zawołał od progu Władek, bratanek dziadka Ewy, zdejmując płaszcz i otrzepując go z kropli deszczu padającego przez cały dzień.

– O, wujek! – ucieszyła się Ewunia. – Co mi przyniosłeś?

– Tym razem, słoneczko, nic ci nie przyniosłem, przepraszam, poprawię się jutro – odpowiedział Władek, który takim prawdziwym wujkiem Ewy właściwie nie był. Był stryjecznym bratem Ewy mamy, więc kim był dla Ewy?

Roztrząsać tego zagadnienia nie chciało się nawet babci Rozalii, toteż cała rodzina przyjęła, że status wujka jest najlepszym rozwiązaniem i nikt w ogóle nie zamierzał tego zmieniać.

Czterdziestosiedmioletni Władek mieszkał przy Nowogrodzkiej z całą swoją warszawską rodziną, bo po rozwodzie z żoną – gdy honorowo się wyprowadził – nie miał się gdzie podziać. A do tej jego warszawskiej rodziny należeli: Rozalia i Wacław Duninscy, dziadkowie Ewuni; Krystyna i Jerzy Brzozowscy – rodzice Ewuni; no i sama Ewunia, oczywiście najpiękniejsze i najmądrzejsze dziecko świata. Jednak, niestety, nie najszczęśliwsze, bo – choć o tym nie wiedziała – jej mama była bardzo, bardzo chora.

Babcia Rozalia gwałtownie wyrwała Władkowi torbę z ręki i krusząc kawałki huby drzewnej prawie na trociny, wsypała odmierzoną porcję do garnka. Zalała ją wodą i stała przy kuchni, czekając, aż się zagotuje. Wtedy zdjęła garnek z ognia, dołożyła kilka fajerek i postawiła wywar z powrotem. Stała przy nim i pilnowała, żeby się nie gotował, tylko zaparzał. Miał się tak parzyć przez kwadrans, a potem trzeba go było zdjąć z ognia i trzymać jeszcze piętnaście minut pod ściśle przylegającą przykrywką.

– Babuniu, a co to będzie? – spytała Ewunia, zainteresowana całą tą procedurą.

– Lekarstwo dla mamy, dziecko – odpowiedziała z roztargnieniem babcia, ocierając dyskretnie łzy.

Mama Ewuni była umierająca. Chorowała na raka. Nowotwór dwa lata temu zaatakował jej pierś. Lekarze robili, co mogli, najpierw przeprowadzono amputację, potem zastosowano – jak to się wówczas nazywało – naświetlanie radem. Trochę pomogło, lekarze dawali nadzieję przynajmniej na kilka lat życia, pod warunkiem stałej kontroli i powtarzania naświetlań co jakiś czas.

Dla Krystyny każdy przeżyty dzień był ważny, bo jej córeczka w momencie ujawnienia się choroby miała zaledwie siedem lat. Ojciec Ewy, historyk, wykładowca uniwersytecki, nie nadawał się na męża, a tym bardziej na ojca, ponieważ żył i istniał tylko i wyłącznie dla swojej pasji, która szczęśliwie dawała mu zatrudnienie i zarobek, niezbyt duży zresztą. Reszta świata, w tym także rodzina, istniała gdzieś tam obok, równolegle, niezależnie i niezobowiązująco. Krystyna podejrzewała nawet, że gdyby małżonek przeszedł na ulicy obok swojej córeczki, zapewne w ogóle by jej nie zauważył ani nie poznał.

Ewunia, jak każde dziecko, spragniona była miłości i akceptacji – nie tylko matki, ale i ojca. Gdy była malutka, nie czuła, że od ojca jej nie dostaje, a teraz już zaczynało jej trochę tego brakować. Mama przytulała ją, całowała i chwaliła, rozmawiała z nią, a tata? Tata tylko czytał książki. O ile, oczywiście, był w domu.

Jedyną rzeczą, którą wpoił jej ojciec i która ich łączyła, była właśnie miłość do słowa pisanego.

– Poczytaj mi, tatusiu – prosiła Ewa.

I Jerzy czytał jej książkę, którą akurat miał pod ręką. A że umiłował historię starożytną, Ewa znała prawie na pamięć wszystkie mity greckie, rzymskie, hebrajskie i egipskie, czyli te, które najbardziej fascynowały ojca. Ale czytywał jej też baśnie Andersena, wiersze Brzechwy, „Akademię Pana Kleksa", „Kubusia Puchatka" i inną klasykę dziecięcą – bo te książki też lubił. Zresztą sam w zasadzie był dużym dzieckiem.

Owo wspólne wieczorne czytanie stało się tradycją, której przestrzegali obydwoje – ojciec i córka – nawet gdy Ewa umiała już sama czytać. Stanowiło to w zasadzie jedyną więź, jaka między nimi istniała. Nie dlatego, że Jerzy był złym człowiekiem.

On był po prostu… dysfunkcyjny.

Krystyna i jej rodzice mieszkający razem z nimi przyzwyczaili się do Jerzego i zaakceptowali go takim, jaki był. Nie mieli zresztą innego wyjścia – nie, nie, inaczej – inne wyjście nie przyszłoby im w ogóle do głowy.

Jednak według Ewy tata czytał jej za rzadko. Nie znaczy to, że za rzadko z nią był. Za rzadko jej czytał.

Krystyna chciała więc żyć jak najdłużej, bo wiedziała przecież, że Jerzy dziecka nie wychowa. A jak długo będą żyli jej rodzice... Gdy zdiagnozowano u niej nowotwór, jej matka miała już sześćdziesiąt sześć lat, a ojciec siedemdziesiąt pięć i obydwoje nie byli najzdrowsi.

Córeczkę kochała wprost nieprzytomnie, urodziła ją w wieku trzydziestu czterech lat, po dziesięciu latach czekania na dziecko. Ciąża – i wymarzona dziewczynka – to było dla niej największe szczęście. Rak, który zaatakował Krystynę po siedmiu szczęśliwych latach, niezakłóconych nawet tym, że męża ma, ale jakoby go nie miała, był strasznym ciosem nie tylko dla niej, ale i dla jej rodziców. A także dla Jerzego, oczywiście wówczas, gdy zdawał sobie z tego sprawę, a więc kiedy przebywał w domu. Czyli raczej rzadko...

Jednak nie dla Ewuni, która – jako siedmiolatka – niestety, a może na szczęście – nie zdawała sobie z niczego sprawy. Dla Ewy nawet chwile po zdiagnozowaniu nowotworu u matki, po jej powrocie ze szpitala, były najszczęśliwsze w życiu. Prowadzenie gospodarstwa domowego przejęła bowiem w całości babcia Rozalia, a Krystyna, która otrzymała rentę inwalidzką, nie musiała więc pracować (a zresztą nie mogła, nawet gdyby chciała), cały swój czas poświęcała dziecku. Razem chodziły na spacery, niezbyt dalekie wprawdzie, bo mama szybko się męczyła, jednak Ewa miała ją teraz dla siebie częściej i dłużej niż przedtem. Razem odrabiały lekcje, bo choć dziewczynka nie potrzebowała żadnej pomocy, polubiła obecność matki i jej pochwały za wszystko, co zrobiła.

Ewa nauczyła się czytać w piątym roku życia, wypytując, co jest napisane na każdym szyldzie sklepowym, który dostrzegła. I po pewnym czasie zaczęła kojarzyć litery, które same układały jej się w słowa.

Któregoś dnia, w kościele, babcia Rozalia spostrzegła, że dziewczynka przewraca kartki książki do nabożeństwa, poruszając leciutko ustami. Nie chciała rozmawiać w trakcie mszy, ale gdy tylko wyszły z kościoła, spytała:

– Ewuniu, a czemu tak odwracałaś kartki książeczki?

– No, bo ja, babuniu, czytałam modlitwę do Matki Bożej Nieustającej Pomocy. Nie rozumiem tam wielu słów, ale czytałam to, co rozumiałam.

– Co ty, dziecko, opowiadasz? – zdziwiła się babcia. – Jak to: czytałaś? Przecież nie umiesz czytać.

– Babuniu! – obraziła się pięcioletnia Ewunia. – Mówię ci przecież, że czytałam tylko to, co potrafiłam przeczytać. Ale umiem czytać. Coraz lepiej umiem.

W oczach Ewy błyszczały łzy. Jej ukochana babunia – Ewa nigdy nie mówiła „babcia"; pani Rozalia zawsze była dla niej babunią (tak jak pan Wacław był dziadziusiem) nie wierzy, że ona umie czytać. Opuściła głowę, nie chcąc pokazać, jak bardzo jej przykro. A babcia jak najszybciej ciągnęła ją za rączkę do domu, chciała bowiem oznajmić wszystkim, że Ewa umie czytać. Uwierzyła jej oczywiście, bo dziewczynka nigdy nie kłamała i nie miała skłonności do fantazjowania, jak większość dzieci. Do głowy jej nie przyszło, że Ewa wzięła jej słowa za niedowierzanie i że popłakała trochę z tego powodu.

– Krysiu – zawołała od progu pani Rozalia – czy wiesz, że to dziecko umie już czytać?

Krystyna, która właśnie wychodziła z Jerzym i panem Wacławem do kościoła (babcia wolała wcześniejszą mszę, a Ewunia raz szła z babunią, raz z rodzicami), roześmiała się tylko.

– Pewnie, że wiem, przecież to dziecko Jerzego, prawda?

A Jerzy czytał tak, jak oddychał, odruchowo i bezwiednie, więc nikt w rodzinie nie powinien się dziwić, że jego dziecko będzie tak samo się zachowywać. Zresztą, prawdę mówiąc, cała rodzina kochała książki.

– Ewuniu – babcia Rozalia ukucnęła przed nią – przepraszam, że nie wierzyłam, że ty umiesz czytać. Po prostu nie wiedziałam. Ale teraz już wiem i jestem z ciebie bardzo, bardzo dumna.

No i wszystko już było w porządku.

Ewa lubiła, jak wszystko było w porządku. W sumie była cichym i spokojnym dzieckiem. Jedyny kłopot, jaki sprawiała rodzinie, stanowiła jej niechęć do jedzenia. Wszystko było niedobre – to za tłuste, to miało wstrętne żyły, a w tym, o zgrozo, była cebula. Na cebulę reagowała wręcz histerycznie, tolerowała tylko surową, do pomidora albo do śledzia – bo śledzie, o dziwo, lubiła. Dodanie cebuli w innej postaci do jakiejkolwiek potrawy czyniło to danie dla Ewy niejadalnym. Wyczuwała nawet cebulę zmieloną w maszynce i od razu odstawiała talerz. Nie można jej było oszukać. Cała rodzina – chcąc nie chcąc – nauczyła się więc jeść potrawy z czosnkiem, zamiast z cebulą. Czosnek Ewa tolerowała.

Jako dwu-, trzyletnie dziecko nie chciała jeść prawie nic, co jej mamę wprawiało po prostu w rozpacz. W końcu Jerzy przypadkiem znalazł na to lekarstwo. Siadał obok córeczki i dopóki jadła, czytał jej książkę. Ewa jadła więc, choć powolutku. Potem to czytanie przy posiłkach wymuszała na innych członkach rodziny, bo Jerzy, wiadomo, czasem był w domu, ale częściej go nie było.

Ewa zawsze była więc drobniutka i szczuplutka, a jej największy urok stanowiła ogromna masa włosów, jasnobrązowych, długich, bardzo mocnych i gęstych, z miłością splatanych przez mamę w dwa grube warkocze. Oczy miała zwyczajne, niebieskie, ale czasami robiły się prawie granatowe – gdy dziewczynka się złościła. Rzecz w tym, że Ewa nie złościła się prawie nigdy.

Jako jedynaczka, sama pośród pięciorga dorosłych osób w domu, nauczyła się nie absorbować otoczenia. Z wyjątkiem próśb o czytanie, ale te w zasadzie spełniali wszyscy chętnie, kto akurat miał czas. Dopóki nie nauczyła się sama czytać, w chwilach, w których nikt się nią nie zajmował, najchętniej siadywała sobie w ulubionym kąciku w kuchni, sadzała obok siebie ukochanego misia i opowiadała mu różne bajeczki. Te, które czytał jej tata, albo te, które same układały jej się w głowie. Ewunia bowiem od zawsze wiedziała, że kiedyś w życiu będzie pisać książki. Lalkami nie lubiła się bawić. Miś, o imieniu Miś, był jej najwierniejszym i najstarszym przyjacielem. Kiedyś nawet, ponieważ Miś był już wiekowy, powycierany i brudny, babunia, myśląc, że sprawi wnuczce przyjemność, kupiła jej nowego misia, a starego wyrzuciła do kubła ze śmieciami. Ewie ten nowy wcale się nie spodobał, a gdy na pytanie, gdzie jest jej Miś, usłyszała, że został wyrzucony, wpadła po prostu w histerię. Łkała i zanosiła się tak gwałtownym płaczem, że babunia natychmiast wyciągnęła starego Misia z kubła; wyczyściła, jak można było, i powiedziała Ewie, że Miś się odnalazł. Dziewczynka uspokoiła się natychmiast, przytuliła Misia, a temu nowemu powiedziała, żeby się nie martwił, bo też może z nią mieszkać, ale spać będzie na krzesełku obok półki z książkami. Z Ewą spał bowiem tylko jej stary najukochańszy Miś. Był powycierany i nie najczyściejszy, co jej wcale nie przeszkadzało. Już nigdy nikomu w całej rodzinie nie przyszło do głowy, żeby Ewuni kupić jakiegoś nowego pluszaka. Ona swojego ukochanego już miała. Od zawsze. I tak miało pozostać. Od zawsze miała również swoich rodziców oraz dziadków – i według niej, Ewy, też tak miało być.

*

Gdy Ewa nauczyła się pisać, poprosiła mamę, żeby kupiła jej jak najgrubszy zeszyt w twardej okładce.

– Mamuniu, przecież wiesz, że będę pisarką – odpowiedziała, zapytana, po co jej taki zeszyt. – Więc muszę się wprawiać, prawda? Wobec tego postanowiłam pisać pamiętnik.

Zeszyt oczywiście dostała.

*

Nazywam się Ewa Brzozowska i kiedyś chcę być pisarką. Mieszkam w Warszawie, stolicy naszego kraju. To najpiękniejsze miasto świata, chociaż jeszcze bardzo zniszczone. Tak mówią moi rodzice, a ja im wierzę. Sama jeszcze żadnego innego miasta nie widziałam, ale jak zostanę sławną pisarką, to pojadę wszędzie.

Mieszkam z mamą i tatą, babunią i dziadziusiem oraz wujkiem Władkiem. To moja rodzina.

Mam też Misia, który jest moim najlepszym przyjacielem, i jemu najpierw opowiadam te wszystkie bajki i inne historie, które kiedyś napiszę. Dopiero potem mamie, ale jak Miś powie, że coś mu się nie podoba, to mamie już tego nie opowiadam. To właśnie powiedziała mi mama: ze zdaniem Misia należy się liczyć, bo on jest już bardzo stary i w związku z tym ogromnie mądry.

Bardzo chciałabym mieć psa, ale mama mówi, że nie mamy warunków. Nie bardzo rozumiem, co to znaczy, domyślam się tylko, że to znaczy NIE. Trudno, psa będę miała, jak już będę duża.

Mam osiem lat, pisać umiem już od dwóch lat, ale do tej pory jeszcze nie prowadziłam pamiętnika. Mamusia powiedziała mi, że mam tu zapisywać wszystkie wydarzenia z mojego życia, bo to pomoże mi zostać kiedyś pisarką. Będę więc tak robić.

Moja mama mówi, że Miś jest mądry, bo jest stary, ale czy tylko ktoś stary może być mądry? Ja uważam, że najmądrzejsza jest moja mama. A ona wcale nie jest stara. Ja też jestem mądra, tata mówi, że to po nim, ale ja myślę, że raczej po mamie i po babuni. W szkole mam same piątki, ale w szkole wszystko jest łatwe i każdy może mieć piątki, chyba że mu się nie chce jak temu rudemu Markowi, który siedzi w drugiej ławce. On tylko lubi gadać i wiercić się, nie słucha pani i nie uważa. I prawie nie umie czytać, a ja tego w ogóle nie rozumiem.

Taki był pierwszy wpis w pamiętniku Ewy. Potem pisała prawie codziennie, skrupulatnie pokazując swoje notatki mamie, która zawsze ją chwaliła.

Ale od pewnego czasu mama już tylko leżała w łóżku i czasami w ogóle nie mogła czytać.

– Córeczko, kochanie, bardzo mnie boli głowa i nie dam rady czytać – mówiła. A na propozycję, że w takim razie Ewa jej głośno poczyta, mówiła: – Idź, malutka, poczytaj babuni, bo ja słuchać też nie dam rady.

Dziewczynka szła więc do babuni i płakała, a babunia płakała razem z nią.

Ja jestem mądra, bo wiem, że trzeba słuchać starszych, którzy żyją tak długo, że wszystko wiedzą lepiej. Jak na przykład moja babunia, którą kocham najbardziej zaraz po mojej mamie. Babunia wytłumaczyła mi, dlaczego teraz mama już nie bawi się ze mną tak często, jak dawniej. Kiedyś codziennie chodziłyśmy do parku, na huśtawki i na zjeżdżalnię, a teraz mamusia najczęściej leży w łóżku i ma taką smutną minę. Chociaż jak wracam ze szkoły i opowiadam, co robiłam przez cały dzień, to cieszy się i śmieje razem ze mną. Ale nie zawsze, czasami mówi, że się źle czuje. I kiedyś widziałam, że bardzo płakała. Babunia mówi, że mama jest bardzo chora i płacze, bo się martwi, że nie może się ze mną bawić.

Więc jak poszłam z babunią do kościoła, to się modliłam do Najświętszej Panienki o zdrowie dla mamy. Babunia mi powiedziała, że mam się jak najczęściej o to modlić, a ja zawsze robię, co mi mówi babunia.

Modliłam się najlepiej, jak umiałam, i bardzo chcę, żeby to pomogło.

*

Życie jednak, jak wiadomo, na ogół nie stosuje się do naszych życzeń.

Nowotwór, który najpierw zaatakował pierś Krystyny, po dwóch latach dał przerzuty do jamy brzusznej, na trzustkę i wątrobę. Mamę Ewy wypisano ze szpitala z diagnozą: „nic już więcej dla chorej zrobić nie można". Rodzina jednak – jak to rodzina – czepiała się wszystkich zasłyszanych rad i przesądów. Ostatnio najmodniejszym środkiem na raka była huba drzewna, toteż wszystkie znajome i sąsiadki przychodziły po kolei do mieszkania Brzozowskich, przynosząc przepisy na wywar z huby, który pity codziennie podobno miał czynić cuda. Zdobycie huby w Warszawie było dość trudne, ale nie niemożliwe. Jak zawsze była to jedynie kwestia ceny. Kto jednak zważa na koszty, gdy w grę wchodzi życie najbliższych osób?

Niestety, bez względu na skuteczność wywaru z huby drzewnej, dla Krystyny Brzozowskiej było już za późno.

Z Bydgoszczy przyjechała druga córka babci Rozalii, Alicja Kotwiczowa, z mężem, Aleksandrem. Była to już wtedy kwestia dni, a może nawet godzin.

– Alu, tak się martwię o swoje dziecko… – wyszeptała Krystyna, leżąc bezwładnie w łóżku i trzymając siostrę za rękę. – Jestem pewna, że dopóki żyje mama, Ewusia będzie miała dobrą opiekę, ale co potem? Wiesz, jaki jest Jerzy… Nie interesuje go nic poza jego ukochaną historią, książkami i studentami.

– Krysieńko, nie martw się o to – odrzekła Alicja, łykając łzy. – Przysięgam ci, że zaopiekuję się Ewą, gdyby to było konieczne.

We wtorek, gdy Ewa wróciła ze szkoły, a chodziła już do trzeciej klasy, na krześle przed drzwiami do pokoju mamy siedział dziadek Wacław.

– Przepraszam, dziadziusiu, odsuń się, muszę wejść do mamusi – poprosiła Ewa. – Czeka już na mnie i muszę jej opowiedzieć, co było w szkole.

Zza drzwi, przed którymi siedział dziadek, rozległ się nagle rozpaczliwy krzyk:

– Co pani robi? Przecież pani ją okropnie poparzy!

A po chwili do uszu Ewy i jej dziadka dobiegł głos Alicji:

– No, cicho, mamo, cicho, uspokój się, przecież ona już nic nie czuje.

– Dziadziusiu, wpuść mnie, natychmiast, babunia krzyczy, coś się tam dzieje – zaczęła płakać Ewa.

Dziadek nie ruszył się jednak ze swego miejsca, choć sam był ogromnie zdenerwowany i też chciał wiedzieć, co się stało. Kazano mu jednak siedzieć na krześle i za nic nie wpuścić Ewy do matki, więc siedział.

A stało się to, że wreszcie nastąpił kres męczarni Krystyny. Zmarła przed godziną; młoda lekarka z pogotowia chciała mieć stuprocentową pewność, że osoba, do której ją wezwano, na pewno nie żyje. Poprosiła więc o świecę, zapaliła ją i gdy zebrało się już trochę gorącej stopionej stearyny, polała nią brzuch zmarłej. Innego sposobu na absolutnie pewne stwierdzenie śmierci nie mogła wymyślić.

Tak więc ów swoisty test potwierdził, że Krystyna Brzozowska z całą pewnością odeszła z tego świata.

Chociaż lekarka z pogotowia i towarzyszący jej sanitariusz już wyszli, Ewy w dalszym ciągu do pokoju zmarłej nie wpuszczano. Krystynę trzeba było umyć, uczesać, a potem przywieźć trumnę, słowem – załatwić wszystkie te ostatnie posługi, jakie rodzina mogła zmarłej oddać. Dziewczynkę zaprowadzono do drugiego pokoju, gdzie babcia Rozalia i ciocia Alicja wytłumaczyły jej, jak umiały, że ona, Ewa, już nie ma mamy. Miała dziewięć lat i wiele już rozumiała, choć do tej pory nigdy bezpośrednio ze śmiercią się nie zetknęła.

Był rok 1957.

*

Babunia powiedziała mi, że mama umarła. Ja tego nie rozumiem. Dlaczego ludzie muszą umierać? Dlaczego Najświętsza Panienka nie spełniła mojej prośby? Przecież modliłam się o to codziennie. I byłam grzeczna.

I co teraz będzie? Jak ja będę żyć bez mamy?

Dobrze, że mam Misia. On płacze razem ze mną.

Płacze też babunia. Dobrze, że mam babunię. Mam nadzieję, że ona nie umrze. Chociaż jest już przecież bardzo stara.

Tatuś powiedział, że nie wie, dlaczego mama umarła. To znaczy powiedział, że umarła, bo była bardzo chora. Ale nie wytłumaczył mi, dlaczego akurat moja mama musiała być tak bardzo chora, żeby umrzeć.

Jaka szkoda, że ja nie jestem w ogóle podobna do mamy. Wszyscy mówią, że jestem wykapany ojciec. Chyba to znaczy, że jestem podobna do taty. Ale wolałabym być podobna do mamy, bo moja mamusia była piękna. Miała czarne włosy i brązowe oczy. I zawsze miała taką miłą minę.

Tu wklejam zdjęcie mamusi. I tutaj będzie zawsze ze mną.

Ja uważam, że jestem brzydka. Włosy mam takie jakieś nijakie, a oczy zwyczajne, niebieskie. Nudne, prawda? Jestem mała i chuda. Mam cienkie nogi i ręce.

Mama mówiła, że jestem śliczna, a jak urosnę, to będę najśliczniejsza. Ale teraz mamy nie ma, więc

kto mi to będzie mówił? Babunia, jak kiedyś spytałam, czy uważa, że jestem ładna, powiedziała, że ludzie dzielą się na głupich i mądrych, a nie na ładnych
i brzydkich. No i nie wiem, co ona myśli. Tata na każde moje pytanie odpowiada: „tak, tak, kochanie",
więc już przestałam go o cokolwiek pytać.

Dlaczego moja mama umarła? Dlaczego umarła
teraz, a nie za sto lat?

*

Po pogrzebie, który odbył się na warszawskich Powązkach, Alicja i Aleksander Kotwiczowie wrócili do Bydgoszczy, gdzie mąż Alicji był znanym i poważanym sto-
matologiem. Mieli bardzo ładne spore mieszkanie przy
alei Adama Mickiewicza, w centrum miasta, niedaleko
pięknego parku. Aleksander prowadził prywatną praktykę dentystyczną, pracował także w szpitalu jako specjalista chirurgii szczękowej. Alicja natomiast była zatrudnio-
na na pół etatu w bibliotece miejskiej, chociaż właściwie
pracowała jedynie dla przyjemności.

Ewa została z ojcem i z dziadkami w Warszawie.

Jej ojciec, z wykształcenia historyk z tytułem docenta,
wykładał na Uniwersytecie Warszawskim. Wprawdzie
nieco trudno byłoby mu uczyć historii współczesnej,
z której znał trochę inne fakty niż te w obowiązujących
podręcznikach, ale ponieważ jego pasją i konikiem była
starożytność, więc na szczęście z historią współczesną
nie musiał mieć nic do czynienia. Uczył studentów tej
swojej umiłowanej historii starożytnej, a poza tym każdą wolną chwilę spędzał w bibliotekach i antykwariatach.

Tak szczerze mówiąc, śmierci żony prawie nie odczuł. Krystyna chorowała dwa lata i w tym czasie ich życie małżeńskie w ogóle nie istniało. Jerzy wracał do domu, zjadał jakąś kolację, z roztargnieniem głaskał Ewę po głowie i zaszywał się w swoim kącie za parawanem w kuchni, gdzie wstawił sobie wąski tapczan i przykręcił do ściany lampkę. A właściwie to lampkę przykręcił mu teść, bo Jerzy sam nie umiałby sobie z tym poradzić. Prawie wszystkie „dzienne sprawy" go przerastały. Dość powiedzieć, że każdego ranka przed pójściem na uniwersytet wstępował do fryzjera, który golił go w zamian za korepetycje z polskiego udzielane jego dwunastoletniemu synowi. Gdyby ktoś powiedział Jerzemu, że samodzielne ogolenie się – szczególnie od chwili wynalezienia żyletki – jest bardzo proste, ogromnie by się zdziwił. I w ogóle by nie uwierzył. W dalszym ciągu chodził więc do swojego fryzjera.

Jego teściową, babcię Ewy, szalenie denerwował taki tryb życia. Nie rozumiała, jak można żyć, będąc tak oderwanym od rzeczywistości. Czytać – owszem, sama też czytała – ale nie tak obłąkańczo, jak jej zięć. Najchętniej wzięłaby też jakąś książkę na pogrzeb żony, myślała z przekąsem. I złość ją ogarniała, gdy patrzyła, jak Jerzy żyje „obok" swojego dziecka. A Ewie przecież tylko on został.

Jednak to dziadkowie, nie ojciec, byli najbliższą rodziną dziewczynki. Ewa dzielnie i w milczeniu starała się znosić swoją żałobę. Pani Rozalia znała jej mantrę, która brzmiała: „zawsze jestem silna i dzielna". Babcię to martwiło, bo tak małe dziecko powinno być bardziej otwarte, płakać, skarżyć się, pytać, okazywać ból, buntować się, szukać pociechy. Dla jej wnuczki pociechą był tylko Miś – i książki.

A Ewa od małego była w istocie silna i dzielna. Oraz samodzielna. „Mama, Ewunia siama!" – krzyczała, gdy Krystyna chciała jej pomóc przy wkładaniu bucików. „Ewunia siama" – upierała się kategorycznie, gdy dziadek chciał jej pokroić jedzenie na talerzu. „Babuniu, ja sama" – mówiła, gdy babci kiedyś wpadło do głowy, żeby odprowadzić dziewczynkę do szkoły.

Mimo wszystko babcia Rozalia postanowiła porozmawiać z Jerzym, wytłumaczyć mu, że powinien teraz w sposób bardziej szczególny zająć się córką, poświęcać jej więcej uwagi, czasu i uczucia.

– Mamo, nie rozumiem, o czym mama mówi. – Jerzy był autentycznie zdumiony. – Przecież czytam Ewuni prawie codziennie wieczorem, choć ona doskonale potrafi to robić sama. Ale czytam właśnie, żeby widziała, iż przy niej jestem i że ją bardzo kocham.

Po takiej odpowiedzi babcia zaprzestała wszelkich dyskusji ze swoim zięciem.

A Jerzy, widać zmotywowany słowami teściowej, postanowił udowodnić swoje przywiązanie do Ewy i powrócił do domu wieczorem z… kolejną książką.

– Ewuniu – powiedział po kolacji, wyciągając prostokątny pakunek z kieszeni płaszcza. – Kupiłem ci zbiór wierszy mojego ulubionego i najbardziej przeze mnie, a zresztą nie tylko przeze mnie podziwianego poety Konstantego Ildefonsa Gałczyńskiego. Chodź, kochanie – wstał i przeszedł za parawan, za którym stał jego tapczan. – Usiądź tu koło mnie, poczytamy sobie razem.

Pani Rozalia spojrzała na męża i wzniosła oczy ku niebu. A jej mąż pokiwał tylko głową i mruknął pod nosem:

– A niby czego ty się spodziewałaś, kobieto?

A Ewa zakochała się – już na zawsze – w wierszach Gałczyńskiego.

Rodzina Ewy mieszkała w starym, ocalałym z wojny budynku przy Nowogrodzkiej. Kamienica była przeznaczona do rozbiórki, stwarzała bowiem zagrożenie dla życia mieszkańców, a poza tym przecież cały naród odbudowywał swoją stolicę i takie domy, jak ta rudera, powoli znikały z ulic miasta.

Zatem w roku 1959 i ten dom rozebrano, a jego mieszkańcy otrzymali lokale komunalne na krańcach Warszawy. Jerzy Brzozowski z córką i jego teściowie dostali dwa pokoje na warszawskich Bielanach, niedaleko Instytutu Hydrologiczno-Meteorologicznego. Władysław Duniński otrzymał kawalerkę w pobliżu.

Ewa nie mogła zrozumieć, dlaczego muszą się wyprowadzić z miejsca, w którym mieszkała przez całe swoje – już jedenastoletnie – życie. Dla niej ten dom był ładny, a do jej świadomości w ogóle nie docierało niebezpieczeństwo jakiejś katastrofy budowlanej. Lubiła te swoje stare kąty, lubiła całe Śródmieście, a nade wszystko – Pałac Kultury i Nauki, gdzie uczęszczała na różne zajęcia do Pałacu Młodzieży, nawet uczyła się tam angielskiego. Chodziła sama, bo z Nowogrodzkiej było tam blisko, zresztą po prostu od małego musiała być samodzielna. I była.

Teraz mieli zamieszkać strasznie daleko od Pałacu Kultury, więc tym bardziej nie chciała się przeprowadzać. Rzecz w tym, że nie od niej to zależało...

*

Mamy nowe mieszkanie, ale nie podoba mi się, bo jest bardzo małe. Składa się tylko z dwóch pokoi i malutkiej kuchni. Łazienka też jest mikroskopijna (nauczyłam się nowego słowa – „mikroskopijny" – i bardzo je lubię!). Na Nowogrodzkiej mieliśmy trzy pokoje: w jednym mieszkała babunia z dziadziusiem, w drugim mama, tata i ja, a w trzecim, takim najmniejszym (mikroskopijnym), wujek Władek. Była też duża kuchnia, taka duża, że nawet stał tam tapczan, na którym spał tata, gdy mamusia była już bardzo chora. I w tej kuchni mieścił się jeszcze duży stół z sześcioma krzesłami. Tu, w tym nowym mieszkaniu, jest bardzo ciasno. Ja mieszkam w jednym pokoju z tatą, a w drugim babunia z dziadziusiem. Wujek Władek dostał swoje mieszkanie, pokój z kuchnią, w innym domu. Tu na taki dom mówi się „blok". Czyli wujek Władek mieszka w innym bloku.

W naszych pokojach jest tak mało miejsca, że tata musi spać na wąziutkim tapczanie, a dla mnie babunia kupiła rozkładany fotel. Nazywa się tak śmiesznie – amerykanka, nie wiadomo dlaczego. Jak mi ją ktoś rozłoży na noc, to po pokoju prawie nie można już chodzić, bo brakuje miejsca.

W kuchni nic się nie chce zmieścić, są tam tylko dwie szafki, ale nie ma żadnego stołu. Malutki stół stoi w pokoju babuni i dziadziusia. Babunia cieszy się tylko z tego, że w kuchni jest gaz, a w całym mieszkaniu centralne ogrzewanie. Mówi, że nareszcie, na stare lata, nie trzeba nosić węgla i palić w piecach.

Nikogo tu nie znam na podwórku, chociaż właściwie na podwórko i tak nie wolno mi wychodzić. A poza tym, tak naprawdę, to tu żadnego podwórka nie ma. Te bloki stoją sobie na dużej przestrzeni, a między nimi są trawniki i w niektórych miejscach ławeczki. No i są takie alejki między tymi blokami.

Czasem wychodzimy razem z babunią i siedzimy sobie na ławce, ale nie poznałam tu jeszcze żadnych dzieci. Na Nowogrodzkiej miałam jedną koleżankę, Kazię, która chciała, żeby do niej mówić Kasia. To mówiłam, dlaczego nie? W tym nowym miejscu jeszcze nie poznałam żadnej koleżanki, na razie koleżanki mam tylko w szkole, te stare, ale one wszystkie mieszkają w Śródmieściu i po lekcjach każda idzie do siebie, do domu, a ja muszę wracać na Bielany. Ta dzielnica, gdzie obecnie mieszkamy, tak się nazywa.

Teraz do szkoły jeżdżę tramwajem, więc muszę wcześniej wstawać. Ale nie przeszkadza mi to. I bardzo lubię jeździć tramwajem, bo zawsze sobie czytam książkę. Martwię się tylko tym, że nie chodzę już do Pałacu Młodzieży. Prosiłam babunię, żeby pozwoliła mi się uczyć dalej angielskiego, ale babunia powiedziała, że na razie to niemożliwe. Nie wytłumaczyła mi dlaczego, ale usłyszałam kiedyś, jak mówiła do dziadziusia, że wszystko teraz takie okropnie drogie, że ona już nie wie, co robić. A ten Jerzy (to pewnie o tatusiu) nie chce dawać więcej pieniędzy, bo mówi, że nie ma.

Dzisiaj byłyśmy z babunią u mamusi na cmentarzu i ja wszystko mamie opowiedziałam o tym nowym mieszkaniu. A babunia myślała, że się modlę, i nawet pochwaliła mnie za to. Ale ja już się nie modlę, bo pogniewałam się na Pana Boga. Tylko babuni tego nie mówię, żeby się nie martwiła.

*

Ni z tego, ni z owego Jerzy oznajmił, że się żeni – z panią Ireną Zielińską, rozwódką, matką Maćka, o rok starszego od Ewy. Chłopiec mieszkał z matką, ojciec w ogóle z nimi nie utrzymywał kontaktu. Oczywiście żadnych alimentów też nie płacił. Pani Zielińska miała budkę z pasmanterią na Bazarze Różyckiego. Co przyszło do głowy Jerzemu, wykładowcy uniwersyteckiemu, docentowi doktorowi habilitowanemu, żeby ożenić się z taką kobietą, nikt nie mógł zrozumieć. Gdzie i w jakich okolicznościach ją poznał – to także było owiane tajemnicą. Podobno zaznajomił ich ze sobą ojciec chrzestny Ewy, przyjaciel Jerzego z dawnych czasów, który z rodziną Brzozowskich od dawna jednak żadnych kontaktów nie utrzymywał, bo... nikt nie czuł takiej potrzeby. Ale panowie spotkali się kiedyś przypadkiem na ulicy i poszli na kielicha, co dla Jerzego było ewenementem. Rozczulił się więc i wyżalił dawnemu przyjacielowi, opowiadając o śmierci żony. Przyjaciel namówił go na następną zakrapianą kolację, na którą zaprosił także swoją daleką kuzynkę, właśnie panią Irenę Zielińską. Była osobą o walorach umysłowych dość mizernych, natomiast inne walory zachwyciły Jerzego, który obywał się bez żony już kilka lat, bo w zasadzie ich małżeństwo jako takie skończyło się w 1955 roku, kiedy Krystyna zachorowała.

Pani Irenie zaimponowało, że zwrócił na nią uwagę tak wielce wykształcony pan docent, i potrafiła zachęcić Jerzego do małżeństwa. Akurat z mężczyzną takim jak on szczególnie trudne to nie było. Tym bardziej że pani Irena wiedziała, jak to zrobić...

Taka była wersja nieoficjalna o drugim małżeństwie zięcia, poznana przez babunię przypadkiem – opowiedziała jej o tym żona owego przyjaciela Jerzego, bo tamci oboje oczywiście byli na ślubie. Jerzy swojej wersji nikomu z rodziny nie przedstawił, bo nigdy nie był zbyt otwarty. Zapytywany o to, gdzie poznał panią Irenę i dlaczego aż się musiał z nią żenić, odpowiadał: „A, tak jakoś" – i wszystko było jasne.

Pani Irena dla reszty rodziny szczególnie serdeczna nie była. I żadnych kontaktów z dziadkami Ewy nie miała zamiaru utrzymywać, co zresztą zbytnio ich nie martwiło, starsi państwo bowiem także nie zapałali do niej sympatią.

Nie do końca było jasne, czy Jerzy sam rozumiał, co zrobił. W każdym razie wprowadził się do swojej nowej żony i jej dwunastoletniego syna, do ich mieszkania przy Stalowej, na Pradze. Ewę radośnie zostawił dziadkom, bo babcia Rozalia powiedziała, że odda dziecko tylko „po swoim trupie".

*

Tata ma nową żonę. Nie wiedziałam, że tak można, bo przecież żoną taty była moja mamusia. Ale babunia wytłumaczyła mi, że jak jedno z małżonków umrze, to drugie może znowu się ożenić. Myślałam, że ludzie się żenią, kiedy się kochają. Czy tata nie kocha już mojej mamy, tylko tę drugą żonę? Babunia mówi, że tego nie rozumiem, i rzeczywiście nie rozumiem. W ogóle nie mogę pojąć, po co mu ta nowa żona? Czy z nami mu było źle? Może Maciek mi to wytłumaczy. Maciek to syn tej pani, z którą tata teraz się ożenił.

Jest ode mnie starszy, więc może wie więcej. Któregoś dnia muszę z nim o tym porozmawiać. Na razie jeszcze za dobrze go nie znam. Nie mam nic przeciwko niemu, jest w porządku. Ta druga żona taty właściwie też jest w porządku. Powiedzieli, że mam do niej mówić „ciociu", więc tak mówię, chociaż moja prawdziwa ciocia mieszka w Bydgoszczy. Bardzo kocham ciocię Alę z Bydgoszczy, jest podobna do mamusi, też ma czarne włosy i brązowe oczy. Szkoda, że tak rzadko do nas przyjeżdża. Ale słyszałam, że mam do niej pojechać na wakacje. Cieszę się bardzo.

A ta nowa żona taty mieszka na Pradze i tata tam się przeprowadził. Ja zostałam z babunią i z dziadziusiem. Mam teraz własny pokój i więcej miejsca na książki, bo tata swoje zabrał, zostały więc puste półki. Tyle tylko że niestety nikt mi już tak często nowych książek nie kupuje, bo nie mamy dużo pieniędzy.

Zawsze w niedzielę, nawet jak pada deszcz, jeżdżę na Pragę na obiad. Dwoma tramwajami, z przesiadką, ale ja umiem wszędzie trafić. Lubię jeździć sama, czuję się wtedy dorosła. Tak naprawdę zdaję sobie sprawę z tego, że nie jestem dorosła, ale nie wiem, czy bardzo by mi na tym zależało, żeby już być. Dorośli czasami są bardzo dziwni. Nawet mój tata. Kocham go, chociaż rzadko go widuję. Ale jak mieszkał z nami, to też częściej go nie widziałam. Nigdy go nie było w domu. Nawet jak mama już ciężko chorowała. Teraz widocznie nie bardzo chciał z nami mieszkać, skoro znalazł sobie nowe mieszkanie.

Ja nawet nie wiem, czy tata mnie lubi. Może teraz będzie bardziej lubił tego Maćka?

I chyba tata w ogóle mnie nie chce, skoro zostawił mnie dziadkom. Ja się tym wcale nie martwię, bo bardzo kocham babunię i dziadziusia i tak sobie myślę, że oni mnie chcą bardziej niż mój tata.

Kiedy tata mieszkał z nami, to od czasu do czasu mnie całował i przytulał, ale tak jakoś, jakby musiał – nie tak, jak mama. A teraz czasami w ogóle nawet zapomina się ze mną porządnie pożegnać, jak już jadę do domu po tym obiedzie na Pradze. Mówi tylko: „Pa, pa, córeczko", ale nie widzi, że stoję przed nim i czekam, żeby mnie przytulił. Zawsze coś czyta.

*

Tak więc Ewa mieszkała z dziadkami na Bielanach i codziennie jeździła tramwajem prawie przez całą Warszawę – do szkoły podstawowej numer 40, przy Hożej, tam gdzie chodziła od początku swojej kariery szkolnej, czyli od września 1955 roku. Dziadkom do głowy nie przyszło, żeby ją przepisać do jakiejś szkoły na Bielanach. Ale ponieważ, po pierwsze, Ewa swoją szkołę, koleżanki i panią wychowawczynię uwielbiała, a po drugie, zawsze była bardzo samodzielna, w ogóle nie narzekała na długą drogę do szkoły. Wsiadała po prostu w tramwaj, zaszywała się w jakimś kątku, otwierała książkę i znikała dla świata na te trzy kwadranse spędzane w tramwaju. Czytać przecież potrafiła, odkąd pamiętała, i bez książki nie wyobrażała sobie życia. Największą karą, jaka mogła ją spotkać, byłby zakaz czytania. Kiedyś nawet do tego doszło, ponieważ Ewa, poza odrabianiem lekcji, nie chciała się zajmować niczym innym – bo przecież „musiała" czytać. Babcia Rozalia zapowiedziała jej wówczas, że koniec z tym ciągłym czytaniem. Owszem, czytać może, ale jak po sobie posprząta, pomoże w kuchni – czego Ewa nie cierpiała – zaceruje pończochy i wykona wszystkie te obowiązki, które miała wyznaczone.

– Babuniu, ale ja muszę przecież czytać lektury do szkoły – zaprotestowała Ewa.

– Dobrze, oczywiście, lektury możesz i powinnaś czytać, ale na razie inne książki ograniczamy.

Wobec tego sprytna Ewunia każdą książkę, którą czytała, nazywała lekturą, aż w końcu babcia, zdziwiona trochę zarówno ilością owej lektury, jak i jej doborem (Ewa bowiem czytała wszystko, co jej w ręce wpadło, i babcia jakoś nie bardzo mogła uwierzyć, że na przykład powieści Agathy Christie są w wykazie książek przerabianych w klasie czwartej) poszła do szkoły i poprosiła o wykaz lektur.

Po powrocie Ewa usłyszała odpowiednie kazanie, ale ponieważ babcia zobaczyła, że zabranianie czytania na nic się nie zda, a ponadto w sumie bardzo się cieszyła, że dziewczynka kocha książki, bo sama też chętnie czytała, zawarła więc z wnuczką umowę. Odebrała jej trochę obowiązków i pozwoliła czytać, a Ewa przyrzekła, że już więcej nigdy babuni nie oszuka.

No i jakoś się ułożyło. Tramwajowe wyprawy Ewy do szkoły i z powrotem nikomu nie przeszkadzały, a w niedziele Jerzy i jego nowa żona zapraszali ją na obiad. Nawet polubiła te niedzielne wizyty na Pradze, bo była zadowolona, że może spotykać się z tatą choć raz w tygodniu. W sumie przez te kilka niedzielnych godzin więcej czasu spędzała z ojcem właśnie teraz, niż wówczas gdy mieszkali razem, bo wtedy Jerzy wracał do domu, jak ona już spała, a wychodził, gdy jeszcze spała. W niedziele też znikał z domu, bo nie chciał wysłuchiwać tego, co pod jego adresem mamrotała pod nosem teściowa. A jak było przed chorobą mamy, Ewa już nie pamiętała.

Żonę taty, „ciocię" Irenę, tolerowała – nie było zresztą innego wyjścia. Swojego starszego „brata", czyli Maćka Zielińskiego, dość lubiła, nie miała jednak z nim wiele wspólnego. Ot, spędzali w niedziele razem kilka godzin wraz z jego mamą i jej tatą.

Początkowo Ewa próbowała jakoś zainteresować ojca swoją osobą, opowiadała mu, co się działo w szkole, mówiła o pochwałach nauczycieli, przywoziła nawet ze sobą zeszyty i usiłowała czytać wypracowania.

– Tak, tak, córeczko – mówił zawsze ojciec. – Bardzo ładnie.

I z powrotem wsadzał nos w książkę. Więc z czasem Ewa dała sobie spokój i nie starała się już nawet z ojcem rozmawiać. Zamknęła przed nim także swoje serce, spragnione miłości, której nie mogła uzyskać już od żadnego z rodziców. Nie mogła też liczyć, oczywiście, na miłość „cioci" Ireny.

Powoli stawała się coraz bardziej zamknięta w sobie i w głębi duszy pielęgnowała postanowienie, że będzie „dzielna i silna". Przyjęła je za swoje życiowe motto.

Jednak czasami w nocy, przytulona do swojego Misia, zwierzała mu się ze swoich trosk i cichutko płakała w poduszkę. Ciężko było tak codziennie być „dzielną i silną".

W końcu miała dopiero jedenaście lat.

*

Dostałam od taty zbiorowe wydanie wierszy Konstantego Ildefonsa Gałczyńskiego. Mam tę książkę już

chyba dwa lata i czytam te wiersze prawie codziennie. Podobają mi się bardzo, są takie śpiewne, melodyjne. Takich dla mnie najpiękniejszych to już nawet nie muszę czytać, bo umiem je na pamięć – w całości lub duże fragmenty. Większością jestem po prostu zachwycona. Ale niektórych nie rozumiem.
Na przykład:

Ja Konstanty, syn Konstantego,
zwany w Hiszpanii mistrzem Ildefonsem,
będąc niespełna rozumu,
piszę testament przy świecach.

Potem jest opis tego, co komu pan Konstanty zapisuje, a na końcu:

Wierszom moim fosforyczne furie
blaskiem w wertep ciemny i zły,
a mojej Smagłej, mojej Smukłej,
mojej Pochmurnej łzy.

Chciałam porozmawiać o tym z tatą, bo bardzo mnie ten wiersz poruszył. Wiem, oczywiście, co to jest testament, ale dlaczego pan Konstanty zaznacza, że jest niespełna rozumu? Czy to warunek spisania testamentu? Tak myślałam po pierwszym przeczytaniu tego wiersza, teraz myślę raczej, że to taki żart.
Zawsze bardzo mi smutno, gdy czytam o zapisywaniu łez. Moja mama była smagła i smukła. Ale czy pochmurna? Przy mnie nigdy, a tak w ogóle? No przecież była bardzo chora. Czasami płakała, widziałam.

Wiem, że ten wiersz nie jest o mojej mamie, jakoś zawsze jednak o niej myślę, gdy to czytam.

Kto mi wytłumaczy, co to są „fosforyczne furie"? Pytałam panią od polskiego w szkole. Spojrzała na mnie dziwnie i powiedziała, że to taka przenośnia literacka, i co ja w ogóle czytam? Jakoś wyraźnie nie była zadowolona z mojej odpowiedzi, że to przecież Gałczyński. Wyglądało na to, że nie miała pojęcia, więc była zła. Teraz już wiem, że raczej o nic w szkole nie będę pytać.

A taty nie ma przecież. Tam, na Pradze, gdzie teraz mieszka, nie mam szans na żadną rozmowę z nim, bo zawsze obok jest ta ciocia Irena, a przy niej jakoś nie chcę.

*

Pani Irena Zielińska, obecnie – Brzozowska – nie była zbytnio zadowolona ze swojego drugiego małżeństwa. Spodziewała się, że docent, wykładowca na uniwersytecie, musi świetnie zarabiać, a poza tym jest kimś, kto ją wprowadzi na warszawskie salony.

Tymczasem okazało się, że zarobki nowego małżonka są mniej niż mizerne, a na dodatek dużą część tych zarobków wydawał na jakieś stare szpargały, którymi zapełniał jej mieszkanie (o tym, że to teraz również jego mieszkanie, nie pomyślała). O żadnych salonach mowy być nie mogło, bo dla Jerzego kontakty towarzyskie prawie nie istniały. Każdą wolną chwilę spędzał bądź to ze swoimi studentami, bądź w bibliotekach, bądź też buszując po antykwariatach.

Irena więc, rozgoryczona coraz bardziej, wróciła do swoich ugruntowanych rozrywek, niestety, dość

powszechnych na popularnym Różycu, to jest do topie-
nia smutków i rozterek w alkoholu. Jerzy nawet tego
prawie nie zauważał, bo gdy wracał wieczorem, żona
albo już spała, albo jeszcze nie było jej w domu.

Rozdział 2

Na te niedzielne obiady Ewa jeździła na Pragę sama. Jej ojcu nigdy nawet do głowy nie przyszło, żeby wybrać się po swoje jedenastoletnie dziecko na Bielany. Rano więc jechały z babunią na plac Komuny Paryskiej, szły tam do kościoła, następnie babcia wracała do domu, a Ewa podjeżdżała na plac Dzierżyńskiego, u wylotu Trasy W-Z przesiadała się w czwórkę, swoim sposobem zapadała w jakiś kącik i czytała książkę. Nie bała się, że przegapi przystanek, na którym musiała wysiąść, bo jechała do samego końca trasy.

Dom, w którym obecnie mieszkał jej tata z „ciocią" Ireną, znajdował się bliziutko ostatniego przystanku, taka podróż nigdy więc nie sprawiała dziewczynce najmniejszego kłopotu.

Pewnego dnia jednak, gdy wysiadła z tramwaju, zaczepiło ją dwóch wyrostków, mniej więcej czternastoletnich.

– Hej, mała, co masz w tej torbie?

– Książkę – odpowiedziała grzecznie.

– Książkę, he, he, he, zobacz jaka mądrala! – zaśmiał się jeden z chłopaków. – Dawaj no tę torbę, zobaczymy.
– I próbował ją Ewie wyrwać.

Zaczęła krzyczeć i raptem obok niej, jak spod ziemi, pojawił się Maciek.

– Ty, Zenek, odczep się od niej, dobrze?

– To ty się odczep, smarkaczu, znajdź sobie jakąś inną zdobycz – wrzasnął do Maćka ów Zenek, a jego kolega podszedł z tyłu i walnął Maćka otwartą dłonią w głowę. Maciek odwinął się i przyłożył tamtemu w nos, aż poleciała krew.

To wszystko odwróciło trochę uwagę Zenka od Ewy, która wyrwała mu swoją torbę i walnęła nią napastnika w kolano. Musiało zaboleć, bo aż przysiadł.

– Czyście zgłupieli? – krzyknął Maciek. – To moja siostra. Zapamiętajcie to sobie i wara wam od niej.

– Dobra, stary, w porządku. Nie wiedzieliśmy. – Chłopcy z Pragi mieli swój kodeks honorowy, zgodnie z którym nigdy nie zaczepiało się „swojaków". – Nic się nie stało, może być? – usiłowali przeprosić, jak umieli.

– Nic ci nie jest? – spytał Maciek Ewę, oglądając ją ze wszystkich stron.

– Nie, nic, a tobie?

– Mnie też nic, więc nie mówmy nic starym, bo będzie więcej gadania niż to warte, dobrze?

– Ale skąd się tu wziąłeś, akurat w tej chwili? – spytała Ewa.

– No, przecież wiem, kiedy przyjeżdżasz, to sobie z domu wyszedłem – odpowiedział Maciek. – I tak nie miałem nic do roboty.

– Cieszę się. – Ewa go uściskała. – Jak to dobrze. Dziękuję ci za obronę.

– No co ty. – Maciek się zaczerwienił.

Od tej pory Ewa z Maćkiem stali się prawie nierozłączni. Po zjedzeniu obiadu wybiegali z domu i zwiedzali Pragę, dzielnicę, która cieszyła się raczej złą sławą, ale Ewa w zasadzie o tym nie wiedziała. Prawie w ogóle nie znała tej części Warszawy, bo do tej pory jej chodzenie po Pradze ograniczało się do spaceru do domu „cioci" Ireny i na przystanek tramwajowy.

Maciek był typowym chłopcem wychowywanym na ulicy, ojciec zniknął z jego życia niedługo po jego urodzeniu, a matka ograniczała się do karmienia go i kupowania mu niezbędnych rzeczy, zawsze zresztą jak najtańszych. Matczynej miłości nie zaznał prawie wcale – no, może trochę w najmłodszych latach. Generalnie musiał sobie radzić sam i tylko jakimś cudem nie stał się typowym „chłopakiem z Pragi". Był normalnym chłopcem, trochę rozrabiaką, ale jakoś udawało mu się omijać takich chuliganów, jak Zenek i jego towarzystwo. W szkole kłopotów z nim nie było żadnych, uczył się dobrze i chętnie, tak więc, mimo że jego matka dość często nie przychodziła na wywiadówki, nauczyciele dawali jej spokój.

Był szczupły i zwinny, proporcjonalnie zbudowany, z długimi nogami. Miał jasnobrązowe włosy i szaroniebieskie oczy. Jego otwarta i szczera twarz budziła ogólną sympatię. Mimo niezbyt szczęśliwego dzieciństwa zawsze miał w oczach uśmiech. A co do dzieciństwa – było, jakie było. Tego, że nie miał ojca, w ogóle nie uważał za dziwne. Nie tylko on żył w niepełnej rodzinie. Inni chłopcy z Pragi mieli o wiele gorzej. Niektórzy z tych, co mieli ojców, woleliby ich w ogóle nie widywać... Ale na Pradze nikt się nie skarżył. I nikt o swoim dzieciństwie nie opowiadał.

Maciek miał jedno ukryte marzenie – postanowił, że będzie najlepszym na świecie prokuratorem. Albo sędzią, co do tego jeszcze się nie zdecydował. W każdym razie wiedział na pewno, że będzie studiował prawo. Choćby nie wiem co.

Ewa, którą początkowo traktował z pewną nieufnością, po jakimś czasie podbiła jego serce, bo zawsze z wielką uwagą słuchała tego, co do niej mówił, i zapamiętywała jego opowieści.

Teraz, gdy obronił ją przed „bandą zbójców" i został przez dziewczynkę uznany za dzielnego rycerza, tym bardziej czuł, że musi ją otaczać opieką i naprawdę być dla niej starszym bratem.

Na razie oprowadzał ją po swojej dzielnicy, a Ewunia z wielką ochotą biegała z nim po starych praskich podwórkach, przyglądając się wiekowym kapliczkom, przedwojennym budynkom, wybrukowanym ulicom. Potem wracała do domu. Na pytania babuni: „Jak było u taty?" – zawsze odpowiadała: „Dobrze".

*

W listopadzie 1959 roku zmarł dziadek Wacław. Miał siedemdziesiąt dziewięć lat. Umarł cichutko, we śnie, okazało się później, że była to niewydolność krążeniowo--płucna. Tak więc Ewa została sama z babcią. Pomagała w robieniu zakupów, pomagała – jak umiała – w domu. Była naprawdę dobrą, odpowiedzialną i samodzielną dziewczynką. W dalszym ciągu w jej życiu nic się nie zmieniło – poza tym, że bardzo brakowało jej dziadka. Mamy zresztą też – cały czas. Za każdym razem, kiedy była w kościele, pytała Pana Boga, dlaczego zabrał jej mamę, a teraz jeszcze dziadka. Nigdy jednak nie uzyskała odpowiedzi. Odpowiedzi takiej nie umiał Ewie udzielić także żaden ksiądz, któremu zadawała to pytanie.

Tłumaczenie: „Bóg tak chciał, moje dziecko" – nie zadowalało Ewy i następnym jej pytaniem było:

„A dlaczego? Za co?". Zazwyczaj jednak to już był koniec dyskusji.

Ewa miała więc coraz większy żal do Pana Boga, ale poza nocnym płaczem w poduszkę nic innego nie mogła zrobić. Opisała tylko dziadziusia w swoim pamiętniku, tak jak go pamiętała, i wkleiła jego zdjęcie, które wyżebrała od babuni. Zdjęcie mamy było na początku.

Obecnie odwiedzały więc z babunią na cmentarzu dwa groby, a Ewa opowiadała teraz o wszystkim, co się działo w jej życiu, nie tylko mamusi, ale i dziadziusiowi. Pani Rozalia w dalszym ciągu myślała, że dziewczynka się modli, a ona nie wyprowadzała babuni z błędu.

Świat jednak istniał nadal, życie toczyło się dalej, Ewa zaczynała coraz bardziej rozumieć, że ludzie są śmiertelni. Dziewczynka, która teraz spała sama w pokoju, czasami budziła się w nocy i cichutko szła do babci sprawdzić, czy wszystko w porządku.

Martwiła się bardzo o staruszkę, która ostatnio nie czuła się najlepiej, a śmierć męża, z którym spędziła prawie pięćdziesiąt lat, mocno ją przygnębiła. Bardziej niż śmierć córki, bo śmierci Krystyny spodziewano się już od paru lat, mąż natomiast zmarł nagle i w zasadzie wcześniej nie chorował. To znaczy po prostu nikt nie wiedział o jego chorobie. Jakoś rzadko chodziło się w tamtych czasach do lekarza, chyba że już bardzo było trzeba. I na ogół okazywało się wtedy, że już za późno.

Te święta Bożego Narodzenia były bardzo smutne.

Przyszedł, oczywiście, jak co roku wujek Władek, który do tej pory nie ożenił się ponownie i żył samotnie, całkiem sobie tę sytuację chwaląc. Pracował w Klinice Położnictwa i Ginekologii Warszawskiego Uniwersytetu

Medycznego przy placu Starynkiewicza; był bardzo dobrym lekarzem.

Wprawdzie z Bydgoszczy przyjechała ciocia Ala z wujkiem Olkiem i jak zwykle przywieźli Ewie mnóstwo prezentów, głównie wyczekiwanych nowych książek; wprawdzie prezenty dostała też babcia Rozalia – mimo to jednak nastrój był zgoła nieświąteczny.

W Wigilię przyszli także, zaproszeni przez babunię, tata Ewy z żoną i Maćkiem, było jednak dość sztywno, bo co tu dużo mówić, za panią Ireną nikt nie przepadał. Jerzy w ogóle tego nie dostrzegał, więc się nie przejmował. Jego małżonka czuła to doskonale, ale też się nie przejmowała, bo całą rodzinę męża miała głęboko... gdzieś. Przyszła, bo były święta i ktoś za nią przyrządził wigilijne potrawy, reszta się nie liczyła. Ze spotkania ucieszyli się tylko – jak zwykle – Ewa i Maciek. Maciek dostał chińczyka, grę planszową, w prezencie od państwa Kotwiczów z Bydgoszczy, którzy wiedzieli, że Jerzy z nową rodziną będzie na Bielanach na Wigilii. Ponieważ wiadome im było, że Jerzy ma pasierba, kupili chłopcu prezent; byli przecież kulturalnymi i sympatycznymi ludźmi.

Kiedy już można było wstać od stołu, dzieci poszły do małego pokoju i grały sobie w tego chińczyka. To było ich najmilsze wspomnienie z tych świąt.

*

W tym roku znowu mieliśmy smutne święta. Tym razem nie było z nami jeszcze dziadziusia. Babunia postawiła na stole dodatkowe nakrycie – jak mówiła – dla zbłąkanego wędrowca, ale ja wiedziałam, że to nakrycie jest dla dziadziusia i kiedy wszyscy dzielili się opłatkiem, położyłam kawałek dziadziusiowi na tym pustym talerzyku. Babunia to zobaczyła i jakoś dziwnie na mnie spojrzała, ale nic nie powiedziała. Ale widziałam, że się odwróciła i wycierała oczy chusteczką.

Cieszyłam się, że są święta, bo zawsze je uwielbiam. I cieszyłam się, że wszyscy jesteśmy razem, choć bez mamy i bez dziadziusia, ale rozumiem już, że ludzie umierają. Tylko nie mogę zrozumieć, dlaczego umierają ci, których tak bardzo kochamy. Czy nie mogłoby tak być, że skoro ktoś musi umrzeć, niechby był to ktoś, kto nie ma żadnej rodziny, za kim nikt nie będzie tęsknił?

Zapytałam nawet o to Pana Boga, bo wszyscy poszliśmy razem na pasterkę i postanowiłam, że przynajmniej w Boże Narodzenie przestanę się na Niego gniewać. Nikt mi oczywiście nie odpowiedział, ale jestem już na tyle duża, żeby to zrozumieć. Wierzę jednak, że moje pytanie do Pana Boga dotarło i postanowiłam, że teraz codziennie będę się modlić, żeby wziął moją propozycję pod uwagę, układając plany dla każdego człowieka.

Wstydzę się do tego przyznać, ale chyba mniej kocham tatę. Ja go przecież w ogóle nie obchodzę. Spytałam Maćka, czy chociaż nim się zajmuje, ale Maciek zaśmiał się tylko. „Mną się nikt nigdy nie zajmował", powiedział i zrobiło mi się go bardzo żal. No, bo jak to? Ma przecież mamę, nie? Ale już go o nic nie pytałam, bo wydawało mi się, że nie powinnam. Zaproponowałam mu tylko, że my oboje – on i ja – będziemy się sobą zawsze zajmować, aż do śmierci. Chyba się ucieszył.

*

Zasada niezawracania głowy lekarzom niepotrzebnie niestety dotyczyła też babci Rozalii.

Tak gdzieś w połowie lutego 1960 roku Ewa znalazła rano babunię na podłodze. Nie wiedząc, co robić, pobiegła do sąsiadów. W bloku mieszkał pewien towarzysz partyjny, który miał telefon, sąsiadka pognała więc do niego i zadzwonili po pogotowie. Babcię zabrano natychmiast do Szpitala Bielańskiego, gdzie po zrobieniu serii niezbędnych badań okazało się, że to ostatnie stadium nieoperowalnego raka trzustki. Ewę zabrał ojciec, powiadomiony telefonicznie przez tę samą sąsiadkę, a do Warszawy natychmiast przyjechała ciocia Ala z Bydgoszczy. Niestety, babcia Rozalia umarła po trzech dniach.

Alicja, która obiecała umierającej Krystynie, że w razie potrzeby zaopiekuje się Ewunią, pojechała na rozmowę do Jerzego i Ireny. Zapytała, czy dadzą sobie radę z opieką nad dziewczynką i są gotowi wziąć za nią odpowiedzialność. Irena, obruszona do żywego kwestionowaniem jej umiejętności matczynych i opiekuńczych, oświadczyła, że skoro zajmuje się już własnym dzieckiem – Maćkiem – i to z dobrym rezultatem, zaopiekuje się także Ewą. Dodała jednak, że niestety ich dochody nie są duże, więc poziom życia dziewczynki z pewnością się obniży. Alicja obiecała więc, że co miesiąc będzie przysyłać pewną kwotę na potrzeby siostrzenicy.

Był luty, ciocia Ala postanowiła więc sobie, że zobaczy, jak sprawdzać się będzie ta „opieka" do końca roku szkolnego, nie chciała bowiem teraz wnosić w życie dziecka większego zamieszania, niż to było konieczne. Ewunię natomiast uroczyście zobowiązała do cotygodniowych sprawozdań listownych. Wiedziała, że dziewczynka lubi pisać, zawsze w szkole wychwalano jej wypracowania – nic zresztą dziwnego, skoro Ewa połykała książki i chciała kiedyś zostać pisarką. Alicja Kotwiczowa miała więc pewność, że wszystkie szczegóły tego praskiego życia siostrzenicy będą co tydzień dokładnie opisane.

– Tylko, Ewuśku, to będzie taka tajemnica między nami, dobrze? – wymusiła na niej. – Nic nie mów tacie, ani tym bardziej tej cioci Irenie, że piszesz do mnie listy, i nie pokazuj im, co piszesz, dobrze?

*

Pamiętnik Ewy powiększył się o nową fotografię – tym razem wkleiła zdjęcie babci Rozalii.

Babuniu, dlaczego? Przedtem dziadziuś, teraz ty.

Czy tak można? Czy nie widzisz, że teraz właściwie nie mam już nikogo? No, wiem, mam tatę, ale cały czas się zastanawiam, czy on mnie w ogóle chce, bo przecież ma tę swoją drugą żonę i u niej mieszka. Do nas, na Bielany, w ogóle nigdy nie przyjeżdżał, chyba że na święta, raz w roku.

Mam jeszcze ciocię Alę w Bydgoszczy, ale dlaczego miałaby mnie chcieć? Nie jestem jej dzieckiem, ona w ogóle nie ma dzieci, widocznie nie lubi.

Może więc Pan Bóg by mnie zechciał? Jakby mnie zabrał do siebie, to byłabym razem z mamą, dziadziusiem i babunią. Ale kiedy to powiedziałam pani w szkole, to okropnie na mnie nakrzyczała i potem widziałam w szkole tatę, choć nie chciał mi powiedzieć, co tam robił.

Ciocia Ala powiedziała, że będę na razie mieszkać z tatą na Pradze i że mam do niej często pisać listy. I obiecała, że gdyby mi było źle, to ona przyjedzie i zaraz mnie zabierze. Więc może jednak trochę mnie chce, prawda?

W porządku, trudno, na razie mogę mieszkać na Pradze. Dobrze chociaż, że tam jest Maciek. Bardzo się kochamy, on jest moim prawdziwym bratem. I powiedział, że nigdy mi nie da zrobić krzywdy. Cieszę się więc, że mam Maćka.

Muszę opowiedzieć, jak on wygląda, bo nie mam jego zdjęcia. No więc jest tyczkowaty i kanciasty, ale ma ładne niebieskie oczy. Takie niebieskie z szarymi plamkami. Jego włosy są chyba jasnobrązowe i zawsze nieuczesane. W zasadzie jest całkiem zwyczajny, ale stara się być dla mnie bardzo miły. Bez niego byłoby mi bardzo źle.

Tęsknię do wszystkich, których już ze mną nie ma. Ale nie będę płakać, bo wiem, że mamusia by się martwiła. Zawsze mówiła o mnie, że jestem jej dzielną, silną córeczką. Cieszyła się, że nigdy nie płakałam u dentysty. Wiem, że wszystko zniosę, bo jestem dzielna i silna.

I mam jeszcze Misia. Miś jedzie ze mną na Pragę, powiedziałam tacie, że bez niego nigdzie się nie przeprowadzę. Zgodził się, choć miałam wrażenie, że nie bardzo wiedział, kto to Miś.

*

Mieszkanie na Bielanach zostało wynajęte, wszystkie rzeczy Ewy przewieziono na Pragę, do pokoju Maćka wstawiono dla niej polowe łóżko, które na noc rozkładano – i tak rozpoczął się nowy etap w jej życiu. Biedna Ewa miała nadzieję, że teraz już nikt nie zniknie z jej życia i nie umrze. Miała też nadzieję, że może tata pokocha ją na nowo, choć… tak bardzo, ale to bardzo, na to nie liczyła. Była już dużą dziewczynką. Przeżyła tyle, że wystarczyłoby tego dla kilku osób. Pamiętała swoją własną, daną tylko sobie – po śmierci mamy – obietnicę, spisaną w swoim pamiętniku, że będzie dzielna i silna. I taka miała zamiar być, cokolwiek by się dalej działo.

Ze wspólnego mieszkania z Maćkiem obydwoje byli zadowoleni. Podzielili się bez kłótni biurkiem i szafką, a wieczorem, leżąc już w łóżkach (Ewa oczywiście z Misiem), opowiadali sobie różne historie. Były to na ogół ich marzenia. Ewa chciała zostać pisarką, a najpierw dziennikarką. Ale jej pragnieniem „docelowym" był domek nad morzem i córeczka. Postanowiła więc, że dorośnie tak szybko, jak to możliwe, i będzie realizować swój plan.

Maciek – choć interesowały go wszelkie sporty i w szkole grał, w co tylko było można, był chłopcem poważnym i myślał o karierze prawniczej.

– Zostanę prokuratorem i będę wsadzał do więzień takich rzezimieszków, jak ci chuligani z Pragi, którzy na ciebie napadli – zdradził swoje marzenie. Tylko Ewie to powiedział, nikomu więcej. Zresztą poza nią nikogo to nie interesowało.

– Ale domku nad morzem nie chcę. Będę mieszkał w pięknym mieszkaniu w centrum Warszawy. Córeczka natomiast może być. Taka jak ty. I będę miał dużo pieniędzy. Tak postanowiłem. Kupię ci wtedy ten domek nad morzem – obiecał.

47

*

Tymczasem w małżeństwie Jerzego coś zaczęło się psuć. Nadzwyczajnie zresztą nigdy nie było. Chyba nie można byłoby znaleźć drugiej bardziej niedobranej pary.

Irena jakimś cudem dostała skierowanie do sanatorium i wyjechała na trzy tygodnie do Ciechocinka, zostawiając wszystko na głowie męża, który był kompletnie bezradny. Gdyby nie to, że ktoś w pracy mu poradził, żeby przynosił menażki i zabierał do domu obiad z uniwersyteckiej stołówki, dzieci chyba umarłyby z głodu. Śniadania i kolacje robili sobie sami, natomiast ugotować obiadu, niestety, nie umieli. Ale odgrzewanie szło im już całkiem dobrze.

W sanatorium Irena poznała jakiegoś bawidamka, który po powrocie do Warszawy zaczął ją coraz częściej odwiedzać na Bazarze Różyckiego, a po zamknięciu budki wyciągał do różnych knajp, gdzie przepijali zarobione pieniądze. Jerzy miał o tym wszystkim małe pojęcie, jak zwykle bowiem wracał do domu późno i jeśli nie był jeszcze zbyt zmęczony, zjadał, co dzieci przygotowały na kolację, a potem wsadzał nos w książkę.

Któregoś dnia około dziewiątej wieczorem do mieszkania Brzozowskich przy Stalowej ktoś zapukał. Ewa otworzyła drzwi i ujrzała milicjanta.

– Czy jest jeszcze ktoś w domu, dziecko? – spytał.

– No, jest mój brat, Maciek. – Zresztą Maciek już stał przy Ewie.

– A ktoś starszy? – zapytał milicjant.

– Taty jeszcze nie ma w domu, tata zawsze bardzo późno wraca – odpowiedziała Ewa.

– To pokwituj mi taki papierek i oddaj go tacie, jak tylko wróci do domu.

– Ale co to jest i co się stało? – zapytał Maciek.

– A to się stało, że wasza mama kompletnie pijana leżała na ulicy. Zabrano ją do izby wytrzeźwień i jutro trzeba po nią przyjechać i opłacić wszystkie koszty.

Milicjant oczywiście nie powinien był tego wszystkiego mówić dzieciom. Nie powinien też zostawiać im wezwania, ale czuł się tak zmęczony po dwudziestoczterogodzinnym dyżurze, że było mu wszystko jedno, co robi, chciał już tylko jak najprędzej wrócić do domu.

Ewa, zgodnie z obietnicą daną cioci, usiadła i opisała całą tę historię. Tego już dla pani Kotwiczowej było za dużo. Alicja rozgniewała się najpierw o to, że Irena wyjechała sobie beztrosko na trzy tygodnie, znając „zaradność" Jerzego. W tej sprawie jednak Ewa ją uspokoiła swoimi listami, w których pisała, że tata przynosi bardzo dobre obiady ze stołówki, a ze śniadaniami i kolacjami radzą sobie z Maćkiem doskonale. Ale o pijaństwie żony Jerzego Alicja w ogóle nie wiedziała, gdyż Ewa nie wspominała jej nigdy, że „ciocia" przychodzi coraz częściej do domu w dziwnym stanie i krzyczy na tatę, a raz nawet uderzyła Maćka. Jej, Ewy, nie tknęła, więc dziewczynka nie uznała za stosowne pisać o tym, co się dzieje między ojcem a jego żoną albo między panią Ireną a jej synem, Maćkiem. Doszła bowiem do wniosku, że ciocia Ala chce tylko wiedzieć, co się dzieje z nią, Ewą. Jednak ta izba wytrzeźwień i awantura, jaka rozgorzała w domu po powrocie „cioci" Ireny, tak nią wstrząsnęły, że przedstawiła wszystko ze szczegółami.

Alicja Kotwiczowa zapukała do drzwi mieszkania przy Stalowej następnego dnia po otrzymaniu listu od Ewy, telefonicznie rezerwując sobie przed wyjazdem z Bydgoszczy pokój w Grand Hotelu na trzy doby.

Wpadła do mieszkania Brzozowskich, dysząc z wściekłości, bez żadnej zapowiedzi. Szczęśliwie i Jerzy, i Irena byli w domu. Oświadczyła, że natychmiast zabiera ze sobą Ewę do Bydgoszczy, jutro pójdzie do jej szkoły i poprosi, żeby dziewczynce wystawiono świadectwo miesiąc wcześniej. Ponieważ Ewa bardzo dobrze się uczyła, pani Alicja nie przewidywała żadnych kłopotów. Zagroziła, że jeśli Jerzy będzie chciał robić z tego tytułu jakieś trudności, to tak go urządzi, że do końca życia ją popamięta.

Jerzy, straszliwie tym wszystkim skołowany, dowiedziawszy się jeszcze na dodatek o panu Janku, z którym Irena zdradzała go od czasu powrotu z sanatorium – i tak miał zamiar wnieść jak najprędzej pozew o rozwód. Szczęśliwie skończył się okres wynajmu znajomym mieszkania na Bielanach i nawet zaczął się już tam powoli wyprowadzać. Był więc zachwycony, że Alicja zdejmie mu kłopot z głowy, zabierając Ewę.

Ewa, oszołomiona tempem wydarzeń, nie zdążyła się nawet zorientować, że oto następuje kolejna dramatyczna zmiana w jej życiu.

*

Znowu się przeprowadziłam. Przyjechała ciocia Ala z Bydgoszczy i powiedziała, że od teraz będę mieszkała z nią i z wujkiem. To stało się po tej historii z tą drugą żoną taty, która była w jakiejś izbie wytrzeźwień. Rozumiem tylko, że musiała być bardzo pijana, bo inaczej nikt by jej tam nie wsadził. Pierwszy raz w życiu widziałam tatę wściekłego. Wrzeszczał na tę ciocię Irenę, a ona tylko się śmiała. Tata powiedział więc, że się wyprowadzamy na Bielany, ale przyjechała ciocia Ala i jeszcze bardziej krzyczała na tatę niż on na tę swoją żonę. I powiedziała, że nie obchodzi jej, gdzie on będzie mieszkał, natomiast obchodzi ją, gdzie będę mieszkać ja. Po czym oznajmiła, że zamieszkam u niej i że nigdy sobie nie podaruje, że nie zabrała mnie do siebie natychmiast po śmierci babuni.

Ogromne było zamieszanie i do tej pory jestem tym wszystkim bardzo oszołomiona.

Tata w ogóle nie protestował, że mnie od niego zabierają. Wyglądał nawet na zadowolonego. No i dobrze! Ja i tak będę silna i dzielna!

Ciekawe, co to jest ta izba wytrzeźwień. Jako przyszła pisarka chyba powinnam to wiedzieć. Ale kogo mam zapytać? Tata nie będzie wiedział na pewno, on rzadko wie takie rzeczy „z życia". Może wujek Olek mi to wyjaśni.

*

Ewa bardzo się martwiła rozstaniem z Maćkiem, z którym ogromnie się zżyła. Nie było w tym nic dziwnego, bo oboje obecnie nie mieli już nikogo bliskiego w Warszawie oprócz siebie. Ewa ojca widywała może, gdyby tak dobrze policzyć, przez kilka godzin w miesiącu. Irena w zasadzie nigdy nie była matką dla Maćka. A tym bardziej dla córki Jerzego.

Tak więc Ewa i Maciek, „rodzeństwo z wyboru", przyrzekli sobie solennie, że będą co tydzień pisać listy, a ciocia Ala obiecała, że jeśli się uda, zaprosi Maćka przynajmniej na dwa tygodnie na wakacje nad morze, gdzie miała zamiar wybrać się z mężem i z Ewą. Chłopiec nie był przecież niczemu winien i pani Alicja się cieszyła, że Ewa ma takiego „przyszywanego brata", z którym łączy ją mocna więź.

Rozdział 3

W warszawskiej szkole Ewy udało się załatwić wszystko pomyślnie – tym bardziej że pani Alicja szczerze opowiedziała o przyczynach, dla których musi zabrać siostrzenicę do siebie, do Bydgoszczy. Z zapisaniem dziewczynki do nowej szkoły też nie było żadnego problemu; tak więc od września Ewa miała rozpocząć naukę w szkole podstawowej numer 4 przy ulicy Świętojańskiej w Bydgoszczy. Było to blisko mieszkania wujostwa Kotwiczów i Ewa z powodzeniem mogła tam chodzić sama, szczególnie po warszawskich doświadczeniach w jeździe tramwajami do szkoły i z powrotem.

Przeprowadzka przebiegła sprawnie, tym bardziej że wszystkie rzeczy dziewczynki zmieściły się w jednej walizce. Ewa rozpaczała wprawdzie, że musi zostawić swoje książki, ciocia Ala obiecała jej jednak, że dostanie nowe, bo nie ma sensu dźwigać ciężkich pakunków do Bydgoszczy. Ewa wzięła więc tylko wszystkie tomy ukochanej „Ani z Zielonego Wzgórza", którą czytała po wielekroć, szczególnie gdy jej było smutno – a więc ostatnio dość często.

Zabrała też tom wierszy Gałczyńskiego, prawie już zaczytany na śmierć.

Naturalnie nie wyjechałaby bez Misia, który już się zaczął rozpadać, nad czym bardzo ubolewała, ale ciocia obiecała, że w Bydgoszczy go podreperują.

– Nie martw się, Ewuśka – powiedziała. – Znam taką panią, która umie leczyć misie, więc twojego też wyleczy, obiecuję ci.

*

Alicja Kotwicz, nie mając swoich dzieci, nie miała też żadnego doświadczenia w ich wychowywaniu. Ewa była jednak spokojną, posłuszną dziewczynką i nie stwarzała większych problemów. Zdecydowanie jednak odmówiła chodzenia do kościoła.

– Nie ma Pana Boga, ciociu – oświadczyła. – Gdyby był, nie zabrałby mi mamy, dziadziusia i babuni. A jeśli, jak mi mówił ksiądz, taka była wola Pana Boga, to ja się z nią nie zgadzam i choć wiem, że nic już nie mogę na to poradzić, nie przyjmuję tego i do kościoła chodzić nie będę.

Wuj Aleksander, który był bardzo religijny, nie mógł i nie chciał czegoś takiego tolerować.

– Przyjechała tu, mieszka z nami, będzie więc przestrzegać naszych tradycji i zwyczajów – oświadczył. – A czy chce, czy nie, w ogóle mnie to nie interesuje.

Tak więc Ewa jednak do kościoła w niedziele z wujostwem chodziła, chociaż na znak buntu nigdy się nie modliła. Do tego zmusić jej nie mogli.

*

Na cały lipiec państwo Kotwiczowie zarezerwowali sobie dwa pokoje w Sopocie, w tym samym miejscu, do którego jeździli prawie każdego roku. Zgodnie z umową daną Ewie zaprosili na ten miesiąc Maćka Zielińskiego, oczywiście na swój koszt. Pani Irena – po rozwodzie z Jerzym znowu Zielińska – łaskawie wyraziła zgodę. Wakacje były fantastyczne. Dość często, chociaż nie codziennie, i oczywiście tylko wtedy, kiedy nie padał deszcz, chodzili na plażę przy molo, potem jedli obiad i spacerowali po Sopocie albo jeździli po całym Trójmieście. Najbardziej urzeczeni byli gdańską Starówką, gdzie Ewa – przyszła pisarka – wymyślała i opowiadała im ciekawe historyjki o losach mieszkańców poszczególnych domów przy Długim Targu, Długiej, Mariackiej, Długim Pobrzeżu, Rybackim Pobrzeżu, Targu Rybnym, Świętego Ducha czy Piwnej. Opowiedziała im także historię „Panienki z okienka", młodej gdańszczanki Hedwigi, opisaną przez Jadwigę „Deotymę" Łuszczewską. Obejrzeli razem Nowy Dom Ławy, kamienicę sąsiadującą z Dworem Artusa, i podziwiali figurkę Panienki, umieszczoną w oknie poddasza, wykonaną przez Ewę Topolan, gdańską rzeźbiarkę. Choć tak naprawdę nie wiadomo, gdzie znajdował się ów Bursztynowy Dom, w którym mieszkała piękna Hedwiga – nie zdradziła tego sama autorka książki – Ewa jednak lubiła myśleć, że bohaterka powieści istniała naprawdę i mieszkała właśnie tam, gdzie znajduje się jej podobizna.

Kotwiczowie z dziećmi jeździli także do Oliwy, by słuchać przepięknych koncertów organowych w tamtejszej katedrze. Ewa niezmiernie polubiła tę muzykę i dopytywała się, kiedy przyjadą tu znowu. Maćka natomiast urzekły same organy; nie mógł się napatrzeć na te wszystkie ruchome figurki grających na trąbkach aniołków.

– Gdyby nie to, że już postanowiłem zostać prawnikiem – powiedział kiedyś, a Ewa kiwała głową, wiedząc, że jeśli Maciek coś postanowił, tak będzie – chyba zostałbym organistą.

Bardzo rozbawił tym panią Alicję, szczególnie po dodatkowych wyjaśnieniach, że nigdy na niczym nie grał i że słuch miał, najdelikatniej mówiąc, niezbyt dobry.

Po koncertach zawsze spacerowali w przepięknym parku oliwskim. Ewa z Maćkiem byli nim wprost zauroczeni. Znali wprawdzie warszawskie Łazienki, ale orzekli, że park oliwski jest – jeśli nie piękniejszy – to przynajmniej tak samo piękny. To „przynajmniej tak samo" wyegzekwował Maciek, który – mimo gorących zachwytów nad Trójmiastem i jego atrakcjami – był jednak miłośnikiem swojego miasta. Warszawa była dla niego najpiękniejsza i koniec. Pani Alicji bardzo się ta postawa podobała. Ona przecież tak naprawdę też była warszawianką. I w głębi duszy nią pozostała.

Kotwiczowie lubili także Gdynię i z przyjemnością spacerowali po Bulwarze Nadmorskim, podziwiając statki cumujące przy Nabrzeżu Francuskim. Parę razy wypuścili się w rejs po zatoce statkiem morskim MS „Mazowsze". Ewie i Maćkowi wydawał się on prawdziwym okrętem. A Ewa – ponieważ „Mazowsze" było pierwszą znaną jej jednostką pływającą, w związku z czym jej „dusza pisarki" przywoływała wspomnienia różnych historii o piratach – opowiadała wszystkim dzieje dzielnego kapitana Blooda.

Kilkukrotnie przyjeżdżali także do Orłowa i spacerując po tamtejszym molo, zachwycali się widokiem klifu orłowskiego i plaży rybackiej, ciągnącej się po lewej stronie. Dzieciom najbardziej podobały się zielono-żółte łódki rybackie i rozpięte, suszące się sieci. Plaża dla wczasowiczów była z prawej strony mola. Ale w zasadzie na plaży nie przesiadywali zbyt długo – jeśli już, to kilka godzin po śniadaniu, w Sopocie. Uważali, że szkoda czasu na wylegiwanie się na słońcu, za dużo było ciekawych rzeczy do oglądania w całym Trójmieście.

Na tej rybackiej, orłowskiej plaży często sprzedawano świeże ryby, takie prosto z sieci. A ryby uwielbiali i państwo Kotwiczowie, i dzieciaki. Pani Alicja kupowała więc te ryby i skrobała z całym poświęceniem, by wieczorem podać je na kolację.

Kotwiczowie starali się bardzo pokazywać dzieciom ciągle coś nowego, żeby się nie nudziły. Ale o nudzie mowy być nie mogło, wszystko było fascynujące, szczególnie dla Maćka, który po raz pierwszy widział coś poza Warszawą. Gdy padał deszcz, Ewa z Maćkiem zakładali niezgrabne, namiotopodobne peleryny i wybiegali sami na sopocki deptak. Państwo Kotwiczowie pozwalali im na to, ponieważ ufali tym dwojgu i nigdy się na nich nie zawiedli. A zgubić się w Sopocie było raczej trudno. Zawsze przecież spacerowali po Monte Cassino i po molo, nigdzie indziej nie chodzili, ponieważ tu było najpiękniej. Dla nich. Ale przecież nie tylko dla nich …

Niestety, wszystko, co piękne i przyjemne, szybko się kończy. Wspólny lipiec minął błyskawicznie i Maciek wrócił do Warszawy, raz jeszcze obiecując Ewie rzetelną i systematyczną korespondencję. O listy od przybranej siostry mógł być spokojny, wiedział przecież, że Ewa uwielbia pisać.

*

Na początku sierpnia Jerzy, niesłychanie z siebie dumny, powiadomił Kotwiczów, że u niego w pracy była taka możliwość, toteż załatwił Ewie wyjazd na kolonie w Jeleśni, wsi położonej w północnej części Beskidu Żywieckiego, rozciągającej się nad rzeką Koszarawą.

Tak więc w kilka dni po powrocie z Trójmiasta Ewa pojechała do Warszawy, skąd jeszcze tego samego dnia dzieci pracowników uniwersytetu zostały wyekspediowane pociągiem w Beskidy.

Wróciła po trzech tygodniach i niestety... kilka dni później...

– Ciociu, ciociu! – Ewa wpadła do kuchni, w której pani Alicja szykowała obiad. – Zobacz! – Podsunęła jej pod nos szeroko otwartą książkę. – Jakieś takie coś spadło mi z głowy.

Jakieś takie coś okazało się stworem o nazwie *pediculus humanus*, czyli pospolitą wszą głowową. Ewa najbardziej lubiła czytać, leżąc na brzuchu, i właśnie to robiła, a tu... pac! I tenże *pediculus* spadł z jej włosów na książkę.

Pani Ala bardzo się zmartwiła, ponieważ wiedziała, że niestety trzeba będzie obciąć Ewie jej długie włosy, będące do tej pory największą chlubą dziewczynki. Na wszy, szczególnie przy tak gęstych włosach, jakie miała Ewa, było to jedyne lekarstwo.

Do nowej szkoły poszła więc całkiem nowa Ewa – z króciutkimi, wijącymi się włosami, koloru, jak to mówiono – jasny szatyn – i w całkiem nowych, bardzo ładnych ubraniach, ukrytych pod obowiązkowym szkolnym fartuszkiem. Granatowym, z białym kołnierzykiem.

*

Kochany Braciszku!
Byłam na koloniach w Jeleśni. Dopiero wróciłam. Jeleśnia to taka miejscowość w górach, które się nazywają

Beskidy. Och, jak tam jest pięknie! Pierwszy raz w życiu byłam w górach, zawsze jeździliśmy nad morze. Nigdy też nie byłam na koloniach. Kolonie są wspaniałe. Spaliśmy w szkole, w klasach. Zamiast ławek były łóżka. Dwie sale dla dziewczynek i dwie dla chłopców. Wychowawcy nocowali w osobnych salach, w związku z tym w naszych salach w nocy mało kto spał. Co robili chłopcy, nie wiem, ale my opowiadałyśmy sobie różne historie, przeważnie straszne. Potem niektóre dziewczynki, te takie bardziej dzieciakowate, bały się same spać i właziły nam, starszym, do łóżek. Więc było ciasno i niewygodnie. Ale co tam, skoro się bały...

Jeździliśmy na różne wycieczki i nawet trochę chodziliśmy po górach, ale nie wysoko, bo młodsze dzieci nie miały siły. Ale wszystko jedno – wysoko czy nie – góry to góry, prawda? Chodziłam po górach, masz pojęcie? Po górach!!!

Jak padał deszcz, to bawiliśmy się wszyscy w świetlicy w różne gry, a nawet graliśmy w piłkę i w ping-ponga.

Czas minął szybko i już jestem z powrotem w Bydgoszczy. I wiesz co? Okazało się, że przywiozłam z tych kolonii wszy. To takie robaki – podobno mówi się na nie insekty – co włażą we włosy, jak ktoś jest brudny. Ja byłam zawsze czysta, ale te wszy przelazły na moją głowę z głowy jakiejś innej dziewczynki. Pewnie jednej z tych małych, które nam ze strachu w nocy wchodziły do łóżek. Ciocia była wściekła, nie na mnie, bo to nie moja wina, tylko na tych, co urządzili te kolonie. Dzwoniła do taty i krzyczała na niego – że nieodpowiedzialność, że brak dozoru, że powinno się wyciągnąć konsekwencje i w ogóle. Ale znasz tatę. Na pewno kompletnie nie rozumiał, o co chodzi.

Te wszy składają na włosach takie jajka, które nazywają się gnidy i tak są wczepione we włosy, że jedynym sposobem na to, aby się ich pozbyć, jest obcięcie włosów. No i przez to wszystko trzeba mi było obciąć włosy. Ciocia zaprowadziła mnie do swojej pani fryzjerki, która w ogóle nie chciała tego zrobić. Mówiła, że to grzech marnować takie włosy. Ale jak ciocia opowiedziała jej o tych wszach, szybko obcięła mi włosy i potem starannie je zamiotła, włożyła do jakiegoś worka i powiedziała, że musi zaraz je spalić.

Mam więc teraz fryzurę króciutką jak chłopak. Trochę nawet popłakałam, a ciocia chlipała razem ze mną. Pocieszała mnie jednak, że włosy szybko mi odrosną, a w tym nowym uczesaniu bardzo mi ładnie. No, nie wiem... Ja przecież w ogóle nie jestem ładna. Za parę dni idę do nowej szkoły i cieszę się, bo lubię szkołę. Mam nadzieję, że będzie w porządku.

Całuję – Ewa.

Kochana Ewuniu!

Bardzo mi przykro, że obcięli ci włosy. Ja lubiłem twoje warkocze. Ale nie mów, że nie jesteś ładna, bo jesteś. Na pewno z krótkimi włosami też.

Ja też się cieszę, że nareszcie idę do szkoły, bo w domu – bez ciebie – jest pusto i nudno.

Ściskam Cię mocno – Twój kochający brat, Maciek.

*

– To wasza nowa koleżanka, Ewa Brzozowska – przedstawiła ją dzieciom wychowawczyni klasy szóstej a pierwszego dnia szkoły. – Przyjechała z Warszawy, ale już teraz będzie mieszkała w Bydgoszczy. – Usiądź tam, moje dziecko. – Wskazała Ewie miejsce w drugiej ławce pod oknem, obok długonogiej szczupłej dziewczynki o ciemnych, prawie czarnych włosach.

– Ty, warszawianka, na pewno mnie w biegu nie prześcigniesz – powiedziała tamta. – Może się założymy?

– Dobrze, ale skąd wiesz, że cię nie prześcignę? Ja szybko biegam – odpowiedziała Ewa.

– Grażynko, znowu gadasz? – powiedziała z uśmiechem wychowawczyni. – Bądźcie cicho, dziewczynki, porozmawiacie sobie na przerwie.

Na przerwie dzieci zgromadziły się wokół Ewy. Nowa, na dodatek z Warszawy, z króciutkimi włosami, obciętymi „na chłopaka", wzbudzała wielkie zainteresowanie.

– Wiecie co? – śmiała się Grażyna. – Założyła się ze mną, że mnie prześcignie. Głupia, nie? Zobaczymy na dużej przerwie.

Ewa już zauważyła, że Grażyna jest od niej sporo wyższa i ma dłuższe nogi; była na tyle mądra, że wiedziała, iż ten wyścig musi przegrać. Ale skoro się założyła, to pobiegnie. Przegra z honorem.

I tak się stało. Na mecie triumfująca Grażyna podeszła do Ewy i podała jej rękę.

– Nowa jesteś, to nie wiesz, że nikt szybciej ode mnie nie biega. Nawet taka z Warszawy. Ale gratuluję ci, że spróbowałaś. Grażyna Nowak się nazywam.

– A ja ci gratuluję szybkiego biegania. – Ewa uścisnęła jej rękę. – Zostaniemy przyjaciółkami?

– Dobrze – odrzekła Grażyna, w gruncie rzeczy zachwycona, że jest pierwszą przyjaciółką „tej z Warszawy", jak Ewę nazwano już w klasie.

– Nie mówcie tak o mnie, bo teraz jestem z Bydgoszczy, jak wy. I jestem z tego naprawdę dumna, bo Bydgoszcz to bardzo ładne miasto. I będę je kochać.

I Ewa opowiedziała wszystkim, kto chciał słuchać, a chciał prawie każdy, nawet chłopcy, jak to się stało, że ona teraz też jest z Bydgoszczy. I pewnie długo będzie.

– To ty nie masz mamy? – spytała mała, chuda blondyneczka.

– No, ty, Agnieszka, chyba głucha jesteś – fuknęła Grażyna. – Przecież słyszysz, że nie ma. I nie będziemy na ten temat rozmawiać.

– Dziękuję ci. – Ewa ją uścisnęła.

Rozdział 4

Pod koniec roku szkolnego, w szóstej klasie, Ewa pierwszy – i chyba ostatni raz w życiu – poszła na wagary. Właściwie „poszła" to za dużo powiedziane. Rzecz w tym, że nigdzie nie poszła, tylko została w domu. Ona i jej sąsiadka,
Zdzisia, mieszkająca na drugim piętrze. Ze Zdziśką znały się
od dziecka; ilekroć Ewa, jeszcze za życia mamy, przyjeżdżała
z wizytą do cioci Ali, bawiła się ze Zdzisią na podwórku.
To podwórko było centralnym miejscem spotkań dzieciar-
ni z domu przy Mickiewicza, gromadzili się tam wszyscy
przy trzepaku. Zdzisia była o rok młodsza od Ewy i uznała
ją za swoją mistrzynię. Poza wszystkim – Ewa była przecież
z Warszawy... Co samo przez się czyniło ją wspaniałą.

Gdy Ewa na stałe zainstalowała się u cioci Alicji,
znajomość ze Zdziśką rozkwitła. Obydwie dziewczynki
pokochały grę w remika i potrafiły całymi dniami siedzieć przy stole u jednej albo u drugiej – i rżnąć w karty.
Po południu jednak w tej grze przeszkadzali im dorośli,
wymagając tak śmiesznych rzeczy, jak na przykład odra-
bianie lekcji. Pewnego dnia więc...

– A gdyby tak nie iść jutro do szkoły? – wpadło
do głowy Ewie.

– Ale jak to? – zestrachała się Zdzisia. – Przecież jutro
nie jest niedziela.

– Wiem przecież, że nie niedziela, ty głupia – zaczęła wyjaśniać Ewa. – Napiszemy sobie wzajemnie usprawiedliwienia, ja tobie, a ty mnie. „Moja córka, Zdzisława Bączkowska, nie mogła przyjść do szkoły, bo od rana bardzo bolała ją głowa". I podpis twojej mamy. To znaczy, będzie mój podpis, ale podpiszę się jako Maria Bączkowska. A ty napiszesz coś takiego dla mnie.

Zdzisia trochę się bała, ale nazwana przez Ewę tchórzem, zebrała całą odwagę i skinęła głową. A co tam, pomyślała, przecież jak przyniosę do szkoły usprawiedliwienie, wszystko będzie w porządku.

Następnego dnia więc obydwie, zadowolone ze swej przebiegłości, siedziały w mieszkaniu rodziców Zdziśki, którzy jak co dzień poszli rano do pracy – i grały sobie spokojnie w karty. Całe sześć godzin. Potem napisały sobie te wzajemne usprawiedliwienia i następnego dnia...

– Ewa Brzozowska, do dyrektora – ogłosiła sekretarka, wsuwając głowę przez drzwi do klasy szóstej a.

U dyrektora siedziała ze zmartwioną miną pani Wasilewska, wychowawczyni Ewy.

– Chodź tu bliżej, dziecko – powiedział dyrektor, patrząc groźnie na Ewę. – Co to jest? – Machnął jej przed nosem kartką, w której Ewa rozpoznała usprawiedliwienie swojej wczorajszej nieobecności wypisane jej przez Zdzisię.

Zaczerwieniła się i opuściła głowę. Nie umiała jeszcze kłamać...

– Czy ty w ogóle wiesz, co tu jest napisane? – spytał dyrektor.

– No, że bolała mnie głowa – wyjąkała nieszczęśliwa Ewa. – I nie mogłam iść do szkoły.

– I to „usprawiedliwienie" napisała ci matka, tak?

– Ja nie mam mamy – odpowiedziała odruchowo Ewa.

– Nie masz? – pieklił się dyrektor. – No, mnie też się tak wydawało. Ale okazuje się, że się myliłem, bo masz, sama przeczytaj. – Dyrektor podsunął jej kartkę, na której było napisane: „Moją córkę, Ewę Brzozowską, bolała głowa, więc nie mogła przyjść do szkoły. Matka – Maria Bączkowska".

Ewa chciała zapaść się pod ziemię. Ale kretynka z tej Zdziśki, pomyślała. I co za kretynka ze mnie, że nie przeczytałam tego, co ona tu nabazgrała.

– Powiesz coś? – zapytał dyrektor, któremu od samego początku okropnie chciało się śmiać, ale przecież byłoby to niepedagogiczne. Musiał jakoś Ewę ukarać.

Nie tyle za wagary, ile za takie krętactwo. Kłamstwo. Oszustwo, podburzał się w duchu, usiłując wykrzesać z siebie iskry gniewu.

– Przyjdziesz jutro z ciocią – powiedział. – A teraz, skoro tak nie lubisz chodzić do szkoły, zabieraj się do domu, nie chcę cię tu widzieć.

– Ależ ja lubię… – Ewa usiłowała coś powiedzieć, lecz dyrektor tylko na nią spojrzał i groźnie wskazał głową drzwi.

Wyszła więc i stała pod sekretariatem, czekając na wychowawczynię.

– Proszę pani – szepnęła do pani Wasilewskiej, gdy ta wyszła z gabinetu dyrektora. – Ja… ja bardzo przepraszam. To wszystko moja wina. To ja namówiłam Zdzisię Bączkowską. Ja wymyśliłam te usprawiedliwienia. Tylko byłam taka głupia, że nie sprawdziłam, co ona tu naskrobała. A ta kretynka przepisała to, co ja jej napisałam. Dobrze chociaż, że moje nazwisko wpisała w miejsce swojego. Dalej już nie pomyślała.

– Ewuniu – pani Wasilewska ścisnęła ją za ramię
– już lepiej nic nie mów. Idź do domu, przyznaj się cioci
i przyjdź z nią jutro do szkoły.

Ewa tak zrobiła. Była tak wstrząśnięta reakcją cioci
Ali, że już nigdy w życiu nawet nie pomyślała o waga-
rach. Ciocia bowiem nie krzyczała na nią ani jej nie uderzyła, to oczywiste, choć Ewa wolałaby lanie, niż widok
smutnych oczu cioci i jej bardzo zmartwiony szept:

– Bardzo mnie zawiodłaś, Ewuśka. Nigdy nie spo-
dziewałabym się po tobie czegoś takiego.

Cała sprawa rozeszła się po kościach. Ze szkoły Ewy
nie wyrzucono, do szkoły bowiem chodzić musiała. Poza tym była dobrą uczennicą i w sumie nie stwarzała
żadnych kłopotów, a taki wybryk to jeszcze nie koniec
świata. Tym bardziej że wszyscy widzieli – i ciocia Ala,
i wychowawczyni, i dyrektor – że winowajczyni dostała
nauczkę i więcej czegoś takiego nie zrobi.

Za karę kazano Ewie przygotować samodzielnie, bez
niczyjej pomocy, całą gazetkę ścienną z okazji 1 maja.
Nikt tylko nie pomyślał, że taka kara to dla Ewy czysta
przyjemność. Ale też kara miała być jedynie symboliczna,
wszyscy uznali, że dla Ewy największą i najdotkliwszą
karą była świadomość, że zawiodła. Ciocię, wychowawczynię, dyrektora.

Zdzisia dostała gorszą karę, bo kazano jej wysprzątać pracownię biologiczną. A tam, na centralnym miejscu, stało duże akwarium, w którym mieszkały dwa
aksolotle, białe przerażające stwory z dużymi, lekko
spłaszczonymi łbami, w których tkwiły oczy pozbawio-
ne powiek. Po bokach miały czerwone skrzela. Zdzisia
okropnie się ich bała i na każdej lekcji przyrody siedziała

ze spuszczoną głową, żeby tylko na te dziwactwa nie patrzeć. A teraz musiała wysprzątać całą pracownię. Akwarium w środku oczywiście nie, ale miejsce wokół niego owszem. Teraz zastanawiała się, czy zdoła to zrobić z zamkniętymi oczami.

Po tym incydencie kontakty między dziewczynkami trochę się rozluźniły. Pokłóciły się, oczywiście; Ewa zarzucała Zdzisi głupotę, a Zdziśka Ewie podżeganie do złego, choć swój zarzut sformułowała nieco inaczej.

– To wszystko twoja wina! – krzyczała. – Sama to wymyśliłaś, sama kazałaś mi napisać to, co napisałam, a teraz jeszcze mówisz, że jestem głupia.

Ewa już otwierała usta, żeby odpowiedzieć, ale zastanowiła się i machnęła ręką.

– Dobra. Wiesz co? Cześć – rzuciła tylko, odwróciła się na pięcie i gra w karty się skończyła.

Przez długi czas prawie się nie widywały, tym bardziej że potem zaczęły chodzić do innych szkół i każda miała swoje przyjaciółki. Ich drogi rozeszły się więc definitywnie.

*

W siódmej klasie Ewa się zakochała – pierwszy raz w życiu. Bardzo chciała, żeby coś takiego się stało, naczytała się przecież o miłości w tylu książkach, że nie mogła się doczekać, kiedy i jej się to przydarzy. Wybrankiem Ewy był Andrzej Kowalewski, szczupły chłopiec z wiecznie wpadającą w oczy ciemną grzywką. Żywy i energiczny, typowy przywódca. Kochały się w nim wszystkie dziewczyny z klasy, nie była więc oryginalna. Miała jednak atut, którego nie miała żadna z jej koleżanek. Była… warszawianką, choć nie lubiła, gdy tak o niej mówiono.

Chciała być z Bydgoszczy, bo o życiu w Warszawie najbardziej pragnęła zapomnieć. Z wyjątkiem wspomnień o Maćku – ale wiedziała, że jego na pewno nie zapomni i wcale tego nie chciała.

Dzieciaki, którymi w istocie byli ci siódmoklasiści, nie wiedziały nic o miłości. W żadnej postaci – poza tym, co mogli przeczytać w książkach, oczywiście ci, którzy czytali książki. Czasy po prostu takie były. Tak więc „miłość" Ewy i Andrzeja polegała na tym, że starali się znaleźć obok siebie na przerwach, niekiedy po lekcjach szli całą gromadą do parku i wtedy tak manewrowali, żeby usiąść przy sobie na ławce i czasami nieśmiało dotykać się ramionami, udając, że tak tu ciasno. A raz – po lekcji religii, które odbywały się po południu – poszli, też całą grupą, do ogródka działkowego jednej z koleżanek i tam grali w listonosza. Gra polegała na „przynoszeniu listów" ze znaczkami różnych kolorów. Jeśli ktoś zdecydował się przynieść list z czerwonym znaczkiem, oznaczało to, że adresat listu musi pocałować nadawcę. I Andrzej, gdy na niego wypadło zostać listonoszem, odważył się przynieść list z czerwonym znaczkiem Ewie. Zmuszona do pocałunku na oczach całej grupy, cmoknęła Andrzeja gdzieś w okolicy ucha i ponieważ ta chwila nie przyniosła jej spodziewanych uniesień – odkochała się natychmiast. Andrzej zresztą chyba też, na szczęście nie doszło do sprawdzania tego, bo zaraz potem były wakacje, koniec roku szkolnego – a następnie – już całkiem nowa szkoła i nowi znajomi.

*

Klasa szósta i siódma minęły nie wiadomo kiedy. Ewa lubiła szkołę, choć z uczeniem się było różnie. Bez dodatkowego uczenia się umiała dużo z przedmiotów, które lubiła, wystarczało jej w zasadzie to, co słyszała na lekcji od nauczycielki. Wystarczyło po prostu uważnie słuchać. A słuchała tego, co ją interesowało.

Zawsze odrabiała wszystkie zadania domowe, choć niektóre nie sprawiały jej przyjemności.

Pewne przedmioty wprost uwielbiała – o dziwo, najbardziej dwa skrajne – polski i matematykę. Polski – wiadomo, przecież miała zostać pisarką, a matematykę nie wiedziała dlaczego. Mówiła, że po prostu ma guz matematyczny w mózgu. Matematyka była dla niej jasna i prosta, rozumiała ją i pojmowała wręcz instynktownie. Lubiła też biologię, bo kochała całą przyrodę – od najmniejszego ździebełka trawy do potężnego dębu. I wszystko w środku. Lubiła nie tylko florę, wielką miłością darzyła też zwierzęta – fascynował ją zarówno pierwotniaczek pantofelek, jak i wyższe formy życia. A najukochańsze były psy. Wszystkie, od kundelków począwszy. Niestety, ciocia Ala, spełniająca w zasadzie wszystkie życzenia Ewuni, prośbie o psa zdecydowanie się oparła.

*

Kocham psy! Nie ma na świecie bardziej cudownych stworzeń. I bezinteresownych. Nikt tak nie kocha, jak pies. A ja bardzo, bardzo chciałabym, żeby mnie ktoś tak mocno, najmocniej na świecie, pokochał. No, wiem, kocha mnie ciocia Ala, kocha mnie wujek Olek. Kocha mnie Maciek. Może trochę tata… Może.

Ale mój pies kochałby mnie najbardziej. Czytam wszystkie książki o psach i dużo już o nich wiem. Wszystkie są mądre i śliczne. Kundelki też.

Ciocia mówi, że nie mamy warunków, żeby trzymać w domu psa. Mama też tak mówiła. Trochę to rozumiem, przecież wiem, że z psem trzeba wychodzić kilka razy dziennie, a u nas w domu często nie ma nikogo, bo ciocia i wujek są w pracy, a ja w szkole. No więc taki pies, gdyby był ciągle sam, bardzo by się męczył. Dlatego też nie upieram się i nie marudzę.

Niemniej jednak mam nadzieję, że kiedyś w życiu będę miała takie warunki, że będę mogła trzymać psa. Wezmę wtedy jakiegoś kundelka ze schroniska. Mur-beton! A jak zostanę sławną pisarką i będę mieszkała w dużym domu, to wezmę dwa psy. I kota. Koty też lubię.

*

Wakacje Ewa spędzała z Kotwiczami – w lipcu byli w Juracie, a w sierpniu w Zakopanem. Ale Maciek nigdy już z nimi nie pojechał. Na pytanie Ewy: dlaczego? – ciocia Ala odpowiedziała, że nie zgodziła się na to jego mama. Ewa nie wiedziała, że pani Irena Zielińska posunęła się na tyle w swojej bezczelności, że uznała, iż skoro Jerzy nie płaci jej alimentów (za co miałyby być te alimenty, nie sprecyzowała, byli po rozwodzie, a wspólnych dzieci przecież nie mieli), pani Ala powinna jej przysyłać chociaż pięćset zł miesięcznie z uwagi na „zażyłość" Maćka z Ewą, żeby Maciek mógł uzyskać większe wykształcenie. Pani Alicja Maćka bardzo lubiła, choćby ze względu na przywiązanie dziewczynki do niego, jednak zdecydowanie odmówiła przysyłania pieniędzy na dokształcanie chłopca. W związku z powyższym pani Irena poinformowała ciocię Ewy, że nie pozwoli

Maćkowi na żadne przyjazdy do ludzi, którzy „go nie chcą". Na takie stwierdzenie pani Alicja nawet nie próbowała znaleźć odpowiedzi.

Z listów Maćka Ewa wiedziała, że jego mama znowu wyszła za mąż, tym razem za owego pana Janka, którego poznała w Ciechocinku i który – między innymi – stał się powodem jej rozwodu z Jerzym. Maciek nie pisał nic złego o „nowym tacie", ale nie pisał też nic dobrego, a Ewa była na tyle mądra, że wyczytała między wierszami, iż jej przyszywany brat nie jest zachwycony kolejnym mężem mamy. Był natomiast zachwycony swoją nową szkołą, poszedł do liceum ogólnokształcącego, właściwie załatwiwszy sobie wszystko sam – no, może przy małej pomocy dawnej wychowawczyni z podstawówki, która Maćka bardzo ceniła i wróżyła mu świetną przyszłość. Matka Maćka nie była zbytnio ucieszona jego wyborem, chciała, żeby Maciek poszedł do technikum budowlanego, bo budowlaniec zawsze robotę dostanie. Maciek jednak konsekwentnie realizował swój plan, chciał zostać prokuratorem i postanowił zrobić wszystko, żeby w przyszłości ten cel osiągnąć.

*

Ewa, która była od Maćka o rok młodsza, poszła do liceum ogólnokształcącego, gdy Maciek zdał już do dziewiątej klasy. Ona miała być teraz w klasie ósmej. Razem z Grażyną wybrały VI Liceum Ogólnokształcące w Bydgoszczy im. J.J. Śniadeckich, przy ulicy Staszica 4. Było to bardzo dobre liceum, uważane za najlepsze w Bydgoszczy przez połowę miasta; druga połowa za najlepsze uważała Liceum nr I, przy placu Wolności 9.

Ewa poszła za Grażyną, wybrały liceum, do którego parę lat temu chodziła starsza siostra Grażyny. Ciocia Alicja aprobowała ten wybór bez zastrzeżeń.

Ewa i Grażyna dostały się do tej samej klasy, koedukacyjnej, z językiem obcym niemieckim. Był też francuski, ale w klasie, do której chodziły same dziewczęta, a one obie zaczynały już dostrzegać płeć przeciwną. Uznały więc, że w klasie z samymi koleżankami byłoby za nudno.

Skonkretyzowanych planów co do swoich studiów Ewa jeszcze nie miała. Na prawo, jak Maciek, nie miała zamiaru iść, bo wydawało jej się nudne. Ponieważ od dzieciństwa marzyła, by zostać pisarką, myślała o dziennikarstwie, ale jakoś tak mało konkretnie. Pisanie zawsze szło jej świetnie, była więc przekonana, że na to dziennikarstwo po prostu ktoś ją przyjmie, bez żadnego wysiłku z jej strony. No i na razie nie zaprzątała sobie głowy studiami. Grażyna także nie, z tym że ona w ogóle nie myślała o studiach. O żadnych.

Nauka szła im tak sobie – raz lepiej, raz gorzej. Za pilne, szczerze mówiąc, nie były. Nie miały, oczywiście, żadnych problemów, ale stopnie mogłyby być lepsze... Obydwie uwielbiały matematykę i były z niej świetne. Ewa była też najlepsza w klasie z języka polskiego; jej wypracowania nauczycielka często czytała na głos. Wysyłała je także na różne międzyszkolne konkursy, w których Ewa na ogół zdobywała nagrody. Grażyna z polskiego była dużo gorsza, cóż, nigdy nie czytała tyle, co przyjaciółka. Inne przedmioty zdawały, bo musiały, ale nie były żadnym zauroczone. No, Ewa może jeszcze biologią, ale nie aż tak ponad życie. Obowiązkowego języka rosyjskiego obowiązkowo uczyć się nie chciały, choć zaliczały wszystko, co było trzeba. Dwójki zdarzały im się ze wszystkich przedmiotów – poza matematyką, z której miały same piątki. Ewa dostawała też same piątki z polskiego. I na tym koniec osiągnięć, którymi mogłyby się chwalić.

Choć była jeszcze jedna dziedzina, w której odnosiły sukcesy, mianowicie sport. Obydwie zapisały się do młodzieżowego klubu sportowego „Orliki" przy bydgoskim klubie „Zawisza". Grażyna w dalszym ciągu biegała jak rakieta, w czym pomagały jej długie nogi i szczupła sylwetka. Ewa natomiast wyspecjalizowała się w rzucie piłeczką palantową. Poza tym obydwie odkryły ping-ponga. Grały namiętnie i dość dobrze. Odnosiły często sukcesy w turniejach międzyszkolnych, a kiedyś w grze podwójnej zdobyły pierwsze miejsce, bijąc na głowę nawet debel męski.

Jednak z biegiem czasu zaczęły tracić zapał do sportu na rzecz zainteresowania chłopcami. Będąc w klasie dziesiątej, obydwie się zakochały. Grażyna w najprzystojniejszym w klasie Andrzeju Walickim, a Ewa w Wojtku Barcz-Barcickim, szczupłym chłopcu o włosach tak czarnych, że aż granatowych, właściwie mało atrakcyjnym fizycznie, ale szalenie inteligentnym i dowcipnym. I oczytanym – o jakiej książce Ewa wspomniała, on ją czytał. I to naprawdę, bo kiedyś uparcie to sprawdzała, zadając mu różne podchwytliwe pytania. Ale tak naprawdę zakochała się na pewnej lekcji polskiego.

Języka polskiego w tej szkole uczyła młoda nauczycielka mająca ambicje, żeby jej lekcje nigdy nie były nudne. Wprowadzała więc różne atrakcje, konkursy, procesy oparte na akcji jakiejś lektury, uczniowie wystawiali też sztuki, zresztą pisane przez nią samą. Zawsze coś się działo.

Na którejś lekcji Ewa wyszła na środek klasy i zapytała, czy może zorganizować – ot, tak zaraz, natychmiast – konkurs znajomości poezji Gałczyńskiego.

– A na czym miałoby to polegać? – spytała nauczycielka.

– No, ja powiem jakiś fragment utworu – wyjaśniła Ewa – i zobaczymy, czy ktoś będzie wiedział, jaki to wiersz. A może ktoś też będzie go znał, więc powie ciąg dalszy.

– To jak, młodzieży? – spytała nauczycielka. – Zgadzacie się, robimy konkurs?

Zabrzmiało gromkie „taaa"; oczywiście wszyscy woleli cokolwiek, byle tylko to coś, co się będzie działo, uchroniło ich od odpytywania, lub – co gorsza – niezapowiedzianej klasówki.

– A więc zaczynamy – ogłosiła Ewa. – Na początek coś bardzo łatwego – powiedziała i zaczęła:

Dlaczego ogórek nie śpiewa...

Nie zdążyła nic więcej powiedzieć, bo obok niej, na środku klasy, znalazł się Wojtek Barcz-Barcicki i zadeklamował:

Pytanie to, w tytule,
postawione tak śmiało,
choćby z największym bólem
rozwiązać by należało.

– Chwileczkę, to mój konkurs – oburzyła się Ewa
i mówiła dalej:

Jeśli ogórek nie śpiewa,
i to o żadnej porze,
to widać z woli nieba
prawdopodobnie nie może.[*]

– Dobrze – przerwała im profesorka. – Wszyscy widzimy,
a właściwie słyszymy, że obydwoje doskonale to znacie.
– A może coś trudniejszego – powiedział Wojtek i zaczął:

Ona była ruda, ale niezupełnie – pewien połysk
na włosach grasował –
żyła z Finkiem. Fink był reżyser. Przez snobizm
komunizował
(są tacy też – na Mazowieckiej).

Ewa machnęła na niego ręką i teraz mówiła ona:

A Inge? Inge miała w sobie jakiś smak niemiecki,
ten akcent w słowie „Mond" – księżyc... der Mond,
im Monde...
A Fink był dureń i blondyn...[**]

– Dobrze, znowu remis – orzekła polonistka. – Nie
musicie deklamować całych wierszy, już i tak wiemy,
że ten też znacie obydwoje.

---

[*] Fragment wiersza „Dlaczego ogórek nie śpiewa".
[**] Fragment wiersza „Inge Bartsch".

– No to może to? – zaproponowała Ewa i zaczęła:

Był sobie pewien pan,
na twarzy kwaśny i wklęsły...

I znowu Wojtek jej przerwał:

– miał portek z piętnaście par...

– (a może szesnaście) – wtrąciła Ewa.
– i wszystkie mu się trzęsły – nie dał się jej przeciwnik.

Ewa spojrzała na niego.
– Dobra, widzę, że to też znasz, no to kończymy razem:

Gdy wieje wiatr historii,
ludziom jak pięknym ptakom
rosną skrzydła, natomiast
trzęsą się portki pętakom.*

I ukłonili się, trzymając się za ręce, jak aktorzy na scenie.
Nauczycielka, a za nią wszyscy – cała klasa – zaczęli bić brawo.
– No i kto wygrał? – zapytała profesorka.
A młodzież zaczęła skandować: „Remis, remis, remis".

* Fragment „Ballady o trzęsących się portkach".

Raptem drzwi się otworzyły z impetem i do klasy wpadł Pegaz. To znaczy dyrektor szkoły, na którego wszyscy uczniowie tak mówili. Nauczyciele pewnie też, ale się nie przyznawali. A dyrektor „Pegazem" był, bo chodzić nie umiał. On latał. Biegał. Gnał. Wpadał. Tak, jak teraz do klasy dziesiątej a.

– Co tu się dzieje? – zapytał. – W całej szkole was słychać.

– Przepraszamy, panie dyrektorze, już będziemy cicho – powiedziała nauczycielka. – To były owacje dla Ewy Brzozowskiej i Wojtka Barcickiego, którzy brali udział w konkursie znajomości poezji Gałczyńskiego.

– A kto wygrał? – zapytał dyrektor.

Cała klasa znowu zaczęła natychmiast skandować: „Remis, remis, remis".

– Oranyboskiecicho! Przecież słyszę – jednym tchem prawie wrzasnął dyrektor, chcąc przekrzyczeć młodzież. – To dobrze, dzieci, bardzo dobrze – ucieszył się, gdy już wszyscy ucichli. – Ale dlaczego, jak w tej szkole coś ciekawego się dzieje, to ja ostatni się dowiaduję? A może ja też chciałbym posłuchać Gałczyńskiego? – I już go nie było.

No i właśnie na tej lekcji polskiego Ewa nieprzytomnie zakochała się w Wojtku Barcz-Barcickim. Bo jak mogła nie zakochać się w chłopaku, który tak znał wiersze jej ulubionego poety?

Te „miłości" Ewy i Grażyny były oczywiście takie, jakie mogły być w latach sześćdziesiątych wśród młodzieży z tak zwanych dobrych rodzin. Chodzili do kina, trzymali się za ręce, a na prywatkach – tak nazywały się ówczesne spotkania młodzieży w domach – całowali się

77

i obściskiwali w tańcu. Na nic innego się nie odważyli, choć chłopcy nieraz – próbowali.

Po zajęciach szkolnych często spotykali się w mniejszych lub większych grupkach, w zasadzie byli bardzo zżytą klasą. Niestety, zaczęli palić papierosy. Cóż, było to prawie obowiązkowe. Oczywiście palili w ukryciu, po szkole spotykali się na małym skwerku o nazwie Sielanki i przesiadywali tam godzinami, gadając o przyszłości świata i pałąc te nieszczęsne papierosy (które tak naprawdę mało komu smakowały, ale niepalenie było niemodne).

W niedziele wczesną jesienią i wiosną, gdy tylko było ciepło, jeździli autobusem do podbydgoskich Chmielnik, nad piękne jezioro, jeszcze wtedy nie tak oblężone i dość czyste. Brali kajaki, oczywiście parami, wpływali w sitowie i tam całowali się nieporadnie. Nieporadnie, bo kajaki były przecież dość wywrotne, a sami też byli przecież nieporadni, jak takie wyrośnięte szczeniaki o niezgrabnych łapkach i grubych brzuszkach.

Choć nie wszyscy w tym liceum byli tacy nieporadni. Na początku grudnia w szkole gruchnęła wiadomość, że Kacpera wychodzi za mąż.

I jest w ciąży!

Kacpera, czyli Janka Kacperska, chodziła do równoległej klasy dziesiątej; takiej, w której były same dziewczyny. Janka dość rzucała się w oczy, jej postura bowiem odbiegała nieco od szkolnej normy. Większość dziewcząt była średniego wzrostu lub wręcz niewysoka, ale Kacpera... Kacpera miała sto osiemdziesiąt centymetrów wzrostu i ważyła około stu kilogramów. Była przy tym toporna, niezgrabna i miała okropną cerę, z trądzikiem – ale nie takim, jak u większości dziewcząt w tym wieku. Ona miała trądzik jak czopy po ospie.

– Jak ona to zrobiła? – dziwiła się Grażyna, przynosząc Ewie najnowszą szkolną rewelację.

– Chyba powinnaś zapytać, jak on to zrobił! – zaśmiała się Ewa. – A w ogóle wiadomo, kto zacz, ten jej przyszły? Widział go ktoś?

– Podobno nikt z naszej szkoły. Podobno okropnie stary – ekscytowała się Grażyna. – Ma chyba ze trzydzieści lat i jest ze wsi. Bo Kacpera też w zasadzie jest ze wsi. Jej rodzice dopiero parę lat temu przeprowadzili się do Bydgoszczy, jak ojciec dostał pracę w drukarni. A Janka całe wakacje spędzała u babci, pod Mogilnem. I tam się dorobiła tej swojej ciąży.

Prawie cała szkoła, a przynajmniej prawie cała jej żeńska część, poszła na ten ślub. Każdy chciał obejrzeć „tego starego narzeczonego" Kacpery. No – i owszem – było co oglądać. Janka Kacperska wyglądała jak rzymska kolumna, spowita w wielkie ilości białego tiulu, misternie upiętego wokół całej figury, by zamaskować widoczny już brzuszek panny młodej. Może ten tiul i maskował, ale też sprawiał, że i tak już masywna Janka w tych białych zwojach była po trzykroć masywniejsza. U jej boku kroczył drobnymi kroczkami ów „stary pan młody", osobnik mizernego wzrostu i postury równie mizernej. Dzierżył Kacperę pod rękę, patrząc na nią z takim zachwytem i miłością, jakby była co najmniej posągową Sophią Loren. I ów wyraz uwielbienia oraz blask szczęścia w jego oczach powodował, że prawie wszystkie dziewczyny przestały dostrzegać śmieszność i niedobranie tej osobliwej pary. Wszystkie widziały tylko przeszczęśliwego pana młodego, który prowadził do ołtarza swoją najpiękniejszą pannę młodą.

Większość – ze wzruszenia – miała zamglone oczy.

I większość orzekła, że ślub był przepiękny. A Kacpera już nigdy do szkoły nie wróciła.

Zima nie była szczególnie ulubioną porą Ewy. Nie lubiła łyżew, nie jeździła na nartach – a zresztą nawet nie było gdzie. Szybko robiło się ciemno, na ogół było dość zimno – za zimno na przesiadywanie na Sielankach, za zimno na jakieś wyprawy za miasto. Ewa, Grażyna, Wojtek i Andrzej dość często spotykali się więc w mieszkaniu Grażyny, chociaż czując na karku oddech jej rodziców, nie mogli zachowywać się tak, jakby chcieli. Nie znaczy to bynajmniej, że gdzie indziej zachowywali się jakoś karygodnie, skąd – ale jednak tam, w domu, nie czuli się swobodnie. Nie mogli zbyt głośno rozmawiać, nie mogli się poprzytulać, nie mogli palić papierosów… ech, zdecydowanie zima była najgorszą porą roku.

Zimowe niedzielne przedpołudnia spędzali w swojej ulubionej kawiarni „Słowianka", na rogu alei 1-go Maja i alei Mickiewicza. Siadywali we czwórkę przy jednym stoliku i zamawiali dwie herbaty. Bez cytryny, bo taniej. I gadali, gadali, gadali. Urządzali od nowa świat.

Wygodniej im tam było niż w czyimś domu.

A biedne kelnerki zgrzytały zębami, bezradnie patrząc na tak długą blokadę stolika w najlepszej dla kawiarni porze. Przy dwóch herbatach (na cztery osoby)!

*

Ewa, pod wpływem Wojtka, który był zakochany w kulturze starożytnego Egiptu, porzuciła dotychczasowe marzenia o dziennikarstwie i postanowiła iść na archeologię. Jerzy beztrosko poinformował córkę, że ma wystarczające znajomości na tym wydziale, żeby została przyjęta. Ewa nie pomyślała jednak, że same znajomości – nawet jeśli ojciec mówił prawdę – nie wystarczą i trzeba jeszcze zdać egzaminy wstępne, między innymi z historii, której szczerze nie znosiła, poza tą starożytną, i której w ogóle się nie uczyła. To znaczy uczyła się o tyle, o ile, żeby tylko wystarczyło do uzyskania matury.

Grażyna natomiast w ogóle o studiach nie myślała, chciała skończyć szkołę, zdać egzaminy i mieć spokój z tą całą nauką. Zamierzała iść do pracy, jak jej starsza siostra, mieć choć trochę własnych pieniędzy i jakieś własne życie, wolne od zakuwania.

*

Po maturze, która była prawie formalnością, Ewa pojechała do Warszawy zdawać na archeologię. Zamieszkała w tym czasie z ojcem, który wynajął w mieszkaniu na Bielanach większy pokój znajomej rodzinie, a sam mieszkał w mniejszym i doskonale sobie radził, ponieważ spędzał tam tylko noce. Dla córki pożyczył od sąsiadów z góry łóżko polowe, na którym spała pod kocem i na jaśku. Nie przeszkadzało jej to jednak zupełnie, chciała tylko dostać się na tę swoją wymarzoną archeologię śródziemnomorską. Już się widziała u boku profesora Kazimierza Michałowskiego, jak wspólnie odkopują nową katedrę koptyjską lub ratują świątynię Abu Simbel.

Niestety, nawet nie zdała egzaminów. Podwinęła więc ogon pod siebie i przeklinając w duchu własną głupotę, jaką było lekceważenie historii i liczenie na jakiś przysłowiowy łut szczęścia, wróciła do Bydgoszczy.

Przed wszystkimi udawała, że w zasadzie nic się nie stało – wiadomo – była dzielna i silna! – ale w nocy popłakała sobie rzewnie, przytulając swojego Misia, a właściwie to, co z niego zostało.

Bo tak naprawdę to dzielna i silna była głównie przy ludziach, ale w głębi duszy, mimo upływu czasu, pozostała nieszczęśliwym i przerażonym dzieckiem, które w każdej chwili i z każdej strony spodziewało się kolejnego ciosu od życia.

A każdą swoją porażkę – nawet to, że nie dostała się na studia – przyjmowała właśnie jako kolejny cios i oglądała się za siebie, wyczekując następnego.

Ciocia Ala podtrzymywała ją na duchu, tłumacząc, żeby się nie martwiła tym, że nie dostała się na studia. Nie ona pierwsza i nie ostatnia.

– A ja się, dziecko, cieszę – mówiła, przytulając Ewę – że dłużej zostaniesz z nami. Bo przecież, gdybyś dostała się na tę archeologię, musiałabyś wyjechać do Warszawy.

Wtedy Ewa, mimo całego swojego przygnębienia, postanowiła przejść nad tym do porządku dziennego i cieszyć się uczuciem, okazywanym przez ciocię, bo teraz już tylko ją – i wujka Olka – miała do kochania.

I Maćka.

Oraz, oczywiście, Misia.

Miłość taty była mocno wątpliwa... Nawet do głowy mu nie przyszło, żeby zapytać, czy może córka chciałaby wrócić do Warszawy, tutaj mieszkać i pracować.

Ale Ewa wcale na to nie liczyła.

*

Nie dostałam się na archeologię. Myślałam, jak jakiś osioł, że wystarczy po prostu zgłosić się na egzaminy, a one zdadzą się same, jak matura. Trochę za mało w tej pustej głowie jednak miałam, szczególnie z historii. Bo cóż z tego, że historię starożytną znam doskonale, skoro pytania były z okresu drugiej wojny światowej, a ja... ech, wstyd! Na maturze jakoś mi się udało, ale tym razem – niestety.

A Wojtek, który tak naprawdę mnie na tę archeologię napuścił, zdał sobie spokojnie na jakieś artystyczne studia we Wrocławiu, o czym w ogóle nie miałam pojęcia. Dopiero teraz Grażyna mi powiedziała, że on ma tam jakąś rodzinę i poznał pewną lokalną piękność, dla której był skłonny zdawać nawet do wyższej szkoły teatralnej, na lalkarstwo. O mało nie zemdlałam. Nie z powodu tej lokalnej piękności, tylko przez to lalkarstwo.

Cóż, niech mu się wiedzie jak najlepiej, tak naprawdę przecież nic nas nie łączyło. Poza Gałczyńskim, oczywiście.

A ja może jeszcze kiedyś spotkam kogoś, kto też, tak jak Wojtek, będzie wiedział: „Po cholerę toto żyje? Trudno powiedzieć, czy ma szyję, a bez szyi komu się przyda?"*.

Grażyna mówi, że nie rozumie, jak ja mogę tyle tego Gałczyńskiego znać na pamięć, ale ja go znam, ot, tak po prostu, z siebie. Przecież nie uczyłam się tych wierszy specjalnie. Czytam Gałczyńskiego wręcz nałogowo, kilka razy w tygodniu, więc jego utwory same mi w głowie zostają.

A mój kochany, mądry braciszek już studiuje od ubiegłego roku. Przynajmniej on wstydu rodzinie nie przynosi. To znaczy – mnie, bo jego rodzina

* Fragment „Satyry na bożą krówkę" K.I. Gałczyńskiego.

(czyli mama) ma głęboko gdzieś sukcesy Maćka. Taka jest ta jego „rodzina". Ale czy ja mam lepszą? A jakąż ja mam rodzinę? Ojca, który przypomina sobie o moim istnieniu, gdy widzi mnie przed sobą? No nie, przepraszam – mam ciocię Alę i wujka Olka. Tak, tak, bardzo przepraszam, to oni są tak naprawdę moją rodziną.

I przed nimi mi głupio, że tak oblałam te egzaminy. Cóż, trudno, spróbuję w przyszłym roku.

Ale archeologia całkiem mi przeszła.

*

Maciek był studentem Wydziału Prawa Uniwersytetu Warszawskiego i bardzo dobrze zdał wszystkie egzaminy, zaliczając w terminie pierwszy rok studiów. W okresie wakacji cały czas pracował, imając się różnych zajęć, nawet mył okna i sprzątał u różnych ludzi. Malował też mieszkania, jeździł do domów podwarszawskich, strzygł tam trawniki i pielęgnował ogródki. Każdy zarobiony grosz oddawał matce, która cały czas narzekała, że tak długo musi go utrzymywać. Maciek, jako jeden z najlepszych studentów, otrzymywał niewielkie stypendium i musiało mu ono wystarczać na podręczniki – te, których nie mógł zdobyć w bibliotece uniwersyteckiej, i na bardzo rzadkie spotkania z przyjaciółmi, których miał sporo, ale wszyscy byli od niego lepiej sytuowani, jego zaś krępowało, gdy chcieli choćby zafundować mu piwo. Matka piła w dalszym ciągu, choć może już nie tak bardzo, jak kiedyś, ale atmosfera w domu nie była najlepsza. Tym bardziej że pan Janek, mąż matki, stałej pracy nie miał i jeśli coś robił, to tylko dorywczo. Pani Irena zmądrzała już jednak na tyle, że przynajmniej alkoholu małżonkowi nie kupowała i nie przynosiła do domu żadnej wódki. Jeżeli piła, to w tej swojej budce na Bazarze Różyckiego.

Oczywiście o tym wszystkim Maciek Ewie nie pisał, ale to, że nie mógł chociaż na tydzień do niej przyjechać, bo przyznał się, że całe wakacje pracuje, dużo jej powiedziało o jego sytuacji. Dlatego też gdy przyjechała do Warszawy na egzaminy, nawet nie powiadomiła o tym Maćka, żeby go nie stresować. Dopiero potem opisała mu wszystko w liście, przyznając się do oblanych egzaminów i wyjaśniła, że chciała jak najszybciej uciec z Warszawy, z tego malutkiego, dzielonego z ojcem pokoiku bez dostępu do kuchni.

*

Ewa, po konsultacjach z ciocią Alą, postanowiła, że zrobi sobie dłuższe wakacje, a od września spróbuje znaleźć jakąś pracę. W następnym roku będzie znowu zdawać na studia, tym razem już według swojego starego planu, najpierw na polonistykę, potem na dziennikarstwo.

„Zdradą" Wojtka w ogóle się nie zmartwiła, tym bardziej że poznała kolegę siostry Grażyny, Piotra Maszewskiego, i jakoś od razu przypadli sobie do gustu. Piotr pracował w bydgoskiej Telfie; już drugi raz z rzędu nie dostał się na Politechnikę Warszawską i powoli zaczął przyzwyczajać się do myśli, że nie każdy musi skończyć wyższą uczelnię.

Studia w drugiej połowie lat sześćdziesiątych nie były takie niezbędne. Wiele osób uważało, że uczenie się przez tyle lat to fanaberia. W związku z czym brak studiów nie był żadną wadą. A często wadą był właśnie dyplom ukończenia jakiejś wyższej uczelni, szczególnie wtedy, gdy bezpośredni zwierzchnik takiego dyplomu nie miał – czyli dość często.

*

Ciocia Alicja kupiła siostrzenicy dwuosobowy namiot i Ewa wraz z Grażyną pojechała na dwa miesiące na pole kempingowe do Sopotu-Kamiennego Potoku. W sierpniu na dwa tygodnie miał do nich przyjechać Piotrek. Miał też przyjechać Andrzej Walicki, z którym Grażyna cały czas „chodziła", jak to się wówczas mówiło. Andrzej zdawał na prawo, chciał studiować w Toruniu – niestety, mimo że zdał, zabrakło mu punktów, by się dostać. Odwołanie, które złożył, nie zostało jeszcze rozpatrzone, ale nie robił sobie wielkich nadziei.

Chłopcy mieli pożyczyć od kogoś namiot, gdyż w czwórkę w dwuosobowym byłoby im jednak trochę ciasno. Andrzej i Piotrek znali się, oczywiście, bo Ewa i Grażyna były prawie nierozłączne, jak więc mogliby się nie znać ich chłopcy.

Dopóki dziewczyny były same, prawie całe dnie spędzały na plaży, opalając się, kąpiąc i leniuchując. Ewa oczywiście bez przerwy coś czytała i nawet zaraziła trochę swoją pasją przyjaciółkę.

– Wyglądasz jak flądra – śmiała się z niej Grażyna. – Nie dlatego, żebyś była jakaś nieporządna, ale spójrz na siebie – plecy masz całkiem czarne, a z przodu jesteś prawie biała. Poleż teraz trochę na wznak, bo przestaniesz się podobać Piotrkowi.

86

– Nie ma strachu – odpowiadała Ewa. – Leżę na brzuchu, bo czytam, więc opalają mi się plecy. A na leżenie na plecach, bez ruchu, nie mam cierpliwości.

Ale coś z tego, co mówiła Grażyna, widocznie do niej trafiło, bo zaczęła opalać przód, leżąc przynajmniej pół godziny dziennie twarzą do słońca. O żadnej dziurze ozonowej nikt w tamtych czasach nie słyszał, a opalenizna była modna. Uznały więc, że warto trochę pocierpieć, żeby ładnie wyglądać. O wysuszeniu skóry i przedwczesnych zmarszczkach osiemnastoletnim dziewczynom nie warto było mówić.

Śniadania i kolacje robiły sobie same, w namiocie, obiady natomiast jadały najczęściej w barach mlecznych. Fundusze miały dość mizerne, starały się więc oszczędzać, jak mogły. Wstyd przyznać, ale któregoś dnia w barze mlecznym w Sopocie, do którego weszły, nie zdążyły jeszcze za nic zapłacić w kasie, gdy pani w okienku krzyknęła: „pierogi z jagodami, dwa razy, proszę odebrać". Jakoś nikt się nie poderwał, więc Grażyna ze spokojną miną podeszła do tego okienka i wzięła dwa talerze pierogów. Postawiła je na najbliższym wolnym stoliku i kiwnęła ręką na Ewę.

– Ale przecież to nie nasze. – Ewę aż zatkało. – Przecież za nie nie zapłaciłyśmy.

– No to idź i je oddaj – zaśmiała się Grażyna. – Nie przesadzaj, bar nie zbankrutuje, a my za dużo pieniędzy nie mamy. Prosili, żeby odebrać, to odebrałam, nie?

– Ale to kradzież – upierała się Ewa.

– Oj, nudna jesteś, idź się wyspowiadać, to ci ulży.

Ewa zjadła darmowe pierogi, ale nie mogła zapomnieć tego incydentu i któregoś dnia zaciągnęła Grażynę do tego baru, wykupiła w kasie dwie porcje pierogów z jagodami i wyszły. Uznała, że oddała to, co wcześniej „pożyczyły".

– A nie przyszło ci do głowy, że dopiero teraz bar ma kłopoty? – zapytała Grażyna. – Mają przez ciebie superatę, a to podobno gorsze niż manko.

No i Ewa znowu miała problem, ale po chwili rozgrzeszyła się sama, uznając, że bar z całą pewnością sobie poradzi.

W każdym razie Grażyna już nigdy potem nie miała takich pomysłów.

Gdy przyjechali chłopcy, obie pary przekwaterowały się do osobnych namiotów. Grażyna już dawno opowiadała Ewie, że śpi z Andrzejem, Ewa jednak do tej pory była dziewicą. Denerwowała się więc, jak to będzie. Przez parę pierwszych nocy całowali się z Piotrkiem tylko i przytulali się do siebie. Z czasem jednak te „przytulanki" zaczęły być coraz gorętsze i którejś nocy Ewa nawet nie spostrzegła, jak to się stało, że Piotrek jest w niej i porusza się, jęcząc coraz głośniej. Zdziwiła się bardzo, że nie czuła żadnego bólu. Czytała różne książki, była więc przygotowana na niezbyt przyjemne doznania. W zasadzie jednak poza pewnym podnieceniem, bardziej z powodu sytuacji niż z przyczyn fizycznych – nic nie czuła. Po paru chwilach Piotrek rzucił się gwałtownie, wydał z siebie jakieś dziwne: „uuuch" i zsunął się z niej, a potem przytulił ją mocno i pocałował.

– Dobrze ci było? – zapytał.

Ewa, znowu z książek, wiedziała, że na takie pytanie jest tylko jedna odpowiedź, naturalnie jeśli dziewczyna chce utrzymać przy sobie chłopaka.

– Cudownie – odpowiedziała. – Naprawdę! – skłamała entuzjastycznie. – I nic mnie nie bolało. – Tym razem mówiła prawdę.

– Wiesz, gdybyśmy mieli mieć dziecko, oczywiście zaraz się pobierzemy, prawda? – zadeklarował się Piotrek, ale Ewa, rozczarowana okropnie tym całym przeżyciem, jakoś wcale się tym zapewnieniem nie zachwyciła. Natomiast perspektywa zajścia w ciążę wprawiła ją w taką panikę, że postanowiła sobie, iż koniec z tymi przyjemnościami dopóki Piotrek nie zaopatrzy się w to, co niezbędne.

– Oczywiście – odrzekła jednak, odwracając się do niego plecami i układając się do snu.

Postanowiła nie opowiadać Grażynie szczegółów tego swojego pierwszego razu, tym bardziej że relacje przyjaciółki były tak entuzjastyczne, iż wyobrażenia Ewy przekraczały nawet opisy przeżyć bohaterek czytanych przez nią książek, choć szczerze mówiąc mało było książek w 1966 roku opisujących z detalami takie przeżycia. Wstydziła się więc teraz przyznać, że owe wyobrażenia i jej doznania realne nie miały ze sobą nic wspólnego.

*

Zrobiłam to! I co? Niestety – i nic! Jestem ogromnie rozczarowana i zawiedziona. Czy zawsze i wszędzie musi być coś ze mną nie tak?

Mamy nie mam, ojciec jest „nie z tego świata", na studia się nie dostałam, pierwszy chłopak puścił mnie w trąbę dla jakiejś – kurczę – wrocławianki, a teraz nawet coś, co podobno jest piękne i wspaniałe, dla mnie wcale takie nie było.

Ofelio, idź do klasztoru...

Lalkarstwo, o matko!

Właśnie uprzytomniłam sobie, że jestem pełnolet-
nia. Parę dni temu ukończyłam osiemnaście lat.
Wkroczyłam w dorosłość. Ale nie wiem, czy się
cieszyć...

*

Do końca pobytu chłopców sytuacja z tej nocy się powtarzała. Piotrek, poinstruowany przez Ewę, że na ciążę
jeszcze za wcześnie, poczynił odpowiednie zakupy w ap-
tece, skąd wyszedł czerwony jak wiśnia. W odczuciach
Ewy w dalszym ciągu nic się nie zmieniało. Widocznie
jestem oziębła, uznała z rozpaczą i nie pozostało jej nic
innego, tylko z tym się pogodzić. Nie wpadło jej do głowy, żeby szczerze z Piotrkiem porozmawiać. A nawet
jeśliby jej wpadło – i tak nie wiedziałaby, jak taką rozmowę przeprowadzić.

Grażyna natomiast promieniała i widać było, że miłość jej służy.

Ewa nie mogła się doczekać, kiedy wreszcie chłopcy
wyjadą, bo przy nich w ogóle nie miała czasu na czytanie. Albo jeździli na wycieczki do Trójmiasta, albo
siedzieli na plaży i grali w brydża. Brydż stał się ich
wspólną namiętnością i przy grze czas im upływał tak
szybko, że dopiero burczenie w brzuchach przypominało
o konieczności pójścia na obiad. Potem wracali do gry;
a po kolacji na ogół szli gdzieś, gdzie można było po-
tańczyć.

Tak więc Ewa była zadowolona, gdy te wspólne
dwa tygodnie się skończyły, a Grażyna wręcz odwrotnie. Nawet się pokłóciły, bo chciała skrócić pobyt i wracać z chłopakami. Ale Ewa się nie zgodziła,

uznając, że nie wiadomo, kiedy trafią im się następne takie wspólne wakacje; przecież już od września rozpoczynają pracę, więc teraz trzeba wykorzystać to, co los im dał, do końca. Tym bardziej że lato było wyjątkowo piękne.

Zostały więc same.

– I jak było? – spytała Grażyna. – Opowiadaj!

Ewa się zaczerwieniła i opuściła głowę.

– Czy ty naprawdę musisz wszystko wiedzieć? A może ja nie mam o czym opowiadać?

– Ej, nie uwierzę! – zawołała Grażyna. – Dwa tygodnie spaliście razem w jednym namiocie i nie masz o czym opowiadać? A może... O Boże! – Przytuliła Ewę. – Ten dupek w ogóle nie umiał się zabrać do rzeczy? Ewuśka, biedna moja, kochana... – współczuła jej Grażyna. – Tak mi przykro. To są naprawdę cudowne sprawy. Że też musiałaś trafić na takiego cymbała. Ale jeszcze się przekonasz, uwierz mi. Musisz tylko zostawić w diabły tego amanta. Dwa lata starszy, cholera, myślałam, że mistrz świata. A to prawiczek jakiś niedouczony, psiakrew – wściekała się, czym rozbawiła Ewę do łez.

– Nie przejmuj się tak, Grażka, a może to ja po prostu jestem oziębła.

– Założymy się? – spytała przyjaciółka. – Tylko musisz mi obiecać, że koniec z Piotrkiem.

– A jeśli jestem w ciąży? – spytała Ewa.

– To co? On nawet żadnego zabezpieczenia nie miał? – Grażyna złapała się za głowę.

– Czasami miał, ale wiesz, jak to jest...

– No, przysięgaj mi tu, że koniec z tym dupkiem. Jak będziesz w ciąży, to wtedy będziemy się martwić. A teraz jedziemy sobie do Sopotu, posiedzimy na molo. I zjemy najpyszniejsze lody świata!

Wprawdzie tak dużo tego świata dotychczas nie widziały, ale nikt by ich nie przekonał, że gdzieś są lepsze lody.

Rozdział 5

Na szczęście Ewa w ciąży nie była. Znajomości z Piotrkiem wprawdzie nie zerwała, bo jakoś tam czuła się do niego przywiązana, poszła jednak do ginekologa, razem z Grażyną, która do tego samego lekarza chodziła już dwa lata, i poprosiła o zabezpieczenie przed niechcianą ciążą. Stosunki z Piotrkiem były rzadkie, bo nie bardzo mieli warunki do bycia sam na sam, a poza tym Ewie w dalszym ciągu nie sprawiało to żadnej przyjemności, trudno więc się dziwić, że specjalnie nie zależało jej na wyszukiwaniu jakiejkolwiek okazji.

*

We wrześniu Ewa i Grażyna rozpoczęły życie zawodowe – Grażyna znalazła pracę jako telefonistka w centrali międzymiastowej, a Ewie koleżanka cioci załatwiła posadę w oddziale okręgowym Narodowego Banku Polskiego.

Ewa była bardzo zadowolona ze swojego zajęcia. Pracowała w pokoju z dwiema paniami, jedna, Eleonora Elenicz, była już w wieku przedemerytalnym; druga, starsza od Ewy o sześć lat, Joanna Korczyńska – dwa lata temu skończyła prawo na Uniwersytecie Mikołaja

Kopernika w Toruniu. Praca w banku może nie była szczytem jej marzeń, ale przed rokiem wyszła za mąż i największym marzeniem jej i męża było dziecko. Joanna nie chciała więc zaczynać aplikacji i podejmować nauki, którą – gdyby zaszła w ciążę – i tak musiałaby przerwać. Dziecko było najważniejszą sprawą w jej życiu, poświęciłaby dla niego wszystko, o karierze zawodowej w ogóle nie mówiąc. Janusz, jej mąż, wielkiej kariery nie zrobił i wcale nie chciał zrobić; był inżynierem budowlanym, a praca całkiem go satysfakcjonowała.

Obie koleżanki służyły Ewie wszelką pomocą, uczyły ją wszystkiego, co same umiały, i udało im się stworzyć bardzo zgrany i dobry zespół.

I Ewa, i Joanna, uwielbiały panią Eleonorę, tym bardziej że bardzo jej współczuły, od kiedy opowiedziała im historię swojego życia. Historia ta – mimo wieku pani Eleonory – była bardzo krótka. Otóż rok przed wojną pani Elenicz wyszła za mąż za kandydata, którego wybrała jej rodzina, ale z którym pokochali się prawie od pierwszego wejrzenia. Bardzo chcieli mieć dzieci, niestety, jakoś im się to nie udawało. Nie martwili się wszakże zbytnio, cały czas wierząc, że mimo wszystko Pan Bóg choć jednym dzieciaczkiem ich obdarzy. Pan Bóg jednak nie tylko nie obdarzył pani Eleonory wymarzonym dzieciaczkiem, ale też od razu, piątego dnia wojny, zabrał jej męża. I tak się skończyło życie rodzinne pani Nory, jak ją nazywały Ewa z Joanną, zresztą na życzenie starszej pani. Pani Eleonora twierdziła, że żyje do tej pory, bo Pan Bóg na razie niczego innego dla niej nie wymyślił, lecz w ogóle nie będzie żałować, gdy to jej życie się skończy. Ewa i Joanna nie mogły tego słuchać. Starały się więc w pracy rozbawiać panią Eleonorę, jak mogły, a ona się cieszyła, że ma „dwie dziewczynki do kochania", jak mawiała. Nawet dość często zapraszała je do siebie do domu, na kawę i własnoręcznie pieczony placek drożdżowy, zawsze z czymś innym, ale zawsze bardzo smaczny i pochłaniany w okamgnieniu. „Dwie dziewczynki do kochania" bardzo lubiły wizyty u pani Eleonory, bo jej stare mieszkanie, zastawione antycznymi, pięknymi meblami i milionem przeróżnych bibelotów, z których każdy miał swoją historię, miało duszę. Uwielbiały opowieści pani Eleonory, która opowiadać umiała, a jej historie zawsze były niezmiernie ciekawe.

– Popatrzcie na to cudeńko – mówiła do „swoich dziewczynek", trzymając w ręku owalną srebrną cukiernicę. – To wyrób z carskiej Rosji, gdzieś z połowy dziewiętnastego wieku. O, tu, na spodzie – widzicie? – podtykała im pod oczy denko cukiernicy – jest widoczna cecha miasta Moskwy. To święty Jerzy z włócznią walczący ze smokiem, znak probierza Andrieja Kowalskiego. Jest też znak warsztatowy złotnika – to ten monogram bity cyrylicą. No i jest oczywiście próba srebra.

Ewa patrzyła na piękny przedmiot z zachwytem, wsłuchując się w śpiewne: „Andrieeeja Kowalskiijego" pani Nory.

– Ta cukiernica była w rodzinie mojego męża od bardzo dawna – opowiadała starsza pani. – Podobno ojciec Staszka otrzymał ją w prezencie od kolegów z pułku w którąś rocznicę wstąpienia do służby. Dostaliśmy ją, razem z innymi rzeczami, w prezencie ślubnym od rodziców męża. Na szczęście jakoś się uchowała przez te wszystkie lata. W odróżnieniu od wielu innych rzeczy, które... – i tu pani Nora zaczęła podejrzanie siąkać nosem, więc Joanna szybko poprosiła o herbatę.

– Nigdzie nie piłam tak dobrej herbaty, jak u pani – komplementowała panią Eleonorę, a Ewa skwapliwie przytakiwała.

Zadowolona gospodyni poderwała się i podreptała do kuchni, a „jej dziewczynki" mrugnęły do siebie zadowolone. Udało się rozwiać zmartwienie. Ufff!

Janusz, mąż Joanny, prawie był zazdrosny o te wizyty – bo też bardzo chętnie brałby w nich udział. Pani Eleonora jednak jakoś mniej lubiła męskie wizyty, choćby to był tylko mąż koleżanki z pracy.

*

Od września już jestem całkiem dorosła – pracuję! I to nie byle gdzie, tylko w Narodowym Banku Polskim. Jestem wprawdzie zaledwie młodszym referentem, ale zarabiam aż tysiąc złotych. Swoją drogą ciekawe – dlaczego w taryfikatorze nie ma stanowiska „referentka", jest tylko „referent". Uważam to za dyskryminację. Hi, hi, hi – Ewa Brzozowska, walcząca o prawa kobiet! Nie, nie feministka – emancypantka.

W moim dziale – ze mną w pokoju – pracują jeszcze dwie panie. Jedna prawie w moim wieku, no – parę lat starsza i po studiach (nie taki jełop jak ja), a druga – cudowna starsza pani przed emeryturą. Uwielbiam je obydwie, zgrałyśmy się świetnie i prawie się cieszę, że nie dostałam się na tę archeologię, bo bym ich nie poznała.

Ciocia nie chce brać ode mnie pieniędzy na życie, ale ja się postawiłam i zdecydowałam, że będę jej oddawała przynajmniej połowę. Przecież pięćset złotych to dla mnie naprawdę sporo pieniędzy. W życiu nie byłam taką krezuską. Ciocia twierdzi, że i tak większość wydam na książki i – oczywiście – ma rację. Ubrania mam, a zresztą, jak mi coś potrzebne, to zaraz ciocia mi kupuje, więc na co tu wydawać? Zdecydowałam, że będę odkładać sobie co miesiąc, ile zdołam, na wakacje. Już tęsknię do mojego ukochanego Trójmiasta, choć przecież niedawno tam byłam.

Postanowiłam być dobrą urzędniczką i naprawdę się staram. Ale to nie takie trudne, bo praca jest łatwa, a moje miłe koleżanki wszystko mi tłumaczą. I bardzo nam razem dobrze. Przez to jakoś słabnie we mnie postanowienie pójścia na studia. Choć Joanna, jedna z moich bankowych koleżanek, nawet nie chce słuchać, gdy mówię, że może nie pójdę się dalej uczyć.

– Asiu – tłumaczę jej. – Przecież, żeby zostać pisarzem, tak naprawdę nie trzeba studiować. Trzeba tylko znać życie. A sądzę, że prędzej i lepiej poznam życie, pracując, niż studiując.

Joaśka puka się tylko w głowę. Pani Eleonora uprzejmie nie mówi nic.

No, zobaczę, na razie mam parę miesięcy na decyzję...

*

Grażyna natomiast nie była zadowolona ze swojego zajęcia, przede wszystkim dlatego, że praca była na zmiany – rano, wieczorem, w nocy, w święta. A ona chciała się jak najczęściej spotykać z Andrzejem, który pracował jak większość normalnych ludzi – do piętnastej.

Więc gdy tylko zdarzyła się okazja, Grażyna przeszła do działu księgowości poczty głównej, przy Jagiellońskiej.

Cyfry lubiła zawsze, księgowość okazała się więc dla niej wprost wymarzona. Koleżanki w pracy miała takie sobie, ale pracowała od wpół do ósmej do wpół do czwartej, a potem już był czas dla Andrzeja. Właściwie nawet zaczęli rozmawiać trochę o ślubie, problemem stało się jednak mieszkanie. O swoim własnym nie mogli nawet marzyć, bo niby jakim sposobem mieliby je zdobyć? Andrzejowi rodzice wprawdzie założyli książeczkę mieszkaniową i wpłacali na nią jakieś tam małe sumy co miesiąc, ale od uzbierania wstępnej kwoty, a potem rejestracji w spółdzielni mieszkaniowej dzieliły ich lata świetlne. A rejestracja w spółdzielni to dopiero pierwszy krok. Potem następowało oczekiwanie na przydział. A wszystko to trwało tyle, że mieszkanie – jak dobrze pójdzie – otrzymałoby dorosłe dziecko Andrzeja. Cuda się zdarzały, oczywiście, ale u podstaw takich cudów leżały tylko znajomości, których ani rodzice Andrzeja, ani tym bardziej on sam, niestety, nie mieli.

Z rodzicami Grażyna mieszkać nie chciała – ani ze swoimi, ani z jego.

– Za mało mnie kochasz – narzekał Andrzej. – Gdybyś naprawdę mnie kochała, zamieszkalibyśmy razem w małym pokoju w mieszkaniu moich rodziców. Przecież doskonale byśmy się tam pomieścili. A gdyby urodziło nam się dziecko, rodzice na pewno oddaliby nam swój duży pokój i przenieśli się do małego.

Andrzej nie mógł pojąć tylko jednego – że Grażyna nie znosi jego mamuśki. Był jedynakiem, więc wszystko w domu kręciło się wokół niego. I gdy na przykład pani Adela, jego mama, widziała, jak jej synek szykuje i niesie Grażynie kawę, zaciskała swoje wąskie usteczka i próbowała uśmiercić Grażynę wzrokiem, nic nie mówiąc, albo proponowała: „Chodź, Grażynko, pokażę ci, gdzie w kuchni trzymam kawę, żebyś sama mogła ją zrobić".

Grażyna nigdy na ten temat z Andrzejem nie rozmawiała, zdawała sobie bowiem sprawę z tego, że na jakieś „wychowywanie" takiego maminsynka jest już za późno.

Natomiast w mieszkaniu Grażyny były co prawda trzy pokoje i jej rodzice byli normalniejsi, ale w największym pokoju mieszkała Marta, siostra Grażyny, z mężem i trzymiesięcznym synkiem. Kolejne małżeństwo w drugim pokoju przekraczało wyobraźnię całej rodziny Grażyny. I samej Grażyny także.

Andrzej miał wprawdzie babcię, która mieszkała w niewielkim mieszkanku, wydzielonym z dużego lokalu komunalnego w alei 1-go Maja, ale babcia miała zaledwie sześćdziesiąt siedem lat, była zdrowa jak rydz i mogła sobie żyć i mieszkać w tej swojej klitce co najmniej jeszcze dwadzieścia lat, albo i dłużej. Tak więc sprawa ich małżeństwa wyglądała beznadziejnie. Andrzej miał tylko nadzieję, że może uda mu się namówić babcię, żeby zamieniła swoje mieszkanie na mały pokój u jego rodziców – i to byłoby rozwiązanie idealne, bo młodzi mieliby swoje, małe, bo małe, ale samodzielne lokum. Babcia natomiast miałaby przynajmniej hipotetyczną opiekę. Starsza pani więc nawet przychylała się ku takiemu rozwiązaniu, ale dzikiej furii – słysząc o tym – dostawała mamusia Andrzeja. Babcia bowiem nie była jej mamą, tylko matką jej męża. Teściową! A nikt nie namówiłby pani Adeli na mieszkanie pod jednym dachem z teściową.

– Po prostu musisz zajść w ciążę – wymyślił w końcu Andrzej. – Wtedy mama nie będzie miała wyjścia, będzie musiała się zgodzić.

Ale Grażyna nie była taka pewna. A wolała nie ryzykować, żeby to sprawdzić. Aż tak bardzo Andrzeja nie kochała. A na dzieci – jak sądziła – miała jeszcze czas. Teraz – na pewno nie!

*

Czas mijał i w zasadzie nic się nie zmieniało, poza porami roku, oczywiście.

Aż do 1969 roku.

Pewnego dnia, w marcu, drzwi do pokoju księgowości otworzyły się i weszła kierowniczka z jakimś mężczyzną w wieku około trzydziestu lat.

– Chciałam wam przedstawić pana Krzysztofa Wiciaka, to nasz nowy kolega, będzie pracował w dziale ekonomicznym – a to nasze panie księgowe: Halina Karolak, Małgorzata Bielicka i Grażyna Nowak.

– Witam miłe panie, mam nadzieję, że będzie nam się dobrze współpracować. – Pan Krzysztof ukłonił się i wyszli oboje.

Prezentacji stało się zadość, panie oczywiście natychmiast zaczęły omawiać powierzchowność nowego kolegi.

– Jakiś taki niewysoki – zauważyła pani Halina.

– I nieco łysawy – dodała pani Małgosia.

– A mnie się wydał sympatyczny – stwierdziła Grażyna. – Ale jaki jest naprawdę, to się okaże.

Okazało się bardzo szybko, bo dziwnym trafem pan Krzysztof mieszkał bardzo blisko Grażyny – ona przy Hetmańskiej, a on przy Sienkiewicza. Wracali więc razem z pracy na piechotę, rozmawiając po drodze o wszystkim, między innymi o swoim życiu osobistym.

Krzysztof – bardzo szybko zaczęli sobie mówić po imieniu – mieszkał z żoną i teściową. Dzieci nie mieli, nad czym obydwoje bardzo ubolewali, ale tak to w życiu bywa. Teściowej Krzysztof nie znosił – ale tak też często w życiu bywa.

Grażyna opowiadała Krzysztofowi o Andrzeju i jego parciu na ślub, i o jej braku ochoty na ten związek.

– Nie rób tego, skoro nie jesteś pewna, że to ten jedyny – powiedział cicho Krzysztof. – Widzisz, ja się ożeniłem, bo Hanka myślała, że jest w ciąży. Potem się okazało, że to był fałszywy alarm. Do dziś nie jestem pewny, czy…

– Nie kończ. – Grażyna złapała go za rękę. – Chyba nie mogłaby cię tak oszukać… A może?

– No, właśnie, a może…? – powtórzył Krzysztof. – Czasami tak mi się wydaje. Tym bardziej że skoro już tak szczerze rozmawiamy, przyznam ci się, że raczej bym się z nią nie ożenił, gdyby nie ta rzekoma ciąża. Aż tak bardzo znowu jej nie kochałem.

– A teraz? – zapytała Grażyna, której nagle wydało się to niesłychanie ważne. – O, przepraszam – zreflektowała się natychmiast. – Nie odpowiadaj, to zbyt osobiste pytanie, nie znamy się przecież jeszcze tak dobrze.

– A wiesz? – odpowiedział Krzysztof. – Mnie się wydaje, że ja cię znam od zawsze. I możesz mnie pytać, o co tylko chcesz. – No więc teraz to po prostu mieszkamy razem. I tyle.

Wspólne spacery stały się zwyczajem. Nawet dość często zbaczali troszkę z drogi i przesiadywali w parku imienia Jana Kochanowskiego, w którym stoi przepiękny posąg Łuczniczki wykonany z brązu przez berlińskiego artystę Ferdynanda Lepcke. Przedstawia on młodą, nagą kobietę, napinającą łuk, która ma za cały strój rzymskie sandały.

– To druga w kolejności najpiękniejsza bydgoszczanka – powiedział Krzysztof, gdy pierwszy raz zawędrowali razem do parku i usiedli przed posągiem.

– Jak to druga? – zdziwiła się Grażyna – A która jest tą pierwszą?

– Ty – odrzekł po prostu.

Rozdział 6

Kochana siostrzyczko!

Żenię się. Nie złość się, że dopiero teraz dowiadujesz się ode mnie, że jest ktoś, z kim chcę związać życie. Widzisz, o wiele łatwiej było zwierzać się sobie z różnych rzeczy, gdy wieczorami leżeliśmy w łóżkach w mieszkaniu na Pradze.

Wiem, wiem, miłość i ślub to nie są jakieś tam „różne rzeczy". To sprawy bardzo ważne. Ty mi przecież wszystko szczerze opisujesz – ale to Ty chcesz być pisarką, nie ja. Moją dziedziną są słowa. Nie wyrazy. Mówione – nie pisane.

Na studiach idzie mi całkiem dobrze. Musi zresztą, bo wiesz, że nie dałbym sobie rady bez stypendium. Kończymy oboje w przyszłym roku. Monika – Monika Cieślak – jest na tym samym roku, co ja.

Zaraz Ci opowiem, jak wygląda – najpierw trochę o niej samej. Otóż jest jedynaczką, jej tata to wysoka figura w Komitecie Warszawskim PZPR. No cóż, ludzkie losy różnie się plotą. Monika w ogóle nie interesuje się polityką. Równie dobrze jej ojciec mógłby być na przykład kolejarzem. Chociaż nie, muszę być z tobą szczery jak zawsze. Otóż Monika nie interesuje się polityką ani socjologią, interesuje się natomiast pieniędzmi. Niestety.

Tak więc taty kolejarza raczej by nie chciała. Ale na przykład – badylarza, owszem. Uczy się tylko po to, żeby tatuś był z niej dumny. Bo jak jest dumny, to Moniczka ma wszystko, czego chce. Piszę ci o tym szczerze, bo przecież nigdy cię nie oszukiwałem. Przypuszczam, że pewnie się dziwisz, że taką właśnie wybrałem sobie żonę, ale po prostu zakochałem się jak głupi. Już widzę, jaką robisz minę!

No tak, możesz sobie wyobrazić, że Monice tatuś wydatnie pomógł dostać się na studia. Ale jej nie interesują stopnie, zawsze przecież zaliczy, każdy na uczelni wie, kim jest pan Cieślak; nie interesują jej też żadne przedmioty. I tak ojciec załatwi najlepszą pracę, jaką tylko znajdzie. Mieszkają w segmencie na Mokotowie i Monika mówi, że na dole tatuś urządzi prywatną kancelarię prawną dla mnie. Jak on to zrobi, to już jego w tym głowa, bo chyba na razie zbyt dużo prywatnych kancelarii nie ma.

Cały dół tego segmentu ma być dla nas, a rodzice Moniki będą mieszkali na górze. Wyznam Ci, że ja też polityką się w ogóle nie zajmuję. Po pierwsze – nie jestem zainteresowany, po drugie – mam mnóstwo wkuwania i wolę się uczyć. A studia na prawie zajmują dość dużo czasu, zapewniam cię. I wiesz co? Naprawdę to lubię!

W ogóle mnie nie interesuje, co robią rodzice Moniki, to nie z nimi będę żył. Ale oni są – bez względu na to, co sobie myślisz – przemili. A jak będzie naprawdę – zobaczymy...

No dobrze, wracam do Moniki, bo już widzę, jak Cię skręca. Otóż nie uwierzysz, ale Monika wygląda całkiem jak Ania z Zielonego Wzgórza. Ruda, choć właściwie to włosy ma bardziej kasztanowe, z piegami. Może nie jest najmądrzejsza, a może wygodnie jej nie być najmądrzejszą, ale – cholera – jest ładna jak aktorka filmowa. Jeśli ktoś lubi rude aktorki... Mówię ci, straciłem dla niej głowę i nie mogę zrozumieć, co ona we mnie widzi, że mnie chce. Dlatego oświadczyłem się jak najprędzej i nasz ślub będzie w grudniu. Oczywiście, przyślemy Ci jeszcze oficjalne zaproszenie, ale chcę, żebyś już wiedziała. Pomyślisz może, że całe to bogactwo, zauroczyło mnie, chłopaka z biednej rodziny, z Pragi, prawie sierotę, bo cóż ja mam za rodziców? Ojca, którego widziałem może raz w życiu, i matkę, która ma już trzeciego męża i pewnie paru na przychodne po drodze. Mam tam, w mieszkaniu na Stalowej, swój mały kącik, ale – jak zapewne pamiętasz – najlepiej mi tam nie jest. Najlepszy okres w moim życiu to te kilka miesięcy, kiedy Ty u nas mieszkałaś.

Pamiętam Twoje marzenia o domku nad morzem i córeczce. Trudno zrealizować marzenia, prawda? Szkoda, że Ci się z Piotrkiem tak byle jak układa, ciągle mam nadzieję, że jeszcze spotkasz swojego księcia.

A pamiętasz moje marzenia? Miałem mieszkać w pięknym mieszkaniu w centrum Warszawy – i też mieć córeczkę. Wprawdzie Mokotów to nie samo centrum, ale może nawet bardziej ekskluzywna i popularna dzielnica niż Śródmieście, więc część mojego marzenia właśnie się spełnia. A co do córeczki... No, nie wiem. Monika nawet słyszeć nie chce o dzieciach, twierdzi, że po tych całych studiach (na których naprawdę się nie napracowała) musi zaznać trochę życia. Chce pojeździć choćby po Polsce, w góry, nad morze, nad jeziora, do Krakowa, Gdańska, Poznania, Wrocławia. A na wczasy – koniecznie do Bułgarii. Nie mam pojęcia, skąd ja na to wszystko wezmę pieniądze, nie mówiąc już o czasie. Może ją będzie stać na bezpłatny urlop i zagraniczne wyjazdy, mnie pewnie jeszcze długo nie. Wystarczy, że przyjmuję od jej rodziców pomoc w postaci mieszkania, które nam oferują. Jednak utrzymać rodzinę chciałbym sam.

Wiesz, taki ze mnie „honorny" chłopak z Pragi.

Tęsknię do Ciebie, siostrzyczko. Tak dawno się nie widzieliśmy. Wiesz, że w każde wakacje musiałem pracować. Dobrze, że chociaż Ty do mnie pisujesz regularnie, dziękuję Ci także za aktualne zdjęcie. Jaka śliczna dziewczyna wyrosła z tej chudziny, którą wciąż pamiętam.

Pamiętam też, jak Ci obiecywałem, że gdy już będę bogaty, to kupię dla Ciebie ten domek nad morzem. Na razie, jak widzisz, z moich marzeń niewiele się spełnia. No bo i to mieszkanie na Mokotowie w sumie też nie moje. Ale nie przestaję marzyć.

Do zobaczenia, Ewuśku, do grudnia, bo nawet nie mógłbym sobie wyobrazić, że miałabyś nie przyjechać na mój ślub.

Nie wiem tylko co z zaproszeniem Twojego taty, bo wiesz, że moja mama go znienawidziła, choć właściwie powinno być odwrotnie. Przyznam Ci się, bo przed Tobą przecież nie mam tajemnic, że wolałbym widzieć Twojego tatę niż moją matkę.

Mam nadzieję, że Twój tata to zrozumie i nie obrazi się, jeśli go nie zaproszę. Marzę tylko, żeby mojej matce stało się coś takiego, co nie pozwoliłoby jej być na naszym ślubie. Nie pomyślisz chyba, że jestem podły, ale znasz moją matkę, więc mnie rozumiesz. Zresztą zawsze mnie rozumiałaś i ja ciebie także. Dlatego tak mi przykro i smutno, że ten Twój Piotrek okazał się taki do… kitu!

Kocham Cię, siostrzyczko, nie gniewaj się, że nie piszę za często. Często jednak o Tobie myślę – i wiesz co? Coś mi mówi, że jeszcze kiedyś będziemy bliżej siebie mieszkać. *Możesz się śmiać z tych moich przeczuć, ale przyznam, iż wierzę, że niedługo wrócisz do Warszawy. Och, jaki byłbym szczęśliwy!*

A na razie ściskam Cię mocno – do zobaczenia w grudniu.

Chcesz coś wiedzieć? Ten list to mój rekord świata. W pisaniu, oczywiście.

Twój brat, Maciek

*

Maciek się żeni, o matko! I martwi się, że nie może zaprosić mojego taty na ślub. To cały mój kochany braciszek, miły i życzliwy wobec wszystkich. I trochę gamoniowaty, skoro nie rozumie, że mój tata – nawet zaproszony – na pewno by nie przyszedł, bo natychmiast zapomniałby o zaproszeniu, nie mówiąc już o tym, że wcale nie jestem taka pewna, czy on w ogóle pamięta, kto to Maciek.

Zresztą ten mój Maciejko jest naprawdę gamoniowaty, skoro się zastanawia, co też ta Monika w nim dostrzegła, że przyjęła jego oświadczyny. Nie wie, bo jest za skromny, by to dostrzec, że bardzo mądry i wartościowy z niego facet. A na dodatek przystojny. I wcale nie mówię tego jak siostra, tylko patrzę na niego jak kobieta. I podoba mi się to, co widzę. A siostrzane uczucia, jakimi go darzę, nawet wyostrzają mi wzrok. Martwię się jednak, że ta cała Ania z Zielonego Wzgórza (o matko, toż to profanacja!!!) nawet nie zauważy Maćkowych zalet, bo przesłonią je pieniążki, pieniążki, pieniążki.

A raczej… na razie… ich brak.

Rozdział 7

Początkowo Krzysztof w ogóle nie podobał się Grażynie jako mężczyzna. Istotnie, jak to zauważyły jej koleżanki z pokoju, był niewysoki i nieco już łysiał. Miał w sobie jednak tę iskrę, która dodaje wiele uroku mężczyźnie.

Bardzo go natomiast lubiła jako kolegę. Zresztą był ogólnie lubiany. Zawsze wesoły, sympatyczny, skłonny do pomocy. Bardzo grzeczny w stosunku do pań i przyjacielski dla panów. Typowy brat łata, jak to się kiedyś mówiło.

Jednak te wspólne powroty do domu, przeciągające się dłużej i dłużej, spacery po parku Kochanowskiego, a także pogawędki na ławce przed Łuczniczką zbliżały Grażynę i Krzysztofa coraz bardziej. Ostatnio jego zainteresowanie Grażyną zrobiło się gorętsze i wyraźniejsze. Nie ukrywał, że jest nią zafascynowany. Zaczęli się spotykać po pracy. Poszli do kina i przez cały film trzymali się za ręce. Spacerowali brzegiem Brdy, podziwiając Wenecję bydgoską, błądzili po uliczkach Starego Miasta.

Powoli Grażyna zaczęła zdawać sobie sprawę, że się zakochuje w Krzysztofie. Imponowało jej, że był od niej o dziesięć lat starszy, przez co wydawał się o wiele dojrzalszy i mądrzejszy od Andrzeja, który od pewnego czasu zakochałam się. Nie chciałam, żeby tak wyszło, ale... stało się. Powinnam wcześniej ci o tym powiedzieć, no cóż, tchórz ze mnie i tyle. Bardzo cię przepraszam i nic więcej nie mogę dodać.

Andrzej poczerwieniał i z obłędem w oczach chwycił ją za gardło, ściskając tak mocno, że aż zaczęła machać rękami, waląc go, gdzie popadło. Na szczęście opanował się po chwili, puścił Grażynę, popatrzył na nią ponuro i wybiegł z domu.

Dobrą chwilę trwało, aż unormował jej się oddech. Mimo okropności całej tej sytuacji, Grażyna w zasadzie rozumiała Andrzeja. Uznała, że sobie na to zasłużyła, zachowała się bardzo nie w porządku. Nie chodziło nawet o to, że pokochała innego. I nawet nie pomyślała o tym, że pokochała żonatego mężczyznę. Powinna była jednak powiedzieć Andrzejowi, że poznała kogoś innego i że nie ma już najmniejszej szansy na ich – jej i Andrzeja – wspólną przyszłość.

No cóż, takie jest życie, uznała, rozgrzeszając się po chwili, w rezultacie nawet zadowolona, że wszystko już za nią.

Romans Grażyny i Krzysztofa rozwijał się i trwał, ale Krzysztof jakoś nie mógł się zdobyć na rozmowę z żoną. Grażyna, coraz bardziej tym zdenerwowana, zaczęła już wątpić w szczerość intencji kochanka.

– On się nie rozwiedzie, ja to wiem – mówiła jej Ewa. – Znam takich mężczyzn.

– A niby skąd? – zezłościła się Grażyna.

– No, jak to skąd? Z książek.

– Z książek... – prychnęła Grażyna.

zaczął ją nudzić. A już tego gadania o ślubie i wspólnym życiu po prostu znieść nie mogła.

Odstawiła więc Andrzeja, tłumacząc mu, że potrzebuje czasu na podjęcie tak ważnej decyzji i najlepiej będzie, jeżeli teraz trochę od siebie odpoczną.

– Zobaczę, czy mogę żyć bez ciebie – powiedziała. – Jeśli się okaże, że jednak nie, pobierzemy się. Ale musisz mi dać parę tygodni do namysłu.

– Aż parę tygodni? – zmartwił się Andrzej.

– No, tak, obydwoje musimy to przemyśleć.

On swoją decyzję już dawno przemyślał – chciał się ożenić z Grażyną – ale cóż miał zrobić wobec takiego stwierdzenia?

Pewnego dnia, w czerwcu, który w 1969 roku był wyjątkowo piękny, Krzysztof przyszedł rano do pracy, trzymając w ręku, za paski, dwa nowiutkie kaski motocyklowe.

– Kupiłem motocykl! WSK – oznajmił szczęśliwy.

Rozległy się głosy podziwu i gratulacje. Własny pojazd, choćby dwukołowy, ale motorowy, był w tamtych czasach czymś do pozazdroszczenia.

– O, to odwieziesz mnie do domu? – spytała Grażyna.

Niektóre panie popatrzyły na siebie znacząco. O zażyłości tej pary zaczęto już plotkować na poczcie. Ale plotki były zawsze i wszędzie, więc Grażyna i Krzysztof – tym bardziej że po uszy w sobie zakochani – nie zwracali na nic uwagi.

– Pewnie, że cię odwiozę, mam nadzieję, że nie będziesz się bała ze mną jechać. Jestem bardzo spokojnym i uważnym kierowcą.

Wsiedli więc po pracy na piękny, czarny, błyszczący motor i pojechali. Krzysztof nie skręcił jednak w Hetmańską, gdzie mieszkała Grażyna, a pojechał dalej, prosto, za stadion Zawiszy, za Osiedle Leśne, do podmiejskiego sosnowego lasu. Skręcił w jakąś dróżkę między drzewami, zatrzymał motocykl i zsiadł.

– Ale frajda, prawda? – zawołał, wyrzucając ręce do góry.

Grażyna też zsiadła i przeszła się, by rozprostować nogi po jeździe, wdychając olejki wydzielane przez sosny.

– Jak tu cudownie – powiedziała. – Szkoda, że musimy wracać.

– Tak od razu nie musimy, posiedźmy tu trochę – Krzysztof wyjął z malutkiego bagażnika koc i rozłożył go na ziemi. Usiadł i wskazał ręką Grażynie miejsce obok siebie.

No cóż, na siedzeniu się nie skończyło. Stało się to, co stać się musiało i o czym, co tu mówić, zaczynała już marzyć. Krzysztof był wspaniałym kochankiem i dał jej dużo więcej przyjemności niż Andrzej. Grażyna nawet sobie nie wyobrażała, że może być tak, jak było; zawsze jej się wydawało, że z Andrzejem przeżywa szczyty uniesień. Przecież nawet opowiadała o tym Ewie, namawiając ją, żeby zostawiła Piotrka, który nie miał w tej dziedzinie większych talentów.

Leżeli obok siebie, paląc papierosy, oczywiście bardzo uważając, bo przecież byli w lesie.

Potem nastąpiła powtórka, a za jakiś czas jeszcze jedna.

– Wiesz, Krzyśko – powiedziała Grażyna, która tak mówiła do Krzysztofa, gdy byli sami – jesteś jak Zawisza Czarny.

– Dlaczego jak Zawisza? – zdziwił się Krzy[...]
– Bo to przecież najznakomitszy, niezaw[...] zręczniejszy i najwspanialszy rycerz w histo[...] A poza tym zawsze można było na nim polega[...] ja na tobie dzisiaj – za każdym razem.

– No, taki komplement jeszcze mi się nigdy [...] – Krzysztof się zaśmiał. – Ale wiesz co? Może [...] powiedniejszy moment, żeby ci powiedzieć, że [...] bie zakochałem. Nie chciałem tego, stało się je[...]

– I co teraz będzie? – spytała Grażyna.

– No cóż, będę musiał porozmawiać z Ha[...] rozwieść. Martwię się tylko, gdzie będziemy mi[...]

Grażyna, która nie brała pod uwagę możliw[...] mieszkania ze swoimi rodzicami oraz z siostrą [...] dziną po ewentualnym ślubie z Andrzejem, tera[...] taką sytuację za absolutnie dopuszczalną.

– Mam swój pokój w mieszkaniu rodziców [...] miła Krzysztofowi – więc na razie jakoś się tam z[...] darujemy. A potem będziemy się martwić.

Któregoś wieczoru, bez zapowiedzi, wpadł do [...] ny Andrzej. Aż się trząsł ze złości.

– Chciałaś trochę odpocząć ode mnie, tak? – [...] czał wściekłym szeptem, hamując swój gniew n[...] żeby pozostali domownicy nie usłyszeli ich rozr[...]

– Chciałaś sprawdzić, czy możesz żyć beze mni[...] i jak ci idzie? Bo słyszałem, że ktoś bardzo skutecz[...] w tym pomaga – pieklił się, aczkolwiek w dalszyr[...] gu po cichu. – Więc może zdobędziesz się na szcz[...] i wyjaśnisz mi, co się dzieje.

– Masz rację – odpowiedziała spokojnie G[...] na. – Zasługujesz na szczerość. Spotkałam k[...]

– Tak, z książek – potwierdziła spokojnie Ewa. – Nie wiesz, że książki pisze samo życie? Niby skąd autorzy mieliby brać te wszystkie fabuły – poza książkami historycznymi i bajkami oczywiście. Przecież każda powieść w dużym stopniu jest biografią autora. Albo kogoś z jego znajomych.

– Krzysztof nie jest taki, zobaczysz!

– No to czemu zwleka?

Właśnie, zwlekał i zwlekał, a któregoś październikowego ranka Grażyna poczuła mdłości. I następnego dnia też, i następnego. Z rozpaczą sprawdziła w kalendarzyku, że już drugi miesiąc nie ma okresu. Poszła oczywiście do lekarza, choć i tak już wiedziała, co jej jest. Lekarz potwierdził ciążę, co najpierw wprawiło Grażynę w skrajną rozpacz, a potem właściwie bardzo ją ucieszyło. Pamiętała, jak Krzysztof ubolewał nad tym, że nie ma dzieci, i widziała, jak zachwycał się maluchami, z którymi czasami przychodziły do pracy koleżanki. Wyobraziła więc sobie, że jej ciąża przyspieszy jego decyzję o rozwodzie z Hanką.

Następnego dnia po wizycie u ginekologa, gdy znowu pojechali do lasu, Grażyna od razu obwieściła Krzysztofowi tę wielką nowinę. Spodziewała się radości, zdziwienia, niedowierzania, ale takiej reakcji, jaka nastąpiła, nie przewidziałaby nigdy.

– Jesteś pewna, że to ciąża? – spytał z powątpiewaniem.

– Oczywiście. Wczoraj byłam u lekarza. A poza tym chyba sam wiesz najlepiej, przecież nie stosowaliśmy żadnych zabezpieczeń.

– Nie przypuszczałem, że jesteś taka lekkomyślna, byłem pewny, że masz jakąś wkładkę domaciczną albo coś. A czy jesteś pewna, że to moje dziecko?

Grażyna wstała z koca, otrzepała się i zaczęła iść leśną dróżką w stronę szosy. Po chwili usłyszała za sobą warkot motocykla.

– Wsiadaj, przecież nie będziesz wracać na piechotę. Słuchaj, bardzo cię przepraszam, naprawdę wierzę, że całkiem zerwałaś z Andrzejem – zaczął się kajać Krzysztof. – Po prostu zgłupiałem, kiedy usłyszałem, co się stało. Zachowałem się jak ostatni cham, ogromnie cię przepraszam.

– No więc skoro już uwierzyłeś, że to twoje dziecko, chyba wreszcie porozmawiasz z żoną, żebyśmy mogli jak najprędzej się pobrać. Daję ci czas do końca tygodnia, a potem sama z nią porozmawiam.

Po powrocie do domu zamknęła się w swoim pokoju, prosząc rodzinę, żeby jej nie przeszkadzała, bo ma jakąś pilną pracę – i przepłakała resztę dnia. „A czy jesteś pewna, że to moje dziecko?" – słyszała bez przerwy słowa Krzysztofa.

W nocy obudziły ją silne bóle podbrzusza. Poczuła jakąś wilgoć między nogami, a gdy poszła do łazienki, zobaczyła krew. Niedużo, ale była. Grażyna nie wiedziała, co robić. Nie chciała alarmować rodziców, którzy przecież o niczym nie wiedzieli. Zadzwoniła do Ewy, która na szczęście mieszkała dość blisko i zjawiła się po kilkunastu minutach. Grażyna po cichutku wpuściła ją do mieszkania, zamknęły się w pokoju i opowiedziała przyjaciółce o wydarzeniach ostatnich dni.

– A teraz krwawisz? – spytała Ewa.

– Nie, teraz wszystko w porządku. I już nic mnie nie boli.

– Dobrze, posuń się, zostanę z tobą do rana, a potem zadzwonimy do twojego lekarza, niech ci powie, co masz robić.

Lekarz, usłyszawszy przez telefon o wydarzeniach ostatniej nocy, kazał Grażynie natychmiast przyjechać do szpitala.

– O mało nie doszło do poronienia – oznajmił. – Musi pani trochę u nas poleżeć, pobrać leki, zrobimy odpowiednie badania.

– Błagam cię – prosiła Grażyna Ewę – wymyśl coś, co można powiedzieć moim rodzicom, nie chcę, żeby dowiedzieli się o mojej ciąży, zanim Krzysztof nie wystąpi o rozwód.

Ewa powiedziała rodzicom Grażyny, że ta musi zrobić jakieś specjalistyczne badania w szpitalu, bo trzeba ustalić powód bardzo bolesnych miesiączek, jakie istotnie Grażyna miewała. Uwierzyli, bo nie mieli powodu nie wierzyć.

Powiadomiła też o wszystkim Krzysztofa, który przejął się na tyle, że następnego dnia odwiedził Grażynę w szpitalu, pocieszając ją, że wszystko będzie dobrze.

– Powiedziałeś Hance? – spytała.

– Jeszcze nie – odparł. – Muszę to sobie wszystko poukładać, żeby mieć właściwe argumenty na jej zarzuty.

– A moja ciąża, nasze dziecko, to nie jest właściwy argument? Nie wystarczy? – naciskała Grażyna.

– Jutro panią wypisujemy, już wszystko w porządku – oświadczył lekarz po kilku dniach. – Proszę tylko brać lekarstwa, nie przemęczać się i żadnych stresów! – przykazał. – A za miesiąc zgłosi się pani na kontrolę.

Krzysztof, powiadomiony przez Ewę, wziął dzień urlopu i odwiózł Grażynę do domu. Tym razem taksówką, nie motocyklem.

W mieszkaniu nie było nikogo, rodzice poszli do pracy, a siostra z mężem i synkiem pojechali na urlop w góry.

Grażyna wyciągnęła ręce do Krzysztofa.

– Pytałam lekarza, możemy się kochać, tylko ostrożnie.

On jednak odsunął ją i wyjął z kieszeni jakąś kopertę.

– Grażynko, kochanie, wiem, że jestem podły, ale podjąłem decyzję, którą naprawdę bardzo poważnie przemyślałem. Nie mam nawet na tyle odwagi, żeby ci to wszystko w oczy powiedzieć, więc napisałem list. Tu go kładę – i żegnaj.

I już go nie było.

Grażyna, całkowicie ogłupiała, otworzyła kopertę. Najpierw zobaczyła plik banknotów; przeliczyła je, było tam tysiąc złotych. Mniej więcej tyle zarabiała miesięcznie, ostatnio nawet trochę więcej, bo dostała podwyżkę.

Wzięła do ręki list.

Kochana moja! – zaczęła czytać. – *Nie mogę podjąć decyzji o rozwodzie. Trochę Cię oszukiwałem – bo, widzisz, kocham Was obydwie. Kocham Hankę i nie mógłbym jej zrobić żadnej przykrości. To nie było tak, że ona mnie oszukała, mówiąc, że jest w ciąży, żebym się z nią ożenił. Naprawdę spodziewała się dziecka, tylko że z jakiegoś powodu poroniła. Od tego czasu, choć bardzo się staraliśmy, nie mogła zajść w ciążę. Lekarze uznali, że po tym poronieniu wywiązał się jakiś przewlekły stan zapalny jajników i jajowody są teraz niedrożne, więc do ciąży dojść nie może. Jak więc mógłbym jej teraz powiedzieć, że chcę się z nią rozwieść, bo będę miał dziecko z inną kobietą?*

Jutro wyjeżdżam z Hanką na wczasy do Zakopanego, już dawno mieliśmy je załatwione. Chciałem Ci o tym powiedzieć przed samym wyjazdem i oznajmić, że nic nie będzie z naszego wspólnego życia.

Nie mogłem przewidzieć, że zajdziesz w ciążę, więc bardzo mi przykro. Zostawiam Ci pieniądze, usuń ją, bo po co masz być panną z dzieckiem. Chociaż to zabrzmi brutalnie, myślałem, że jednak poronisz w szpitalu.

Wiem, że cały ten list brzmi koszmarnie, ale musiałem Ci powiedzieć prawdę.

Żegnaj – wydaje mi się, że naprawdę Cię kochałem. Szkoda, że ułożyło się tak, jak się ułożyło. Wiele bym dał, żeby mogło być inaczej...

Krzysztof

Grażyna złożyła kartkę w kosteczkę. Pieniądze, wraz z listem, podarła na drobniutkie kawałeczki, wszystko razem wrzuciła do sedesu i spuściła wodę.

Nie płakała, działała jak w transie. Wstała, ubrała się starannie i pojechała z powrotem do szpitala. Jej lekarz na szczęście jeszcze nie wyszedł.

– Panie doktorze, czy moglibyśmy chwilę porozmawiać, ale w absolutnej dyskrecji?

Znaleźli odosobnioną ławkę w szpitalnym parku.

Grażyna opowiedziała wszystko lekarzowi. Łącznie z tym, że podjęła decyzję i chce usunąć tę ciążę – ale prywatnie, żeby nikt się nie dowiedział. Spytała, czy by się tego podjął u siebie w gabinecie.

– Nie chcę tego dziecka, bo nienawidzę tego człowieka. Mam do pana zaufanie jako do lekarza i jako do człowieka. Chciałabym, żeby mnie pan zrozumiał. I chciałabym, żeby mi pan pomógł. Nie zmienię decyzji. Jeśli pan tego nie zrobi, pójdę gdzie indziej.

Lekarz siedział i długo milczał. Grażyna ze zdenerwowania zaczęła już obgryzać paznokcie.

– Dobrze, moje dziecko, zrobię to, bo widzę twoją determinację. Nie chciałbym, żebyś trafiła w jakieś złe ręce. Przyjdź jutro, o szóstej wieczorem, do mnie do domu.

– Bardzo dziękuję, panie doktorze. Bardzo.

Miała trochę oszczędności, od Krzysztofa za nic w świecie nie wzięłaby pieniędzy, zresztą dlatego podarła je i wyrzuciła wraz z listem.

Sama poszła do lekarza i sama wróciła po zabiegu do domu.

Dopiero następnego dnia zadzwoniła do Ewy i poprosiła, żeby do niej wpadła, bo musi jej coś opowiedzieć. Opowiedziała wszystko, z najdrobniejszymi szczegółami. Przez cały czas nie uroniła ani jednej łzy.

Dopiero gdy Ewa, już późno w nocy, poszła do domu, Grażyna pozwoliła sobie na rozpacz. Opłakiwała przede wszystkim swoje utracone dziecko. Zamknęła się w ubikacji i płakała, płakała, płakała. Po cichutku, żeby nie obudzić nikogo z rodziny. Nikt przecież nie miał się o tym dowiedzieć.

Poza Ewą, która u siebie w domu także płakała – nad losem Grażyny.

Ponieważ Krzysztof wyjechał na urlop, Grażyna miała dwa tygodnie, żeby poszukać sobie nowej pracy. Została referentką w Wydziale Handlu Miejskiej Rady Narodowej w Bydgoszczy. Na poczcie bardzo się dziwili, dlaczego postanowiła odejść, nieźle im się przecież razem pracowało. Grażyna była sumienna i pracowita, niedawno dostała nawet podwyżkę.

Wymyśliła więc, że podjęła decyzję o rozpoczęciu studiów zaocznych – a tam, w miejskiej radzie narodowej, obiecali jej w tym pomóc.

Rozdział 8

Był początek 1970 roku.

Na ślub Maćka Ewa nie pojechała. Od ostatnich dramatycznych wydarzeń minął zaledwie miesiąc i chciała być przy Grażynie przez cały czas, by wspierać ją ze wszystkich sił. Przecież poza nimi dwiema nikt o niczym nie wiedział. A prócz tego – sama nie wiedząc czemu – znielubiła tę Maćkową Monikę, chociaż nawet jej nie znała. I w ogóle nie chciała jej poznać. Nie wróżyła temu małżeństwu długiego żywota, zbyt dobrze znała Maćka. Nie mogła tylko zrozumieć, jak w ogóle mógł się zakochać w takiej pustej lalce. Cóż, niewiele wiedziała o mężczyznach...

Wstydząc się sama przed sobą, napisała do Maćka list z przeprosinami, że nie może przyjechać, kłamiąc, że po prostu nie dostała urlopu, jako że koniec roku zawsze był u nich w banku gorącym okresem.

Po pewnym czasie, kiedy już uznała, że Grażyna otrząsnęła się trochę i da sobie radę sama, Ewa podjęła kolejną przełomową decyzję w swoim życiu. Po konsultacjach z ciocią Alą, której szczerze wyznała, że Piotrek nudzi ją coraz bardziej i nie chce wiązać z nim życia, zdecydowała, że wyjedzie na trochę do ojca, pooddycha powietrzem stolicy, pochodzi do teatrów, poogląda wystawy i może spróbuje podjąć jakieś studia. Powiedziała cioci szczerze, że postanowiła opuścić Bydgoszcz i przenieść się do Warszawy.

– Ciociu, wiesz, że kocham cię bardzo, najbardziej. I bardzo ci za wszystko jestem wdzięczna. Ale chcę się sprawdzić. Chcę spróbować, czy dam sobie radę bez twojej opieki. Chcę poczuć, że naprawdę jestem dorosła. Nie będziesz rozżalona, prawda? – spytała.

– Ewuśka, ja też kocham cię najbardziej i wiem, że i ty o tym wiesz. Będę tęsknić, to jasne. Ale nie czuję się rozżalona. Nawet myślę, że to dobry pomysł, bo tu masz małe szanse na jakieś rozwinięcie skrzydeł. A ja w ciebie wierzę i cieszę się, że stawiasz sobie nowe wyzwania. I przecież wiem, że będziemy w stałym kontakcie. A dla ciebie chyba to oczywiste, że zawsze i w każdej chwili, jeśli zechcesz, będziesz mogła tu wrócić.

Oczywiście koleżanki w pracy – a Ewa z nimi – przepłakały cały dzień. Ale była stanowcza (i jak zawsze – dzielna i silna), skoro więc podjęła już decyzję, podjęła ją nieodwołalnie.

Mniej dramatyczne, niż przypuszczała, okazało się rozstanie z Grażyną. Przyjaciółka, zajęta budowaniem życia od nowa, była niemal zadowolona, że oto znika świadek jej traumatycznych przeżyć. Obiecały sobie obydwie, że będą do siebie wzajemnie przyjeżdżać przy każdej możliwej okazji.

Trochę trudniejsze było rozstanie z Piotrkiem – trudniejsze dla niego, bo Ewa już dawno wiedziała, że z tego, co ich łączy, trwałego związku nie będzie.

– Myślałem, że mnie naprawdę kochasz – wyrzucał jej Piotr, gdy obwieściła mu swoją decyzję. – Myślałem, że założymy rodzinę i robiłem wszystko, żeby tak się stało.

Wszystko, to znaczy co? – pomyślała Ewa. Przecież właśnie wszystko było do d… myślała dalej i musiała aż się uszczypnąć, żeby nie wybuchnąć śmiechem. Bo przecież nawet od strony tych czterech liter też wszystko było do d…

– Słuchaj, świat się przecież nie kończy, Warszawa nie jest tak daleko. Możesz mnie odwiedzać, ja też będę przyjeżdżać do cioci. Zobaczymy, jeśli będzie nam źle bez siebie, zawsze możemy to zmienić – powiedziała, chcąc jakoś wybrnąć z tej kłopotliwej sytuacji.

Ale Piotr pokiwał tylko głową. Cmoknął Ewę w policzek i zniknął z jej życia.

Tak jak chciała.

*

Ewa stała przed gabinetem dyrektora, zastanawiając się, o co chodzi. Czemu ją wezwano? Przez chwilę myślała nawet, że może szef chce ją jakoś uroczyście pożegnać, ale nie, to nie było praktykowane, a poza tym mina sekretarki nie wskazywała na jakąś niespodziankę. Jeżeli – to raczej nieprzyjemną.

– Pani Ewo, co to jest? – Dyrektor machał trzymanymi w ręku kartkami, które Ewa rozpoznała jako raport prezentujący wyniki ubiegłego roku. Raport opracowany przez nią i Joannę Korczyńską.

– No… nasz raport, panie dyrektorze. – Patrzyła na szefa nic nierozumiejącym wzrokiem.

– Tak, raport, widzę, ale co jest w treści? – warknął wściekle. – Nie pamiętam, żebym kiedykolwiek tak się skompromitował – mówił dalej. – Wszystko przez zbytnie zaufanie. Spojrzałem na nazwiska autorek raportu i podpisałem go bez czytania. Przecież wiem, komu mogę ufać. I okazało się, że zrobiłem straszne głupstwo. Dane się nie zgadzają, w treści są błędy, brak opisu działania...

– Przepraszam, panie dyrektorze, ale nie rozumiem. – Ewa przerwała mu bezceremonialnie. – Mogę spojrzeć? Jakie błędy? Sama sprawdzałam ten tekst i wszystko było w porządku.

Po obejrzeniu raportu Ewa stwierdziła, że zarzuty dyrektora są słuszne. Z raportu zniknęła cała strona, jakby ktoś wyciął czy zgubił fragment tekstu, w związku z czym brakowało pewnych danych i części informacji. Zrozumiała. Pracowały nad tym razem – ona i Joanna. Większość tekstu napisała Ewa, dane wstawiały wspólnie. Po skończeniu raportu przeczytały go obie, ponownie sprawdzając, czy wszystko w porządku. I potem Joanna przepisała całość na maszynie. Błędem było to, że oryginału już nie obejrzały, złożyły tylko podpisy i przekazały raport szefowej. Ta podpisała go natychmiast, też bez czytania – czas naglił – i raport poszedł do dyrektora. Okazało się, że dyrektor, pewnie z uwagi na ten napięty termin, też nie przeczytał dokumentu, podpisał go i puścił dalej. No i kompromitacja na całego. Po prostu Joanna, przepisując tekst, opuściła przez pomyłkę całą stronę brudnopisu i... klops.

Ewa stała i nie wiedziała, jak się zachować.

– Panie dyrektorze, czy rozmawiał pan z panią Korczyńską? – zapytała tylko.

Okazało się, że rozmawiał i że Joanna całą winę zwaliła na Ewę, obarczając ją odpowiedzialnością za sprawdzenie tekstu i wiarygodność danych. Nic Ewie nie powiedziała, a słysząc, że koleżanka jest proszona do dyrektora, zrobiła tylko dziwną minę i wyszła z pokoju, udając, że idzie do łazienki.

– Cóż, panie dyrektorze – powiedziała Ewa. – Tak, jestem winna. Jestem winna, bo nie sprawdziłam raportu, wierząc koleżance przepisującej tekst. Widzę, że wypadła – o, tu, proszę spojrzeć – cała strona brudnopisu. Chcę tylko zaznaczyć, że tekst przepisywała pani Korczyńska, co zresztą, jak podkreślam, nie zwalnia mnie od odpowiedzialności. A o pani Joannie mówię tylko dlatego, że odchodzę z pracy. Więc chciałabym, aby pan przyjął, tak tylko do swojej wiadomości, że wina leży nie tylko po mojej stronie. Po prostu nie chciałabym, żeby ten błąd rzutował na pana opinię o mnie. Bardzo mi przykro, że pod koniec naszej współpracy tak fatalnie nawaliłam i naraziłam pana na nieprzyjemności. Jestem gotowa ponieść konsekwencje, proszę tylko, żeby ta sprawa nie była brana przez pana pod uwagę przy wystawianiu mi ogólnej opinii do świadectwa pracy.

Dyrektor nie skomentował jej prośby, rzucił tylko:

– To wszystko, dziękuję. – I polecił sekretarce, żeby wezwała Joannę.

Roztrzęsiona Ewa wróciła do pokoju, mijając po drodze koleżankę idącą do gabinetu szefa.

W pokoju siedziała zdenerwowana pani Eleonora, która w ogóle nie rozumiała, co się dzieje.

– Dziecko drogie – zwróciła się do Ewy – co się stało? O co chodzi? Czemu dyrektor wzywa was po kolei? I dlaczego masz taką minę?

Więc Ewa wyjaśniła jej, co się stało, a gdy do pokoju wróciła Joanna, zapytała ją krótko:

– Dlaczego?

– Bo przecież ty i tak odchodzisz – rozszlochała się tamta – więc ci wszystko jedno. A ja zostaję. I bałam się, że zepsuję sobie opinię.

– Teraz chyba zepsułaś sobie tym bardziej – podsumowała Ewa, zniesmaczona i zmartwiona, że tak dobra współpraca zakończyła się tym niemiłym akcentem.

Cóż, rozpoczęło się poznawanie prawdziwego oblicza tego świata.

Rozdział 9

Tak więc Ewa znowu się przeprowadziła; w lutym 1970 roku wróciła do swojego rodzinnego miasta.

Ojciec, Jerzy, od pewnego czasu mieszkał samotnie na Bielanach w dwóch pokojach, jako że jego lokatorzy nareszcie się wyprowadzili, szczęśliwie dostali bowiem własne mieszkanie. Ewa nie musiała się więc martwić, gdzie się podzieje. Zresztą – właśnie wiadomość o wyprowadzce lokatorów przyczyniła się do jej decyzji o wyjeździe z Bydgoszczy. Udało jej się nawet załatwić przeniesienie do oddziału okręgowego NBP w Warszawie. Opinię z poprzedniej pracy dostała dobrą.

Na początku lata zdała egzaminy i dostała się do zaocznego Zawodowego Studium Administracyjnego przy Wydziale Prawa i Administracji Uniwersytetu Warszawskiego.

Wszystko układało się więc pomyślnie.

Z jednym wyjątkiem – niestety – Maciek, po paru miesiącach widać niezbyt szczęśliwego małżeństwa, wkrótce po skończeniu studiów rozwiódł się z Moniką. Okazało się, że nic ich nie łączy, Monika nie mogła zrozumieć jego pasji do nauki, uważała, że traci czas, nie chcąc się bawić teraz, gdy jest młody. Sama głównie biegała na różnego rodzaju spotkania z przyjaciółmi i doprowadzało ją do rozstroju nerwowego, gdy Maciek nie chciał w tych imprezach uczestniczyć. Ona zamierzała podróżować, zwiedzać – jeśli nie świat, to chociaż Polskę. Uważała, że po tylu latach studiów należy jej się rozrywka. Maciek tłumaczył jej, że nie ma na to pieniędzy, a ona nie mogła zrozumieć, że nie odpowiada mu, iż wszystkie te zachcianki sfinansuje tatuś, który godził się na każdą fanaberię ukochanej córeczki. I nie mogła zrozumieć, że Maciek nie chce tego zaakceptować. Powiedział, że pojadą na urlop w przyszłym roku, ale kiedy on najpierw na ten urlop sam zarobi. Niestety, do przyszłego roku Moniczka czekać nie chciała…

Ewa pomyślała sobie: „przecież wiedziałam, że tak będzie", jednak z Maćkiem na ten temat nie rozmawiała.

Było to najkrótsze małżeństwo, o jakim słyszała. I – dzięki znajomościom ojca Moniki – najszybszy rozwód.

I bezbolesny.

Choć nie dla wszystkich – bardzo bolał nad tym wszystkim pan Cieślak, który Maćka ogromnie lubił, podziwiał i szanował. Nie mógł pojąć głupoty swojej córki, ale tylko do siebie mógł mieć o tę jej głupotę pretensje. Był na tyle inteligentny, żeby to rozumieć. Ale był też na tyle inteligentny, żeby wiedzieć, że nie ma w sobie siły na to, by się przeciwstawić swojej ukochanej jedynaczce. W czymkolwiek. Pominąwszy już, że na jakiekolwiek przeciwstawianie się było za późno.

Maciek wrócił więc na Pragę, do swojego małego pokoiku. Pani Irena na szczęście właśnie rozwiodła się po raz kolejny i zapowiedziała, że wystarczy jej już tych małżeństw do końca życia. Maciek mógł mieć tylko nadzieję, że to prawda. Zresztą matka bardzo się postarzała i chociaż miała dopiero pięćdziesiąt lat, wyglądała na znacznie więcej. Od paru lat chorowała na marskość wątroby, piła więc teraz dużo mniej.

*

Ewa wpadła na pomysł wspólnego urlopu z najbliższymi przyjaciółmi. Postanowiła w ten sposób uczcić kilka wydarzeń – swoją przeprowadzkę do Warszawy i fakt, że dostała się na studia, a także ukończenie studiów przez Maćka. Chciała też rozerwać trochę Grażynę, za którą bardzo tęskniła. Wszak kawałek życia spędziły razem, prawie jak papużki nierozłączki, nic więc dziwnego, że teraz brakowało jej tych wspólnych chwil. Tym bardziej że w Warszawie do tej pory nie znalazła takiej serdecznej przyjaciółki. Miała koleżanki, ale to były tylko znajome, nic więcej…

Namiot – ten, który kiedyś kupiła ciocia Alicja, został w Bydgoszczy, w piwnicy. Ewa zadzwoniła więc najpierw do Grażyny, żeby ustalić, na kiedy uda jej się załatwić dwa tygodnie wakacji – okazało się, że przyjaciółka ma już zaplanowany urlop na początek sierpnia. Potem ubłagała u siebie w pracy, żeby jej przesunęli urlop z drugiej połowy sierpnia na pierwszą – i jakoś się udało. Następnie poinformowała Maćka, że jedzie z nimi – z nią i z jej przyjaciółką Grażyną – na dwa tygodnie do Kamiennego Potoku. Uprzedziła go, że będzie ciasno, bo we trójkę będą musieli spać w dwuosobowym namiocie, ale jakoś dadzą sobie radę. I zapowiedziała, że nie przyjmuje do wiadomości żadnej odmowy. Skoro ona mówi, że Maciek z nimi jedzie, to tak właśnie ma być.

Następnie zadzwoniła do cioci Ali, żeby ją powiadomić o swoich planach i ustalić, kiedy Grażyna zgłosi się po namiot.

– Ale, dzieci, będzie wam bardzo ciasno.

– To nic, ciociu, za to cieplutko! – zaśmiała się Ewa.

Porozmawiały jeszcze chwilę, Ewa zapewniła ciocię, że zupełnie dobrze jej się mieszka z ojcem.

– Ciociu, przecież go znasz – opowiadała. – Rano łyka jakąś bułkę i leci do pracy. Obiad zjada w stołówce uniwersyteckiej, wraca późno i coś tam sobie bierze z lodówki. Potem czyta książkę albo poprawia prace studentów. Czasami widujemy się raptem pięć minut dziennie. Raz w tygodniu przychodzi taka pani Jadzia, żeby sprzątnąć mieszkanie. I to wszystko. Ja obiady jadam w banku, też w stołówce. I wszystko gra. Nasze kontakty, jak wiesz, nigdy nie były bliższe. Gorzej, ciociu, że nie mam faceta – dodała. Ewa była bardzo zżyta z ciotką. Umiały rozmawiać o takich sprawach i nie robiły z tego wielkich ceregieli. – Jeśli któryś przystojny, to albo woli mężczyzn, albo żonaty. Więc tak czy inaczej nie dla mnie. Ale nie tracę nadziei...

Naprawdę nieźle mieszkało jej się z ojcem. Nic się nie zmienił, w dalszym ciągu był „życiowo nieprzytomny", a za swój wielki sukces uznawał, że w wieku pięćdziesięciu paru lat zaczął się sam golić i nie chodził już w tym celu do fryzjera.

Starał się jednak być przydatny i wiedząc, że Ewa kocha czytać, bo sam przecież ją tą pasją zaraził – zaopatrywał córkę w książki jej ulubionych autorów. Czasami nawet, wychodząc z uniwersytetu na jakiś obiad – bo nie zawsze jadał w stołówce – kupował w pobliskiej księgarni jakąś nowość i zaraz po powrocie do swojego pokoju dzwonił do niej, oznajmiając – wielce z siebie dumny – co kupił.

A ona miała w pracy koleżankę, Hankę Kowalczyk, która również dużo czytała i uwielbiała te same książki, które lubiła Ewa. Często więc, gdy jedna z nich znalazła coś interesującego w księgarni, kupowała od razu dwa egzemplarze – dla siebie i dla koleżanki. Gdy ktoś pytał, dlaczego dwa egzemplarze, odpowiadały – żeby było prościej – że druga książka jest dla siostry. Któregoś dnia Jerzy zadzwonił do córki.

– Ewuniu, kupiłem ci nową Chmielewską – pochwalił się.

A Ewa, zamiast podziękować, zawołała:

– Tylko jedną? Natychmiast leć i kup drugi egzemplarz.

Ojciec, wyczuwając w głosie córki bezwzględny imperatyw, o nic nie pytał, tylko ruszył posłusznie do księgarni i kupił drugi egzemplarz tej samej książki. W domu był jak zwykle wieczorem, więc nawet nie rozmawiali, bo Ewa położyła się wcześniej spać.

Rano zobaczyła dwie książki na stoliku w przedpokoju, wpakowała więc jedną do torby, żeby zanieść Hance, i wsunęła głowę do pokoju ojca.

– Tato, dziękuję za książki, lecę już do pracy, śniadanie masz w kuchni, przykryte ściereczką.

– Ewuniu, poczekaj, powiedz mi tylko, po co ci ta druga książka? – spytał Jerzy.

– Dla siostry – odpowiedziała odruchowo, nie zastanawiając się, co i do kogo mówi.

– Ach, tak, no dobrze, to biegnij, dziecko, do zobaczenia wieczorem – pożegnał się Jerzy, nie zastanawiając się nad odpowiedzią córki.

Ale po kilku godzinach na biurku Ewy w pracy zadzwonił telefon.

– Ewuniu, ale gdybyś ty miała siostrę, to ja chyba bym coś o tym wiedział. – Ojciec widocznie przemyślał sobie dokładnie jej poranne wyjaśnienie i dotarło do niego, co właściwie usłyszał.

Ewa przypomniała sobie tę historyjkę podczas rozmowy z ciocią Alą i zaraz jej opowiedziała. Ciocia śmiała się tak, że nawet nie usłyszała, jak Ewa mówi „do widzenia" i odkłada słuchawkę.

*

Już przeszło pół roku mieszkam z ojcem. Z ojcem, nie z tatą. Tatą, jak zrozumiałam, w zasadzie nigdy dla mnie nie był. Nie ze złej woli, po prostu – nie umiał. Ale dawno się z tym pogodziłam, nie miałam zresztą innego wyjścia. Ojciec teraz stara się być dla mnie rodziną – tak, jak potrafi. Nawet jeśli wróci do domu wcześniej, co zdarza się mniej więcej raz na dwa tygodnie, zmywa naczynia po kolacji. Właściwie – zmywał – bo kiedy zobaczyłam, jak wyciera patelnię (!!!) w moją najśliczniejszą ściereczkę, wytłumaczyłam mu dyplomatycznie, że to nie jest zajęcie dla mężczyzn. Skwapliwie się ze mną zgodził.

Ale ma pewne zasługi – czasami udaje mu się upolować jakąś książkę z tych, które lubię. I to mi wystarcza. Ojciec udowadnia mi, że na swój sposób o mnie pamięta.

Maciek się rozwiódł, a właściwie to Monika z nim się rozwiodła. Z czego – przyznam ze wstydem – bardzo się cieszę. Więc z powrotem mam brata tylko dla siebie, z czego – tu przyznam już bez wstydu – też bardzo się cieszę.

Zabieram go, a także Grażynę, do Trójmiasta. Odpoczniemy wszyscy, nie mogę się już doczekać. Ach, jak ja uwielbiam ten skrawek świata... Mam wielkie plany turystyczno-krajoznawcze. Wyprawa na Hel, na Westerplatte, do wszystkich pięknych miejsc Gdańska i Gdyni – no i na lody! Włoskie lody w Sopocie są najpyszniejsze.

Maciek, co mnie dość zdziwiło, nie protestował, gdy usłyszał, że moje plany urlopowe obejmują również jego. Wnoszę z tego, że ten swój rozwód przeżył bardziej, niż chce się do tego przyznać.

Nie rozumiem facetów...

*

W Kamiennym Potoku czekała już na nich Grażyna; do Sopotu było bliżej z Bydgoszczy niż z Warszawy. Nie znaczy to bynajmniej, że szła na piechotę – miała po prostu wcześniejszy pociąg. Znalazła wygodny kącik w rogu pola namiotowego, porozkładała rzeczy, ale nie próbowała sama rozbijać namiotu. Powyciągała tylko niektóre elementy z opakowań.

– Nadźwigałam się tak, że ledwo żyję. Na stację w Bydgoszczy odwiózł mnie szwagier, ale tutaj już zostawiłam część pakunków w przechowalni bagażu. Są tam materace, śpiwory i różne moje bambetle. Trzeba po nie iść.

– Ja zaraz pójdę, ale czekam, aż Ewa nas sobie przedstawi – powiedział Maciek. – Widocznie uważa, że skoro każdemu z nas tyle opowiadała o tym drugim, to już

131

od wielu lat się znamy. A chociaż rzeczywiście znam cię z opowiadań Ewy, to widzę cię po raz pierwszy w życiu. I muszę przyznać, że bardzo mi się podoba to, co widzę. Maciek Zieliński to właśnie ja. Urodzony w 1947 roku w Warszawie. Absolwent prawa, jeszcze bez pracy.

– Miło mi, ale przecież sam powiedziałeś, że już wszystko o sobie wiemy. Skoro jednak tak oficjalnie się przedstawiasz, to i ja to zrobię – Grażyna Nowak, urodzona w 1948 roku w Bydgoszczy, jeszcze nie studentka, chociaż myślę o zaocznych, mam nadzieję, że już w przyszłym roku. Za to „osoba pracująca", referentka w Wydziale Handlu Miejskiej Rady Narodowej w Bydgoszczy.

– Czy już się naflirtowaliście? – zapytała z przekąsem Ewa. – To może Maciek pobiegnie po te klamoty na dworzec, a my z Grażyną rozbijemy namiot.

Wieczorem, po kolacji i spacerze wzdłuż plaży, usiedli sobie przed namiotem, zadowoleni z pierwszego dnia urlopu.

– To jest życie, co, dziewczyny? – Maciek był pełen entuzjazmu. – Oby tylko pogoda nam dopisała!

– Damy sobie radę przy każdej pogodzie – odparła ze śmiechem Grażyna, nagle bardzo zadowolona, że dała się namówić na te wspólne wakacje.

Urlop naprawdę był udany. Po prostu robili to, co się robi nad morzem. Leżeli na plaży, chodzili na spacery, pływali statkiem. Każde z nich znało zresztą Trójmiasto, nawet Maciek, dla którego najmilszym wspomnieniem był miesiąc wakacji spędzony nad morzem z Ewą i jej wujostwem w 1960 roku. Znowu jeździli do Oliwy, słuchali koncertów organowych, podziwiali uliczki starego Gdańska, przeciskali się przez tłum wczasowiczów w Sopocie i spacerowali po Skwerze Kościuszki w Gdyni. Obejrzeli ORP „Burza", polski niszczyciel walczący podczas drugiej wojny światowej. Maciek, który bardzo się interesował historią tamtego okresu, opowiadał, że ORP „Burza" w roku 1940 brał udział w akcji okrętów alianckich na wodach Norwegii. Ostrzeliwał też niemieckie pozycje nabrzeżne, osłaniając ewakuację wojsk alianckich we Francji. Ochraniał również konwoje alianckie na Atlantyku i na przybrzeżnych wodach brytyjskich, a nawet uczestniczył w zatopieniu niemieckiego okrętu podwodnego.

Jeździli kolejką po całym Trójmieście, wysiadali na różnych stacjach i dokładnie zwiedzali te miejsca. Zakochali się w Orłowie, zachwyciło ich tamtejsze molo i widok na klif leżący na granicy Orłowa z Redłowem – stąd bezustanny spór mieszkańców, czy to klif orłowski, czy też już redłowski. W każdym razie gdynianie – bez względu na poprawność nazwy – uważają go za najpiękniejszy zakątek Wybrzeża Gdyńskiego. Niestety, na skutek sztormów ściana klifu cofa się średnio o metr rocznie.

Uroki Orłowa dostrzegł między innymi Stefan Żeromski, który spędził tam lato 1920 roku, zbierając materiały do „Wiatru od morza". Ewa, kochająca książki, wiedziała takie rzeczy, choć nawet sama nie była pewna skąd. Orłowskim klifem podobno zachwycał się również Józef Piłsudski, a przed wiekami także królowa Marysieńka Sobieska, która często odwiedzała pobliski pałac w Kolibkach.

Dwa tygodnie minęły zbyt szybko, szczególnie dla Grażyny i Maćka, jako że poczuli do siebie wielką sympatię.

Maciek był bardzo zadowolony z tego urlopu. Puszył się jak paw, krocząc środkiem deptaku Monte Cassino w Sopocie z dwiema uroczymi młodymi kobietami u boku. Ewa, jasna szatynka o niebieskich oczach, była drobna, szczupła i zgrabna, a Grażyna, czarnowłosa i czarnooka, też szczupła i zgrabna, ale dużo wyższa, wydawała się jakby dopasowana wzrostem do Maćka, gdyż sięgała mu do ucha. Trzymał je obydwie pod ręce i piorunował wzrokiem oglądających się za nimi facetów.

Niestety, po dwóch tygodniach Grażyna musiała wracać do Bydgoszczy, tamci dwoje wrócili do Warszawy. Namiot i wszystkie ciężkie materace oraz śpiwory zabrał Maciek, który miał na Pradze dużą piwnicę i zobowiązał się przechować ich „letni domek". Rzeczywiście udawało im się jakoś w trójkę tam pomieścić, może dlatego, że w zasadzie tylko spali w tym namiociku.

Najgorzej miała Ewa, która spała w środku, ale – jak to młodzi ludzie – ze wszystkim świetnie dali sobie radę.

Na komendę przewracali się z boku lewego na prawy i nikt na nic nie narzekał. Martwili się tylko, że czas biegnie tak prędko, bo nie chciało im się wyjeżdżać...

Rozdział 10

Po powrocie z urlopu wszystko wróciło do normy. Maciek musiał na razie zrezygnować z marzeń o karierze prokuratora. Nie miał możliwości przedłużenia nauki, musiał jak najszybciej znaleźć jakąś pracę, żeby utrzymać siebie, matkę i mieszkanie. Pani Irena miała wprawdzie jakąś niewielką rentę, jednak budka na Bazarze Różyckiego już kilka lat temu stała się wspomnieniem w związku z nałogiem jej właścicielki.

Zresztą Maćkowi na razie przeszły już dawne marzenia. Ten krótki czas małżeństwa z Moniką sprawił, że chłopak stał się większym realistą. Zorientował się, że bez pieniędzy życie – czy z wykształceniem, czy bez – jest, delikatnie mówiąc, mało wygodne. Tak więc, jego najdawniejszy cel z dzieciństwa, to znaczy „być bogatym", pozostał aktualny, choć Maciek z czasem zrozumiał, iż realizacja tego zamierzenia nie jest taka prosta.

Oczywiście w dalszym ciągu wierzył, że wykształcenie pomaga zdobywać pieniądze, ale z tego, co się działo dookoła, widział, że jakoś nie wszędzie. Doszedł do wniosku, że od zawodu prokuratora intratniejszy jest zawód adwokata czy choćby radcy prawnego, lecz na razie na aplikację nie miał szans. Nie zamierzał wstępować do partii – choć teść, już teraz były – przekonywał go, że łatwiej mu będzie o lepszą posadę, jeśli zdecyduje się to zrobić. Maciek jednak coraz bardziej brzydził się polityką i chciał być od niej jak najdalej.

Szukał więc najlepiej płatnej pracy, co tu mówić, w rozmaity sposób i choć w zasadzie prawnikowi dość łatwo było znaleźć intratne zajęcie, on jakoś nie mógł się na nic zdecydować.

Pewnego dnia spotkał dawnego teścia, który był naprawdę całkiem przyzwoitym człowiekiem i bardzo ubolewał nad tym, że jego ukochana Moniczka okazała się tak niemądra i rozwiodła się z Maćkiem, wybierając bardziej rozrywkowy tryb życia. Zdawał sobie sprawę, że to w większości jego, ojca, wina, bo nigdy nie próbował pokazać swojej córce, jak wygląda prawdziwe życie.

– Chodź, napijemy się kawy. – Teść zaprosił go do kawiarni „Na Rozdrożu". – Mów, co u ciebie słychać.

Maciek opowiedział o urlopie w Trójmieście i poszukiwaniu pracy. Szczerze wyznał, że na razie nie może myśleć o aplikacji, bo nie stać go w tej chwili na dalszą naukę. Opowiedział o chorobie matki i o tym, że na jego barki spadł ciężar utrzymywania domu. Wprawdzie zaproponowano mu pozostanie na uczelni, był przecież jednym z najlepszych studentów, jednak nie zdecydował się na to, mając przed oczami przykład ojca przybranej siostry, Ewy, który, będąc docentem, zarabiał grosze, a pracy miał zawsze mnóstwo. Z tym że Jerzy, ojciec Ewy, kochał to, co robił, a on, Maciek, nie bardzo się widział w roli wykładowcy.

Pogadali jeszcze o różnych banalnych sprawach, po czym pan Cieślak powiedział:

– Zadzwoń do mnie jutro w południe, mam pewien pomysł.

– Zgłoś się w czwartek do dyrektora Kowalskiego w Departamencie Prawnym Centrali NBP – usłyszał Maciek następnego dnia, gdy zgodnie z umową zatelefonował do ojca Moniki.

Młody prawnik spodobał się dyrektorowi Kowalskiemu. Zaufanie budził bowiem nawet swoim wyglądem; szczupły, wysoki, o nienagannej sylwetce, szaroniebieskich oczach i jasnokasztanowych włosach, zawsze nieco rozwichrzonych, co dodawało mu chłopięcego wdzięku. Rzetelność miał wypisaną na twarzy.

A poza tym jego eksteściowi nie sposób było odmówić.

I w ten oto sposób Maciek dostał dobrą pracę, którą od razu polubił. Wkrótce też wyrobił sobie opinię świetnego pracownika. Bo taki był – odpowiedzialny, pracowity, rzetelny i solidny.

*

Ewa także lubiła swoją pracę. Zbiegiem okoliczności pracowali teraz z Maćkiem w jednej instytucji – z tym że Maciek w centrali NBP, a Ewa w oddziale okręgowym. W dzień prawie się nie spotykali; wprawdzie pracowali w tym samym gmachu – ale w innych jego skrzydłach i nawet wchodzili innymi drzwiami. Za to po pracy często wstępowali razem na lody albo inne pyszności do „Horteksu", najlepszej i najmodniejszej warszawskiej kawiarni mieszczącej się na parterze dwudziestotrzypiętrowego wieżowca stojącego u zbiegu ulic Marszałkowskiej i Świętokrzyskiej.

Maciek obecnie był sam. Po krótkotrwałym małżeństwie z Moniką jakoś nie miał ochoty na szukanie, choć Ewa wbijała mu do głowy, że po prostu źle trafił, co niestety się zdarza. Dość często przecież.

Ona natomiast poznała w banku Marka Wójcika, który przyszedł tam po prostu coś załatwić. Ewa mu pomogła, a wtedy przyniósł jej kwiaty i zaprosił ją na kawę. Był od niej o dwa lata starszy, mieszkał sam w kwaterunkowym mieszkaniu po babci, która niedawno zmarła. A ponieważ był u babci zameldowany, udało mu się to mieszkanie przepisać na siebie. Mieszkanie było na Woli, jednopokojowe, ale jak na kawalerkę dość spore, dwudziestopięciometrowe – i wygodne. Dla samotnego mężczyzny idealne. Znajomość Ewy i Marka rozwijała się szybko. Spotykali się dość często, bywali razem u przyjaciół, chodzili do kina, na spacery, a także do filharmonii, bo Ewa uwielbiała muzykę klasyczną. W Bydgoszczy była świetna filharmonia, a ciocia Alicja zabierała Ewę dość często na koncerty i zaraziła ją miłością do muzyki poważnej. Chopin, Czajkowski, Grieg, Schubert, Schumann, Mozart, Beethoven, Bach – długo można by wymieniać ukochanych kompozytorów Ewy. Miała w domu pokaźny zbiór płyt ze swoimi ulubionymi utworami i gdy tylko była sama, to znaczy codziennie, bo ojciec bywał w domu późnym wieczorem, słuchała sobie ich cichutko, żeby nie przeszkadzać sąsiadom. Na szczęście Marek też lubił taką muzykę, więc gdy tylko udało im się zdobyć tak zwane wejściówki, szli na koncert. Bilety do filharmonii były dość drogie, a ku niemiłemu zdziwieniu Ewy Marek okazał się, delikatnie mówiąc, bardzo oszczędny. Ewa nie mogła tego pojąć, bo przecież na mieszkanie wydawał mało, gdyż czynsz kwaterunkowy był śmiesznie niski; jedzenie też nie kosztowało go zbyt dużo, bo jadał w stołówce pracowniczej, w której miesięczny abonament obiadowy kosztował mniej niż Ewę jej śniadania i kolacje. Marek nie miał żadnej rodziny ani żadnych zobowiązań, pieniądze więc przeznaczał w zasadzie wyłącznie na siebie. A zarabiał nieźle, jako że pracował w jednej z central handlu zagranicznego. Czasami wyjeżdżał za granicę, a wtedy otrzymywał niezłe diety. W obcej walucie. Wydawać by się mogło, że należał do grupy osób dobrze sytuowanych, ale z całą pewnością wydawać pieniędzy nie lubił. Owszem, kupował bilety do kina, gdy szli na jakiś film, nigdy jednak nie zaprosił Ewy na przykład do teatru – tam bilety już były droższe. Nie chodzili też do restauracji.

– A po co? – pytał. – Przecież ty, Ewuniu, bardzo dobrze gotujesz.

Miał jednak „delikatne" pretensje, gdy Ewa kupowała do tego gotowania zbyt dużo produktów.

Znali się już drugi miesiąc, Ewa bywała dość często w mieszkaniu Marka i często „bardzo dobrze gotowała". Całowali się, przytulali i dość śmiało pieścili. Jednak jakoś do tej pory do niczego więcej nie doszło.

Aż do dziś.

Do kolacji Marek otworzył butelkę wina, które dostał podczas jakiejś podróży zagranicznej (dostał, bo przecież nie przeznaczyłby cennej waluty na zakup czegoś tak mało potrzebnego jak wino).

Jedli, sączyli wino, w tle cichutko rozbrzmiewała muzyka Mozarta. Marek też miał spory zbiór płyt, były to nieliczne rzeczy, które kupował.

Siedzieli przytuleni na kanapie i w pewnym momencie jakby w naturalny sposób zaczęli się całować.

Wino uderzyło im do głowy – tym bardziej że alkohol pili bardzo rzadko. Pocałunki były więc coraz gorętsze. Po chwili Marek zaczął rozpinać jej bluzkę, a Ewa nie oponowała.

A gdy już było po wszystkim, zrozumiała to, o czym opowiadała jej Grażyna, a czego ona sama do tej pory nie mogła pojąć.

Pamiętała swoje zbliżenia z Piotrkiem, które aczkolwiek nie były bolesne czy szczególnie nieprzyjemne, nigdy jednak nie doprowadziły do tego, co czuła przed chwilą. Uważała nawet, że po prostu jest oziębła, chociaż Grażyna przekonywała ją, że jeszcze „trafi na swojego". Nawet chciała się o to założyć.

Ewa mogła teraz przyznać jej rację. Może kiedyś to zrobi, gdy się spotkają. Nawet była wręcz pewna, że Grażyna miałaby powody do zazdrości.

Ewa nie chciała zostać u Marka na noc, ponieważ w mieszkaniu ojca na Bielanach nie było telefonu, choć Jerzy złożył podanie już pięć lat temu. Nie mogąc go więc uprzedzić, że nie wróci na noc do domu – a nie chciała, żeby się niepokoił – niechętnie wstała, ubrała się i poprosiła Marka, żeby zszedł z nią na dół i pomógł złapać jakąś taksówkę.

– Taksówkę? – zdziwił się. – A po co? Przecież możesz pojechać autobusem.

Nawet jej nie zaproponował, że ją tym autobusem odwiezie. Dla niego poruszanie się autobusami albo tramwajami było po prostu normalne.

Zrobiło jej się prawie niedobrze, ale nic nie odpowiedziała; akurat jechała wolna taksówka, skinęła więc ręką i wsiadła szybko, nie pożegnawszy się nawet z Markiem.

Przez jakiś czas z nim się nie widywała; tak ją zraził tym swoim skąpstwem, że nie mogła go znieść. Jednak rozbudzone libido, o którego istnieniu u siebie nie miała dotąd pojęcia, spowodowało, że machnęła ręką na tę wadę swojego partnera i znowu zaczęła się z nim spotykać. Nawet dość często.

*

Mam nareszcie chłopaka. To znaczy, można by tak chyba powiedzieć, bo jakoś tam istnieje w moim życiu, choć znowu to nie to, co tygrysy lubią najbardziej. Owszem, przystojny i dość inteligentny, czasami nawet miły. I nareszcie obudził we mnie kobietę – że użyję pseudoliterackiego słownictwa. Rozumiem teraz Grażynę i te jej zachwyty nad tą całą cielesnością.

Ale...

No tak, u mnie nigdy nic nie może być idealne. Jakieś „ale" zawsze znajdę, zbytnio nawet się nie wysilając. No więc „ale" w przypadku Marka – bo tak ma na imię mój chłopak, Marek Wójcik – polega na tym, że jest, jakby tu powiedzieć, nadmiernie gospodarny. Kurczę, młody facet przecież, a ciuła pieniążki jak emeryt na starość. Potwornie mnie to denerwuje. Nie wymagam przecież, żeby kupował mi brylanty i woził na wczasy do Jugosławii, ale rzecz w tym, że nie kupił mi nawet marnego kwiatka. Nie dlatego, żeby uznał, iż nie zasługuję, tylko dlatego, że kupowanie kwiatów to wyrzucanie pieniędzy. Prawda? No, jasne, prawda. Wyrzucaniem pieniędzy jest też jazda taksówką, skoro można przecież wsiąść w nocny autobus, wyrzucaniem pieniędzy jest pójście (oczywiście raz kiedyś) na obiad do lokalu, pewnie nawet do baru mlecznego, gdy równie dobrze można zjeść obiad ugotowany w domu. Ugotowany, oczywiście, przez jego dziewczynę – czyli przeze mnie. A on? Dlaczego niby gotować miałby on, skoro jestem ja. Po prostu wkurza mnie tym wszystkim.

Ale, cholera, pierwszy raz w życiu wiem, co to jest życie – pożycie? – seksualne. I nic na to nie poradzę, podoba mi się to! Bardziej niż te wszystkie wady Marka, które – z tego powodu – jeszcze trochę poznoszę. Mimo że przychodzi mi to z trudem...

Jednak się okazało, że i we mnie tkwi rozpustna kobieta – no więc *c'est la vie!*

Rozdział 11

Pewnego listopadowego dnia Ewa odebrała w pracy telefon. Dzwonił asystent Jerzego z uniwersytetu.

– Pani Ewa Brzozowska? – usłyszała obcy męski głos.

– Tak, słucham?

– Karol Maciejewski przy telefonie, jestem asystentem pani ojca. To znaczy, byłem... Mam do przekazania smutną wiadomość. Pani tata stracił przytomność w pracy, wezwaliśmy natychmiast pogotowie, ale okazało się, że na ratunek jest już za późno. Był to bardzo rozległy wylew krwi do mózgu, który niestety spowodował natychmiastowy zgon. Pana Brzozowskiego zabrano do kostnicy w Szpitalu Bielańskim, gdzie powinna się pani zgłosić, żeby załatwić wszystkie formalności. Bardzo mi przykro, że musiałem pani przekazać taką wiadomość, proszę przyjąć szczere wyrazy współczucia. Gdyby pani potrzebowała jakiejś pomocy, proszę się do mnie zwrócić, jestem do dyspozycji. – I pan Maciejewski podyktował jej swój numer telefonu.

– Dziękuję – wykrztusiła i rozłączyła się.

Zadzwoniła do Maćka, zwolnili się obydwoje z pracy i pojechali taksówką do Szpitala Bielańskiego. W zasadzie taksówka okazała się niepotrzebna, nie było się do czego spieszyć, ale Ewa cały czas miała wrażenie, że to jakaś pomyłka, nieporozumienie, nieprawda. Chciała to sprawdzić jak najprędzej.

Niestety, wszystko okazało się prawdą. Szpital wystawił dokumenty niezbędne do zorganizowania pogrzebu i Ewa z Maćkiem zaczęli załatwiać formalności.

Po pogrzebie Ewa nie wiedziała, czym się najpierw zająć. W pracy zaproponowano jej, żeby wzięła kilka wolnych dni, ale poza przysługującym jej urlopem okolicznościowym nie chciała więcej. Wolała być poza domem, z ludźmi, nie znosiła wręcz wracać do pustego mieszkania, choć przecież ojciec i tak spędzał tutaj tylko noce. Rano wychodził na cały dzień do pracy. Ale był na świecie, a teraz go już tu nie było.

Na kilka dni przyjechali ciocia Ala z wujkiem Aleksandrem, dłużej jednak nie mogli zostać, każde miało przecież swoją pracę. Przyjechała też Grażyna, ale po trzech dniach musiała wracać do Bydgoszczy.

Maciek zajmował się Ewą najlepiej, jak umiał, chodzili razem na obiady, wyciągał ją na spacery, lecz i tak musiała przecież wracać na noc do domu. A noce były najgorsze – samotne i coraz bardziej bezsenne.

Myślała, że może Marek zaproponuje jej, żeby zamieszkali razem, choćby na trochę, ale widocznie nie wpadło mu to do głowy. W ogóle Marek nie spisał się w roli pocieszyciela czy nawet przyjaciela. Kiedy się spotykali, chciał tylko seksu i nie rozumiał, dlaczego Ewa absolutnie nie ma na to ochoty. Jej stan psychiczny pogarszał się z dnia na dzień, co ją samą zaskoczyło, bo przecież nie była szczególnie zżyta z ojcem. Można powiedzieć – w ogóle nie była z nim zżyta. Jerzy nie interesował się nią, gdy była dzieckiem – z jednym wyjątkiem, gdyż zaszczepił w niej miłość do czytania i najmilszymi wspomnieniami Ewy były wspólne wyprawy na majowe Dni Książki odbywające się wówczas w Alejach Ujazdowskich. Z każdej takiej wyprawy wracali oczywiście z mniejszym lub większym pakunkiem pod pachą, ze stoickim spokojem znosząc krytyczne spojrzenia babci Rozalii. Tylko spojrzenia, bo babcia dobrze wiedziała, że na ten temat – jak mawiała – nie ma sensu strzępić sobie języka. Mama Ewy uśmiechała się tylko, gdy córka z entuzjazmem pokazywała jej kupione przez tatę książki. A tatuś natychmiast znikał dla świata, zaszyty w jakimś kącie z nowymi nabytkami.

W czasie gdy Ewa mieszkała w Bydgoszczy, u cioci Alicji, lepszym ojcem był dla niej wujek Aleksander, który pomagał jej w lekcjach i uczył prawdziwej historii Polski, przez co zresztą Ewa miała nawet kiedyś kłopoty w szkole. Poprosiła na lekcji, żeby pani opowiedziała im o siedemnastym września 1939 roku. Myślała, że pani nic nie mówi na ten temat, bo sama nie wie, więc usilnie chciała się podzielić swoimi wiadomościami ze wszystkimi. Oczywiście ciocia Ala została w trybie pilnym wezwana do szkoły i tylko dlatego, że nauczycielka historii była porządnym człowiekiem, całą sprawę udało się zatuszować. Od tej chwili jednak wujek Aleksander przestał uczyć Ewę historii.

Kontakty Ewy z ojcem ograniczały się zaś do listów, przy czym jej listy były zawsze długie i wyczerpujące – wiadomo, od dziecka lubiła pisać – a listy taty krótkie i zdawkowe. Nie miał czasu i nie potrafił nawiązać kontaktu z córką. Gdy zamieszkała z nim w Warszawie, prawie w ogóle nie zauważał jej obecności – w jego życiu zmieniło się tylko to, że nie musiał już dbać o śniadaniowo-kolacyjne zaopatrzenie lodówki, bo robiła to Ewa. Czasami tylko kupował córce jakąś książkę, co było dowodem, że ojciec jakoś tam jednak zdaje sobie sprawę z jej istnienia. Rozmawiali o rzeczach bieżących i to też nieczęsto, bo Jerzy wracał późno, a jeśli nawet przyszedł do domu wcześniej, to czytał książki lub prace swoich studentów. Dostosowali swoje życie do takiego rytmu i obojgu to odpowiadało. O istnieniu Marka ojciec nie miał najmniejszego pojęcia, Ewa bowiem nie widziała powodu, żeby ich sobie przedstawić. Przecież zazwyczaj spotykała się z Markiem u niego w mieszkaniu. Ojciec nie wiedział chyba nawet, że Ewa przez te wszystkie lata utrzymywała kontakt z Maćkiem Zielińskim i że teraz także są bardzo zaprzyjaźnieni.

Jednak pomimo, że nie miała szczególnych powodów do wielkiej rozpaczy po stracie ojca, Ewa bardzo przeżyła śmierć Jerzego, wmawiając sobie, że oto utraciła ostatniego członka swojej prawdziwej, rodzonej rodziny. O cioci Ali i wujku Olku jakoś nie pamiętała. Nie planowała poza tym powrotu do Bydgoszczy, a tu, w Warszawie, rzeczywiście miała teraz tylko Maćka, który przecież nie był jej prawdziwym krewnym. W istocie był całkiem obcym człowiekiem, choć zastępował jej prawdziwego brata, którego nigdy nie miała. No tak, był jeszcze wujek Władek (a może kuzyn?, ech, wszystko jedno...), ale kontakty utrzymywali raczej okazjonalne.

Ewa wracała więc z pracy do domu i siedziała godzinami, patrząc w okno. Nie mogła nawet czytać, bo w ogóle nie rozumiała słów, które pojawiały się przed jej oczami. W nocy długo nie mogła zasnąć, wreszcie poszła do internisty w przychodni dzielnicowej, który na odczepne zapisał jej jakieś tabletki nasenne.

W latach siedemdziesiątych lekarze nie nauczyli się jeszcze rozpoznawać i leczyć depresji. Ten, do którego poszła Ewa, nie zachował się więc jakoś specjalnie nie-odpowiedzialnie.

Przed pójściem do łóżka łykała więc tabletki, a potem leżała, czekając, aż zaczną działać. Ale nie zawsze zasypiała natychmiast. Przed jej oczami przesuwały się różne obrazy z tego krótkiego, wtórnego – jak sama mówiła – życia z ojcem.

Któregoś wieczoru...

– Ewuniu? – Jerzy zapukał krótko i wszedł do jej pokoju. Ewa jeszcze nie spała, ale była już w łóżku, z poduszką opartą o ścianę i oczywiście czytała książkę. – Masz jakieś zapasowe kapcie?

Ojciec zaskakiwał ją często, to fakt, ale... kapcie???

– Kapcie??? – odezwała się, wkładając w to słowo ze trzy znaki zapytania. – Po co ci moje kapcie? Damskie? – Spojrzała na jego stopy. Ojciec był w kapciach. Swoich. – Masz przecież kapcie – stwierdziła.

– Ale to nie dla mnie – wyjaśnił. – Potrzebne mi kapcie dla sąsiadki.

– Tato??? – Znaki zapytania dalej mnożyły się w ustach Ewy. – Nic nie rozumiem. Dla sąsiadki? Teraz? W nocy? Dla jakiej sąsiadki?

– Oj, no dla mnie przecież. – W drzwiach pokoju Ewy zmaterializowała się pani Dorota, sąsiadka z czwartego piętra. Ewa z ojcem mieszkali na trzecim. – Ma pani te kapcie czy nie? Bo ja już muszę iść.

– Ale... – Umilkła jednak, rezygnując na razie z zaspokajania ciekawości. Wstała z łóżka, poszła do przedpokoju, wyciągnęła z szafy jakieś stare, nieco sfatygowane kapcie i wręczyła je pani Dorocie. – Nie wiem, czy będą pasować, to mały rozmiar.

Sąsiadka wzięła od niej te kapcie i wcisnęła na stopy; istotnie – były na nią za małe, ale palce się zmieściły – i z uniesioną dumnie głową wymaszerowała na klatkę schodową, otworzywszy sobie samodzielnie drzwi. Zamknęła je również sama za sobą, z głośnym trząśnięciem. Widać była niezadowolona, że te kapcie takie małe.

– Tato? – Ewa znowu zwróciła się do ojca pytającym tonem. – Żądam wyjaśnień – zażartowała. – Trzeba było powiedzieć, że ukrywasz w szafie sąsiadkę. Może masz tam jeszcze jakąś?

Okazało się, że pani Dorota z czwartego piętra, małżonka niejakiego pana Edzia, osobnika nader trunkowego, o czym wiedział cały blok, niestety – jako że libacje alkoholowe odbywały się u tego stadła dość często i „dały się słyszeć" – dzisiaj właśnie postanowiła ograniczyć swój udział w kolejnej imprezie. I uciekła od napitego, namolnego męża przez balkon, zeskakując z czwartego piętra na balkon trzeciego. Jakoś się przy tym nie zabiła ani nawet nie połamała.

Jerzy siedział sobie spokojnie przy biurku, poprawiając prace studentów. Biurko stało blisko okna i raptem ojciec Ewy usłyszał, jak ktoś – coś? – wali w szybę od strony balkonu. Przestraszył się nieco, na tym balkonie bowiem nikt nie miał prawa teraz się znajdować. Piętro było trzecie, drzwi balkonowe zamknięte, Ewa czytała w swoim pokoju, więc co u licha? Walenie jednak nie ustawało, więc w końcu wstał, ostrożnie podszedł do drzwi balkonowych, uchylił zasłonę i… ujrzał rozzłoszczoną sąsiadkę, gestykulującą gwałtownie. Otworzył więc te drzwi, pani Dorota wkroczyła i…

– Pan da jakieś kapcie – zażądała.

Jerzy był człowiekiem dobrze wychowanym i nauczonym uprzejmości wobec kobiet. Skoro sąsiadka prosi o kapcie, to trzeba jej dać... ciąg dalszy znamy.

Ewa kulała się ze śmiechu, słuchając tej opowieści. Coś takiego w istocie tylko jej ojcu mogło się przydarzyć.

Teraz też, leżąc w łóżku i czekając na zbawcze działanie tabletki nasennej, uśmiechała się sama do siebie. Przez łzy...

Zdegustowana postawą Marka w tych trudnych dla niej dniach, a także ostatecznie zniechęcona jego szczególnym, „bardzo oszczędnym" trybem życia, zerwała z nim znajomość, co zresztą ani dla niego, ani dla niej nie było traumatycznym przeżyciem.

Uznała, że nie ma szczęścia do mężczyzn i przynajmniej na razie postanowiła z nich w ogóle zrezygnować. Żałowała tylko bardzo, że nie ma dzieci, choćby jednego dziecka. Oczywiście córeczki. Nie przychodził jej jednak do głowy żaden pomysł, jak rozwiązać ten problem.

*

Wkleiłam kolejne zdjęcie do mojego pamiętnika. To fotografia mojego ojca. Ciekawe, że gdy żył, nie byliśmy szczególnie mocno ze sobą związani. Ale sprawdziło się, że przysłowiowe więzy krwi są bardzo mocne. Wprawdzie wydawało mi się wcześniej, że cała moja miłość do ojca wygasła w dzieciństwie, ale gdy stało się tak, że już nie mam go naprawdę, okazało się, że bardzo mi go brakuje. Czyli co? Czyli ta miłość do niego gdzieś tam we mnie tkwiła, mimo tych wszystkich pretensji i zarzutów pod jego adresem, jakie powtarzałam sobie w myślach. Ojciec? Czy tylko zbiór genów?

Jednak chyba ojciec – tak jak matka Maćka pozostała jego matką, choć można by powiedzieć, że tego „macierzyństwa" było i jest w niej zero. A jednak Maciek opiekuje się nią i w jakiś tam sposób zależy mu na niej.

Tak już widocznie my, ludzie, porządni ludzie, jesteśmy skonstruowani.

Maciek stoi przy mnie jak skała. Naprawdę jest moją opoką. Nie wiem, czy dałabym sobie radę bez niego. Chociaż zawsze byłam silna i dzielna.

Natomiast Marek potwierdził swoją nieprzydatność. Może więc teraz zająć się swoim ulubionym zajęciem – oszczędzaniem. Ale już beze mnie. Czy będzie mi go brakowało? Powiem jak facet – owszem, w łóżku. I nigdzie więcej. Co oznacza, że generalnie sobie bez niego poradzę!

Natomiast uaktywnił się, jeśli można tak powiedzieć, mój przyszywany wujek Władek. Do tej pory rzadko się z nim widywałam, chyba nawet ojciec spotykał się z nim częściej. Ja i Władek... cóż – w zasadzie nie mieliśmy wspólnych tematów. Ale teraz cieszę się, że go mam. Zawsze to jakiś krewny, a okazuje się, że odczuwam jakąś potrzebę posiadania rodziny. Dotychczas nie byłam zbyt rodzinna, a teraz rozpaczam, że mam tej rodziny tak niewiele...

Wiem! Starzeję się po prostu.

*

Po śmierci Jerzego Ewą bardzo troskliwie zajął się właśnie Władek Duniński, bratanek dziadka Wacława, ten, który kiedyś mieszkał z nimi w kamienicy przy Nowogrodzkiej, a potem dostał kawalerkę niedaleko od nich, też na Bielanach. Starał się, jak mógł, żeby otrząsnęła się z depresji.

Władek, doktor medycyny, specjalista – ginekolog, pracował w szpitalu przy placu Starynkiewicza. Po rozstaniu z żoną w 1955 roku długo bronił się przed kobietami, jednak w roku 1968 spotkał Elżbietę Jezierską, kierowniczkę szpitalnego ambulatorium i od pierwszego wejrzenia przypadli sobie do gustu. Elżbieta miała dwupokojowe mieszkanie spółdzielcze, które otrzymała, gdy jeszcze żyła jej mama. Niestety, mama zmarła rok po przeprowadzce obu pań i Elżbieta została sama. Żadnej rodziny nie miała. Mieszkała w środkowym wieżowcu na tak zwanej ścianie wschodniej.

Władek zostawił więc tę swoją komunalną kawalerkę, ożenił się z Elżbietą i przeniósł do jej mieszkania. Ślub był skromny i cichy, tylko państwo młodzi i świadkowie. Nikt więcej. Tak chcieli, uznali bowiem, że urządzanie jakiejś hucznej imprezy w ich wieku to przesada.

Niestety, Władek też nie miał zbyt dużo szczęścia w życiu. O ironio, mimo że był ginekologiem, parę miesięcy po ich ślubie, w 1969 roku, Elżbieta umarła na raka jajnika. Wtedy jeszcze nie robiło się badań profilaktycznych.

Władek został więc wdowcem, mając niespełna sześćdziesiąt lat i całkowicie oddał się pracy. Ponieważ mieszkał teraz sam w dwóch pokojach, udało mu się otworzyć prywatną praktykę, przerabiając mniejszy na gabinet ginekologiczny.

Poza Jerzym i Ewą oraz Alicją Kotwiczową nie miał żadnych krewnych. A Jerzy właściwie też nie był jego

151

krewnym, tylko po prostu mężem jego nieżyjącej kuzyn-
ki Krystyny. Ewa natomiast już była jego krewną i gdy
przyjechała do Warszawy, o czym powiedział mu Jerzy,
z którym kontaktował się od czasu do czasu, Władek
starał się z nią widywać choć raz na parę tygodni. Był
oczywiście na pogrzebie Jerzego i potem zaobserwował
z niepokojem, że Ewa bardzo przeżyła śmierć ojca.

Jeden z jego przyjaciół, doktor Jarosław Manicki, był
psychologiem. Władek umówił się z nim na rozmowę
i poprosił o radę, jak pomóc Ewie.

– Najlepiej pomogłaby jej jakaś przyjaciółka albo
chłopak. Ma chłopaka?

– Tak naprawdę, to chyba nie. Nie wiem zresztą – odpowiedział Władek. – Ale ma takiego przyszywanego
brata, więc spróbuję z nim porozmawiać.

Władek znał Maćka i miał jego numer telefonu, zadzwonił więc i spotkali się na kawie. Opowiedział mu
o radzie doktora Manickiego.

– Ewa miała chłopaka – wyjaśnił Maciek. – Niesety, nie sprawdził się i już nie istnieje w jej życiu. Ale
ma przyjaciółkę, przyjaźnią się od lat dziecięcych. Zate-
lefonuję do niej.

– To bardzo dobrze, dziękuję. – Władek odetchnął z ulgą.

– To ja dziękuję, bo też bardzo się martwię o Ewę,
a jakoś do tej pory nie wpadło mi do głowy, żeby porozumieć się z Grażyną.

Maciek, który od momentu poznania Grażyny w lecie bardzo ją polubił, z wzajemnością zresztą, od czasu
do czasu pisywał do niej krótkie, zabawne liściki, na które ona z przyjemnością odpowiadała. Teraz, zaniepo-
kojony stanem psychicznym Ewy, opisał to wszystko
Grażynie, pytając, czy nie mogłaby przyjechać na parę

dni. Grażyna oczywiście przyjechała i nawet zrobiła Ewie niespodziankę, bo nie zawiadomiła jej o swoim zamiarze, po prostu pojawiła się w banku około piętnastej, upewniając się najpierw w telefonicznej rozmowie z Maćkiem, czy zastanie Ewę w pracy.

I dzięki tej wizycie najbliższej przyjaciółki Ewa jakoś wróciła do życia. Znowu spotykali się w trójkę – ona, Grażyna i Maciek – i znowu wędrowali po uliczkach Starego Miasta, choć tym razem warszawskiego, nie gdańskiego. Znowu spacerowali po starym parku – tym razem nie oliwskim, tylko łazienkowskim. Chodzili do kina, pili kawę w kawiarenkach na Nowym Świecie i choć pogoda była nie tak piękna, jak latem, nie przeszkadzał im nawet często padający deszcz.

– Nie wiesz, jak ci zazdroszczę tego własnego mieszkania – mówiła Grażyna. – Marta, jak wiesz, ma już dwoje dzieci i od tego rozgardiaszu w domu można oszaleć. Mają książeczkę, ale co z tego, jak na każde pytanie o termin otrzymania mieszkania uzyskują odpowiedź, że na razie brak jakiejkolwiek możliwości.

Żeby móc gadać po nocach długo, spały sobie obydwie na szerokiej dwuosobowej kanapie w dużym pokoju. Każda miała swoją kołdrę i poduszkę, więc było im całkiem wygodnie.

Rozmawiały o pracy i swoim życiu, niestety, już w innych miastach. Ewa opowiedziała Grażynie wszystko o Marku, nawet to, że dzięki niemu zrozumiała, co to seks, w dalszym ciągu nie wie jednak, co to miłość.

– Może to lepiej dla ciebie – odrzekła Grażyna. Przyznała się, że długo nie mogła zapomnieć o Krzysztofie i czasami chodziła specjalnie do kawiarni naprzeciwko jego miejsca pracy mniej więcej o tej godzinie, o której wychodził, żeby go zobaczyć chociaż przez chwilę.

– Ale wiesz co? – dodała ze śmiechem. – Od kiedy poznałam twojego brata, tamto zaczęło mi przechodzić. On na pewno by tak nie postąpił, a w dodatku jest dużo przystojniejszy od Krzysztofa. Szkoda tylko, że tak daleko od siebie mieszkamy.

– Grażyna! – Ewa aż wyskoczyła z łóżka. – Wstawaj! – krzyknęła. – Mam genialny pomysł!

– No dobrze, dawaj go tu, ale żebym zaraz musiała wstawać... nigdy w życiu.

– Grażyna! – Ewa szarpała ją za piżamę. – Przecież możesz się do mnie przeprowadzić! Są tu dwa pokoje, możemy więc całkiem wygodnie się urządzić, a pracę sobie znajdziesz. Postaraj się o przeniesienie służbowe. Gdyby nie chcieli się zgodzić, poprosimy byłego teścia Maćka, to taka szycha, że nikt mu niczego nie odmówi. A wyobraź sobie, że chociaż partyjny – to bardzo porządny człowiek z niego. I do tej pory ogromnie lubi Maćka, więc na pewno mu nie odmówi.

Grażyna jednak wyskoczyła z łóżka.

– Ty to mówisz poważnie? – spytała cicho.

– Jak najpoważniej! – wrzasnęła Ewa.

– Cicho, ludzi pobudzisz, wariatko! – Grażyna uściskała ją z całych sił.

Całą noc spędziły na układaniu planów. Na szczęście następnego dnia była niedziela, Ewa nie musiała więc być wyspana, bo nie szła do pracy, a obgadać musiały wszystko natychmiast, bo właśnie w tę niedzielę Grażyna wracała do Bydgoszczy.

Uzgodniły, że jeśli tylko się uda, Grażyna przeprowadziłaby się od początku przyszłego roku. Najważniejszą

154

sprawą było załatwienie przeniesienia służbowego, od tego miała zacząć, a jeśli pojawią się jakieś trudności, Ewa poprosi o pomoc Maćka. I tak zresztą natychmiast opowiedziały mu o swoim planie, gdy przyjechał w niedzielę na Bielany. Mieli zjeść obiad, a potem razem z Ewą odprowadzić Grażynę na dworzec.

Maćkowi ogromnie się spodobał ten pomysł. Po pierwsze, ucieszył się, że Ewa nie będzie sama, po drugie – bardzo lubił Grażynę i gdyby tak miał przyznać sam przed sobą, to lubił ją nawet bardziej niż bardzo. Za każdym razem, gdy na nią spojrzał, ściskało mu się serce i czuł się w obowiązku otoczyć ją jakąś specjalną ochroną, której zresztą – z czego całkiem sobie zdawał sprawę – specjalnie nie potrzebowała. Wyzwalała w nim jednak jakąś szczególną czułość, jakiej wcześniej nie odczuwał nawet w stosunku do Moniki.

Oczywiście Maciek nie znał dramatycznych przeżyć Grażyny, bo Ewa takich rzeczy mu nie opowiadała. Wiedział tylko, że Grażyna miała w Bydgoszczy jakiegoś chłopaka, z którym jej się nie ułożyło. Ale kto nie przeżywał czegoś takiego? Sam coś o tym wiedział…

Ewa także.

Rozdział 12

Na szczęście zwierzchnicy w Bydgoszczy poszli Grażynie na rękę i nawet sam dyrektor załatwił sprawę w urzędzie w Warszawie – tak się bowiem złożyło, że dyrektor warszawskiego wydziału handlu był jego dobrym kolegą. Widywali się wiele razy na różnego rodzaju spotkaniach służbowych oraz szkoleniach i zdążyli się zaprzyjaźnić.

– Nawet, stary, w dobrym momencie dzwonisz, trzy osoby odeszły mi na emeryturę i mam wakaty. Niech więc ta twoja protegowana stawia się w pracy drugiego stycznia nowego roku.

– Dziękuję, nie pożałujesz, to bardzo pracowita osoba. Przecież wiesz, że jakiegoś cymbała i lenia bym ci nie polecał.

Grażyna zatelefonowała do Ewy, a Ewa do Maćka.

– Będziesz mi niedługo potrzebny – do przemeblowania mieszkania! – krzyczała do niego. – Grażyna ma już wszystko załatwione, nie musimy więc prosić twojego teścia o pomoc. Chyba żeby chciał z nami przesuwać meble! – zaśmiała się.

Ustaliły, że Grażyna nie będzie przywozić żadnych swoich szafek ani foteli, zabierze tylko ubrania i ulubione płyty – książek nie miała zbyt wiele, za to Ewa miała ich nadmiar. Oraz ewentualnie, gdyby chciała, jakieś swoje ukochane bibeloty czy pamiątki.

Rodzice Grażyny trochę się martwili, bali się, jak też ona da sobie radę w tej Warszawie.

– Nie będę przecież sama – pocieszała ich. – Mam gdzie mieszkać, mam pracę, dostanę nawet trochę wyższą pensję. A wy tutaj zyskujecie dodatkowy pokój, co tylko powinno was ucieszyć.

No, rzeczywiście, to ich ucieszyło. I pocieszyło!

Ponieważ i Ewa, i Grażyna miały jeszcze kilka dni niewykorzystanego urlopu, Grażyna pożegnała się ze wszystkimi w pracy przed Wigilią, chcąc te kilka dni między świętami a sylwestrem spędzić z rodziną. Od koleżanek dostała na pożegnanie elegancką, automatycznie rozkładaną parasolkę. Śliczną, w granatowo-niebieskie gwiazdki. Niestety, nie nacieszyła się prezentem zbyt długo, bo jeszcze przed wyjazdem ktoś ją ukradł, w tramwaju wyciągnął jej tę parasolkę z torby. Grażyna długo nie mogła jej odżałować.

Ewa natomiast przyjechała przed Wigilią do Bydgoszczy. Święta chciała spędzić z ciocią Alą i wujkiem Aleksandrem, a na sylwestra miały wrócić razem do Warszawy. Maciek zaprosił je obydwie do swojego dawnego klubu studenckiego. Dostać się tam na zabawę sylwestrową wcale nie było łatwo, ale Maćkowi jakoś się udało zdobyć trzy zaproszenia. Było to ze wszech miar dobre rozwiązanie, do tego klubu bowiem przychodziły też osoby samotne, nikt więc się nie przejmował, jeśli nie miał tej drugiej połowy. Ewa początkowo nie chciała iść, bo przecież jeszcze trwała żałoba, ale przekonali ją, że to nie ma sensu, skoro stosunki między nią a Jerzym były takie, jakie były. A poza tym Jerzy, który do takich konwenansów w ogóle nie przywiązywał wagi, na pewno chciałby, żeby spędziła ten wieczór z przyjaciółmi. To samo mówili jej też ciocia z wujkiem. I Ewa dała się przekonać.

Święta minęły bardzo spokojnie, brakowało jej tylko Maćka, który musiał zostać w Warszawie z matką, bo stan chorej pogarszał się coraz bardziej. Wątroba pani Ireny, zniszczona przeszło trzydziestoletnim nadużywaniem alkoholu, niestety była nie do uratowania, co lekarze powiedzieli Maćkowi wprost. Jego matce nie pozostało już dużo czasu.

Ewa dostała od wujostwa mnóstwo książek – ponieważ wiedzieli, że taki prezent ucieszy ją najbardziej, a poza tym duży, gruby wełniany koc, na własne gospodarstwo, jak to określili.

– Będziecie mogły się nim okrywać w chłodniejsze dni, siedząc przed telewizorem.

– Albo zabierać na urlop do namiotu – zaśmiała się Ewa, dziękując cioci i wujkowi.

Ona miała dla nich prześliczną akwarelkę Kamiennych Schodków, pełnej uroku uliczki warszawskiej Starówki, kupioną na tejże Starówce właśnie u jednego z wystawiających swoje prace malarzy, którymi w większości byli studenci ASP.

*

W sylwestra bawili się wspaniale. Studenci – choć nieco młodsi od nich, w związku z czym bardziej zwariowani – w ogóle nie widzieli różnicy między takimi „starszymi ludźmi", jak dwudziestotrzyletnie Ewa i Grażyna i „aż" dwudziestoczteroletni Maciek, a swoimi osiemnasto- i dziewiętnastoletnimi koleżankami i kolegami.

Zabawa trwała do białego rana, na szczęście od piątej jeździły już niektóre tramwaje, w związku z czym dotarli jakoś we trójkę na Bielany, przespali się do południa, a potem zjedli śniadanie, do którego Ewa przygotowała się odpowiednio wcześniej. Niestety nie było świeżego pieczywa, ale zrobili sobie grzanki na patelni.

Dziewczyny urządziły się na Bielanach całkiem wygodnie. W większym pokoju, z którego wchodziło się do kuchni, zamieszkała Ewa, w mniejszym urządziły gniazdko dla Grażyny. W przedpokoju na szczęście była szafa ścienna, niewielka, ale za to głęboka, w której pomieściło się całkiem sporo damskich fatałaszków. Trzymały w niej palta, płaszcze i kurtki, a także cieplejszą odzież – dresy, swetry i grube spodnie. A na dole stały całe stada butów. Rzeczy lżejsze i bieliznę każda z nich ulokowała w szafkach, które miały w swoich pokojach. W każdym pokoju było oczywiście miejsce do spania, a także do pracy – u Ewy biurko, u Grażyny stół – i wygodne krzesło. W pokoju Ewy stał jeszcze telewizor, na szafce, w której doskonale mieściła się pościel, a przed nim dwa wygodne foteliki; pośrodku był mały stolik, akurat na dwie filiżanki z kawą. Obok wejścia do kuchni wisiał spory kaloryfer, a nad nim duża półka – na tyle duża, żeby mogło na niej stanąć radio z adapterem, niezbędne dla Ewy, która nie wyobrażała sobie życia bez swojej ukochanej muzyki klasycznej. Zgoda na słuchanie takiej muzyki była jedynym warunkiem, jaki Ewa postawiła przyjaciółce, proponując jej wspólne mieszkanie. Grażyna zgodziła się, bo choć nie była aż taką wielbicielką klasyki, jak Ewa, to słuchała muzyki poważnej. Gdy chodzi o muzykę, różniły się o tyle, że Grażyna lubiła każdą, a Ewa – wybraną.

Szafki wisiały też w łazience, a w nich, poza niezbędnymi akcesoriami łazienkowymi i kosmetykami, zmieściły się też ręczniki i ściereczki kuchenne. Siłą rzeczy wszystkiego miały mało, bo na więcej po prostu brakło miejsca.

Ściany w pokoju Ewy – tam, gdzie nie stał wysoki kredens – każdy kawałek wolnego miejsca, zajmowały półki zapełnione książkami. Półki znajdowały się też w pokoju Grażyny, choć mniej, bo też jej pokój był mniejszy.

Na honorowym miejscu, pośrodku najwyżej wiszącej półki w pokoju Ewy, siedział jej Miś; stareńki, powycierany, połatany, z jednym oczkiem innym (dokupionym) – ale wciąż obecny w życiu Ewy. Jej łącznik z dzieciństwem i rodziną, której już nie miała.

*

Siedzieli przy noworocznym śniadaniu pierwszego stycznia 1971 roku i cieszyli się nawzajem ze swojej obecności. Najbardziej zadowolona była Ewa, gdyż teraz miała pod ręką swoich najbliższych i najdawniejszych przyjaciół. Grażyna trochę się bała nowej pracy, nowych szefów, koleżanek, kolegów, otoczenia. Nie bała się tylko obowiązków, bo zawsze była pracowita i pojętna, a zapewne miała robić to samo, co do tej pory. Cieszyła się natomiast, że jest tak blisko Ewy, której bardzo jej przez ten rok brakowało. Cieszyła się też z możliwości widywania się z Maćkiem, na co w duchu bardzo liczyła. Przez te pół roku, które minęło od momentu, gdy się poznali, często o nim myślała. Pisywali zresztą do siebie listy, może niezbyt regularnie, ale zawsze jakiś kontakt utrzymywali.

Maćkowi Grażyna też się podobała, lubił jej dowcipne liściki, a teraz – i wczoraj, na wieczorze sylwestrowym – spoglądając na nią, dziwił się, że właściwie nie pamiętał, jak bardzo jest ładna. Gdy na nią patrzył, przypominał mu się fragment „Kroniki Olsztyńskiej" Konstantego Ildefonsa Gałczyńskiego.

Ze wszystkich kobiet świata najpiękniejsza jest noc

Ona idzie, ona płynie, ona sunie
pod niebios ogromną bramą;
a wszystko jest piękne u niej,
a pachnie u niej wanilia i cynamon.

Z gór w doliny schodzi coraz głębiej,
a oczy ma piękne jak jastrzębie,
a nogi ma proste jak sosny.

Nadaremno się dziwisz i pytasz
Nie ma końca gwiaździsty korytarz
Nie ma kresu dla nocy miłosnej...

Nie było możliwości, żeby mu nie przyszedł na myśl ten wiersz – Maciek bowiem od dzieciństwa był „zarażony" przez Ewę Gałczyńskim. Czy chciał, czy nie chciał, na Pradze, przed snem, gdy każde z nich leżało już w swoim łóżku i gdy omówili wszystkie swoje dzienne sprawy, Ewa ogłaszała: „To teraz wierszyk na dobranoc". I deklamowała to, co jej się akurat przypomniało. Oczywiście najczęściej był to Gałczyński. No i Maćkowi, jak się okazało, wiersze te zapadały w pamięć. Potem zresztą sam czytał Gałczyńskiego, wydawało mu się, że jest przez to bliżej Ewy.

A Grażyna jakoś kojarzyła mu się z nocą. Miała długie, ciemne, prawie czarne włosy i czarne oczy, czasami roziskrzone jak gwiazdy. Cerę też miała ciemniejszą od Ewy, wyglądała, jakby zawsze była troszkę opalona.

Bardzo szybko ich życie nabrało rutyny. Pracowali, spotykali się w trójkę – obowiązkowo – przynajmniej w każdą niedzielę. Często grali w brydża, „czwartym" był sąsiad Ewy, starszy, samotny pan, bardzo przyjacielsko nastawiony do całego świata, o ostrym jak brzytwa umyśle. Niekiedy tym „czwartym" bywał też kuzyn Ewy, Władek, który lubił „swoją młodzież", jak o nich mówił. Czasami zapraszał ich na wytworny obiad do którejś z warszawskich restauracji. Z radością się na to zgadzali, wiedzieli przecież, że Władka stać na ten wydatek, a odmowa bardzo by go uraziła.

Takie życie całkiem im odpowiadało. Żadne z nich nie szukało – przynajmniej na razie – tej drugiej połowy, wystarczało im ich własne towarzystwo, każde z nich trojga przecież już raz się sparzyło.

W lutym zmarła matka Maćka. Była już bardzo chora, a właściwie od kilku tygodni umierająca – o czym lekarze otwarcie mu powiedzieli.

Po śmierci pani Ireny Grażyna jeszcze bardziej zbliżyła się do Maćka. Sama bardzo kochała swoją matkę, tak więc wyobraziła sobie, że dla niego to okropne przeżycie, z którym sam sobie nie poradzi – prawda była nieco inna, ale tego Grażyna nie musiała wiedzieć. Często więc umawiała się z Maćkiem w jakiejś kawiarence lub po prostu jeździła do niego na Pragę, bez Ewy. Szczerze oświadczyła przyjaciółce, że Maciek coraz bardziej jej się podoba, i spytała, co powiedziałaby Ewa na to, gdyby zostali parą.

– Zamierzam go zdobyć, jeśli nie masz nic przeciwko temu – oznajmiła, patrząc na nią pytająco, z pewnym niepokojem.

– No coś ty, przecież to mój brat – odparła ze śmiechem Ewa. – Byłabym najszczęśliwsza, gdybyście byli razem.

– Tak naprawdę to żaden twój brat – zauważyła Grażyna. – I widzę, że jesteście bardzo ze sobą związani.

– Ale właśnie jak rodzeństwo, jak brat i siostra, których oboje nigdy nie mieliśmy – oburzyła się Ewa. – Możesz go uwieść z pełnym moim błogosławieństwem, tylko mu o tym nie mów, bo jak facet zwietrzy spisek, to ucieka. Nie będę się denerwować, jeśli nie wrócisz na noc do domu i życzę ci, żeby to się stało jak najprędzej.

I w istocie stało się dość szybko. Już i tak czasami, gdy spacerowali po ulubionych alejkach w Łazienkach, obejmowali się i przytulali, a nawet całowali, ale jakby bardziej po przyjacielsku. Któregoś dnia, gdy Maciek wrócił do domu, zastał tam Grażynę. Zapasowe klucze do mieszkania przy Stalowej zawsze były na Bielanach, więc z nich skorzystała. W kuchni panował wielki rozgardiasz, a Grażyna stała nad deską i zawzięcie kroiła jarzyny, z piekarnika dochodziła upojna woń natartego czosnkiem schabu, w garnku perkotała kapusta z grzybami.

– O kurczę, porzuciłaś pracę? Teraz będziesz u mnie kucharką? – zdziwił się wielce uradowany Maciek.

– Mam dzisiaj wolne. Zapomniałeś, jaki jutro dzień?
– spytała.

– No, moje urodziny, ale jakoś nigdy ich uroczyście nie obchodziłem.

– I właśnie postanowiłyśmy z Ewą to zmienić – oznajmiła Grażyna. – Ewa piecze w domu ciasta, a ja tu piekę mięso i gotuję kapustę. Nie chciałyśmy mieszać zapachów. Zaprosiłyśmy do ciebie na jutro osiem osób, musimy więc mieć trochę jedzenia.

– Osiem osób? A kogo? A ja nie mam nic do powiedzenia? – zapytał zszokowany, ale jednocześnie bardzo podekscytowany i zachwycony Maciek.

– Wszystkiego dowiesz się jutro. Teraz możesz tylko sprawdzić, ile jakiego alkoholu masz w domu i ewentualnie biec do sklepu, żeby coś dokupić.

I Maciek pobiegł, bo cóż miał robić?

Gdy wrócił, w kuchni sytuacja była w miarę opanowana. Sałatka jarzynowa, wymieszana z majonezem, „przegryzała się" w lodówce. Pięknie upieczony schab stygł już na oknie, a w garnku powolutku dusiła się jeszcze kapusta z grzybami.

Grażyna siedziała na kanapie w pokoju, uroczo potargana, zarumieniona, przesiąknięta kuchennymi zapachami i nieco zmęczona, piła kawę.

– O, jesteś już, nalej sobie kawy i chodź, posiedź tu ze mną – ucieszyła się na jego widok i zrobiła mu miejsce na kanapie.

Maciek usiadł obok i przytulił Grażynę.

– Niepotrzebna mi kawa, nie chcę już żadnych dodatkowych podniet – powiedział. – Wystarczy mi twój widok.

No cóż, tym razem na przytulaniu się nie skończyło...

– Wiesz? – powiedziała Grażyna, naciągając na siebie kołdrę. – Ewa chyba to przewidziała, bo mówiła, że jak nie wrócę na noc do domu, to ona się wcale nie zmartwi.

– No popatrz, jaką mam mądrą siostrę – ucieszył się Maciek.

Spędzili więc razem całą noc i nie można powiedzieć, żeby się wyspali. Na szczęście następnego dnia była niedziela, czyli nie musieli wcześnie się zrywać. Ale mimo wszystko za długo leżeć w łóżku nie mogli, Grażyna musiała jechać do domu, przebrać się i pomóc Ewie przywieźć ciasto. Goście byli zaproszeni na trzecią po południu.

Tak więc już o dwunastej była na Bielanach, szybko się wystroiła i nie zwracając uwagi na żarty Ewy, poganiała ją cały czas.

– Wszystko ci opowiem, przecież wiesz, ale teraz musimy się spieszyć. Trzeba jeszcze stół pięknie nakryć, wszystko poustawiać, odgrzać, przygotować. A gdzie ten prezent dla Maćka?

Kupiły mu dość drogi wełniany sweter, granatowy w podłużne, cieniutkie, jasnoniebieskie paseczki. Bardzo elegancki.

Obładowane paczkami dotarły na czas do mieszkania Maćka i urodziny udały się wspaniale.

Rozdział 13

Między Grażyną a Maćkiem rozwijało się coś na kształt romansu. Na kształt – bo wcześniej obydwoje zawiedli się na swoich partnerach i do tej pory nie mogli wierzyć, że naprawdę może być inaczej. Normalnie. Uczciwie. Po prostu.

Spotykali się – we dwoje albo w trójkę, z Ewą. Obydwoje ubolewali nad tym, że ona wciąż nie ma tej swojej drugiej połowy. Cóż, Ewa już dwa razy się sparzyła i teraz była bardzo uprzedzona do całego męskiego rodu – poza Maćkiem. Zresztą jakoś nikt jej się nie podobał, z jednym wyjątkiem, który niestety był nieosiągalny. Maciek czasami przyprowadzał na Bielany swoich kolegów, pod pretekstem, że chodzi o „czwartego" do brydża. A kiedyś nawet kupił dwa bilety na „Toscę", ulubioną operę Ewy – i w ostatniej chwili „coś mu wypadło" w pracy, przysłał więc w zastępstwie naprawdę wyjątkowego przystojniaka. Operę obejrzeli obydwoje z przyjemnością, a potem nawet spotkali się ze dwa razy. Maciek już zacierał ręce, jednakże nic z tego nie wyszło.

– Wyobraź sobie, że on w ogóle nie czyta książek! – odpowiedziała Ewa na jego pytanie, czemu nie spotyka się już z Tomkiem. – Jakiegoś analfabetę mi przedstawiłeś, choć rzeczywiście jest przystojny. Ale żeby nie czytać???

Tak więc w wieku dwudziestu trzech lat postanowiła zostać samotna i nie robiła z tego żadnego problemu. Spotykała się, oczywiście, z przyjaciółmi z pracy, odnalazła też dwie koleżanki jeszcze ze szkoły podstawowej, z którymi widywała się regularnie. One też usiłowały zainteresować Ewę kumplami swoich chłopaków, każdemu z nich jednak – w opinii Ewy – czegoś brakowało.

Ale był ktoś, kto szalenie jej się podobał, ktoś nie tylko przystojny, ale też wybitnie inteligentny i kulturalny, kto jak ona czytał książki i lubił muzykę klasyczną. Ten jedyny wyjątek, który niestety okazał się nieosiągalny. Miał bowiem dwie wady. Pierwsza – był dyrektorem Ewy, ale taką przeszkodę dałoby się jeszcze przezwyciężyć. Druga wada natomiast dyskredytowała go absolutnie i nieodwracalnie – miał żonę. A Ewa po doświadczeniach Grażyny skreśliła na zawsze żonatych mężczyzn. Zdawała sobie sprawę, że podoba się swojemu szefowi, kobiety zawsze wiedzą takie rzeczy. Jednak nie dopuszczała nawet ułamka myśli o jakiejś prywatnej znajomości. I oczywiście do żadnych bliższych kontaktów nie doszło.

Pewnie między innymi dlatego Ewie trudno było znaleźć partnera. Żaden mężczyzna bowiem nie mógł się równać z jej dyrektorem, Olgierdem Gromieniem.

Maciek i Grażyna o niczym nie wiedzieli, Ewa uznała, że nawet nie warto im o tym wspominać, bo była to tylko fantazja i opowiadanie o tym dałoby nierealnemu marzeniu pewien element prawdziwości. A to po prostu nie mogło stać się prawdą za żadną cenę.

Zresztą po pewnym czasie ów wymarzony ideał awansował, przeniesiono go do zupełnie innej pracy i przestali się widywać nawet przypadkowo. Jego obraz pozostał jednak na długo w sercu Ewy.

*

Mieszka u mnie Grażyna. Nawet nie przypuszczałyśmy, że będzie nam tak dobrze razem. Martwię się tylko, że ona już długo ze mną nie pomieszka. Właściwie to nie martwię się, tylko cieszę.

Chyba...

Bo okazuje się, że Grażyna i Maciek zakochali się w sobie. Powinno mnie to cieszyć i naprawdę cieszyłabym się szczerze, gdyby nie to, że jestem... cholernie zazdrosna. Bo ja, kurczę, nie mam szczęścia do facetów. Też chciałabym kogoś mieć. Ale znaleźć kogoś takiego jak Maciek będzie diabelnie trudno.

Może i spotkałam kogoś takiego, ale jest nieosiągalny. Ma żonę, więc żadne takie... No więc szukam dalej. Ale złości mnie, jak ktoś mi ciągle podsuwa „jakiegoś swojego kolegę". Oczywiście nic z tego nie wychodzi. Wszyscy przystojni i porządni faceci powymierali chyba razem z dinozaurami.

Grażyna uważa, że jestem zbyt wybredna. Może i tak. Ale nawet jeśli to prawda, to nic na to nie poradzę. Przecież nie mogę się zmusić do polubienia kogoś na siłę tylko dlatego, że jestem samotna. A co, jeśli ten ktoś tak naprawdę jedynie nieźle wygląda? I nic więcej? A ja chcę więcej. Ja chcę, żeby z takim kimś można było i pójść do łóżka, i pogadać. O wszystkim. Nie tylko o piłce nożnej. I żeby nie uważał, że jazda taksówką to fanaberia.

I jakoś, cholera, na nikogo takiego nie mogę trafić...

Ale przecież jestem silna i dzielna, prawda? Więc dam sobie radę bez faceta. Spokojnie!

A tak naprawdę, to wierzę, że prędzej czy później (oby prędzej!) znajdę tę swoją wymarzoną połówkę.

No bo przecież muszę mieć córeczkę! Że już o domku nad morzem nie wspomnę...

*

Grażyna i Maciek przekonywali się coraz bardziej do siebie. Okazało się, że mają identyczne poglądy na wiele spraw, podobają im się te same filmy, lubią tę samą muzykę – nie wyłącznie klasyczną, jak Ewa, ale różne rodzaje. Nie czytali tak dużo, jak Ewa, jednak od książek nie stronili i zawsze to, co kazała im przeczytać „siostra", jak już obydwoje nazywali Ewę, czytali, a następnie dyskutowali razem o tych lekturach. Przy czym okazywało się, że nie zawsze to, co podobało się Ewie, podobało się tamtym dwojgu. A prawie zawsze obydwoje – Maciek i Grażyna – mieli identyczne zdanie. Bardzo lubili siedzieć we trójkę w sobotnie popołudnia na Bielanach. Gadali, oglądali telewizję, czasami grali w karty. Ale późnym wieczorem Grażyna z Maćkiem jechali do jego mieszkania i kochali się namiętnie prawie całą noc, pozostając w łóżku często do południa. Potem wracali na Bielany, by zjeść z Ewą obiad, który głównie ona przygotowywała, polubiła bowiem gotowanie i bardzo dobrze jej to wychodziło.

Któregoś niedzielnego popołudnia Ewa wyciągnęła z szuflady jakiś tajemniczy, oklejony kolorowymi kwiatkami zeszyt.

– Mam dla was niespodziankę – powiedziała.

Usiadła między nimi i pokazała im gruby zeszyt. Na okładce dużymi kolorowymi literami wypisane było kredką „Pele-mele".

– Oj, własnym oczom nie wierzę! Cudownie! – ucieszyła się Grażyna. – Jak to się u ciebie przechowało?

– Sama nie wiem, znalazłam go między książkami – odpowiedziała Ewa, otwierając zeszyt.

– Co to jest? – zdziwił się Maciek, u którego w szkole takie zeszyty widocznie nie były w modzie, przynajmniej wśród chłopców.

– A to zbiór bardzo różnych pytań, na które należało szczerze odpowiedzieć. I z tych odpowiedzi można było dużo się dowiedzieć o koleżance lub koledze.

– Chcecie powiedzieć, że udało wam się namówić jakiegoś chłopaka, żeby tu wpisywał jakieś głupstwa? – zaśmiał się Maciek.

– Zdziwiłbyś się, jak wielu. I nie zawsze były to głupstwa – odrzekła Grażyna. – Wszyscy chętnie się wpisywali. I żebyś wiedział, pominięcie kogoś było dla tej osoby prawie obrazą.

„Twój ulubiony przedmiot w szkole" – Ewa i Grażyna podały: „matematyka". „Twój ulubiony nauczyciel", „Najmniej lubiany nauczyciel", „Twoje ukochane miejsce wakacji" (obydwie wpisały oczywiście Trójmiasto), „Twój ulubiony pisarz", „Ostatnio przeczytana książka", „ Co sądzisz o życiu pozagrobowym?", „Co chcesz robić w przyszłości?", „Jakiej cechy najbardziej nie lubisz u innych?" – tego typu pytania ciągnęły się przez cały stukartkowy zeszyt, z tym że na odpowiedzi – ponieważ wpisywali się prawie wszyscy z klasy, było po kilka stron. A ostatnie trzy strony zawierały odpowiedzi na pytanie: „Twoje największe marzenie". Ewa napisała: „Domek nad morzem i córeczka". Grażyna chciała „żyć sto lat, ale w nieustająco dobrym zdrowiu".

Bardzo się wzruszyły, przeglądając ten zeszyt, co chwila słychać było: „A pamiętasz…?". Maciek, szczerze mówiąc, nieco się nudził, siedział jednak wytrwale na kanapie i słuchał tych wszystkich wspomnień. Bardzo lubił ich wspólne niedzielne obiady i nic, co postanowiły – lub wymyśliły – jego dziewczyny, nie mogło go zniechęcić.

Zdziwił się tylko, że na pytanie: „Twój ulubiony pisarz" Ewa odpowiedziała: „Bolesław Prus", a nie „Gałczyński".

– Bo, widzisz – wytłumaczyła mu – wtedy uważałam, że Gałczyński to tylko poeta, a nie pisarz. A Prusa naprawdę lubiłam i lubię do tej pory.

– Nie przestaniesz mnie zadziwiać – stwierdził Maciek.

Na te niedzielne obiady dość często zapraszali Władka, który był samotny, a też bardzo polubił Grażynę, z wielką wzajemnością z jej strony. Uważała, że ludzi takiej kultury już się prawie nie spotyka.

Po obiedzie, jeśli nie grali w brydża z Władkiem jako czwartym, szli na jakiś spacer, często do klasztoru kamedułów w Lesie Bielańskim. Przystawali zawsze na chwilę przed znajdującym się tam grobem Stanisława Staszica.

Często, gdy była ładna pogoda, jechali do ulubionego warszawskiego parku, czyli do Łazienek, a czasami nawet do Wilanowa.

Potem Maciek odwoził dziewczyny na Bielany, a sam wracał na Pragę.

W końcu jednak Maćkowi i Grażynie przestały wystarczać wspólnie spędzane sobotnie wieczory i obydwoje chcieli spotykać się coraz częściej tylko we dwójkę. Ewa, pomimo że nieco im zazdrościła tej bliskości, z największą radością obserwowała, jak między Grażyną i Maćkiem zaczyna się tworzyć coś trwałego. Kochała przecież obydwoje i miała szczerą nadzieję, że im się powiedzie.

I wtedy się stało. Wprawdzie Grażyna chodziła do ginekologa i stosowała środki zabezpieczające, zdarzyło się jednak to, co się widocznie miało zdarzyć, ponieważ w czerwcu okazało się, że jest w ciąży. Miała z tego tytułu bardzo mieszane uczucia. Najpierw bardzo, ale to bardzo się ucieszyła, bała się bowiem, że po zabiegu, który przeszła w 1969 roku, nie będzie mogła mieć dzieci. Później nie wiedziała, jak o tym powiedzieć Maćkowi. Znała go na tyle, że była absolutnie pewna, iż natychmiast zaproponuje jej małżeństwo. Ale pomimo że zdawała sobie sprawę z tego, że szczerze kocha Maćka, nie miała stuprocentowej pewności, czy on także ją kocha. Wiedziała, że jest mu z nią dobrze, darzył ją dużym przywiązaniem, że może nawet – gdy usłyszy o dziecku – wydawać mu się będzie, że ją kocha. Nie miała wątpliwości, że gdyby się pobrali, będzie dobrym i wiernym mężem. Ale… coś jej szeptało w głębi duszy, że tak naprawdę Maciek kocha Ewę, a ona jego – tylko nie zdają sobie sprawy ze swoich uczuć. Wmówili sobie te relacje siostrzano-braterskie i tego się trzymali. Grażyna nigdy nikomu się nie zwierzała z tych swoich przemyśleń, raz kiedyś chciała – pół żartem, pół serio – porozmawiać o tym z Ewą, ale ta zareagowała tak autentycznym oburzeniem, że Grażyna zwątpiła sama w swoje przeczucia.

Gdy ciąża już była w stu procentach potwierdzona przez lekarzy, Grażyna postanowiła najpierw powiedzieć o tym przyjaciółce. Chciała zobaczyć jej reakcję.

Któregoś więc wieczoru, gdy siedziały we dwie przed telewizorem, okryte wełnianym kocem od wujostwa Ewy, Grażyna raptem wyłączyła telewizor.

– Powiedz mi, tylko szczerze, co tak naprawdę sądzisz o Maćku? – spytała. – Ale nie jako o koledze, przyjacielu czy bracie. Co sądzisz o nim jako o mężczyźnie, ewentualnym mężu i ojcu rodziny? Jakie warunki musiałaby spełnić kandydatka, którą zaakceptowałabyś w roli swojej bratowej?

– O matko, Grażyna! – wrzasnęła Ewa. – Jesteś w ciąży?

– No, nie, ty za mądra jesteś. Jeszcze cię ukradną, zobaczysz. Skąd wiesz? – zdziwiła się Grażyna.

– Jak to: skąd wiem? Sama mówisz, że jestem mądra – Ewa śmiała się uszczęśliwiona. – A niby dlaczego akurat teraz miałyby ci przyjść do głowy takie pytania? Wiesz, jakie warunki powinna spełniać moja przyszła bratowa?

– No jakie? – spytała Grażyna, która może też była mądra i bystra, ale nieco mniej od Ewy.

– Musi być moją najlepszą przyjaciółką. I musi się nazywać, przynajmniej do dnia ślubu, Grażyna Nowak, ty wariatko! Mam nadzieję, że to będzie dziewczynka! O Chryste, jak się cieszę! A Maciek? Co by chciał? Tylko mi nie mów, że wolałby chłopca.

– On jeszcze nic nie wie – wyszeptała Grażyna, wpatrując się pilnie w deseń na kocu. – Najpierw chciałam tobie powiedzieć i zobaczyć, co ty na to.

– Jak to: nie wie? Jak to: co ja na to? – rozzłościła się Ewa. – Czy ty jesteś nienormalna? A gdybym powiedziała, że się nie zgadzam, to co? Usunęłabyś tę ciążę? Wyrzuciłabyś Maćka ze swojego życia? Czy może zerwałabyś ze mną znajomość? Co ci w ogóle do głowy przyszło, żeby pytać mnie o zdanie? Cieszę się bardzo, że mi powiedziałaś, bo przecież nie wyobrażam sobie, że miałabym się o wszystkim dowiedzieć na przykład dopiero po porodzie czy też chwilę przed. Albo żeby moje zdanie miało tu cokolwiek zmienić! A jeśli chcesz wiedzieć, co myślę o Maćku jako o mężu i ojcu, to też chyba głupia jesteś. Przecież sama wiesz, jaki on jest – dobry, porządny, odpowiedzialny, wspaniały. Jutro w ogóle mi się nie pokazuj na oczy. Zaraz po pracy spotkaj się z nim, najlepiej w Łazienkach, i powiedz mu o tym wszystkim. A potem macie jechać na Pragę i wybierać imię dla dziecka.

*

No i wykrakałam. Znowu będę mieszkać sama. Grażyna jest w ciąży i oczywiście natychmiast pobiorą się z Maćkiem.

Mam nadzieję, bo ta wariatka jeszcze mu o niczym nie powiedziała. Bała się, co ja na to!!! Widział kto większą głupotę?

Oj, ludzie, zostanę ciocią! No, cieszę się, naprawdę!

Chociaż to ja miałam mieć córeczkę...

Wcale się nie cieszę, jestem smutna, zła i samotna.

A do tego zawistna podła małpa!

*

– Dziś po pracy chciałabym do ciebie przyjechać. Mogę? – zapytała Maćka przez telefon Grażyna.

– A od kiedy potrzebujesz się pytać? Masz przecież klucze, więc albo ty będziesz pierwsza w domu, albo ja. Nikogo trzeciego nie przewiduję – odpowiedział Maciek, nie rozumiejąc, dlaczego tak bardzo ją rozśmieszył tą odpowiedzią.

Gdy dotarł do domu, Grażyna już tam była i pałaszowała z dużej salaterki ogromną porcję lodów czekoladowych.

– Chcesz? – zapytała. – W lodówce jeszcze trochę zostało.

– A co ci się stało? – spytał Maciek. – Przecież nie przepadasz za czekoladowymi, lubisz tylko waniliowe.

– Tak mnie jakoś napadło, że gdy przechodziłam koło tej naszej lodziarni, zaczęła mi cieknąć ślinka. Przyszłam więc do domu, wzięłam dwie salaterki – i oto, proszę, lodowa uczta.

– Jasne, zjadam, zanim się rozpuszczą i póki jeszcze coś zostało, bo widząc twój apetyt, mam wrażenie, że zaraz zniknie wszystko nawet z tej drugiej salaterki. Cieszę się bardzo, że jesteś, ale czy coś się stało? Byliśmy umówieni dopiero na jutro, mieliśmy iść do kina – spytał Maciek, oblizując łyżeczkę po lodach. – Chyba Ewie nic nie jest?

– Kochasz Ewę bardzo, prawda?

– Przecież wiesz, że tak. Poza nią nie mam żadnej innej rodziny.

– Ale czy jesteś pewny, że kochasz Ewę tylko jak siostrę? – Grażyna się rozpłakała. – Bo czasami mi się wydaje, że wy tylko tak się bawicie w tego brata i siostrę, a to co jest między wami, ma jednak inny charakter.

– Grażyna, czyś ty zgłupiała od wczoraj? Czy od kiedy? Co ci do głowy przychodzi? – zirytował się Maciek.

– Już mi przez ciebie te lody przestały smakować. Czy ty myślisz, że gdybym kochał Ewę inaczej niż siostrę, to zawracałbym głowę tobie? I żeniłbym się z Moniką? Albo pozwoliłbym jej się związać z tym kretynem Markiem? I czego ryczysz, wariatko? Czy nie mówię ci prawie codziennie, że cię kocham? Właśnie ciebie, najpiękniejszą i najwspanialszą dziewczynę, jaką udało mi się spotkać w życiu. – Maciek przytulił ją mocno. – Musiałaś mieć chyba jakiś zły dzień w pracy. Ale chyba Ewie o tych swoich przemyśleniach nie mówiłaś, co?

– Mówiłam – wyszlochała Grażyna.

– No, nie – i co ona na to?

– Kazała mi przyjść dzisiaj do ciebie i wybrać imię dla dziecka.

– Dla dziecka? Dla dziecka? – Maciek aż podskoczył. – To dlatego te lody jesz i takie głupstwa wygadujesz! O jasny gwint! Dziecko! Jesteś pewna? Mur-beton? Byłaś u lekarza? Może pójdziemy do Władka?

– To ty się cieszysz? Nie jesteś zły? – łkała Grażyna.

– Uspokój się nareszcie, ty głuptasie. Cieszyć się masz! Ja miałbym być zły? Jestem najszczęśliwszym facetem na ziemi! – krzyczał Maciek, obejmując ją i przytulając. – Chcę tylko być pewny, że wszystko w porządku.

– W porządku, w porządku, najpierw upewniłam się w stu procentach, potem rozmawiałam z Ewą, która ochrzaniła mnie, aż miło, że to ty pierwszy powinieneś się dowiedzieć. – Już teraz się śmiała. – No i kazała nam te imiona wybierać, więc przyszłam.

Rozdział 14

Ślub odbył się w sierpniu 1971 roku, w urzędzie stanu cywilnego. Ślubu kościelnego nie chcieli. Każde z nich miało swoje powody i to wystarczyło. Rodzice Grażyny bardzo to przeżyli, obydwoje byli dość religijni; musieli jednak uszanować decyzję młodych.

Maciek z Grażyną zamieszkali na Pradze. Nie mieli tam nadzwyczajnych warunków, brakowało centralnego ogrzewania, były piece. Ale Maciek załatwił jakoś – oczywiście nielegalnie – jakieś grzałki wmontowane w piece i w ten sposób ogrzewali mieszkanie. Jednak mieli tam dwa pokoje, dość dużą kuchnię, a także ciepłą wodę z termy gazowej. Uważali więc, że jakoś sobie poradzą, kiedy urodzi się dziecko. Zresztą nie oni jedni żyli w takich warunkach. Na inne mieszkanie nie mieli przecież żadnych szans.

*

Pewnego styczniowego dnia 1972 roku Grażynie odeszły wody. Szaleńczo zdenerwowany Maciek pognał do budki telefonicznej, która szczęśliwie była czynna, i zadzwonił do Władka, od dawna mającego już telefon w domu. Zawiadomił go o wszystkim.

– Przywoź ją na Starynkiewicza, ja już tam jadę – oświadczył Władek.

Niemal pod domem był postój taksówek, Maciek poprosił więc jednego z taksówkarzy, żeby zaczekał, bo zaraz będzie kurs do szpitala na Starynkiewicza. W ogóle nie przyszło mu do głowy, żeby zadzwonić po pogotowie.

Wszystko poszło bardzo dobrze, do szpitala dotarli na czas, Władek już na nich czekał i zajął się Grażyną. Przyszłego tatusia wyprosili, radząc mu, żeby wrócił do domu i przyszedł się dowiedzieć jutro.

– Tak będzie najlepiej – tłumaczył mu Władek. – Stercząc tu i tak niczego wcześniej się nie dowiesz. Mój przyjaciel, doświadczony położnik, już się zajął Grażyną, a ja zostanę przy niej cały czas. Przyjdź rano, około ósmej, powinno już być po wszystkim.

– A jak coś się stanie? – martwił się Maciek.

– Po pierwsze, nic się nie stanie, bo cała ciąża przebiegła prawidłowo – uspokoił go Władek, który jako lekarz wiedział przecież, że zdarzyć się może wszystko; nie mógł jednak tego powiedzieć Maćkowi. – A po drugie, nawet gdyby coś się działo, to twoja obecność i tak w niczym by nie pomogła. Nie utrudniaj więc pracy lekarzom i pielęgniarkom i wracaj do domu. Albo wiesz co? Jedź do Ewy i przyjdźcie tu rano obydwoje. Przecież by ci nie wybaczyła, gdybyś nic jej nie powiedział.

Maciek tak więc zrobił. Pojechał do Ewy, na Bielany, mając nadzieję, że zastanie ją w domu. Właściwie Ewa prawie zawsze była w domu, czasami jednak chodziła na jakieś spotkania z koleżankami. Ucieszył się więc bardzo, gdy ją zastał. Nawet nie musiał nic mówić.

– Rodzi? A może już urodziła? – rzuciła się na niego.

Opowiedział jej więc wszystko, zostawił podanie o tydzień urlopu i poprosił, żeby jutro zaniosła to podanie do jego szefa i opowiedziała mu, co się dzieje.

– I, gdybyś mogła, weź też sobie jutro dzień urlopu i przyleć na Starynkiewicza. Twój wujek obiecał, że już od rana będzie na nas czekał i wszystkiego się dowiemy.

Już od siódmej rano Maciek warował przed oddziałem, na którym pracował Władek Duniński. Dowiedziawszy się, że Grażyna zaczęła rodzić, wziął na ochotnika nocny dyżur; choć nie pracował na położnictwie, mógł tam przecież wejść i być przy porodzie Grażyny. Przypuszczał, że Maciek przybiegnie wcześniej niż o ósmej rano, wyszedł więc przed oddział o wpół do ósmej. Maciek zerwał się na równe nogi, blady, jak opłatek, ale gdy zobaczył uśmiechniętego Władka, zaczęły mu wracać normalne kolory.

– No, dobrze, tatusiu, już cię nie trzymam w niepewności. – Władek uścisnął mu dłoń. – Gratuluję, masz córeczkę. Waży trzy tysiące sto gramów i mierzy pięćdziesiąt cztery centymetry. Nie było żadnych komplikacji, matka i dziecko czują się bardzo dobrze. Grażyna jest, oczywiście, obolała, bo trochę popękała i trzeba ją było pozszywać, ale już wszystko dobrze. A boleć musi, trudno. Najważniejsze, że obydwie są zdrowe. Za jakieś trzy dni będziesz mógł zabrać swoje dziewczyny do domu.

– Córeczkę! – Maciek rzucił się Władkowi na szyję i zaczął ściskać go jak szalony.

– No, już, już, uspokój się, powiem Grażynie, że byłeś, powiem jej, że wszystko wiesz, jak chcesz, to zadzwoń do mnie wieczorem do domu, to jeszcze trochę pogadamy.

– O, Ewa! – ucieszył się Władek, bo właśnie do nich podeszła. – Masz bratanicę, Maciek ci wszystko opowie, ja już muszę lecieć, mam odprawę. Jesteśmy umówieni, wieczorem czekam na twój telefon. Machnął ręką w stronę Maćka i już go nie było.

Ewa rzuciła się na szyję Maćkowi i zaczęła go obcałowywać.

– Córeczka! – krzyczała.

– Cicho – zaczął ją uspokajać – bo nas stąd wyrzucą.

– Chodźmy stąd, nic tu po nas, przecież do środka nas nie wpuszczą. Wypijemy jakąś kawę i wszystko mi opowiesz. A twój szef podarł to twoje podanie i powiedział, że teraz masz jakiś urlop okolicznościowy, a zwykły przyda ci się, kiedy już dziecko będzie w domu.

*

Grażyna leżała na łóżku, z którego mogła widzieć piękne, błękitne, choć styczniowe niebo. „Mam córkę, córeńkę, córeczkę", śpiewało jej coś w duszy. Karolinka – bo takie imię wybrali dla córki, Karolina Ewa. Syn nazywałby się Tadzio. Tadeusz Władysław. Władkowi aż łzy się w oczach zakręciły, gdy usłyszał o imieniu dla chłopca. Nawet trochę żałował, że urodziła się dziewczynka, ale kiedy zobaczył tyle szczęścia w oczach Grażyny, sam też bardzo się ucieszył.

„Mam córkę, córeńkę, córeczkę" – szeptała sobie cichuteńko Grażyna. Nie przypuszczała, że można być tak szczęśliwą. Nie wyobrażała sobie, że ktokolwiek na świecie jest w tej chwili szczęśliwszy od niej. Jedna z leżących z nią na sali świeżo upieczonych mam bez przerwy narzekała. Że wszystko ją boli; że jej niewygodnie;

że jedzenie niesmaczne. Dla Grażyny wszystko dookoła było cudowne. Bolało ją, ale wiedziała, że przestanie. Było jej niewygodnie, jak to w szpitalnym łóżku, ale cóż z tego? Jedzenie nie obchodziło jej w ogóle, jadła, co dawali, i już. Najcudowniejsze były chwile karmienia dzieci. Właściwie do tej pory tylko raz karmiła córeczkę. Karolinka urodziła się kwadrans po trzeciej w nocy, więc do karmienia przyniesiono ją o siódmej rano. Jadła, jakby robiła to już setki razy, a nie po raz pierwszy. Urodziła się absolutnie zdrowa i obyło się bez komplikacji, jeśli nie liczyć takich drobnych przykrości, jak popękanie, cięcie i szycie. Ale Grażyna już o tym wszystkim nie pamiętała. Miała swoją córkę, córeńkę, córeczkę i nic więcej się nie liczyło. No – tylko Maciek, oczywiście. Wiedziała, że Władek wszystko mu opowie. Nie było możliwości, żeby jakiś tatuś dostał się na oddział, ale istniał system przekazywania informacji. Siostry, salowe, a nawet lekarze przenosili liściki – i to musiało wystarczyć. Ona i tak była w komfortowej sytuacji, bo miała Władka. Przyszedł do niej i opowiedział o rozmowie z Maćkiem i Ewą. Zaglądał jeszcze potem ze dwa razy, żeby się upewnić, czy wszystko w porządku i czy Grażyna czegoś nie potrzebuje. Ale ona miała wszystko! Swoją piękną, zdrową córeczkę. I niczego więcej nie potrzebowała, no – może tylko chciała jak najprędzej wrócić do domu.

– Grażynko, kocham cię! – rozwrzeszczał się ktoś pod oknem. – Ludzie, mam córeczkę! – oznajmił ten sam głos całemu światu, przynajmniej temu w okolicach placu Starynkiewicza.

O święci pańscy, to ten mój wariat, Maciek, pomyślała Grażyna i schowała się z głową pod kołdrę, bo po chwili usłyszała, że w sali obok otwiera się okno i jakiś kobiecy głos zawołał:

– Cicho bądź, szalony tatusiu, bo dzieci nam pobudzisz!

Rzeczywiście był to Maciek, któremu Władek pokazał okno sali, w której leżała Grażyna. Ale nie przypuszczał, iż Maciek od rana zechce wszystkim oznajmić – i to na cały głos – że ma córeczkę.

Maciek postał jeszcze chwilę pod szpitalem, myśląc, że może Grażyna podejdzie do tego okna, ale już nie krzyczał, bo trafił mu do przekonania argument o pobudzeniu dzieci.

A Grażyna jeszcze wstać nie mogła. Nie doszłaby do okna. Nie mówiąc już o tym, że wstydziła się, iż ten „szalony tatuś" to jej mąż.

Choć za chwilę przestała – bo jej sąsiadka z łóżka obok aż jęknęła z zazdrości.

– Oj, żeby to mój mąż tak mnie kochał, jak ten, co tam krzyczy...

Rozdział 15

Maciek odebrał swoje dziewczyny i z pomocą Władka, który przewiózł całą rodzinkę swoim wartburgiem, zainstalował je w mieszkaniu na Pradze. Mieszkanie było wysprzątane na błysk, zajęła się tym Ewa. Mały pokój miał być przeznaczony dla dziecka, ale przecież jeszcze nie teraz. Teraz w dużym pokoju, obok kanapy, na której spali Grażyna i Maciek, stała śliczna wiklinowa kołyska, którą Ewa odkupiła od koleżanki z pracy, starszej już mocno pani Wandy. Trzydzieści pięć lat temu w kołysce tej przez kilka pierwszych miesięcy życia spała jej córka. Potem kołyska stała nieużywana na strychu i przez cały ten czas czekała na następne niemowlę. Nie doczekała się, niestety, bo córka pani Wandy dzieci nie miała i wiadomo już było, że mieć ich nie będzie, gdyż po tragicznym wypadku samochodowym w ubiegłym roku wycięto jej macicę. Kołyska jednak co roku była myta i konserwowana. Stała się prześlicznym antykiem.

Pani Wanda, blisko zaprzyjaźniona z koleżankami z sąsiedniego pokoju, wiedziała, że bratu Ewy lada moment urodzi się dziecko. Przyszła więc z serdeczną prośbą, żeby Ewa wzięła tę kołyskę dla noworodka, chociaż na kilka pierwszych miesięcy, bo przecież aż szkoda, żeby już nigdy nie leżało w niej żadne maleństwo.

Ewa pojechała, kołyskę obejrzała i zakochała się w niej z miejsca. Opowiedziała o niej Grażynie i Maćkowi, którzy natychmiast zapałali chęcią posiadania czegoś tak oryginalnego. Jakimś sposobem Ewie i Maćkowi udało się przetransportować ją tramwajem, wzbudzając wielkie zainteresowanie wszystkich pasażerów.

Tak więc kołyska stanowiła teraz centralny punkt pokoju. Oczywiście materacyk, pościel i kocyk były nowiuteńkie, kupione w prezencie przez ciocię.

Ewa czekała w praskim mieszkaniu na przyjazd Władka i całej rodziny Zielińskich, z gorącym rosołem i upieczonym kurczakiem. Nakupiła też, zgodnie ze wskazówkami Władka, mnóstwo tetrowych pieluszek, pudrów, zasypek, ligniny i tym podobnych niemowlęcych artykułów pierwszej potrzeby – tak na początek. Potem już wszystkimi zakupami i dbaniem o rodzinę będzie musiał się zająć Maciek, Ewa nie zamierzała go w tym wyręczać. Jednak ten pierwszy raz... W końcu nie codziennie zostaje się ciocią.

Wyglądała przez okno i co chwila je otwierała, aż w końcu kompletnie wyziębiła mieszkanie, przecież był styczeń. Denerwowała się, że nie przyjeżdżają, nie miała pojęcia, ile trwa zwykły wypis ze szpitala.

W końcu usłyszała zgrzyt klucza w zamku i pierwszy do mieszkania wkroczył świeżo upieczony tatuś. Przytrzymał szeroko otwarte drzwi dla Grażyny, która trzymała w ramionach jakieś zawiniątko. Ostatni wmaszerował Władek, taszcząc dwie torby z rzeczami Grażyny.

Ewę jednak interesowało tylko zawiniątko. Grażyna usiadła na kanapie i zaczęła odwijać poszczególne warstwy. W końcu spod koców i kocyków wyłonił się becik, do którego podskoczyła Ewa i uklękła obok Grażyny, żeby znaleźć się mniej więcej na poziomie maleńkiej buzi. W buzi dominowały wielkie niebieskie oczy, które ze zdumieniem wpatrywały się w nową twarz. Na chwilę buzia zmarszczyła się, jakby dziecko chciało zapłakać, ale rozpogodziło się w objęciach mamy i w dalszym ciągu z wielką ciekawością oglądało nieznane otoczenie.

– Jest po prostu najcudowniejsza. Ale czy ona nie jest głodna? – zatroszczyła się Ewa, podwijając róg kocyka pod becik.

– Nie, nakarmiłam ją przed wyjściem ze szpitala, teraz powinna trochę pospać.

– To połóż ją do tej przepięknej kołyski – poprosiła Ewa.

Karolinka wyglądała w niej naprawdę uroczo.

– Jak będziecie na nią mówić? – zainteresował się Władek. – Bo Karolinka to za długie imię dla takiej kruszynki. Tak można mówić do większej dziewczynki, przynajmniej trzyletniej.

– Och, nie, Karolinka też pasuje do takiego maleństwa. Ale rzeczywiście będziemy, przynajmniej na razie, zdrabniać jej imię – powiedziała Grażyna. – Dobrze, że zapytałeś, to może zrobimy głosowanie. Bo Maciek chciałby na nią mówić Karo, a ja – Linka. Karo za bardzo mi się z brydżem kojarzy i ilekroć ktoś licytowałby karo, musiałabym się zastanawiać, co w tej chwili porabia nasza córka – mówiła Grażyna. – Co wy na to? – zwróciła się do Ewy i Władka.

– Mnie się podoba i jedno, i drugie, więc nic wam nie doradzę – iście po męsku odpowiedział Władek.

– Linka! – odezwała się jednocześnie Ewa. – Linuśka. Ślicznie.

– No, to zdecydowane, tatusiu, prawda? – oświadczyła ze śmiechem Grażyna.

*

Czas mijał prędko.

W 1973 roku Władek zmienił status swojego spółdzielczego mieszkania na własnościowe, wykupując je od spółdzielni. Zmieniło to sytuację o tyle, że teraz mógł je wynająć, sprzedać lub zapisać w testamencie, nie musząc prosić o zgodę spółdzielni.

Ponieważ na razie – „o ile znów się nie ożenię, hi, hi, hi" – śmiał się Władek – najbliższymi jego krewnymi były Alicja Kotwicz oraz Ewa, Władek, jak mówił – „na wszelki wypadek", spisał testament, czyniąc Ewę swoją jedyną spadkobierczynią. Pani Alicja przysłała oświadczenie o zrzeczeniu się swojej ewentualnej części spadku, uwierzytelnione notarialnie, żeby wszystko na pewno było w porządku.

– Władziu, kocham cię i chcę, żebyś żył jak najdłużej. Nie czekam na żadne twoje zapisy – perswadowała mu Ewa. – Masz dopiero sześćdziesiąt trzy lata i spokojnie możesz mnie przeżyć.

– Spokojnie to by nie było – odparł Władek. – Ewuśka, testament to formalność, którą w zasadzie powinien załatwić każdy dorosły i odpowiedzialny człowiek. Nigdy nie wiadomo, kiedy jakaś doniczka może spaść komuś na głowę na ulicy. Pamiętasz chyba, że jestem lekarzem i wiem, że umierają – i to całkiem nagle – także młodzi ludzie.

– Dobrze, nie chcę już w ogóle rozmawiać na ten temat – przerwała mu, ściskając mocno słuchawkę ze zdenerwowania, bo cała ta rozmowa odbywała się przez telefon. Władek bowiem, przewidując reakcję Ewy na wiadomość, którą chciał i musiał jej przekazać, bał się powiedzieć jej to w oczy. – Ale tak naprawdę to dobrze się czujesz? – spytała nieufnie.

– O masz, teraz będziesz chciała co tydzień oglądać moje aktualne wyniki badań. – Władek się roześmiał. – Nie martw się, właśnie niedawno zrobiłem sobie badania i wszystko jest w normie. Czuję się doskonale.

*

Naprawdę zostałam ciocią! Mamy Karolinkę. Mamy, bo ona jest też moja. Już kupuję jej książeczki. I nie mogę się doczekać, kiedy będę zabierać ją na Starówkę i do Łazienek. Jest po prostu przepiękna. Ale czyż mogłaby nie być – mając takich rodziców, że już nie wspomnę o cioci. Maciek szczęśliwy – nareszcie, bo w jego życiu, jak i w moim, zbyt dużo tych szczęśliwych chwil nie było. A ja się cieszę razem z nim.

Chociaż...

Cicho!

Władek zapisał mi w testamencie swoje mieszkanie. Okropnie mnie zdenerwował, bo naprawdę nie chcę już wklejać kolejnych zdjęć do pamiętnika. Przepytałam go na okoliczność stanu jego zdrowia. Zapewnia, że wszystko w porządku, a testament to tylko formalność. Muszę mu wierzyć, a zresztą wygląda dobrze, trzyma się świetnie, cały czas pracuje, przyjmuje pacjentki również prywatnie – a walą do niego drzwiami i oknami, musi więc być niezły. Tak więc myślę, że czuje się dobrze, bo gdyby było inaczej, nie miałby tyle siły.

Może coś jest w tym Władkowym stwierdzeniu, że każdy powinien spisać testament. No, bo gdyby tak na przykład na ulicy doniczka spadła mi na głowę, pozostając przy jego wyobrażeniu niebezpieczeństwa, jakie może zdarzyć się każdemu – kto dziedziczyłby po mnie? Chyba ciocia Alicja. A jeśli wolałabym, żeby moje książki (bo – cha, cha – nic innego na razie nie mam) odziedziczyła Karolinka – to muszę spisać testament! Właśnie!

Władek w Karolince zakochany, jak my wszyscy. Ta mała ma szczęście, że jej się trafiła taka rodzina.

Ciocia Ala i wujek Olek już się nie mogą doczekać, kiedy zobaczą moją bratanicę. O rodzicach Grażyny powiem tylko, że prawie chcieli się przeprowadzić do Warszawy. Przyjechali na tydzień po narodzinach wnuczki i mieszkali u mnie. Cały dłuuugi tydzień! Lubię ich, nawet bardzo, ale bardziej lubię, kiedy mieszkają u siebie. Na szczęście (ale jestem wredna...) już pojechali.

*

Święta Bożego Narodzenia zarówno rodzina Zielińskich, jak i Ewa, co roku spędzali w Bydgoszczy – Maciek z Grażyną u jej rodziny; a Ewa z ciocią Alą i wujkiem Olkiem. Zawsze jechali razem pociągiem i zawsze razem wracali. Nawet w grudniu 1972 roku, gdy Karolinka miała jedenaście miesięcy, też wybrali się do Bydgoszczy. Tym razem jednak pojechali dużym, wygodnym autem Władka, który – poza Alicją i Ewą – nie miał już absolutnie żadnej rodziny, więc niby z kim miał spędzać święta? Dzięki komfortowemu wartburgowi maleńka Karolina swoją pierwszą Wigilię, już w roku przyjścia na świat, mogła spędzić z całą rodziną w Bydgoszczy. Tę pierwszą w swoim życiu, nawet dość długą, podróż samochodem zniosła nad wyraz dobrze. Troszkę marudziła, jak to dziecko, ale nie za wiele. Właściwie prawie całą drogę przespała, jeśli nie liczyć przerw na karmienie i przewijanie.

I tak było co roku – święta w Bydgoszczy stały się zwyczajem, stałą i niezmienną tradycją.

Jednak w 1978 roku akurat przed świętami Karolina dość mocno się przeziębiła, była nawet obawa, że to zapalenie płuc, ale na szczęście diagnoza okazała się mylna. Jednak lekarz stanowczo odradził podróż. Grażyna miała wielkie zmartwienie; jej mama była poważnie chora, cierpiała na bardzo mocno posuniętą niewydolność serca – i Marta, siostra Grażyny, zawiadomiła ją już w listopadzie, że kardiolog uprzedził rodzinę wprost, iż mogą to być ostatnie święta w życiu ich mamy. W każdym razie ostrzegał, żeby absolutnie nie pozwalać chorej na żaden wysiłek związany z przygotowaniami świątecznymi. Tylko lekki ruch, powolne spacery i dużo świeżego powietrza. Oto, co zalecił. Oczywiście lekarstwa także, wiadomo jednak, że cudownego leku na serce jeszcze nie wynaleziono. Mama Grażyny spodziewała się na święta całej rodziny Zielińskich – jak co roku. Jednak wobec choroby Karoliny ich wyprawa do Bydgoszczy stanęła pod znakiem zapytania. Grażyna czuła się rozdarta – nigdy nie wybaczyłaby sobie, gdyby istotnie miały to być ostatnie święta w życiu jej mamy, a ona nie pojechałaby do Bydgoszczy.

I znowu z pomocą przyszła – jak zwykle – ciocia Ewa.

– Posłuchaj! – powiedziała. – Jedź do rodziców, a ja zostanę w Warszawie i spędzę święta z Linką i z Maćkiem. Ciocia Ala jakoś zniesie moją nieobecność, tym bardziej że w tym roku zapowiedziała się z wizytą młodsza siostra wujka Aleksandra. Z mężem oczywiście. Przyjadą na kilka dni, z nocowaniem i wszystkimi ceregielami. Więc cioci gości wystarczy. Odwiedzę ich w Nowy Rok, a wy urządzicie sobie sylwestra beze mnie. Władek też spędzi święta z nami w Warszawie, beze mnie do Bydgoszczy by nie pojechał. Więc jedź i niczym się nie martw. My tu sobie świetnie damy radę.

– Jesteś pewna? – spytała Grażyna, dostrzegając w tej propozycji same pozytywy, poza faktem, oczywiście, że będą to pierwsze święta Karoliny bez mamy, ale ciocia Ewa wystarczy jej na pewno za nie obydwie.

Jak znała Ewę, to była pewna, że prezenty dla Linki były już kupione mniej więcej w połowie lipca, a skąd Ewa lepiej od niej, matki, wiedziała, co małą najbardziej ucieszy, Grażyna nie miała pojęcia. Co roku jednak największe piski radości wywoływały podarunki od cioci Ewy i wcale nie dlatego, że były największe lub najdroższe. Skąd. Były po prostu zawsze najbardziej trafione. I zawsze – od drugiego roku życia – prócz innych rzeczy Karolinka dostawała od Ewy książeczkę. Najpierw z wielkimi ilustracjami, później jakieś poważniejsze.

Miała już wszystkie historie o Mary Poppins, chyba wszystkie polskie wydania książek Astrid Lindgren, nie mówiąc o „Kubusiu Puchatku" i innych klasykach literatury dziecięcej. Karolinka uwielbiała, kiedy jej czytano przed snem, z tym że jeżeli tak się złożyło, że w porze, gdy mała kładła się spać, w domu Zielińskich była Ewa, czytać musiała właśnie ona. A Ewa robiła to z wielką przyjemnością, przypominając sobie owe chwile ze swojego dzieciństwa, i nie nudziła się przy tym czytaniu ani trochę. Czasami było tak, że Linka dawno już spała, a Ewa siedziała przy łóżeczku i czytała dalej, nie zauważywszy nawet, że czyta już tylko dla siebie, tak wciągnęła ją treść książeczki.

W tym roku Karolina miała już prawie siedem lat, więc Ewa uznała, że jej siostrzenica dorosła już wreszcie do „Ani z Zielonego Wzgórza". Znalazła pięknie ilustrowane wydanie pierwszego tomu „Ani" i nie mogła się doczekać, kiedy będzie ją czytać Lince. Dziewczynka zaczynała już sama czytać i spokojnie dawała sobie radę z krótkimi książeczkami. Uwielbiała na przykład wiersze Tuwima lub Brzechwy, bardzo pięknie wydawane, z dość dużymi literami i kolorowymi ilustracjami. Mogła je czytać w kółko. Grażyna podejrzewała nawet, że mała nie czyta, a recytuje te wiersze z pamięci. Istotnie, większość znała na pamięć, ale z czytaniem też radziła sobie doskonale. Jednak Ewa chciała przeżywać wraz z Karoliną historie Ani Shirley, tak więc pomyślała, że wyciągnie z Linki obietnicę, iż sama nie będzie czytać tej książki. Miała ją dostać na Gwiazdkę.

Oczywiście oprócz innych prezentów.

Ewa napracowała się ogromnie, żeby jak najlepiej przygotować te święta. Wszystkie wigilijne potrawy zrobiła własnoręcznie. Grażyna tylko ulepiła przed wyjazdem uszka z kapustą i grzybami do barszczu wigilijnego i włożyła je do zamrażalnika. Maciek kupił ogromną choinkę, do samego sufitu, i odstępując od tradycji, którą było u nich ubieranie choinki dzień przed Wigilią – w tym roku postawili ją dwa dni wcześniej, w dniu wyjazdu Grażyny. Wszyscy chcieli, żeby w przystrajaniu choinki jak zawsze brała udział cała rodzina.

– Mamo, a dlaczego ciebie nie będzie w święta? – Karolince podejrzanie drżała bródka.

– Bo widzisz, córeńko, babcia z Bydgoszczy źle się czuje. I prosiła, żebym przyjechała. A tobie lekarz zabronił takiej długiej podróży, pamiętasz przecież, że niedawno byłaś bardzo chora. Ale nie martw się, zostaną z tobą tata i ciocia Ewa, więc będziecie mieli wesoło.

– To ciocia nie wyjeżdża do Bydgoszczy jak zawsze? – rozpromieniła się Karolinka. – To dobrze. Ale ty szybko wrócisz, prawda?

– Zaraz po świętach – odpowiedziała Grażyna, z lekką zazdrością patrząc na radość małej, gdy ta dowiedziała się, że spędzą święta z ciocią Ewą. Grażyna czasami miała wrażenie, że Karolina z Ewą lepiej się rozumieją, niż jej dziecko z nią, jej własną matką. Ale zaraz powstydziła się tej myśli. Przecież Ewa jest taką cudowną przyjaciółką. I zawsze można na nią liczyć, nawet – jak się okazało – w takiej chwili. A że Linka ją kocha, to tylko bardzo dobrze.

– A Święty Mikołaj będzie wiedział, który prezent ma mi dać od ciebie? – zapytała jej kochana córeczka, dla której ta sprawa, jak się okazało, była na tyle istotna, że należało to wyjaśnić.

– Ależ oczywiście, kochanie – zapewniła ją Grażyna.

I Maciek, i Grażyna wzięli sobie trochę urlopu i dwa dni przed Wigilią ubrali choinkę, wraz z przejętą, jak zawsze, córeczką. Potem przyjechał Władek, który zaproponował, że odwiezie Grażynę samochodem na dworzec. Pożegnali się w domu, bo nie chcieli, żeby Linka wychodziła na mróz.

– Mamo, bardzo mocno ucałuj ode mnie babcię – prosiła dziewczynka. – To znaczy ucałuj wszystkich, ale babcię najmocniej, bo babcia jest chora. I daj koniecznie babci ode mnie mój rysunek, jak tylko przyjedziesz, dobrze?

Karolina narysowała dla babci duży bukiet kwiatów. Kwiaty były czymś, co udawało jej się narysować w miarę dobrze, bo inne rzeczy jakoś gorzej wychodziły. Ale nie we wszystkim można być doskonałym, prawda? Z tego zdawała sobie sprawę nawet jej mama.

– I jak dojedziesz, natychmiast zadzwoń do Władka – poprosił Maciek.

– Dobrze, obiecuję. I rączki będę myć, i ząbki też. Przestańcie się o mnie martwić, zobaczymy się za kilka dni.

Wigilia na Pradze udała się nadzwyczajnie. Wszystkie potrawy były przepyszne, a każdy był zadowolony ze swoich prezentów. Najwięcej oczywiście dostała ich Karolina, a Władek przebił swoim wszystkich. Kupił Lince rowerek. I to „dorosły", dwukołowy! W dodatku pięknego, niebieskiego koloru.

Maciek natomiast rozczulił Ewę, bo kupił jej śliczny czarny golf, jakiego od dłuższego czasu szukała. Naturalnie, od razu zaznaczył, że to od niego i Grażyny. Władkowi też wszyscy wspólnie kupili sweter – granatową kamizelkę w serek. Z prawdziwej wełny. A Maciek dostał od Ewy czarne skórzane rękawiczki.

Władek chciał odwieźć Ewę na Bielany, ale ponieważ następnego dnia znowu wszyscy mieli się tutaj spotkać, postanowiła zostać na noc na Pradze.

– Karolinko, przyjmiesz mnie do swojego pokoju? – spytała. – Poczytamy sobie trochę dłużej „Anię z Zielonego Wzgórza".

– Oj, ciociu, jak cudownie! – ucieszyła się Linka. – A kiedy już pójdziemy spać?

– Oto pytanie dziecka, którego normalnie nie można zagonić do łóżka! – skomentował Maciek.

Wieczorem Ewa zaczęła więc czytać Karolinie na głos „Anię", ale cichutko, żeby nie przeszkadzać tacie, który poszedł spać do dużego pokoju, będącego i salonem, i sypialnią Maćka i Grażyny. Spali na składanej na dzień wersalce. A „salonowy" charakter pokoju polegał na tym, że stał w nim stół, przy którym jadali posiłki.

W kuchni, ponieważ było tu dużo szafek pełniących różne funkcje, w jednej leżały tylko ścierki i ręczniki, zmieścił się już tylko malutki stolik z dwoma stołkami, przy którym ten, kto pierwszy wychodził z domu, mógł szybko zjeść śniadanie.

Linka, zmęczona wrażeniami wigilijnymi, usnęła szybciej, niż chciała. Ewa zdążyła jej przeczytać tylko kilka pierwszych stron. Pewnie jutro będzie musiała czytać od początku, ale nie miała nic przeciwko temu. Zamknęła więc książkę i ponieważ jeszcze nie była senna, postanowiła napić się herbaty.

Od kilku dni czuła się tak jakoś dziwnie. A dzisiaj to już całkiem nieswojo. Wigilia, przygotowania, święta, prezenty, nocowanie z Karoliną – wszystko jak w gronie rodzinnym. Wprawdzie Ewa przez cały czas uważała trójkę Zielińskich za swoją rodzinę, dzisiaj jednak było trochę inaczej. Dziś była to jakaś inna rodzina. Taka... jakby prawdziwa. Jakby Ewa była Zielińska, a nie Brzozowska.

Niezręcznie się z tym czuła. I tak jakoś niewyraźnie. Przypomniała sobie na wpół żartobliwe uwagi Grażyny: „wymyśliliście sobie tego brata i siostrę i tego się trzymacie". Dzisiaj to poczucie bycia rodzeństwem mocno w niej osłabło. Dzisiaj, patrząc na Maćka, widziała wspaniałego, przystojnego mężczyznę, ojca cudownej dziewczynki, która... Jak by to było, gdyby była jej córeczką?

Oszalałam chyba, pomyślała i zdecydowała, że w końcu pójdzie napić się tej herbaty.

Weszła cichutko do kuchni i ujrzała siedzącego przy stoliku Maćka.

– Czemu nie śpisz? – spytała.

– A, tak jakoś nie mogę, siedzę tu sobie i rozmyślam, jaka ty cudowna jesteś. Bardzo cię kocham – powiedział. Wstał i mocno ją przytulił. Ewę przeszedł dreszcz, bo te słowa zabrzmiały w jej uszach zupełnie nie jak deklaracja braterskiej miłości, a uścisk Maćka wzniecił w jej ciele jakieś niesamowite doznania.

– Ty też jesteś wspaniały – powiedziała, odsuwając się jak najdalej.

No, to koniec świata, pomyślała, w jednej chwili zdając sobie sprawę z tego, że Maciek istotnie ją kocha, jednak wyłącznie jak siostrę. Niemożliwe, żeby było inaczej, ma przecież żonę, którą uwielbia. A żadna dwulicowość z pewnością nie leżała w naturze uczciwego, bezkompromisowego Maćka.

Ale ona, Ewa, rzeczywiście, jak twierdziła Grażyna, wmówiła sobie tego „brata". Ona, Ewa, kocha Maćka jak mężczyznę. I kocha go tak co najmniej od ośmiu lat, to jest od chwili, gdy wróciła do Warszawy. Dlatego nie wychodziło jej z innymi facetami. Żaden mu do pięt nie dorastał.

Nagle zrozumiała, że teraz ich życie będzie musiało się zmienić. Za nic nie może pozwolić, żeby któreś z nich czegokolwiek się domyśliło. Ale jak to zrobić… nie wiedziała. Przecież nie mogła raptem zacząć ich unikać. Jakaś bzdurna kłótnia też nie wchodziła w grę, poza tym Ewa naprawdę bardzo kochała Karolinę. Jak swoją własną córkę, o której zawsze marzyła.

Domek nad morzem i córeczka…

Ale się porobiło.

*

Ale ja jestem głupia! Głupia do kwadratu, do n-tej potęgi. Szukam miłości, wybrzydzam, nie odpowiada mi żaden facet. Dlaczego? Bo ten, kogo szukałam, od wielu lat tkwił przed moim nosem. Tylko zaćmę jakąś miałam na oczach, blokadę w głowie i zaporę w sercu.

To Maciek. Maciek. Maciek.

Nie żaden mój brat.

Mój ukochany.

Teraz tak odległy, jak najdalsza planeta. I tak niedostępny, jak nieodkryty ląd. I tak zabroniony, jak grzech pierworodny…

Grzech pierworodny wszakże ktoś już popełnił, biblijna Ewa… hi, hi, hi, o ironio losu!

Ale nie Ewa Brzozowska!

Czyli uschnę, zginę, zwiędnę, a nikt nie może się domyślić.

Siostra Ewa, ciocia Ewa i najlepsza przyjaciółka Ewa.

To ja.

Rozdział 16

Grażyna wróciła z Bydgoszczy przygnębiona stanem zdrowia mamy. Rzeczywiście z jej sercem nie było najlepiej. Dzień po świętach Grażyna rozmawiała z leczącym ją kardiologiem, jednym z najlepszych w Bydgoszczy. Szczerze i bez emocji przedstawił sytuację. Powiedział, że stać się może wszystko i o każdej porze. Żadnej innej diagnozy postawić nie można. Zalecił oszczędny tryb życia i sporo umiarkowanego ruchu. Oczywiście, jak najmniej zmartwień. Proste, prawda?

Ale cóż, tak już jest. Grażyna wiedziała, że z tym, co nieuchronne, po prostu należy się pogodzić.

Życie w Warszawie wróciło do normy. Tylko Ewa jakoś odwiedzała ich dużo rzadziej. Najchętniej przyjeżdżała w niedzielę przed południem i zabierała Karolinę. Mówiła, że chce dać parę godzin sam na sam Grażynie i Maćkowi, a jednocześnie prosi o możliwość pobycia sam na sam ze swoją bratanicą.

Ponieważ Karolina uwielbiała te niedzielne spotkania z ciotką, Maciek i Grażyna nie protestowali, choć w zasadzie byli trochę zdziwieni, bo do tej pory całe niedziele spędzali wszyscy razem. Zawsze gdzieś wychodzili, spacerowali, oglądali, a potem szli na wspólny obiad. Choćby do ulubionego baru mlecznego na Nowym Świecie.

A teraz Ewa prosiła ich, żeby mogły pobyć trochę z Linką tylko we dwie. Zabierała małą do muzeów, na wystawy, pokazywała jej Pragę – tę, którą zwiedzali jako dzieci z Maćkiem, bo akurat ich dzielnica na razie nie zmieniała się wcale. Oczywiście były też na Bazarze Różyckiego i jadły słynne pyzy ze słoninką, nie przejmując się w ogóle higieną, a raczej jej brakiem.

Któregoś dnia szły Marszałkowską.

– A wiesz, Linuśka, jak ta ulica się nazywa? – Ewa zapoznawała małą z miastem.

– Wiem, ciociu, to Marszałkowska, główna ulica, szłam tędy kiedyś z tatusiem i tatuś mi mówił – z dumą odpowiedziała dziewczynka.

– A czy wiesz, że kiedyś „...pewna pani na Marsałkowskiej kupowała synkę z groskiem, w towarzystwie swego męża, ponurego draba...".

– Ciociu, a czemu tak śmiesznie mówisz? – zapytała Karolinka, chichocząc.

– Taki sposób mówienia to seplenienie. To taka wada wymowy, niektórzy ludzie nie potrafią mówić inaczej. To coś w rodzaju choroby, na ogół można się z tego wyleczyć, choć nie zawsze. Ale ja mówię tak nie dlatego, że seplenię, tylko powtarzam ci fragment wiersza mojego ukochanego poety. Nazywał się Gałczyński. A tytuł wiersza to „Strasna zaba. Wiersz dla sepleniących".

– I co było dalej? – chciała wiedzieć Karolina.

– Dalej było tak: „...wychodzą ze sklepu, pani w sloch, w ksyk i w lament – męzu, och, och, popats, popats, jaka strasna zaba!".

– Zaba, ciociu? To znaczy: żaba? Na ulicy? To ja chyba też bym krzyczała – i co dalej? Co dalej? – dopytywała się zaintrygowana dziewczynka.

Całego wiersza Ewa nie miała zamiaru cytować, Karolina nie zrozumiałaby go jeszcze. Już słyszała pytanie: „ciociu, a co to są federaści*?". A ona, Ewa, nie miała najmniejszego pojęcia. Słowo to kojarzyło jej się tylko z innym, politycznie niepoprawnym, albo z kimś z FBI, ale szczerze wątpiła, żeby Gałczyński właśnie to miał na myśli.

Więc streściła króciutko:

– Dalej to mąż tej pani zadzwonił po swoich kolegów i złapali tę żabę, a potem urządzili sobie z tego tytułu wielką uroczystość.

– Ale żabie nic nie zrobili? – zmartwiła się Karolina, która kochała zwierzęta i bardzo była na ich los wyczulona.

Któregoś dnia, na przykład, pojechały do ogrodu zoologicznego, ale tylko raz, bo dziewczynce wcale tam się nie podobało.

– Ciociu – mówiła – te zwierzęta są takie jakieś bardzo smutne. I mają mało miejsca. Nie można ich wypuścić?

– Niestety, nie można, bo same by sobie nie poradziły – wyjaśniła Ewa. – Ale wiesz co? Mnie też tu się nie podoba. Już tu więcej nie przyjdziemy, dobrze?

Karolina skwapliwie skinęła główką.

– Ciociu, chodźmy do Syrenki – poprosiła. – Tam jest najładniej.

– A wiesz, Linuśka, skąd się wzięła Warszawska Syrenka? – spytała Ewa.

---

* ...ustawiono trybuny,
spędzono tłumy,
„Stselców" i „Federastów" –
słowem, całe miasto...
   Fragment wiersza „Strasna zaba" K.I. Gałczyńskiego.

– Ty mi powiesz, ciociu – mała skwapliwie usadowiła się na ławce i liżąc „wyżebrane" lody, czekała na historyjkę.

– Otóż dawno, dawno temu – zaczęła Ewa, przypominając sobie legendę opowiadaną przez warszawskich przewodników oprowadzających wycieczki po Starym Mieście – przybyły do naszego morza, Bałtyku, płynąc przez inne, dużo, dużo większe, dwie siostry. Były to właśnie syreny – piękne kobiety z rybimi ogonami – takie, jak ta na pomniku. Jedna z sióstr została w innym państwie, w Danii, gdzie siedzi sobie w kopenhaskim porcie, patrząc z tęsknotą na swoje ukochane morze. Druga trafiła do Polski, do nadmorskiego portu Gdańsk, a potem popłynęła jeszcze dalej, w górę Wisły, i dotarła aż do Warszawy. Bardzo jej się tu spodobało i postanowiła zostać. Ale porwał ją zły człowiek i uwięził, chciał ją pokazywać na jarmarkach i zarobić w ten sposób dużo pieniędzy. Jednak jej żałosny płacz usłyszał w nocy pewien młody rybak, sprowadził kilku przyjaciół i uwolnili syrenkę z szopy, w której była zamknięta. Wpuścili ją z powrotem do Wisły, a syrena – z wdzięczności dla mieszkańców miasta, którzy jej pomogli, obiecała, że zawsze stanie w ich obronie, ilekroć będą tego potrzebować. Dlatego właśnie na każdym pomniku warszawska syrena jest uzbrojona w miecz i tarczę.

– Ciociu, a skąd ty to wszystko wiesz? – zadziwiła się Karolina.

– Ty też będziesz tyle wiedzieć – odpowiedziała Ewa. – Trzeba tylko czytać dużo książek.

– Przecież ja czytam, ciociu. I ty też mi czytasz. Bardzo cię kocham i cieszę się, że cię mam. – Linka uściskała wzruszoną Ewę.

Ewa była wzruszona, ale też bardzo nieszczęśliwa. Od kiedy sobie uprzytomniła swoje prawdziwe uczucia do Maćka, nie mogła sobie z tym wszystkim poradzić. Żyła jak we śnie i tylko z przyzwyczajenia wykonywała wszystkie codzienne czynności.

Bez przerwy prześladowały ją strofy Marii Pawlikowskiej-Jasnorzewskiej, które brzmiały jakoś tak:
życie moje wstawione w cień
więdnie bez światła dziennego.
Codziennie opada z niego
pożółkły, zwiędły dzień...

Tak właśnie się czuła. Każdy dzień był pożółkły i zwiędły i w zasadzie nie wiedziała, po co nadchodzi po nim następny taki sam. I znowu opada, i przychodzi następny.

Gdyby wierzyła w psychologów czy psychiatrów, zaraz by do któregoś się wybrała. Ale nie wierzyła, żeby roztrząsanie tego z jakimś obcym człowiekiem mogło jej w czymkolwiek pomóc. Nie mówiąc już o tym, że wstydziłaby się komukolwiek przyznać do swoich uczuć. Miała tylko jedną przyjaciółkę, Grażynę. Jej mogła powiedzieć wszystko. I zawsze mówiła.

Ale tego właśnie nie mogła jej powiedzieć...

*

Któregoś dnia, a było to w lecie 1979 roku, właśnie przy pomniku Syrenki ktoś zawołał Ewę po imieniu. Odwróciła się i ujrzała dyrektora Gromienia, swojego dawnego szefa, w którym kiedyś była prawie zakochana. Prawie – bo był żonaty. Na szczęście po jakimś czasie

Olgierd awansował, przeniesiono go do innej pracy i nie widzieli się od 1972 roku, czyli siedem lat.

– O, dzień dobry! – ucieszyła się Ewa. – Olgierd! Jak świetnie wyglądasz, nic się nie zmieniłeś, masz tylko trochę siwych włosów na skroniach, ale bardzo ci z nimi do twarzy. Co za spotkanie, nie widzieliśmy się tyle czasu. Co tu robisz?

– Przyszedłem na spacer i wybrałem szczęśliwy moment, bo akurat spotkałem ciebie. A to twoja córeczka? – Spojrzał na Karolinę, która niecierpliwie przestępowała z nogi na nogę, bo ciocia obiecała jej lody, a teraz przystanęła i rozmawia z jakimś obcym panem.

– To Karolinka Zielińska, moja bratanica – przedstawiła Linkę Olgierdowi, a ten wyciągnął rękę do małej.

– Witam, bardzo mi miło. Nazywam się Olgierd Gromień i jestem starym znajomym twojej cioci, kiedyś pracowaliśmy razem.

Karolina z poważną miną uścisnęła rękę Olgierda i odpowiedziała grzecznie.

– Mnie też miło pana poznać.

I natychmiast pociągnęła Ewę za rękaw.

– Ciociu, czy już teraz możemy iść na lody?

Olgierd roześmiał się głośno.

– Właśnie to chciałem zaproponować! Czy obie panie dadzą się zaprosić na lody? Duże, z bitą śmietaną? – mrugnął do dziewczynki.

– Ciociu? Ciociu? – Linka aż podskakiwała z emocji.

– To prowadź, wodzu – zgodziła się Ewa.

Siedzieli w ogródku na Rynku Starego Miasta i rozmawiali o banalnych sprawach. Ewa dostrzegła, że Olgierd nie ma na ręku obrączki, przy Karolinie nie chciała jednak zadawać żadnych pytań.

– Gdzie teraz pracujesz? – spytała tylko. – Bo ja cały czas w tym samym miejscu. I ciągle mam ten sam numer telefonu. Więc gdybyś chciał jeszcze kiedyś pogadać, zadzwoń.

– Zadzwonię, szybciej niż myślisz – obiecał. – A pracuję w Ministerstwie Finansów.

– To dziękujemy za lody, musimy już uciekać, rodzice Karolinki czekają na nas z obiadem.

– Do widzenia panu, dziękuję bardzo. – Linka grzecznie wyciągnęła rączkę i dygnęła.

– Mamo, tato, a ciocia spotkała dzisiaj jakiegoś pana i on nas na lody zaprosił! I był bardzo miły, i powiedział, że do cioci zadzwoni – jednym tchem wypaplała przejęta Karolina po powrocie ze spaceru.

– To był Olgierd Gromień, mój szef sprzed kilku lat. Pracowaliśmy kiedyś razem, a potem przenieśli go gdzieś w górę. Teraz pracuje w Ministerstwie Finansów, ale co robi, nie mam pojęcia.

Opowiadała to beznamiętnie, obojętnym głosem. Ani Grażyna, ani Maciek nigdy nie wiedzieli, że mogłoby ją dużo łączyć z tym mężczyzną, gdyby nie pewna przeszkoda… jego żona. Ewa postanowiła nigdy im nie mówić o swojej fascynacji Olgierdem i w swoim postanowieniu wytrwała.

Rozdział 17

Olgierd zadzwonił z samego rana w poniedziałek. Ewa ledwo zdążyła usiąść za biurkiem i przynieść sobie kawę z kuchenki.

– Zjesz ze mną dzisiaj...

– Lody? – Wpadła mu w słowo.

– Nie! – zaśmiał się. – Dzisiaj myślałem o kolacji. Takiej trochę bardziej uroczystej, bo wyobraź sobie, że dzisiaj są moje urodziny.

– I naprawdę nie masz z kim ich obchodzić? – zapytała niezbyt grzecznie, nie zastanawiając się nad tym, co mówi. Miała tylko przed oczami jego rękę bez obrączki. – Oj, przepraszam, jestem wyjątkowo nieuprzejma – zawstydziła się. – Po pierwsze, wszystkiego najlepszego, a po drugie, chętnie zjem z tobą kolację. Gdzie i o której się spotkamy? – zapytała.

– Podaj mi adres, podjadę po ciebie o ósmej wieczorem, dobrze?

Oczywiście nie wiedziała, w co ma się ubrać, bo nie zapytała, gdzie ta kolacja. W końcu zdecydowała się na uniwersalny, ukochany szmaragdowozielony garnitur, do którego kiedyś jakimś cudem udało jej się dokupić identyczną w kolorze jedwabną bluzkę. Był to komplet na tyle elegancki, że mogła w nim iść nawet do restauracji w Hotelu Europejskim.

Poszli jednak do „Trojki" i Ewa uznała to za dobry wybór. Była w tej restauracji kilka razy i smakowało jej wszystko, co tam jadła.

Gdy już ulokowali się przy stoliku i złożyli zamówienie, Olgierd poprosił:

– Opowiadaj, co u ciebie?

– U mnie nic się nie zmieniło. Jeśli chodzi o moje osobiste sprawy. Bo w sprawach rodzinnych to już wiesz, mam bratanicę, którą bardzo kocham.

– Ale skoro w twoich osobistych sprawach nic się nie zmieniło, czyli, jak rozumiem, nie wyszłaś za mąż, to twoja bratanica, córka brata, tak? – powinna nazywać się Brzozowska, nie Zielińska.

– A bo Maciek tak naprawdę nie jest moim rodzonym bratem. – I Ewa opowiedziała Olgierdowi skróconą i ocenzurowaną wersję swojego dzieciństwa i „przyszywanego pokrewieństwa" z Maćkiem.

Rozgadała się na tyle, że sama nie wiedziała, kiedy opowiedziała mu też ocenzurowaną historię swojej najlepszej przyjaciółki, Grażyny, tłumacząc, że znały się jeszcze ze szkoły podstawowej z Bydgoszczy i że sprowadziła ją do Warszawy. Wyjaśniła, że tamci oboje bardzo się polubili, czego skutkiem był ich ślub.

Nie powiedziała mu, oczywiście, że sama od paru lat kocha Maćka już inną miłością niż siostrzana.

– Rozumiesz więc teraz, dlaczego tak bardzo jestem związana z Karolinką, ona po prostu jest dla mnie kimś z rodziny. Poza wujostwem w Bydgoszczy i dalekim kuzynem Władkiem Dunińskim, który mieszka tu, w Warszawie, i jest już starszym panem, nie mam żadnych bliższych krewnych. A za mąż nie wyszłam... bo tak się ułożyło i tyle. Ale dosyć o mnie, zresztą wszystko ci już opowiedziałam. Teraz ty opowiedz trochę o sobie.

No i Olgierd opowiedział, że dwa lata temu rozwiedli się z żoną, bo miał dla niej – jak twierdziła – zawsze za mało czasu.

– Wytknęła mi, że nawet na dziecko nie starczyło mi czasu. Rzeczywiście, nie mieliśmy dzieci, ale tu chyba nie brak czasu zawinił. Okazało się przy okazji jakichś kontrolnych badań lekarskich, że mam nasieniaka, czyli raka jądra. Na szczęście odkryto to w tak wczesnym stadium, że jak twierdzą lekarze, udało się całkowicie go wyleczyć. Jednak z płodnością mogę mieć problemy, choć ze współżyciem – żadnych. Och! – Olgierd złapał się za głowę. – Nie mogę uwierzyć, że ci to opowiadam.

– A ja nie mogę uwierzyć, że żona się z tobą rozwiodła, wiedząc o twojej tragedii – odparła z gniewem Ewa.

– Ale skoro zostałem kompletnie wyleczony, to niby dlaczego miałaby się nade mną użalać? Uznała, że sobie poradzę – i, jak widać, idzie mi całkiem nieźle.

– Nie miej mi za złe tego pytania – wyszeptała Ewa, bawiąc się widelcem – ale powiedz, masz kogoś?

– Czy gdybym miał, to czy właśnie z tobą spędzałbym urodziny? Przecież moglibyśmy się spotkać każdego innego dnia, prawda? A czy wiesz, że bardzo się ucieszyłem, kiedy mnie wtedy przenieśli? Bo zacząłem się w tobie zakochiwać, a mam charakter bardzo monogamiczny. I tak zostałem wychowany. Poza tym jeszcze wtedy między mną a żoną było wszystko dobrze, więc za nic nie chciałbym nikomu skomplikować życia – powiedział

Olgierd i wyjął Ewie z ręki ten widelec, którym ciągle się bawiła. Jej ręki jednak już nie puścił. – I nie masz pojęcia, jak się cieszę, że spotkałem cię wczoraj na Starym Mieście. Chyba nigdy z nikim tak dobrze mi się nie rozmawiało. I tak szczerze. A skoro szczerze, to dodam jeszcze, że bardzo chciałbym się z tobą częściej spotykać. Co ty na to?

– Chętnie – odrzekła lakonicznie Ewa.

– To może umówimy się na sobotę, pójdziemy do kina, dobrze?

– W porządku. – Ewa kiwnęła głową.

I tak to się zaczęło. Olgierd nie robił już na Ewie takiego wrażenia jak siedem lat temu. Nie dlatego, że był mniej przystojny – wręcz odwrotnie, siwizna na skroniach i zmarszczki w kącikach oczu nawet dodały mu uroku. Sylwetkę miał wysportowaną i szczupłą, kondycję niezłą.

Tylko miał jedną wadę – nie był Maćkiem. Ale Ewa chciała jakoś uciec od tego uczucia. A przynajmniej – obronić się przed nim. Zabezpieczyć. I zobaczyła w Olgierdzie swoją szansę.

Spotykali się już prawie rok. Poznała Olgierda z Grażyną i Maćkiem, którzy go serdecznie polubili. I z wzajemnością. Bardzo lubiła go też Karolina, bo umiał ją sobie zjednać, a może należałoby powiedzieć raczej „przekupić" jakimś drobnym prezencikiem, który dziwnym trafem zawsze znalazł się w jego kieszeni, gdy odwiedzał wraz z Ewą Zielińskich.

Po rozwodzie z żoną zostawił jej mieszkanie, ale szybko załatwił sobie – przy „drobnej" pomocy towarzyszy z Ministerstwa Finansów – dwa pokoje na nowym osiedlu zlokalizowanym na Dolnym Mokotowie. Mieszkanie było niewielkie, trochę ponad czterdzieści metrów kwadratowych, ale dla samotnego mężczyzny całkowicie wystarczające.

*

Ewa poznała dwie starsze siostry Olgierda – Ludmiłę, czyli Miłkę, i Helenę. Helena była już na emeryturze i bardzo to sobie chwaliła, Miłka natomiast pracowała – i też bardzo to sobie chwaliła. Pracowała w laboratorium chemicznym, gdzie przeprowadzano różnego rodzaju eksperymenty na syntetykach. Panował tam zawsze ruch, często wymieniano sprzęt i ludzi; praca była ciekawa, choć stresująca, ale Miłce odpowiadała, bo nigdy jej się tam nie nudziło.

Obydwie siostry uwielbiały czytać, kupowały książki, miały ich pełno – i to je bardzo zbliżyło z Ewą. Szczególnie zaprzyjaźniła się z Miłką, bliższą jej wiekiem. Trzynaście lat różnicy to nie tak znów wiele. Między Ewą i Heleną było ich więcej – dwadzieścia dziewięć. Nie oznaczało to, że się nie dogadywały, wręcz przeciwnie, wszystkie trzy miały podobne poczucie humoru oraz podobne spojrzenie na świat i ludzi; jednak to z Ludmiłą Ewa spotykała się przynajmniej raz w tygodniu. Z Heleną widywała się rzadziej – najczęściej z okazji uroczystości rodzinnych, imienin, urodzin – no i świąt wszelakich.

Natomiast te spotkania z Miłką odbywały się na ogół w niedzielne przedpołudnia, chodziły bowiem po tak zwanych perskich jarmarkach, gdzie – poza antykwariatami – trafiały się dobre książki. W księgarniach książek „do czytania" wtedy nie było. Albo były, ale spod lady.

Ponieważ książki – i dla Ewy, i dla sióstr Olgierda – były tym, „co tygrysy lubią najbardziej", chętnie je kupowały i gdy już polubiły jakiegoś autora, starały się mieć wszystko, co napisał. Dlatego Ewa i Ludmiła uwielbiały te wspólne niedzielne wyprawy. Najczęściej chodziły na perski jarmark obok klubu „Spójnia" na Żoliborzu, gdzie pojawiało się dość dużo książek.

Kiedyś doszło do wręcz humorystycznej sytuacji, gdy szukały trzech konkretnych pozycji o całkiem matrymonialnych tytułach. Ewa chciała kupić książkę Zofii Stulgińskiej „Mąż z ogłoszenia", Ludmiła – Krystyny Nepomuckiej „Rozwód niedoskonały", a dla Heleny miały znaleźć „Kochanków Róży Wiatrów" Stanisławy Fleszarowej-Muskat. Tak więc owej niedzieli Ewa z Miłką spacerowały sobie po jarmarku, oglądając oczywiście wszystko, jak leci, ale szukały głównie wyżej wymienionych tytułów. Książki leżały na różnych kocach lub papierach, alejkami zaś przesuwali się powoli bibliofile, przeglądając wyłożone na ziemi egzemplarze. Ponieważ przejścia były dość wąskie, a oglądających sporo, przesuwano się powoli, tym bardziej że przy każdym sprzedawcy trzeba było przystanąć, żeby wszystko dokładnie obejrzeć. Książki leżały po obu stronach alejki, więc tłok był dość spory. W związku z tym Ewa podzieliła się z Ludmiłą terenem poszukiwań (bo takich alejek było kilkanaście) i każda oglądała inne koce, a właściwie – ich zawartość. Raptem Ewa dostrzegła jedną z upragnionych pozycji. Kupiła ją natychmiast, bez targowania się o cenę.

– Miłka! – rozdarła się wielce uszczęśliwiona. – Mam „Męża!"

– "Z ogłoszenia"? – odwrzeszczała Miłka, żeby wszystko było jasne, bo przecież tego tytułu szukały.

Dla niewtajemniczonych ów komunikat zabrzmiał jednak dość dziwacznie i bibliofilka, która posuwała się alejką przed Ewą, aż się potknęła z wrażenia. Ale to nie wszystko, bo Ludmiła porzuciła swoją alejkę i przepchnęła się do Ewy, żeby podziwiać zdobycz.

– Teraz tylko jeszcze ten "Rozwód" dla ciebie – kontynuowały rozmowę, przypominając sobie wzajemnie, czego jeszcze szukają. Kobieta przed nimi zaczęła dziwnie iść bokiem, robiąc straszliwego zeza, by się im przyjrzeć, a uszy wręcz jej urosły.

– No i tych "Kochanków" dla Heleny – sprecyzowały już konkretnie swoje pragnienia.

Pani przed nimi nie wytrzymała.

– Przepraszam, czy panie prowadzą jakieś specyficzne biuro matrymonialne? – spytała z ironią.

Wtedy zaczęły się krztusić ze śmiechu. Urażona kobieta poszła dalej, a Ewa z Ludmiłą do dzisiaj nie wiedzą, przypominając sobie to wydarzenie, czym właściwie owa pani była zainteresowana – mężem, rozwodem czy kochankiem?

*

W maju 1980 roku, po kolacji u Olgierda – na którą własnoręcznie przyrządził bliny z kawiorem, czym niesamowicie Ewie zaimponował, bo gotować umiała nieźle, ale blinów sama nie zrobiła nigdy – "kucharz doskonały" ukląkł przed nią i wyciągnął z kieszeni pudełeczko z prześlicznym pierścionkiem z brylantem.

– Pewnie nie zgadniesz, o co chcę cię zapytać. – Zaśmiał się na widok autentycznego zdumienia w oczach Ewy.

– Nawet nie ośmieliłabym się zgadywać – dostosowała się do tej nietypowej konwencji. – A ty pewnie nie zgadniesz, co bym ci odpowiedziała, gdybyś zapytał.

Olgierd spoważniał nagle. Wstał i odłożył pudełeczko z pierścionkiem na stolik do kawy, stojący obok kanapy, na której siedzieli.

– No cóż – powiedział z żalem. – Nie zdziwiłbym się, gdybyś mnie nie chciała. Nie dosyć, że jestem o dziesięć lat od ciebie starszy, to jeszcze, mimo stuprocentowego wyleczenia, cały czas wisi nade mną widmo nawrotu choroby. Chociaż lekarze śmieją się z tych moich obaw. No i jest jeszcze ta kwestia mojej płodności. A pewnie ty, jak każda kobieta, chciałabyś mieć dzieci.

Były to najdziwniejsze oświadczyny, jakie Ewa mogłaby sobie wyobrazić – i zdarzyły się właśnie jej. Ale lepszego argumentu niż ten o swojej chorobie Olgierd nie mógł użyć, choć z pewnością nie zrobił tego świadomie.

Dostrzegła w tym małżeństwie jakąś szansę ucieczki przed swoim beznadziejnym uczuciem – mimo że teraz już wiedziała na pewno, że Maciek był, jest i pozostanie miłością jej życia. Wiedziała jednak także, że będzie to miłość niespełniona. Odkryła ją zbyt późno.

Można by więc powiedzieć, że Olgierd jakby spadł jej z nieba. Zresztą chociaż nie mogła go pokochać, lubić go będzie na pewno. A to już dużo. Mieli podobne poglądy prawie na każdy temat, podobała im się ta sama muzyka, te same książki i filmy. Obydwoje uwielbiali to, co robili, i żadne z nich nigdy nie wyrzucało drugiemu, że siedzi i siedzi w tej pracy, zamiast się zająć czymś innym. No i w łóżku było im całkiem dobrze, co Ewa po swoich doświadczeniach z Piotrkiem uważała za niezmiernie ważne. Wprawdzie już Marek Wójcik, z którym była związana na krótko przed śmiercią ojca, udowodnił jej, że nie jest oziębła, jak myślała po nieudanym związku z Piotrkiem, ale teraz Olgierd jeszcze ją w tym upewnił. Seks całkiem jej się podobał i sprawiał jej naprawdę sporą przyjemność.

Jedynym minusem była obawa, że nie będą mieli dzieci. Ale, po pierwsze, to nie zostało w pełni potwierdzone, a poza tym w życiu nie można mieć wszystkiego. Musi jej wystarczyć Karolinka. Kochała ją tak bardzo, że chyba nie można bardziej kochać własnej córki, a Linka kochała ją zapewne tak samo (albo prawie tak samo) jak swoją matkę.

Ewa popatrzyła na Olgierda, który siedział z dziwną miną na brzegu kanapy, a między filiżankami, na stoliku błyszczał brylant w eleganckim pudełeczku.

– No więc włożysz mi ten pierścionek czy się rozmyśliłeś? – odezwała się nagle.

– To znaczy, że się zgadzasz? Że wyjdziesz za mnie? Przemyślałaś to? – Skoczył na równe nogi.

– Tylko już nie klękaj przede mną, bo głupio się czuję. Przemyślałam to i wyjdę za ciebie. Chociaż przyznam się szczerze, że zabrakło mi przynajmniej jeszcze dwóch słów.

– Kocham cię, kocham! Chyba nieraz już ci to mówiłem, więc teraz myślałem, że to wiesz. Ale jakoś nie mogę zrozumieć kobiet, bo tak naprawdę to za dużo nie miałem z nimi do czynienia.

Tak więc oświadczyny zostały przyjęte.

– Oczywiście musicie być świadkami – zakomunikowała Ewa Zielińskim, opowiadając im wszystko ze szczegółami. Także o chorobie Olgierda, za jego zgodą, naturalnie. Olgierd uważał Grażynę, Maćka i Karolinkę za najbliższą rodzinę Ewy, a że bardzo się zbliżył do Zielińskich, także nie wyobrażał sobie innych świadków. Jego siostry w ogóle nie były tym zainteresowane.

Ustalili, że zamieszkają u Olgierda, przy Sobieskiego, a dwa pokoiki Ewy, na Bielanach, wynajmą. Olgierd miał u siebie w pracy młodego asystenta, który właśnie się ożenił i młodzi tłoczyli się we wspólnym mieszkaniu z teściami, co na stan nerwów całej czwórki zbyt dobrze nie wpływało. Olgierd spytał więc Ewę, czy nie zgodziłaby się wynająć temuż asystentowi swojego mieszkania, za niewielkie pieniądze. Oczywiście wyraziła zgodę, nawet była zadowolona, że zamieszka tam ktoś znajomy i zaufany. Wynajęcie kwaterunkowego mieszkania w zasadzie chyba było nie całkiem legalne.

Ślub miał się odbyć we wrześniu 1980 roku. Przyjęcie weselne postanowili urządzić w restauracji „Ambasador", w Alejach Ujazdowskich.

Przedtem, w sierpniu, wraz z całą Polską przeżywali wydarzenia, które w końcu doprowadziły do zalegalizowania „Solidarności". I cieszyli się, i martwili, na przemian. Nie wiedzieli, co z tego wszystkiego wyniknie. Nikt z nich nie był zaangażowany w politykę, tak więc w sumie niewiele o tych wszystkich sprawach wiedzieli. Wprawdzie Olgierd, jako dość ważny dyrektor w Ministerstwie Finansów był członkiem PZPR już od dawna, ale naprawdę mało się w to angażował. Robił, co musiał, z racji swojego stanowiska, nigdy jednak nie przesadzał i nie był zbyt gorliwy. Ot, szeregowy, przymusowy członek organizacji. Żaden powód do chwały – lecz nie musiał się też wstydzić żadnych swoich postępków.

Nikt z rodziny Ewy i nikt z rodziny Olgierda nie należał do partii; nikt też nie zapisał się do „Solidarności", może ze zwykłego oportunizmu, ale chyba raczej z braku zainteresowania życiem politycznym. Tyle było naokoło innych ciekawych spraw.

Teraz więc, w sierpniu, bardziej niż czym innym zainteresowani byli przygotowaniami do ślubu.

Rozdział 18

Wzięli ślub jedynie w urzędzie stanu cywilnego, ponieważ oboje uważali się za ateistów. Ewa nie przebaczyła Panu Bogu, że wszystkich najważniejszych dla niej członków rodziny pozabierał – jak mówiła – zupełnie bez sensu i niesprawiedliwie, a tłumaczenia, że taka była Jego wola, nie przyjmowała do wiadomości. Skoro mówią, że jest taki dobry, wspaniały i sprawiedliwy – to dlaczego miał taką wolę? A jeśli nie jest taki, to jaki sens w niego wierzyć i go uwielbiać? Nie – i już!

A Olgierd był ateistą, bo tak go wychowano, jego rodzice też nie chodzili do kościoła, nawet nie został ochrzczony. Jakoś w ogóle mu to nie przeszkadzało i do niczego nie było potrzebne.

Na ślub – oraz na wesele – Olgierd zaprosił swoich najbliższych współpracowników i obie siostry, a Ewa trójkę Zielińskich i Władka. Grażyna i Maciek wystąpili jako świadkowie. Razem przyszło niewiele ponad dwadzieścia osób. Ani Ewie, ani Olgierdowi jednak nie zależało na hucznej uroczystości.

Gdy już zamieszkali razem przy Sobieskiego, Ewa spytała, czy może trochę odmienić mieszkanie, było to bowiem typowe miejsce noclegowe samotnego mężczyzny. Tylko kuchnię Olgierd urządził w miarę nowocześnie, umiał bowiem i lubił gotować. Ku wielkiej radości Ewy, która – choć też umiała gotować – teraz już robić tego nie lubiła.

Wolała oczywiście czytać!

Życie płynęło im całkiem przyjemnie; Ewa trochę poeksperymentowała z wystrojem mieszkania, choć nie miała tu wielkiego pola manewru. Postanowiła jednak, że nie będzie to typowe M-3, składające się z małej sypialni i większej jadalni. Urządziła dwa odrębne pokoje, z tym że w każdym stała dwuosobowa wersalka, mogli więc spać, gdzie chcieli – albo u niej, albo u Olgierda, ewentualnie każde u siebie. W zależności od nastroju oraz ilości pracy, którą oboje przynosili dość często do domu. Trochę się posprzeczali o to, który pokój ma być czyj – Ewa uważała, że ten większy należy się mężowi, w końcu to jego mieszkanie. Olgierd strasznie się zdenerwował i wściekłym głosem poinformował ją, że to nie jest jego mieszkanie. Jest to ICH mieszkanie. I większy pokój będzie jej, Ewy, bo to ona ma więcej książek, które w małym pokoju po prostu za nic się nie zmieszczą. No tak, ten argument do niej przemówił. Urządziła więc duży pokój dla siebie, a mały dla Olgierda. W zasadzie – poza liczbą półek z książkami – meble były bardzo podobne. Wersalka, fotel, stojąca lampa, biurko. Na każdym biurku – maszyna do pisania. Olgierd, chociaż ważny dyrektor z asystentem i sekretarką, czy nawet dwiema, pisał na maszynie z szybkością światła. Szybciej od Ewy. Oczywiście tylko w domu. W pracy – nie wypadało, w końcu po coś tych ludzi miał do roboty, prawda?

Czasem się spotykali z jego kolegami z ministerstwa przy okazji jakichś imienin czy urodzin. Olgierd takich imprez nie cierpiał, ale w nich uczestniczył,

„bo wypadało". Tym bardziej teraz, gdy się ożenił. Ewa była powszechnie lubiana przez jego znajomych, przyjęła bowiem zasadę drugiego planu i nie forsowała swojego zdania, gdy widziała, że jest całkiem inne od poglądów osoby, z którą rozmawiała. Za mało jej na tych ludziach zależało, żeby na siłę prowadzić z nimi dyskusję i wyjaśniać to, czego nie rozumieli lub zrozumieć nie chcieli.

Imieniny Olgierda, które obchodził jedenastego lutego, urządzali zazwyczaj w jakiejś kawiarni lub restauracji, gdyż Ewie nie chciało się robić tego całego zamieszania w domu. Mogli sobie pozwolić na wydanie obiadu dla kilku osób ten jeden raz w roku. Natomiast rodzinę – czyli Zielińskich, Władka i siostry Olgierda – zawsze witali z radością i nie trzeba było specjalnych okazji, żeby spotykać się jak najczęściej.

Ewa cieszyła się, że Władek i siostry Olgierda bardzo się lubią, bo kochała ich wszystkich i byłaby ogromnie zmartwiona, gdyby między nimi tej sympatii zabrakło. Nawet zaczęły marzyć z Ludmiłą, jakby to było wspaniale, gdyby Władek ożenił się z Heleną. Wprawdzie było między nimi dziewięć lat różnicy, ale przecież w tym wieku to nie ma znaczenia. Jednak Władek, pan siedemdziesięcioletni, i Helena – sześćdziesięciojednolatka, przejrzawszy matrymonialne zamiary smarkatych, jak mówili na Ewę i Miłkę, po prostu je obśmiali.

– Lubimy się bardzo i kochamy jak rodzina – oświadczyli niemal chórem. – Ale prosimy bardzo, nie swatajcie nas, bo nic z tego nie wyjdzie. Nie te oczy i koniec.

No trudno, koniec to koniec, musiały się poddać.

*

Jestem mężatką! Jak to brzmi? No cóż, brzmiałoby wspaniale, gdyby nie to, że... Mówiłam, że u mnie zawsze jest jakieś „ale" albo „że", prawda? No więc tym razem to „że" brzmi: że Olgierd to nie Maciek. Jednak źle nie trafiłam. LUBIĘ Olgierda, a to bardzo ważne. Bo przecież byłam jakiś czas z Markiem Wójcikiem, ale tak naprawdę to go nie lubiłam. Było mi z nim tylko dobrze w łóżku, a dla kobiety, która uważała się za oziębłą, wydawało się to wówczas bardzo istotne. Przy Olgierdzie też nie czuję się oziębła, więc to dodatkowy plus na jego korzyść. Jest dobry, miły, wrażliwy, porządny, no i... kocha mnie. Bardziej niż ja jego, o czym przecież nie musi wiedzieć. I ma dwie wspaniałe siostry, które uwielbiam i które są dla mnie jak rodzone. Dogadujemy się cudownie, nie zważając na różnicę wieku.

Moi Zielińscy, a co najważniejsze także Linuśka, Olgierda bardzo polubili. Władek też. Pełnia szczęścia, można więc powiedzieć.

I tak muszę trzymać...

Ale naprawdę to mi się wydaje, że to jakiś taki ślub zastępczy, mało ważny, tymczasowy... Dlatego było tak mało gości i dlatego w ogóle nie przywiązywałam wagi do tej ceremonii. Ot, po prostu jakieś kolejne nudne imieniny, które trzeba odbębnić.

Mąż zastępczy... Mam nadzieję, że Olgierd nigdy się o tym nie dowie. Nie zasługuje na to.

*

Helena i Miłka miały do podjęcia bardzo poważną decyzję. Otóż Helena mieszkała na Mokotowie, w kwaterunkowym mieszkaniu jeszcze po ciotce, która zmarła dość dawno. Miejsce było bardzo ładne, mieszkanie też niebrzydkie – ale niefunkcjonalne. Ciepła woda z termy gazowej, a ogrzewanie mieszkania piecami węglowymi, w których trzeba było palić. Helena wprawdzie była w pełni sprawna i przyzwyczaiła się do takich warunków, toteż na razie doskonale dawała sobie z tym wszystkim radę. Ludmiła mieszkała na Grochowie, w wielkim bloku na typowym osiedlu z lat sześćdziesiątych. Mieszkanie było malutkie, jednopokojowe, ale bardzo przyjemne, ustawne, z dużym balkonem, kuchnią z oknem i łazienką z wanną. Osiedle było za Wisłą – więc na końcu świata, jak twierdziła jej siostra. Choć wcale to nie była prawda. Tramwajem przez rondo Waszyngtona i most Poniatowskiego do centrum jechało się kilkanaście minut. Jednak dla Heleny, z Mokotowa, była to już cała wyprawa. A jeździła do Ludmiły dość często, bo trochę matkowała młodszej siostrze. Miłka nie znosiła i nie umiała gotować, Helena gotowała bardzo dobrze. Poza tym Miłka jeszcze pracowała, a Helena już nie. Pichciła więc obiadki i zawoziła na ten Grochów, a potem upychała w lodówce i zamrażalniku. Obydwu taki układ odpowiadał – Helena miała co robić, Miłce było wygodnie. Kochały się zresztą bardzo i dobrze się razem czuły. Wszystkie urlopy spędzały we dwie, najczęściej nad morzem. W góry nie jeździły, bo Ludmiła miała lęk wysokości. Helena natomiast kochała góry, toteż była szczęśliwa, gdy Miłce od czasu do czasu trafił się jakiś narzeczony, z którym spędzała urlop – a wtedy ona, Helena, pakowała plecak i jechała do Zakopanego.

Pewnego dnia Miłka zadzwoniła (obydwie dzięki pomocy Olgierda miały telefony) do starszej siostry i bardzo podekscytowana opowiedziała, że spotkała sąsiadkę z góry, z trzeciego piętra (Miłka mieszkała na drugim), i ta zakomunikowała jej, że wyprowadza się pod Olsztyn, do córki, która wybudowała tam dom.

– A co pani zrobi z mieszkaniem? – zapytała Ludmiła.

– Chciałabym je wynająć, szukam kogoś zaufanego, a może pani kogoś zna? – spytała sąsiadka, patrząc na Miłkę z nadzieją.

– Pani Marto – odrzekła Miłka – niech pani sobie nie zawraca głowy lokatorami. Trafi pani na nieodpowiedzialnych ludzi, zniszczą pani mieszkanie i potem wszystko, co pani zarobi na wynajmie, trzeba będzie przeznaczyć na remont. A jeszcze do tego kłopot.

– To co pani radzi, pani Ludmiłko?

– Wie pani co? A gdybym tak miała dla pani kupca? – zaproponowała Miłka, ściskając kciuki na szczęście.

– Och, to byłoby świetnie! – ucieszyła się pani Marta. – To ja się zorientuję w cenach, a pani porozmawia z tym ewentualnym kupcem, dobrze?

– Helena! – krzyczała Miłka w słuchawkę. – Kupujemy mieszkanie! Dobrze?

– Jasne, że dobrze, ale poczekajmy na cenę – odpowiedziała rozsądna jak zawsze Helena.

Po śmierci ciotki siostry Olgierda znalazły w szafie w mieszkaniu (bardzo dobre miejsce, prawda?) pięćdziesiąt tysięcy dolarów i dziesięć złotych sztabek. Chciały podzielić się uczciwie z Olgierdem, ale brat kazał im trzymać te pieniądze na zabezpieczenie starości.

Ciotka była przedwojenną arystokratką, a poza tym trzy razy wychodziła za mąż. I każdy nowy małżonek był bogatszy od poprzedniego. A do tego jakoś szybko umierali. Ciotka wierzyła tylko w złoto i dolary, tak więc po śmierci kolejnego męża zamieniała pozostawione przez niego pieniążki na te właśnie walory. Pieniądze oraz sztabki pozawijała w skarpetki, które ułożyła porządnie w szufladzie szafy. Siostrzenice, robiąc porządki po śmierci staruszki, postanowiły wyrzucić stare ubrania, między innymi także skarpetki. Segregując rzeczy, odkładały te do wyrzucenia na całkiem pokaźny stosik na podłodze i przy ciśnięciu którejś pary skarpetek nagle coś brzęknęło. Przytomnie sprawdziły, co to, i o mało nie pomdlały. Niewiele brakowało, a straciłyby prawdziwy majątek. Gdyby nie to, że oprócz dolarów były tam też złote sztabki – bo to właśnie któraś z nich brzęknęła, wyrzuciłyby po prostu te skarpetki wraz z ich cenną zawartością do śmieci.

Tak więc dzięki szczęśliwemu zrządzeniu losu teraz było je stać na kupno tego mieszkanka. Uzgodniły, że kupią je wspólnie i spiszą odpowiednie testamenty, każda na korzyść drugiej siostry.

Teraz więc czekały tylko na decyzję pani Marty, która przyszła do Ludmiły po dwóch dniach, oznajmiając, że sprawę dokładnie przemyślała i skłania się ku sprzedaży mieszkania. Dogadały się bardzo szybko. Pani Marta drogo nie sprzedała, jako że mieszkanie wymagało gruntownego remontu, bo jego właścicielki emerytki nie było stać na przykład na nowe kafelki do łazienki. Ale Helena i Miłka tym się nie przejmowały i nawet były zadowolone z takiego stanu rzeczy – gdyż i tak zamierzały wszystko urządzić po swojemu. Najważniejsze, że było tam centralne ogrzewanie i gorąca woda z elektrociepłowni. Luksusy, jakich Helena już nie pamiętała.

Po przeprowadzeniu transakcji Miłka, która uwielbiała takie prace, zabrała się do remontu i zaczęła kupować meble do nowego mieszkania, a Helena pomalutku pakowała swój dobytek na Mokotowie. Część rzeczy sprzedała, część po prostu wyrzuciła. W nowym mieszkaniu wszystko miało być nowe. Dała Miłce całkowicie wolną rękę, miały podobny gust, Helena wiedziała więc, że wszystko, co siostra wymyśli, będzie jej się podobać.

Ale tego, co zobaczyła po zakończeniu remontu i kompletnym umeblowaniu mieszkania, nie spodziewała się zupełnie. Otóż Ludmiła urządziła mieszkanie Heleny dokładnie tak samo, jak swoje. Takie same kafelki w kuchni, takie same w łazience, takie same szafy i regały w pokoju, robione przez poleconych i sprawdzonych już stolarzy. Taka sama wersalka, takie same fotele i taki sam stół. Mieszkania różniły się tylko tym, że u Heleny nie wisiał jeszcze żaden obraz, a u Miłki kilka.

– Obrazy wybierzesz sobie sama – łaskawie zgodziła się siostra, gdy Helena wreszcie opanowała potężny atak śmiechu.

Ale w sumie była zadowolona, wszystko jej się podobało, a to, że miała takie samo mieszkanie jak siostra – nie przeszkadzało.

Teraz obydwie były szczęśliwe – bardziej idealnie złożyć się nie mogło. Miłka po pracy wracała do domu, przebierała się w wygodne, domowe ciuchy i szła do Heleny na obiad. Potem troszkę sobie pogadały i Miłka wracała do swojego mieszkania, spokojna, że gdyby siostrze coś się stało – w końcu była sporo starsza – wystarczy, że walnie w kaloryfer albo mocno stuknie w podłogę.

To podobne umeblowanie stwarzało czasami prześmieszne sytuacje. Kiedyś na przykład chodzili po mieszkaniach panowie fachowcy sprawdzający szczelność urządzeń gazowych. Ponieważ szli z góry, najpierw byli u Heleny, a potem zapukali do Ludmiły. Zajrzeli do kuchni i trochę zgłupieli.

– Ty, Waldek, my tu już byli przed chwilą, nie? – powiedział jeden do drugiego, patrząc na znajome szafki w kuchni i kafelki na ścianach oraz podłodze.

Miłka długo musiała im tłumaczyć, że nie byli i że piętro wyżej mieszka jej siostra, która po prostu ma identycznie umeblowaną kuchnię.

– A, taka miła pani po pięćdziesiątce, tak? – spytał rzeczony Waldek.

– Tak, tak – potwierdziła Ludmiła. – O proszę, tu jest jej podpis – wskazała na numer mieszkania Heleny – a tu mojego jeszcze nie ma. – Stuknęła palcem w pustą rubrykę przy swoim numerze mieszkania.

– Ano, rzeczywiście – zgodzili się fachowcy i poszli, kręcąc głowami.

– Powiedzieli „ po pięćdziesiątce"? – ucieszyła się Helena, jak się już porządnie wyśmiały, gdy Miłka jej to opowiedziała. – To jacyś bardzo mili ludzie. – Przecież była już po sześćdziesiątce, więc opinia panów od gazu bardzo ją usatysfakcjonowała.

*

– Ciociu, muszę koniecznie z tobą porozmawiać. – Głos Karoliny brzmiał bardzo poważnie.

– Ale czy coś się stało? – zdenerwowała się Ewa.

– Nic złego. O życiu, ciociu, o życiu muszę porozmawiać. Naprawdę to pilne – wyjaśniła Karolina.

– Dobrze, słoneczko, to w sobotę przyjadę po ciebie i pójdziemy sobie na spacer na Stare Miasto.

– Tylko, ciociu, sama przyjedź, bez wujka Olgierda – poprosiła Linka.

Ewa uprzedziła więc Olgierda, że będzie miał wolną sobotę, ponieważ ją, Ewę, czeka poważna rozmowa o życiu z bratanicą. Naturalnie odniósł się do tej informacji z należytym zrozumieniem, zresztą i tak musiał być w pracy. To znaczy – chciał, ale u Olgierda „chciał", jeśli to dotyczyło pracy, równało się „musiał". Ewa to akceptowała, więc wszystko było w porządku.

*

Przypadła mi rola „uświadamiacza". Karolina zażądała rozmowy o życiu i okazało się, jak trochę podejrzewałam, że w sumie chodzi o płeć odmienną. Otóż w jej klasie... skąd ja to znam... Jednak za moich czasów, rany, nie przypuszczałam, że kiedyś będę tak mówić czy myśleć, no cóż – mimo wszystko taka jest prawda – za moich czasów takie relacje damsko-męskie w wieku lat czternastu czy szesnastu były zdecydowanie inne. Na szczęście okazało się, że Karolina też jest inna i właśnie o to chodziło.

– Bo, ciociu, inne dziewczyny mówią, że już „to" robiły. Mam dwie koleżanki, które twierdzą, że to ohyda, a trzecia wręcz przeciwnie – że coś cudownego. I nie wiem, co mam myśleć.

I wytłumacz tu, człowieku, takiemu czternastolet-
niemu dziecku – dziecku, które ma już „całkiem dorosłe" koleżanki, że z robieniem „tego" powinno się
wstrzymać. Jednak Linka sama mi to ułatwiła.

– Ale ja chyba jeszcze nie chcę tego robić, bo jakoś... nie potrzebuję. Chyba... – wyjaśniła zdener-
wowanej ciotce, żeby nie powiedzieć „starej", wielce
zakłopotanej tą całą rozmową.

Biedactwo też było zakłopotane. Wytłumaczyła
mi, że rozmawia ze mną, bo mamy się wstydzi, a tata to chyba by zawału dostał. No, myślę! Musiałam
przyrzec, że nic nie powiem jej rodzicom, o co prawie się obraziłam.

– Linuśka, nie powinnaś w ogóle o to prosić. Przecież skoro się do mnie zwracasz, rozumiem, że masz
do mnie zaufanie. Więc chyba wierzysz, że tego zaufania nie zawiodę. Wszystko, o czym tu rozmawiamy,
zostaje między nami – zapewniłam ją, a tak naprawdę, to i ja chyba bym się wstydziła powtarzać komuś
tę rozmowę, bo ona była naprawdę taka... intymna.
Bardzo się wzruszyłam, że Linka właśnie mnie wybrała
sobie na powiernicę – tym bardziej nie opowiedziałabym tego Grażynie, bo widzę, że ona i tak chyba jest
trochę zazdrosna o moje relacje z jej córką.

Wydaje mi się, że jakoś zdołałam wytłumaczyć Karolinie, że w tych sprawach nie należy się spieszyć,
że trzeba poczekać, aż będzie się miało pewność,
że to właśnie ten jedyny – takie bla, bla, bla, które
jednak chyba zrozumiała. Pewnie do momentu, kiedy
trafi na bardziej przekonującego chłopaka... Oby tylko nie na takiego Piotrka.

Rozdział 19

Ewa przyzwyczaiła się do swojego małżeństwa i do trybu życia, jaki prowadziła. Był już rok 1995, oboje przeszli wszystkie zmiany ustrojowe właściwie bez większych stresów, nie tracąc pracy. Olgierd, chociaż należał do PZPR, a takich przecież mimo „grubej kreski" premiera Mazowieckiego zwalniano przy pierwszej nadarzającej się okazji, jakoś swoją posadę utrzymał. Może dlatego, że był tylko szeregowym, takim przymusowym członkiem partii, nikomu nigdy nie zaszkodził i zawsze uważano go za dobrego, sprawiedliwego szefa. Potrafił zadbać o swoich ludzi. Pracownicy w jego departamencie mieli zawsze najlepsze pensje i w zasadzie prawie nie dochodziło do żadnych większych konfliktów. Po prostu był świetnym fachowcem, pracoholikiem, kochającym to, co robił, i miał przekazać swoją wiedzę tym, którzy teraz przyszli do ministerstwa, choć nie wszyscy mieli odpowiednie przygotowanie.

Ewa natomiast pracowała już przeszło dwadzieścia pięć lat na swoim dotychczasowym stanowisku, w oddziale okręgowym NBP. Awansowała tyle, ile mogła, ale nie została żadnym kierownikiem. Nigdy zresztą do tego nie aspirowała i – nawet gdyby jej coś takiego zaproponowano – nie zgodziłaby się. Nie znosiła kłótni, unikała wszelkich konfliktów, nie chciałaby godzić zwaśnionych podległych jej pracowników ani wysłuchiwać pretensji ludzi, którym miałaby szefować.

W małżeństwie Gromieniów brakowało jedynie dziecka, ale obydwoje już się z tym pogodzili. W tej sytuacji Karolina miała jakby podwójnych rodziców, bo Ewa i Olgierd – z przyzwoleniem Grażyny i Maćka – traktowali ją prawie jak swoje dziecko. Rozpuszczali dziewczynkę w sposób niemożliwy. Jeszcze nie zdążyła pomyśleć o tym, co chciałaby mieć, a już to miała. Na szczęście Linka była normalna – a może odwrotnie, może właśnie nienormalna? Bez względu na stan swojej psychiki – nie wykorzystywała możliwości, jakie dawał jej taki układ. Nie była specjalnie zainteresowana modnymi ciuchami, nie musiała mieć najnowszych gadżetów. Zawsze prosiła tylko o książki, ale nie musiała zbytnio się wysilać, bo dla Ewy wyszukiwanie i kupowanie i książek było czystą przyjemnością.

Najczęściej spotykała się z Karoliną gdzieś na mieście, w kawiarni – lub zapraszała Linkę do siebie do domu. Najchętniej wtedy, gdy wiedziała, że Olgierd zostaje dłużej w pracy. Nie chciała chodzić do Zielińskich, bo przez te wszystkie lata miłość do Maćka tkwiła, jak uporczywa zadra w jej sercu, bez żadnej nadziei na jej wyrwanie. Wiele razy Ewa zastanawiała się, co by było, gdyby… Ale co tam, takie gdybanie! Bez sensu. Było jak było i widać tak być musiało.

W rodzinie Zielińskich też obyło się bez większych zmian, Grażyna, podobnie jak Ewa, przez cały czas pracowała w tym samym miejscu. Natomiast Maciek awansował, został zastępcą dyrektora w swoim departamencie w Centrali Narodowego Banku Polskiego – właściwie z tego samego powodu, dla którego Olgierd pozostał na swoim stanowisku. Po prostu nowy szef departamentu, mający niewielkie pojęcie o pracy, którą mu zaoferowano, potrzebował u swego boku świetnego fachowca. Po przeprowadzeniu głębszych analiz wybór padł na Maćka, między innymi również dlatego, że nigdy nie uczestniczył w żadnym ruchu politycznym.

Można by powiedzieć, że obydwie rodziny podchodziły do tego, co się działo w owych gorących czasach, bardzo oportunistycznie. Ale tacy byli zawsze. Polityką nie interesowali się nigdy – ot, oglądali wiadomości w telewizji. Oczywiście denerwowało ich to i owo. Oczywiście, jak wszyscy, przeżyli gehennę pustych sklepów i kartek prawie na wszystko. Przeżyli też inflację i zmiany po 1989 roku. Ale nic strasznego im się nie stało i jakoś dali sobie radę. Najważniejsze, że byli zdrowi i… mieli co czytać. Nie byli i nie zamierzali być rycerzami, bohaterami, wojownikami. Byli i chcieli być zwykłymi ludźmi. Kropka.

Takich jak oni było wielu. Tak jak naprawdę niecały naród należał do partii, niecałe społeczeństwo zapisało się potem do „Solidarności" i nie wszyscy angażowali się w politykę.

Byli tacy, którzy po prostu tylko żyli. Niektórzy bardzo krytykowali taką postawę, inni z kolei uważali to za naturalne. Władek zawsze powtarzał: „Najważniejsze to być porządnym człowiekiem". A w jego rozumieniu znaczyło to, żeby nikomu nie zrobić krzywdy i nie ingerować bez potrzeby w czyjeś życie.

*

Czas strasznie szybko płynie. Bardzo odkrywcza myśl jak na niedoszłą pisarkę, prawda? Gdy tak myślę, czemu właściwie nie spróbowałam pisania, dochodzę do wniosku, że z lenistwa. Bo przecież nie mogę powiedzieć, że z braku czasu. Chociaż... w zasadzie... zawsze szkoda mi było czasu na robienie czegoś innego poza czytaniem książek. Tyle ich jeszcze jest do przeczytania. Zwłaszcza teraz, gdy już nie trzeba ich zdobywać, tylko wystarczy po prostu wejść do księgarni i kupić. Aż szkoda starych, dobrych czasów, bo jaka to była frajda, gdy się upolowało jakąś wymarzoną książkę. A cóż to za przyjemność po prostu wejść i kupić???

A propos upływu czasu – Karolina prawie kończy studia! Zupełnie nie mam pojęcia, gdzie się podziały te wszystkie lata. Jakoś je po prostu przeżywamy, istniejąc razem, a jednak obok siebie.

Już od piętnastu lat jestem żoną Olgierda. Nasze życie toczy się z dnia na dzień prawie identycznie. Dotarliśmy się, bo nie było powodów, żeby stało się inaczej.

Mało się w naszym życiu dzieje, co widać choćby po tym pamiętniku – brak wpisów to brak wydarzeń. Niestety. Choć czy ja wiem? Chyba nie oczekuję żadnych rewelacji i raczej ich nie chcę. Rozleniwiłam się i przyzwyczaiłam do zwykłego nudnego życia. Pracuję, czytam... i czego mi więcej trzeba?

Maćka cały czas mam we krwi, ale nic się nie może zmienić. Widujemy się często, bo jakżeż mogłoby być inaczej? Zastanawiam się ciągle – już od tylu lat – jakby to było, gdybym wcześniej – dużo wcześniej – zrozumiała, że moje uczucie do niego nie jest miłością do brata. Wydaje mi się, że to kolejna kpina losu, skierowana przeciwko mnie. Bo w zasadzie dzieje nasze – moje i Maćka – tak się układały, że nigdy nie mieliśmy czasu na jakieś bliższe wspólne relacje, bo albo ja, albo on właśnie z kimś się związaliśmy – z tym że on, można powiedzieć, mocniej, bo od razu się żenił... Chociaż w zasadzie z Grażyną to przecież ja go ożeniłam. Ale nie żałuję.

A zresztą, nieprawda, po co udawać – żałuję!!!

Jak cholera żałuję. Bo gdy pomyślę, że Karolina mogłaby być moją córką... Ale z drugiej strony, jak pomyślę, że Karoliny w ogóle mogłoby nie być... Bo jakoś tak mi wygląda, że ja chyba nie mogę mieć dzieci... Nigdy przecież specjalnie się nie zabezpieczałam, a żadna ciąża mi się nie trafiła.

Więc nie czas żałować róż... trzeba być dzielną i silną, nieprawdaż? Jestem szczęśliwa, że nikt się niczego nie domyśla. Chyba że Władek... Tak trochę podejrzewam, ale on przecież sam z siebie nie poruszy tego tematu. Prędzej by umarł.

I dobrze, niech tak zostanie.

Przecież radzę sobie już tyle lat, więc będę sobie radzić dalej. Jak ze wszystkim.

*

Karolina wybrała medycynę. W przyszłości chciała zostać okulistką. Fascynowały ją budowa i funkcjonowanie oka, tego bodaj najdelikatniejszego z ludzkich narządów. Ponieważ, „zarażona" przez Ewę, namiętnie czytała książki, chciała pomagać ludziom tracącym wzrok, gdyż niemożliwość czytania wydawała jej się czymś najgorszym, co człowiekowi może się przydarzyć. Była już na piątym roku i wiedziała, że przed nią jeszcze długa droga. Ostatni rok studiów, potem staż i kilka lat specjalizacji. Ale Karolina była wytrwała, a rodzice podtrzymywali ją w tym postanowieniu. Dopóki zarabiali nieźle, mogli sobie pozwolić na utrzymywanie córki tyle czasu, ile będzie trzeba. Linka uczyła się więc i to było dla niej najważniejsze. Miała, oczywiście, grono przyjaciół. Przewinęło się też paru chłopaków. Nie była już dziewicą, ale doświadczenie to miało raczej charakter eksperymentu. Nie okazało się jakoś szczególnie nieprzyjemne, nie było też wstrząsające. Ot, spróbowała, żeby mieć to za sobą jak wiele jej koleżanek. I tyle. Teraz nie spotykała się z nikim tak na poważnie. Szczerze mówiąc, studenci medycyny, którzy poważnie traktowali naukę, na trwalsze związki nie mieli czasu ani ochoty. Po prostu musieli – bo chcieli – się uczyć. Oczywiście, jak to młodzież, bawili się, wygłupiali, chodzili do kina i teatru, spotykali się w różnych miejscach. Ale najwięcej czasu pochłaniały im studia i chętnie się na to godzili.

Latem Karolina najczęściej wyjeżdżała ze swoją grupą przyjaciół w góry. Schodzili, można powiedzieć, całe Tatry, Karkonosze, Bieszczady.

Aż któregoś roku zaproponowała im:

– Jedźmy do Trójmiasta, ciągle tylko góry i góry. Morze też mamy, wiecie?

Właściwie prawie nie wiedzieli, bo rzeczywiście… tylko góry i góry. Ale pomysł Linki im się spodobał. Spakowali więc plecaki jak zwykle – i pojechali na kemping do Kamiennego Potoku.

I oczywiście wszyscy natychmiast zakochali się w Trójmieście. Karolina chodziła dumna, że ich namówiła na przyjazd nad morze. Trójmiasto znała przecież doskonale, kiedyś co roku spędzała tu wakacje z rodzicami albo z ciocią Ewą. Teraz więc prawie jak dyplomowany przewodnik oprowadzała przyjaciół po tych przepięknych miejscach. Najchętniej spacerowali po gdańskim Starym Mieście, najbardziej lubili pomnik Neptuna. Wędrowali sobie Długą i dalej Długim Targiem, podziwiali władcę mórz z jego wspaniałym trójzębem, a potem przechodzili Zieloną Bramą nad Motławę i szli wzdłuż rzeki, przysiadając po drodze w jakiejś kawiarence. Ta trasa nigdy im się nie znudziła, mogli przemierzać ją codziennie.

Obowiązkowym zwyczajem stało się poklepanie jednego z kamieni po prawej stronie Zielonej Bramy. Karolina, jako inicjatorka tych trójmiejskich wakacji, mianowała się przewodnikiem grupy i uważała za swój punkt honoru, że musi ich wszystkich zapoznać z historią miasta. Jeszcze przed wyjazdem wypożyczyła z biblioteki obszerny przewodnik po Trójmieście i teraz z zapałem przekazywała przyjaciołom wyczytaną wiedzę.

– Czy wiecie, że brama ta zastąpiła skromną Bramę Kogi? Teraz jest najokazalszą z bram Głównego Miasta. Miała być rezydencją polskich królów, jednak jakoś tak się nie stało. Zatrzymała się tu jedynie przejazdem, w 1646 roku, Maria Ludwika Gonzaga, przyszła żona Władysława IV, a później Jana Kazimierza. Nazwa „Zielona" w zasadzie nie jest do końca wyjaśniona. W zależności od źródeł jedni twierdzą, że pochodzi ona od zielonkawego kamienia, z którego zbudowany był pobliski most nad Motławą – inni, że od pokrytych zielonkawym nalotem rzeźb i od koloru pokrywających ściany bramy malowideł. I jeszcze tylko powiem wam – ciągnęła Karolina – że ta nasza ulubiona brama początkowo posiadała trzy przejścia, nad którymi zamieszczono herby Polski,

Prus Królewskich oraz Gdańska. Czwarte przejście przebito dopiero pod koniec dziewiętnastego wieku, umieszczając nad nim godło Prus.

Może i mówiłaby dalej, ale otrzymała rzęsiste oklaski, co przyjęła jako delikatną formę nacisku, by zakończyła popis swojej erudycji.

A jeszcze tylko chciała powiedzieć, że ogromna sala na pierwszym piętrze, o powierzchni trzystu metrów kwadratowych, była miejscem, gdzie gdańszczanie urządzali festyny, biesiady i przedstawienia teatralne. W dziewiętnastym wieku w Bramie znalazło siedzibę Towarzystwo Przyrodnicze. Po zakończeniu drugiej wojny światowej ocalały jedynie ściany zewnętrzne budynku.

Widząc jednak, że jej towarzystwo znacznie ją już wyprzedziło i lokuje się właśnie pod parasolami najbliższej kawiarni nad Motławą, pomyślała tylko: I tak im nie odpuszczę, przecież jutro przyjdziemy tu także, więc resztę opowiem jutro – i z przyjemnością sięgnęła po czyjeś stojące już na stoliku piwo w dużym kuflu. Musiała przecież przepłukać gardło.

Pogoda sprzyjała „grupie Karoliny", jak sami o sobie mówili, podśmiewając się lekko (ale tylko lekko) z funkcji „mamy kwoki", jaką sama na siebie nałożyła. Godziny poranne spędzali na plaży w Kamiennym Potoku, wylegując się za wszystkie czasy; poopalani więc byli wszyscy na czekoladowo.

Wakacje minęły za szybko, obiecali sobie, że nie są tu po raz ostatni. Na przyszły rok umawiać się nie mogli, będą właśnie kończyć studia, zdawać ostatnie egzaminy, szukać miejsc na staż. Ale że spotkają się jeszcze – i to nie raz – w Trójmieście – w to nie wątpili.

*

Po powrocie z wakacji Karolina wróciła do nauki i życie zaczęło się toczyć zwykłym torem.

Jednak pewnego styczniowego dnia 1996 roku wszystko legło w gruzach.

Gdy wyszła z zajęć, zobaczyła na ulicy ojca. Stał z ciocią Ewą, która płakała i płakała, nie zwracając uwagi na gapiących się na nią ludzi.

Karolina podbiegła do nich, potrącając po drodze przechodniów, z czego w ogóle nie zdawała sobie sprawy.

– Ciociu, co się stało? – zapytała, obejmując i ściskając Ewę z całej siły. – Dlaczego tak okropnie płaczesz?

Spojrzała na ojca i przeraziła się jeszcze bardziej, bo jemu też łzy płynęły po twarzy.

– Chodźmy, tam jest ławka. – Pociągnęła ich oboje. – Natychmiast powiedzcie mi, co się stało, bo zaraz zemdleję. Coś z mamą, tak?

Owszem, stało się coś z jej mamą. O wpół do pierwszej sekretarka wtargnęła do gabinetu dyrektora Zielińskiego w trakcie ważnej narady. Wszyscy patrzyli na nią ze zdumieniem, bo nic podobnego nigdy się nie wydarzyło. Narady były święte.

– Panie dyrektorze – wyszeptała pani Ania, chwiejąc się na nogach. – Przepraszam, że przeszkadzam, ale ma pan pilny telefon ze szpitala na Solcu.

– Karolina? – zapytał tylko, blednąc gwałtownie. Nie słuchał odpowiedzi, tylko pobiegł do telefonu. Nie chciał rozmawiać w gabinecie.

Pani Ania, czując, że nogi się pod nią uginają, usiadła na najbliższym krześle, które zresztą ktoś jej skwapliwie podsunął. Wszystkie oczy były w nią wpatrzone. Zdając sobie sprawę, że ta straszna wiadomość i tak zaraz się rozejdzie, powiedziała drewnianym głosem:

– Pani Grażyna, żona dyrektora, wpadła pod autobus. Zginęła na miejscu. – I zaczęła szlochać.

Nikt z siedzących za stołem konferencyjnym nie drgnął. Jednak po chwili pan Bolek, asystent Maćka, zerwał się i wypadł z gabinetu. Słuchawka telefonu zwisała, kołysząc się na sznurze, a dyrektora nie było. Asystent wyjrzał przez okno sekretariatu i zobaczył, jak Maciek wsiada do jednego z samochodów służbowych stojących przed głównym wejściem do ministerstwa. Na miejscu kierowcy na szczęście siedział ktoś inny. Kto, tego pan Bolek nie widział, zbiegł więc szybko na dziedziniec i porozmawiał ze stojącymi tam kierowcami.

Okazało się, że zszokowany, półprzytomny z bólu Maciek usiłował odebrać kluczyki kierowcy wiceprezesa – ale gdy inni kierowcy wypytali się, o co chodzi, i gdy się dowiedzieli, dokąd chce jechać dyrektor Zieliński, jeden z nich zadzwonił do sekretarki wiceprezesa, która natychmiast przekazała polecenie swojego szefa, żeby zawieźć dyrektora do szpitala i pod żadnym pozorem nie pozwolić, by sam usiadł za kierownicą jakiegokolwiek samochodu, nawet jego własnego, który zresztą stał na dziedzińcu parę metrów dalej. Maciek jednak w ogóle nie wiedział, co robi. Wiedział tylko, że musi jak najprędzej dostać się do szpitala na Solcu, bo tam jest Grażyna. Tego, że jego żona już nie żyje, nie dopuszczał do świadomości.

Niestety, nie dosyć, że jednak musiał uznać ten fakt, to jeszcze czekała go koszmarna procedura identyfikacji ciała.

Po tym wszystkim mógł zrobić tylko jedno – zadzwonił do Ewy. Siedział na ławce przed szpitalem i nic nie widział ani nie słyszał. Po twarzy ciekły mu łzy, ale nie zdawał sobie z tego sprawy. Ludzie spoglądali na niego ze współczuciem – wiadomo, że jak ktoś płacze pod szpitalem, to znaczy, że stało się coś bardzo złego.

– Maciek, coś ty mi przed chwilą powiedział? – Ewa dopadła do niego i potrząsała nim jak bezwładną kukłą.

– Leży tam, w kostnicy, połamana i poraniona. Nie żyje. Musiałem ją ziden... ziden... zidentyfikować – wychrypiał Maciek, łapiąc ją za rękę i ściskając z całej siły. Aż ją zabolało, ale nie zwracała na to uwagi.

– O matko święta, a Karolina? Karolina wie?

– Nie, no skąd. Przecież jest na uczelni. Kończy dzisiaj o czwartej. Pojedziesz ze mną? – Wstał jak automat i podszedł do samochodu, w którym czekał kierowca wiceprezesa.

– Panie Jurku, dziękuję, już sobie poradzę. Niech pan wraca i podziękuje w moim imieniu panu prezesowi. Siostra przyjechała, weźmiemy taksówkę i zawiadomimy moją córkę. Ona przecież jeszcze nic nie wie.

– Panie dyrektorze, żadną taksówkę – odpowiedział pan Jurek. – Nie mogę pana tu zostawić, nie ma mowy. Jakby prezes się dowiedział, to by mi głowę urwał. Polecił, żebym przez cały dzień był do pana dyspozycji. Więc niech państwo wsiadają i proszę mi powiedzieć, gdzie mam jechać.

Tak więc przyjechali pod akademię i odszukali Karolinę. Ewa objęła ją, jak mogła najmocniej.

– Najlepiej powiem ci od razu, Linuśka. Mama nie żyje. Wpadła pod autobus i zginęła na miejscu. Natychmiast.

– Wyszła z pracy – próbował wyjaśniać Maciek, który rozmawiał już przez telefon z koleżankami Grażyny. – Były czyjeś imieniny i zapomniały kupić kwiaty. Żadnej nie chciało się wychodzić, więc ciągnęły zapałki. Wypadło na mamę. No i pobiegła, chciała załatwić to jak najprędzej.

– Ciociu – odezwała się Karolina – to nie może być prawda. Przecież gdyby mama nie żyła, płakałabym jak wy, a zobacz – ja w ogóle nie mogę płakać.

– Prawda, córeńko, tatuś już widział mamę, musiał ją zidentyfikować w kostnicy.

– Co my zrobimy? – szepnęła Karolina. – Jak ja będę żyć?

– Teraz pojedziemy do domu, ja jadę z wami. Nie masz nic przeciw temu? – spytała Ewa Maćka.

– Nie, no skąd, nawet cię chciałem o to prosić.

Pan Jurek odwiózł więc wszystkich na Pragę i tam dał się już zwolnić.

– Proszę bardzo podziękować prezesowi – powiedział Maciek. – I przekazać, że będę prosił o kilka dni urlopu. Formalności załatwię po powrocie do pracy. I panu też bardzo dziękuję, panie Jurku. – Kierowca tylko kiwnął głową i odjechał.

*

Pogrzeb odbył się na Powązkach Wojskowych. Maciek miał tam grób matki, mógł więc w nim pochować Grażynę. Akurat zostawało jeszcze jedno miejsce, jak myślał – dla niego.

Ewa też miała wszystkich swoich zmarłych na tym cmentarzu.

Mszę odprawiono w kościele Świętego Jozafata przy Powązkowskiej – na usilną prośbę rodziców Grażyny, którzy chyba nie przeżyliby świeckiego pogrzebu. Maciek więc zrobił to dla nich, wiedząc, że Grażyna by się zgodziła, bo bardzo kochała rodziców.

Matka Grażyny, ciężko chora na serce, nie mogła uwierzyć, że uczestniczy w pogrzebie swojej córki. To przecież jej lekarze nie dawali żadnej nadziei. A ona żyła, jakby na przekór wszystkim diagnozom...

Po ceremonii wszyscy pojechali na Pragę i po prostu siedzieli, patrząc przed siebie. Nie wiedzieli, co mają teraz robić, nie wiedzieli, do czego się zabrać. Ewie po prostu pękało serce z żalu, gdy patrzyła na rozpacz dwóch najbardziej ukochanych osób. Ona sama straciła najwierniejszą i najlepszą na świecie przyjaciółkę. Jak to dobrze, że udało jej się ukryć miłość do Maćka; jeśli nawet Grażyna miała jakieś podejrzenia, to przeszło dwadzieścia lat temu. Po urodzeniu Karolinki i ślubie Ewy z Olgierdem już żadnych – prawdziwych czy urojonych – podejrzeń mieć nie mogła. Ewa była teraz z siebie bardzo dumna.

– Wiesz co, Ewuniu? – Olgierd wiercił się w fotelu, nie mogąc znieść tej nieruchomej ciszy, która ogarnęła całe mieszkanie. – Popatrz, twoje mieszkanie na Bielanach już trzy miesiące stoi puste, od kiedy mój asystent się wyprowadził. A oni tu nie mają żadnych wygód. Poza tym tutaj wszystko będzie Karolinie i Maćkowi przypominać Grażynę i pogłębiać rozpacz obojga. Więc może przeprowadziliby się na Bielany, a to mieszkanie niech w ogóle zwrócą kwaterunkowi, bo nawet nie warto się starać o jego wykup. Tam im będzie dużo wygodniej, zapłacą tylko czynsz i inne świadczenia, a my będziemy mieli pewność, że nam się nie właduje jakiś dziki lokator.

Pomysł Olgierda wszyscy uznali za bardzo dobry. Karolina nawet od razu, sztucznie ożywiona, zaczęła wirtualnie urządzać swój pokój.

– Może już dzisiaj tam pojedziemy. Mam czystą pościel i prześpię się z Linką na kanapie w dużym pokoju, a Maćka zainstalujemy w małym. A ty, kochanie – Ewa zwróciła się do Olgierda – wracaj do domu, bo przecież jutro musisz iść do pracy. Ja sobie załatwię parę dni wolnego i pojeżdżę jutro z Maćkiem, żeby pozałatwiać wszystkie formalności.

– Dobrze – zgodził się Olgierd – pojadę do domu, bo na Bielanach już się nie zmieszczę. Ale też sobie załatwię parę dni wolnego i przyjadę po was rano. Maciek jest jeszcze w zbyt dużym szoku, żeby prowadzić samochód. Jedna tragedia wystarczy. Macie na mnie czekać, będę przed dziewiątą, dobrze?

Ewa spojrzała na Maćka, który w trakcie tych wszystkich negocjacji i podejmowania decyzji o jego i Karoliny przyszłym życiu w ogóle się nie odezwał. Siedział w fotelu jak zombi, aż Linka trochę się wystraszyła.

– Tatusiu – dotknęła go delikatnie ręką. – Nie wypiłeś w ogóle herbaty. I czy ty w ogóle słyszysz, o czym rozmawiamy? Co ty na to? Bo mnie się ten pomysł bardzo podoba. Szczególnie że na Bielanach jest balkon – wymyśliła pierwszy lepszy argument „za", jaki jej przyszedł do głowy.

– Słyszę, kochanie – odpowiedział Maciek. – I na wszystko się zgadzam. Ewa zawsze miała dobre pomysły.

– To jedziemy. – Olgierd zerwał się z fotela, zadowolony, że może się wyrwać z tego domu żałoby.

Ewa wyjęła z szafy ciemny garnitur i trzy białe koszule dla Maćka. I jakiś ciemny krawat. Poszła z Linką do jej pokoju i też zapakowały dla niej kilka ciemnych rzeczy.

O reszcie będą myśleć później.

Najpierw jednak Olgierd zawiózł rodzinę Grażyny na dworzec. Rodzice nie chcieli zostać w Warszawie, znienawidzili miasto, które zabiło im córkę. Chcieli jak najprędzej stąd wyjechać. Wyjechała także siostra Grażyny z mężem, bo przecież dzieci zostały z kuzynką w Bydgoszczy.

Potem Olgierd wrócił na Pragę i zabrał Maćka, Karolinę i Ewę na Bielany. Sam wrócił do domu. Z całego serca współczuł Maćkowi. Nie umiał sobie nawet wyobrazić, jakby się czuł, gdyby to Ewa zginęła. Nie był wierzący, ale w momencie, gdy przyszła mu do głowy ta myśl, wzniósł oczy do góry i wyszeptał: „Panie Boże, proszę…". Sądził, że jeśli Bóg istnieje, to doskonale wie, o co on prosi.

Następnego dnia rano Olgierd przyjechał po nich na Bielany. Mieszkanie Ewy przynajmniej na jakiś czas miało być teraz mieszkaniem Maćka i Karoliny. Maciek musiał pozałatwiać przykre formalności w ZUS-ie, w banku, u Grażyny w pracy. Ewa towarzyszyła mu krok po kroku, gdyż sam nie wiedziałby nawet, w którą stronę iść.

Karolina pojechała na uczelnię, bo chciała czymś zająć umysł. Nie chciała jechać z ojcem, nie mogła zostać sama w domu.

Gdy Maciek przebrnął już przez wszystko, Ewa poprosiła Olgierda:

– Odwieź go teraz na Bielany i jedź do domu, ja wrócę za jakąś godzinę, mam jeszcze jedną sprawę do załatwienia.

Olgierd nie pytał, o co chodzi – bo widział, że i tak na razie nic mu nie powie, skinął więc tylko głową.

Ewa pojechała na plac Trzech Krzyży i weszła do kościoła Świętego Aleksandra. Nie była tu chyba od 1960 roku, to jest odkąd wyjechała do Bydgoszczy. Dawniej była to jej parafia. Jej i całej rodziny. Tu została ochrzczona, tu szła do pierwszej komunii, tu przyjęła sakrament bierzmowania.

Po powrocie do Warszawy nawet nie zajrzała do tego kościoła, w ogóle przecież do kościołów nie chodziła – chyba że na czyjś ślub lub pogrzeb.

Usiadła teraz na ławce w jednym z tylnych rzędów. W kościele było dosłownie kilka osób, które modliły się po cichutku w sobie tylko wiadomych intencjach. Ewa modlić się nie zamierzała. Rozejrzała się dookoła. Kościół był piękny, okrągły, z korynckimi kolumnami. Nie zmienił się, wydawał się tylko jakby mniejszy, niż go pamiętała. W dalszym ciągu były trzy ołtarze, ale Ewa wpatrywała się w ten główny, z obrazem Jezusa na krzyżu. Przyszła tu pokłócić się z Panem Bogiem.

– No i co, Panie Boże? – spytała. – W dalszym ciągu będziesz udawał, że istniejesz? Że jesteś taki wielki, mądry i sprawiedliwy? Kogo jeszcze mi odbierzesz? Jeszcze ci mało? To ma być takie dobre i wspaniałe z twojej strony? Jeśli jednak istniejesz, to chcę, żebyś wiedział, że Cię nienawidzę i tej woli Twojej, jaka ona jest, pojąć nie mogę! Cóż ja Ci takiego zrobiłam, że się tak na mnie uwziąłeś?

I dopiero tam, w bocznej ławce ostatniego rzędu, tak naprawdę zaczęła płakać po Grażynie; z żalu, z bezgranicznej rozpaczy. Podczas pogrzebu, nie uroniła ani jednej łzy, a teraz płakała i płakała, i przestać nie mogła.

– Gdzie byłaś? – zapytał Olgierd, gdy wróciła do domu.

– To była moja bardzo osobista sprawa – odpowiedziała Ewa, a on, widząc jej czerwone oczy i zapuchniętą od płaczu twarz, o nic już nie pytał.

*

Minęło parę lat bez wklejania zdjęć do tego pamiętnika. Wklejam tu przecież zdjęcia tylko tych, których już w moim życiu nie ma. Wiedziałam, że pewnie kilka następnych zdjęć kiedyś tu przybędzie – statystycznie rzecz biorąc, jest jeszcze na świecie parę osób starszych ode mnie. Choćby Władek, który niechaj żyje jak najdłużej, jednak ma już osiemdziesiąt sześć lat.

Ale zdjęcie Grażyny? Teraz? Przecież ona nie skończyła jeszcze czterdziestu ośmiu lat...

Jak teraz żyć? Jak dadzą sobie radę Maciek i Karolina? Jak ja powinnam się zachowywać? Nie mam pojęcia, jak sobie z tym poradzę. Nie chodzi tylko o to, że ta śmierć była taka niepotrzebna i głupia. Chodzi o to, że...

Zazdrościłam Grażynie.

Maćka.

I Karoliny.

Mam tylko nadzieję, że Pan Bóg nie pomyślał sobie, że wyświadczy mi przysługę...

Rozdział 20

Długo trwało, zanim życie obu rodzin odzyskało dawny rytm. Karolina wkrótce kończyła studia, pracowała więc bardzo dużo. O żadnych rozrywkach nawet nie chciała myśleć. Czasami tylko szła z grupą swoich najbliższych przyjaciół do ich ulubionego baru mlecznego na Nowym Świecie, a potem spacerowali razem po Starym Mieście. Zmuszała się do tych spotkań, bo wiedziała, że życie toczy się dalej. Rozpacz nadal tkwiła w niej głęboko, ale dziewczyna starała się jej nie okazywać. Ukryła ją na dnie serca i starała się być dzielna i silna, biorąc przykład z cioci Ewy, która mówiła jej o swojej życiowej dewizie.

– Wiesz ciociu – powiedziała kiedyś do Ewy – gdyby nie ty, nie dałabym sobie chyba rady. A z drugiej strony, nie obraź się za to, ale jakoś mi się wydaje, że nie powinnam cię kochać aż tak bardzo, bo mam wrażenie, jakbym przez to ujmowała coś pamięci mamy. Mamę bardzo kochałam, ale mając ciebie, mniej cierpię po jej śmierci. Tylko że zamiast cieszyć się z tego, jakoś źle się z tym czuję.

– Karolino – Ewa zwróciła się do niej tak, jak na ogół do niej nie mówiła. Zawsze nazywała ją zdrobnieniem wymyślonym przez Grażynę. Teraz widocznie jednak uznała, że sytuacja wymaga dorosłego imienia. – Przestań, proszę. Zawsze byłaś dla mnie jak córka i twoja mama o tym wiedziała. Cieszyła się z tego, bo – jak wiesz – byłyśmy sobie bardzo bliskie. Nie sądzę, żebyś kochając mnie, profanowała czy jakoś umniejszała miłość do swojej matki. O twojej mamie będziemy pamiętać wszyscy, zawsze, ale życie toczy się dalej i chyba nie muszę ci tu robić wykładu z psychologii, bo przecież studiujesz medycynę – zażartowała, czując się jakoś zdenerwowana tą rozmową.

– Wiem, ciociu, wiem – przytuliła ją Linka (przy cioci Karolina zdecydowanie bardziej czuła się Linką niż Karoliną i chciała, żeby tak pozostało). – Tylko raz to powiedziałam, od tej chwili jestem silna i dzielna jak ty. Okay? – uśmiechnęła się, mrugając do Ewy.

– Okay – zgodziła się ciocia.

I tak pozostało. Karolina na smutek pozwalała sobie najwyżej wieczorem, w łóżku, w ciągu dnia swojego żalu nie okazywała.

Zaczęła nawet spotykać się z kolegą ze szpitala przy Wołoskiej, w którym to szpitalu starała się o staż.

Adam Tuszyński chciał zostać pediatrą, bardzo lubił dzieci i jeszcze przed studiami postanowił sobie, że będzie robił wszystko, żeby pomagać im w zwalczaniu chorób i cierpień, na jakie mogą być w życiu narażone. Pracował w szpitalu już trzeci rok i niedługo miał robić specjalizację. Spotkali się przypadkowo w windzie i musiał wysiąść tam, gdzie jechała Karolina, bo jakimś dziwnym sposobem jej torebka zaczepiła się o guzik jego lekarskiego kitla – tak że dziewczyna po prostu wyciągnęła go za sobą z tej windy.

– O kurczę, zawsze pani tak podrywa – o, przepraszam – porywa facetów? – zapytał z uśmiechem, wyplątując się z paska jej torebki. Pasek był z metalowych kółek i zahaczył się całkiem mocno.

– Bardzo przepraszam, w ogóle nie podrywam facetów, a porwać jakiegoś zdarzyło mi się pierwszy raz – odpowiedziała Karolina, przekładając nieszczęsną torebkę na drugie ramię. – Czy bardzo panu zakłóciłam harmonogram dnia, panie doktorze? – zwróciła się do niego oficjalnie jak do poważnego lekarza, był bowiem w białym fartuchu i miał na szyi słuchawki.

– Na szczęście zostało mi pół godziny przerwy, jechałem właśnie do barku na kawę – odpowiedział. – Może poszłaby pani ze mną w ramach rekompensaty za to porwanie?

– A zawsze chodzi pan na kawę ze słuchawkami na szyi?

– Pewnie! Wie pani, jakie to robi wrażenie na odwiedzających? Przecież to mnie pani porwała, choć winda była pełna ludzi.

I tak właśnie się poznali. Spotykali się już kilka miesięcy, dobrze im było ze sobą, ale żadnych poważnych planów jeszcze nie robili, choć Karolinie niejednokrotnie przebiegały przez głowę tego typu myśli. Szczególnie podczas rozmów z ciocią Ewą, która Adama bardzo polubiła. Zresztą lubili go wszyscy: i Maciek, i Olgierd, i Władek, a także grono najbliższych przyjaciół Karoliny. Adam po prostu był dobrym człowiekiem, zawsze skłonnym do pomocy i właściwie bezkonfliktowym, choć swojego zdania potrafił bronić z wielkim zapałem, niejednokrotnie przeciwko wszystkim.

Mieszkał przy ulicy Woronicza, w pobliżu szpitala, gdzie pracował. Miał własnościowe mieszkanie, które odziedziczył po dziadkach. Choć trzypokojowe, było jednak niewielkie. Można je było wszakże urządzić tak, żeby jeden pokój przeznaczyć na gabinet lekarski, co Adam zamierzał uczynić po zrobieniu specjalizacji. Gdyby wszystko dobrze poszło, ukończyłby ją w 1998 roku.

Adam pokochał Karolinę niemal od pierwszego wejrzenia. Cenił jej pracowitość, odpowiedzialność, przywiązanie do rodziny. Polubił bardzo jej bliskich, a także dwie siostry Olgierda, z którymi spotykali się od czasu do czasu – ot, tak dla przyjemności, bez żadnych szczególnych okazji. Choć z okazji „okazji" oczywiście także.

„Dziewczyny Olgierda", jak je nazywali z Karoliną – oczywiście z całym szacunkiem – były bardzo towarzyskie, wesołe i sympatyczne. Ponieważ w rodzinie Gromieniów już od dawna nie było żadnych dzieci, Helena z Miłką uznały Karolinę za swoją córkę i tak ją traktowały. Adama przyjęły do swojego grona bez zastrzeżeń i bez szczególnego „obwąchiwania". Umawiali się często na brydża, bo „dziewczyny" były namiętnymi brydżystkami i choć ich umiejętności w tej dziedzinie nie były rewelacyjne, grali sobie przecież dla przyjemności. Poza tym i Helena, i Miłka były bardzo dumne ze swoich mieszkanek i bardzo chętnie zapraszały gości, szczególnie tych, którzy chwalili ich umeblowanie. A umeblowanie było bardzo funkcjonalne i ładne, więc i Karolina, i Adam zachwycali się nim za każdym razem równie gorąco. Ludmiła pomogła siostrze wybrać kilka obrazów, więc w mieszkaniu Heleny ściany już nie były puste. I tylko tymi obrazami ich mieszkania różniły się od siebie.

*

W marcu 1996 roku Władek miał dość rozległy zawał serca. Zdążył wezwać pogotowie i zadzwonił do sąsiadów, a potem upadł pod ich drzwiami. Wyszeptał jeszcze tylko, że karetka już jedzie, i stracił przytomność. Sąsiedzi, mieszkający obok Władka prawie trzydzieści lat, byli z nim bardzo zaprzyjaźnieni, miał więc do nich zaufanie. Oczywiście wypytali załogę karetki, do którego szpitala zostanie zawieziony, i dowiedzieli się, że jadą na Lindleya.

Zamknęli więc mieszkanie Władka – klucze zawsze wisiały na wieszaku w przedpokoju – i zadzwonili do Ewy, której numer Władek przezornie – jeszcze kiedyś – zapisał im w kalendarzyku.

Ewa natychmiast pojechała do szpitala, ale Władek leżał na Oddziale Intensywnej Opieki Medycznej i po kilku godzinach od przyjęcia go lekarze nie chcieli jeszcze podać żadnej diagnozy. Powiedzieli tylko, że jest „ustabilizowany", a co będzie dalej, pokażą najbliższe dni. Przewidywali, że co najmniej przez trzy dni pozostanie na tym oddziale, gdzie w zasadzie nie wolno odwiedzać chorych, natomiast Ewa może się dowiadywać o stan zdrowia kuzyna telefonicznie.

Zawał okazał się bardzo ciężki, ale lekarze jakoś dali sobie z nim radę. Władek przez miesiąc leżał w klinice przy Lindleya, a potem kolejny miesiąc spędził na rehabilitacji w Aninie. W końcu wrócił do domu. Lekarze uprzedzili Ewę, że wprawdzie jego serce zostało podreperowane, ale w tym wieku – Władek miał już osiemdziesiąt sześć lat – uszkodzenia po zawale i związana

248

z tym niewydolność serca są dość znaczne i pacjent w zasadzie wymaga stałej opieki. Nie wolno mu się męczyć ani denerwować i powinien się odpowiednio odżywiać. Ewa, która Władka bardzo kochała i była z nim mocno związana, uznała opiekę nad chorym za swoją powinność. Było to dla niej po prostu naturalne, Władek to jej krewny i tyle. Ku wielkiemu niezadowoleniu Olgierda wprowadziła się do małego pokoju w mieszkaniu Władka i po prostu tam zamieszkała. Robiła mu zakupy, gotowała, prała, chodziła z nim na spacery. Telefonowała do niego po kilka razy z banku, a zaraz po pracy biegła do niego, gdyż miała bardzo blisko.

Do domu zaglądała raz w tygodniu, by sprawdzić, czy wszystko w porządku. Powoli zaczęła sobie coraz jaśniej uzmysławiać, że właściwie nie powinna była wychodzić za mąż za Olgierda. Chyba jednak nigdy go nie kochała, chciała tylko jak najmocniej odgrodzić się od Maćka. A on przeżywał teraz samotnie żałobę po żonie. Karolina też przeżywała śmierć mamy, ale tak naprawdę miała zawsze dwie matki, drugą była Ewa. Więc u Ewy znajdowała teraz pocieszenie. Maciek natomiast odsunął się od wszystkich i Ewa na razie postanowiła to uszanować, nie narzucała się więc ze swoim współczuciem i empatią. Oczywiście, spotykali się czasami, jednak dość rzadko, a teraz, gdy Ewa wzięła na siebie opiekę nad kuzynem, te spotkania stały się jeszcze rzadsze.

Olgierd dostawał szału i żądał od niej, żeby wreszcie zrobiła coś z tym Władkiem.

– A co proponujesz? – pytała. – Czy mam mu poszukać domu opieki? Albo może zatrudnić całodobową pielęgniarkę? Jak ty w ogóle możesz mówić coś takiego? – Nie rozumiała tego. – Przecież to mój najbliższy krewny, on nie ma nikogo poza mną. Przynajmniej w Warszawie. Przecież ciocia Alicja i wujek Olek z Bydgoszczy sami są już bardzo starzy. I całe szczęście, że jeszcze cieszą się niezłym zdrowiem, choć wujek ma dwa lata więcej niż Władek, a ciocia jest już po siedemdziesiątce.

– No, to może jeszcze do Bydgoszczy pojedziesz, żeby się nimi opiekować, jak im się zdrowie pogorszy? – zapytał z przekąsem wściekły Olgierd.

– Olgierd, co ci się stało, przecież ty wcale taki nie jesteś, więc nie rób z siebie potwora – odparła zdziwiona Ewa.

– Bo niby mam żonę, ale na przychodne, i nie wiem, jak długo jeszcze wytrzymam.

– Nic na to nie poradzę, a Władka nie zostawię i nawet niech ci nie przychodzi do głowy, żeby mi mówić cokolwiek o jakimś domu opieki – powiedziała. – A jak nie wytrzymasz, to przecież zawsze możemy się rozwieść. I znajdziesz sobie lepszą żonę. – Trzasnęła drzwiami i wyszła.

– Kto wie? – wrzasnął za nią Olgierd, jednak nie był pewny, czy usłyszała.

Ewa usłyszała, ale mało ją to obeszło. Była skłonna rozwieść się nawet w tej chwili. Zrozumiała, jak niewiele Olgierd dla niej znaczył. Dzieci nie mieli, więc właściwie cóż ich łączyło?

Z Władkiem przynajmniej mieli o czym rozmawiać, zaczęli się interesować polityką, oczywiście tylko biernie, ale oglądali różne programy i zawsze mieli podobne zdania o wszystkich wydarzeniach. Władek też dużo czytał, a teraz wreszcie miał na to więcej czasu. Uwielbiał powieści sensacyjne i kryminały – i „zaraził" tą swoją pasją Ewę. Wyrywali więc sobie książki Sidneya Sheldona, Jeffreya Archera, Johna Grishama, Davida Morrella,

Roberta Ludluma, Kena Folleta i innych. Wszystkie im się podobały i rozmawiali sobie potem o nich, grając w grę „wymyśl inne zakończenie". Tu z reguły wygrywała Ewa, która miała bogatszą wyobraźnię. Szalenie ich to bawiło i obydwoje to uwielbiali.

Jej mąż wytrzymał rok i wniósł pozew o rozwód. Ewa przyjęła z ulgą jego decyzję i rozwód przebiegł bezproblemowo. Mieszkanie na Sobieskiego należało do Olgierda, jako jeszcze przedmałżeńskie, stanowiło więc jego majątek wyodrębniony. Z kolei majątkiem wyodrębnionym Ewy było jej mieszkanie na Bielanach, co notarialnie potwierdził Olgierd, gdy Ewa wykupywała je na własność. Więc właściwie nie było żadnego podziału majątku, zresztą dorabianie się w ogóle nie leżało w ich charakterach. Nawet żadnej działki nie kupili, chociaż zamierzali to zrobić, ale tak się składało, że nigdy nie mieli dość czasu – albo energii – żeby poważnie zacząć szukać czegoś odpowiedniego.

*

Dwa miesiące po rozwodzie Ewy zmarł Władek. Rano, jeszcze zanim wyszła do pracy, źle się poczuł, miał duszności i bóle w klatce piersiowej. Ewa natychmiast wezwała pogotowie i zadzwoniła do banku, że nie przyjdzie.

Niestety – był to drugi zawał. Władek umarł w szpitalu dwie godziny po przyjęciu na Oddział Intensywnej Opieki Kardiologicznej. Mimo wielkich wysiłków lekarze nic już nie mogli zrobić.

Po telefonie ze szpitala Ewa nie mogła się pozbierać. Wiedziała, co musi robić, jakie załatwiać formalności, ale zamiast zająć się czymkolwiek, po prostu siedziała w mieszkaniu Władka i płakała.

Zmobilizowała się w końcu i zadzwoniła do Maćka, który przyjechał, jak tylko mógł najprędzej.

Znowu razem przeszli tę samą ponurą ścieżkę, załatwiając wszystkie formalności, które załatwiali rok temu po tragicznej śmierci Grażyny.

Po pogrzebie Ewa miała mnóstwo spraw na głowie. Zmarły zostawił testament i ustanowił ją jedyną spadkobierczynią. Ciocia Ala Kotwiczowa, która poprzez swojego ojca była kuzynką Władka, na wszelki wypadek napisała u notariusza w Bydgoszczy oświadczenie, że zrzeka się na rzecz Ewy wszelkich ewentualnie przypadających jej praw do spadku. Ewa złożyła więc w sądzie odpowiedni wniosek. Wiedziała, że to nieco potrwa, ale poszła do spółdzielni mieszkaniowej, napisała – jak jej tam poradzono – pismo, że na mocy testamentu będzie teraz właścicielką mieszkania stanowiącego, do chwili śmierci, własność Władysława Dunińskiego i że zobowiązuje się do opłacania czynszu i wszelkich należnych świadczeń, a po uzyskaniu postanowienia sądu przedłoży je w spółdzielni w celu załatwienia spraw związanych z przepisaniem na nią tytułu własności.

Wielką przykrością było dla niej spakowanie wszystkich rzeczy Władka i przekazanie ich jakiemuś znalezionemu przez Maćka schronisku dla bezdomnych.

Gdy porządkowała papiery Władka, niepotrzebne wyrzucając, a część zachowując jako pamiątki, znalazła dużą, wypchaną kopertę z napisem „Ewuniu, to dla Ciebie". Zanim ją otworzyła, znowu łzy popłynęły jej z oczu.

Płakała i płakała, nie mogąc przestać. Przypominała sobie wszystkie ostatnie chwile spędzone z Władkiem. Miała wyrzuty sumienia, że nie zrobiła tego albo tego. Wyrzucała sobie, że może należało go zmusić do zrobienia jakichś wcześniejszych badań, choć był pod opieką kardiologiczną świetnej lekarki, z tytułem doktora, i robił – na jej polecenie – przeróżne badania co trzy miesiące.

Gdy tak siedziała i płakała, zadzwonił Maciek, który właśnie wychodził z pracy i zameldował, że zaraz u niej będzie.

– Płaczesz, tak? – zapytał.

– Już nie. – Wytarła nos i westchnęła. – Ale dobrze, że przyjdziesz, bo znalazłam coś, co chciałabym obejrzeć dopiero z tobą.

– Dobrze, zaraz będę. – Maciek miał z pracy do wieżowca na ścianie wschodniej naprawdę bardzo blisko.

Gdy przyszedł, zrobiła kawę, a potem usiedli obok siebie na kanapie, zostawiając tę kawę na stole, i Ewa pokazała Maćkowi znalezioną kopertę.

– Otwórz to, bo ja nie mogę – poprosiła.

W środku była zapisana kartka i druga koperta.

– Czytać? – zapytał Maciek.

– Tak, proszę – szepnęła.

Kochana Ewuniu! Jeśli to czytasz, to znaczy, że mnie już nie ma wśród żywych. Wyobrażam sobie, że Ci smutno, ale nie płacz, proszę. Żyłem już dość długo na tym świecie, a przecież każde życie musi się kiedyś skończyć. Wiesz, że ja zawsze byłem człowiekiem wierzącym, więc pisząc te słowa, mam pewność, że coś tam jeszcze istnieje po śmierci. I nawet jeśli Ty w to nie wierzysz, niech Cię uspokaja myśl, że ja w tej pewności znajduję pociechę.

W tej brązowej kopercie znajdziesz moje oszczędności, które niedawno wyjąłem z banków, żebyś nie miała kłopotu z ich odzyskaniem. I tak pewnie będziesz musiała zapłacić spory podatek za odziedziczone mieszkanie, więc niech Ci te pieniądze na to posłużą. To, co zostanie, przeznacz na realizację jakiegoś swojego marzenia, choćby było najmniej rozsądne. Chcę, żebyś pamiętała, że to ja właśnie przyczyniłem się do spełnienia tego Twojego marzenia.

I życzę Ci, moja kochana, żebyś jeszcze była w życiu szczęśliwa. Wierzę, że tak będzie. Nie opłakuj mnie, bo mnie już jest dobrze. Będę Cię strzegł, pamiętaj o tym.

I bardzo Ci dziękuję za dobre serce i całą Twoją opiekę nade mną. Byłaś dla mnie jak najlepsza córka.

Twój Władek

Ewa płakała cichutko, Maciek też miał łzy w oczach. Przytulił ją serdecznie i trwali tak długą chwilę.

W brązowej kopercie była dość spora suma – w złotych polskich i w dolarach. A także kilka złotych monet numizmatycznych, bardzo cennych z uwagi na ich wartość kolekcjonerską. Dla Ewy po prostu majątek. Wiedziała, że Władek zarabiał dość dobrze, poza pracą w szpitalu prowadził jeszcze prywatną praktykę. W zasadzie nie miał na co wydawać pieniędzy. Samochód sprzedał kilka lat temu, bo prowadzenie auta nie sprawiało mu już przyjemności, poza tym nie czuł się na tyle sprawny, żeby wierzyć w swój refleks, nie chciał więc narażać siebie i innych na ewentualny wypadek.

Pozałatwiała więc wszystkie sprawy spadkowe i inne formalności i rozlokowała się na stałe w mieszkaniu Władka. Już teraz – w jej mieszkaniu.

Zaczęła znowu częściej spotykać się z Maćkiem. W czasie choroby Władka prawie się nie widywali, bo Ewa nie chciała wychodzić na dłużej i zostawiać go samego. Raz w miesiącu tylko zapraszała Maćka i Karolinę na niedzielny obiad. Władek bardzo ich lubił, więc cieszył się na te spotkania. Ale widać było, że nawet te wizyty go męczą, w związku z czym trwały coraz krócej.

*

Niedawno wklejałam zdjęcie Grażyny, pisząc także o Władku. No i właśnie teraz muszę wkleić tu Jego zdjęcie. Wiem, że osiemdziesiąt siedem lat to długie życie. Ale gdy się kogoś kocha, wiek tej osoby nie ma znaczenia. Mimo że Władek był ostatnio taki chory, lepiej mi się z nim mieszkało niż z Olgierdem. Lepiej się rozumieliśmy, bardziej byliśmy zgrani – i mam przeczucie, że Władek wiedział o mojej miłości do Maćka. Nie siostrzanej, tylko tej zwykłej, babskiej. Nigdy nic mi na ten temat nie wspomniał, ale czasami widziałam coś w Jego oczach. No tak, teraz już się nie dowiem, czy to tylko moja wyobraźnia, czy jednak Jego intuicja. Ale niepotrzebna mi ta wiadomość, nawet jeśli wiedział o mojej głupocie; wiedział przecież także o mojej bohaterskiej z nią walce.

Dobrze mi w tym Władkowym mieszkaniu. Teraz moim... Wszędzie blisko, pokoje bardzo wygodne i funkcjonalne. Nic tu nie zmieniam, na biurku tylko urządziłam sobie miejsce do pracy. No i wszędzie, gdzie się dało, porozwieszałam półki na książki, bo przecież nie mogłam zostawić ich u Olgierda.

Tylko książki zabrałam po tym naszym rozwodzie, wy-
prowadzając się z Sobieskiego. Te, które nie zmieściły
się u mnie, „mieszkają" z Maćkiem i Karoliną na Bielanach. Oni swoich dużo nie mieli, a tam na ścianach
zostało przecież mnóstwo półek jeszcze z moich pa-
nieńskich czasów.

Oni natomiast zabrali z Pragi tylko swoje ubrania
i rzeczy osobiste. Nic takiego szczególnego tam nie
było, żeby chcieli to zabierać. Opróżnili mieszkanie,
pomalowali na biało ściany, oddali klucze w administracji – i zostawili praskie życie za sobą. Nie bez
żalu, to pewne. Przecież byli tam szczęśliwi. I tam
się wychowała Karolinka. A także Maciek, którego
dzieciństwo bardzo się jednak różniło od dzieciństwa
Linuśki. No i wreszcie tam mieszkała szczęśliwa Grażyna.

Ja także mam jakiś sentyment do tamtego mieszkania. Przecież spędziłam w nim kilka miesięcy i mimo
że najlepiej tego okresu nie wspominam, tam jednak
poznaliśmy i pokochaliśmy się z Maćkiem, wtedy
istotnie moim bratem, chociaż takim „przyszywanym".

No i proszę – miało być o Władku, a piszę, oczywiście, o Maćku.

A Władka brakuje mi bardzo. Bardzo. I zawsze
będę go pamiętać.

Oprócz mieszkania zostawił mi swoje oszczędności. Włożył je do takiej brązowej koperty z nadrukiem
„Narodowy Bank Polski". Kopertę tę, a właściwie
kilka takich kopert przyniosłam Mu z pracy, bo kiedyś mnie o to poprosił – mówił, że chce porobić
jakieś tam porządki w dokumentach. Okazało się,

że niektóre z tych dokumentów to banknoty w walucie polskiej i obcej.

Dla mnie.

W kopercie, którą w zasadzie ukradłam z pracy, aczkolwiek nawet gdyby ktoś wytoczył mi z tytułu tej kradzieży sprawę kryminalną, każdy prokurator by ją umorzył z uwagi na znikomą szkodliwość czynu.

Przed chwilą przejrzałam ten mój pamiętnik. W zasadzie nie piszę za często, zebrało się jednak kilka zeszytów. Niestety – są pełne smutku. W każdym znajduje się zdjęcie albo dwa kogoś bliskiego, kogo już nie ma w moim życiu.

Większość tekstów to zapiski pesymistyczne. Po tym pamiętniku widać więc, jakie jest – jakie było – to moje życie.

Smutne, przygnębiające, bez sukcesów i radości. Za rok skończę pięćdziesiąt lat. Czyli właściwie życie – jako takie – już za mną. Przede mną nie wiadomo jak długa starcza wegetacja. Wiem, że gdyby Władek to zobaczył, okropnie by na mnie nakrzyczał. Przecież on miał pięćdziesiąt osiem lat, gdy żenił się z Elżbietą. I wcale nie uważał, że jest w okresie „starczej wegetacji". No, ale mężczyzna to co innego. U nich inaczej liczy się wiek.

Mam dzisiaj strasznie zły dzień! Smutno mi...

Rozdział 21

Ewa i Maciek powrócili do dawnego zwyczaju sobot-
nio-niedzielnych spacerów po uliczkach Starego Miasta
i ich drugim ulubionym miejscu spacerowym, czyli Łazienkach. Czasami chodzili gdzieś na obiad, czasami Ewa
gotowała w domu. Często na te obiady zapraszała też Karolinę z Adamem, którzy od kilku miesięcy mieszkali razem
u Adama na Mokotowie. O ślubie na razie nie mówili.

Maciek – samotny na Bielanach – czasami nocował
u Ewy, oczywiście w drugim pokoju. Stosunki między nimi w dalszym ciągu były takie jak dawniej, choć uczucia
Ewy się nie zmieniły. Można nawet powiedzieć, że jej miłość do Maćka jeszcze się pogłębiła, na co miały wpływ
częstsze kontakty – i, cóż, brak ich poprzednich partnerów. Czasami Ewie wydawało się, że spojrzenia Maćka
i jego gesty są – jakby tu powiedzieć – bardziej intymne.
Ale nic więcej niż dotychczas między nimi się nie działo.

Ewa sądziła, że Maciek nie przebolał jeszcze straty Grażyny, więc jak mogłaby narzucać mu się ze swoją miłością?

*

W lecie 1997 roku Karolina umówiła się ze swoją sta-
rą paczką ze studiów, że w sierpniu pojadą z namiotami

do Kamiennego Potoku, jak dawniej. Kto już znalazł tę drugą połowę, mógł ją zabrać, kto był sam – przyjeżdżał sam. Karolina miała nadzieję, że Adamowi uda się zgrać swój urlop z jej urlopem, jednak niestety nic z tego nie wyszło; u Adama na oddziale wynikła taka sytuacja, że nawet krótki wyjazd w tym czasie był niemożliwy. Jednak Adam nalegał, żeby Karolina pojechała bez niego. Widział, że potrzebny jej odpoczynek i że cieszyła się na to spotkanie ze starymi przyjaciółmi.

Karolina umówiła się więc z Magdą, swoją przyjaciółką jeszcze ze szkoły średniej, że pojadą we dwie. Magda znała kolegów Ewy, zgodziła się więc natychmiast. Tym bardziej że właśnie rozstała się z chłopakiem i chciała poznać innych ludzi.

W sumie zebrało się ich na tym kempingu dziesięcioro, w pięciu dwuosobowych namiotach. Było jedno małżeństwo, jedna para – jak mówili – tuż przed ślubem, jedna para – jak mówili – niemyśląca o ślubie, Karolina z Magdą oraz Paweł, ich stary przyjaciel ze studiów, który – jak Karolina z Magdą – przyjechał ze swoim dawnym kolegą z podwórka, Stefanem. Dziewczyna Pawła nie mogła dostać urlopu, a kumpel nie miał żadnych wakacyjnych planów. Paweł zaproponował mu więc miejsce w swoim namiocie, a Stefan chętnie się zgodził.

Magda i Stefan natychmiast zapałali do siebie sympatią i stali się nierozłączni. Byli bardzo nieszczęśliwi, że nie mogli znaleźć miejsca do uprawiania miłości, na co mieli wielką ochotę. Którejś nocy poszli na plażę, lecz niestety nie udało im się znaleźć odrobiny prywatności, ponieważ nawet tam siedziało kilka grupek popijających piwo i wyraźnie dobrze się bawiących. W piątek więc Magda poprosiła Karolinę, żeby zgodziła się – choćby na tę jedną noc – zamienić miejscami w namiotach.

– Przecież znasz Pawła tyle lat, on ma dziewczynę, ty masz chłopaka, każde z was ma swój własny śpiwór, więc co ci szkodzi, że koło ciebie zamiast mnie będzie spać Paweł – przekonywała. – Byłoby tak, jak w schronisku studenckim, tam też w jednej sali śpią i dziewczyny, i faceci. Proszę cię, my tak bardzo chcemy być razem, wiesz, jak przeżyłam rozstanie z Kajetanem, więc teraz mogę o tym zapomnieć – błagała Karolinę.

– No, nie podoba mi się to, przecież za tydzień wyjeżdżamy, nie możecie wytrzymać tych paru dni? Pewnie, że mogę spać obok Pawła, bo nigdy nic między nami by nie było, lubimy się bardzo, ale nie jesteśmy w swoim typie. Poza tym – jak mówisz – mamy partnerów. Jednak – tłumaczyła Karolina – chodzi mi o ciebie. Nie za szybko to wszystko idzie?

– Dziecko z ciebie. Jakie szybko? Normalnie, po prostu podobamy się sobie i chcemy się kochać. To jak? Zrobisz to dla mnie? – prosiła Magda. – Nie bądź stara baba.

– No więc dziecko czy stara baba, zdecyduj się – zaśmiała się Karolina. – Kurczę, dobrze, niech ci będzie, ale tylko na tę jedną noc, mimo wszystko wolę spać w namiocie z tobą niż z facetem, choćby to był tylko Paweł.

*

Adam wstał o czwartej rano; dla lekarza wczesne wstawanie nie było niczym nadzwyczajnym. Tak się wspaniale złożyło, że miał wolny weekend, nie musiał być w szpitalu ani w sobotę, ani w niedzielę. Postanowił więc zrobić niespodziankę Karolinie i przyjechać na te dwa dni do Kamiennego Potoku. Niespodzianka była nawet bardziej romantyczna – w kieszeni miał pudełeczko z logo znanej firmy jubilerskiej, a w nim delikatny pierścionek z niewielkim brylantem. Adam znał gust Karoliny i wiedział, że dużego pierścionka w ogóle by nie włożyła. Zresztą prawie wcale nie nosiła biżuterii, a jeżeli już – to wolała srebro, najlepiej z bursztynami.

Jednak Adam uznał, że pierścionek zaręczynowy nie powinien być srebrny, choćby nawet z bursztynem. Pierścionek zaręczynowy – Adam był tradycjonalistą – powinien być z brylantem. No, z brylancikiem...

Mieszkali razem już prawie rok, Adam niedługo kończył specjalizację i chciał nareszcie zalegalizować swój związek z Karoliną. Wprawdzie w sposób konkretny jeszcze o ślubie nie rozmawiali, ale chyba tylko dlatego, że od dawna wiedzieli, iż kiedyś wreszcie się pobiorą. Adam sądził, że Karolina też myślała, że to zrobią, gdy on ostatecznie zaliczy wszystko, co niezbędne do zdobycia pierwszego stopnia specjalizacji.

Wymyślił więc sobie teraz, że oświadczyny nad morzem będą bardzo romantyczne. Wiedział, że Karolina uwielbia wręcz Trójmiasto i zapamięta tę chwilę na zawsze. W scenariuszu oświadczyn był spacer brzegiem morza w Orłowie, pod klifem orłowsko-redłowskim i w tym właśnie miejscu, które Karolina szczególnie lubiła, miał zamiar wręczyć jej pierścionek.

O tak wczesnej porze dobrze się jechało, ruch był bardzo mały, więc Adam – robiąc po drodze tylko jeden przystanek w barku przy stacji benzynowej, gdzie zjadł naleśniki z serem – znalazł się pod kempingiem około wpół do dziesiątej. Wjechał do środka i zapytał osobnika siedzącego w czymś w rodzaju recepcji, czy nie wie, gdzie rozlokowała się dziesięcioosobowa grupa z Warszawy.

– A, o tam, te pięć namiotów przy tym dużym kasztanie. – Wskazał zapytany, chowając do kieszeni piątaka za informację.

Adam wysiadł z samochodu i ruszył w stronę dużego kasztana. Zobaczył, jak z jednego z namiotów wyłania się Karolina ubrana w sportowy dres. Już miał ją zawołać po imieniu, gdy raptem ujrzał wychodzącego z tego samego namiotu jakiegoś nieznanego mu faceta, potarganego i przeciągającego się bezceremonialnie. Stanął i zamarł w bezruchu, i chyba właśnie ten bezruch spowodował, że w tym momencie Karolina go zobaczyła. Rozjaśniła się cała i już chciała do niego podbiec, gdy nagle ujrzała, że Adam wbił wzrok w Pawła wyłaniającego się z jej namiotu.

O wszyscy święci!, jęknęła w duchu, zdając sobie sprawę, jak to wygląda w oczach jej ukochanego.

– Adam! – zawołała, widząc, że on odwraca się i idzie w stronę samochodu.

Dopadła do niego, zanim zdążył wsiąść.

– Poczekaj, nie chcesz nawet wysłuchać tego, co mam ci do powiedzenia?

– A co tu jest do powiedzenia? – odparł sucho. – Chyba tylko to, że robienie niespodzianek może się fatalnie skończyć.

– Adam, ile czasu mnie znasz? – rozzłościła się Karolina. – Jak możesz nie mieć do mnie zaufania? Czy kiedykolwiek cię zawiodłam albo dałam jakiś powód do zazdrości? Chodźmy gdzieś na kawę, wszystko ci wytłumaczę.

Adam otworzył przed nią drzwi samochodu i wsiadł z drugiej strony. Istotnie, nigdy nic takiego się nie zdarzyło, obydwoje zawsze byli wobec siebie bardzo uczciwi, mówili sobie wszystko i we wszystkim się wspierali. Wprawdzie widział na własne oczy to, co widział, ale mogło istnieć jakieś logiczne wytłumaczenie. Chyba więc powinien dać Karolinie szansę, żeby mu tę sprawę wyjaśniła.

– Mów, dokąd mam jechać – mruknął.

– Pojedźmy do Sopotu, wypijemy kawę na molo i porozmawiamy.

Gdy udało im się już znaleźć miejsce do zaparkowania i usiedli przy stoliku przed wejściem na molo, Karolina wyciągnęła komórkę.

– Chcę, żebyś usłyszał o tym, co widziałeś, od winowajczyni tego całego incydentu. To Magda, z którą tu przyjechałam i z którą mieszkam w namiocie. Zadzwonię do niej natychmiast, póki masz pewność, że niczego razem nie wymyśliłyśmy.

Oczywiście Adam znał Magdę, przecież była najbliższą przyjaciółką Karoliny. Wiedział też, że mają mieszkać razem, ale nadal nic nie rozumiał. To przecież nie Magda wyszła rano za Karoliną z namiotu.

– Magda, posłuchaj, co narobiłaś tą swoją wczorajszą prośbą. – Karolina połączyła się z Magdą i od razu przeszła do sedna sprawy. – Rano przyjechał niespodziewanie Adam i zobaczył, jak Paweł wyłazi z mojego namiotu. Oddaję mu teraz telefon, to znaczy Adamowi oczywiście. Bądź łaskawa wytłumaczyć mu, o co tu chodzi. Natychmiast i dokładnie!

– Tu Adam – odezwał się nieszczęśliwym głosem pan doktor. – Rozumiem, aczkolwiek cała ta sprawa mi się nie podoba – zakończył rozmowę, wysłuchawszy tego, co mu opowiedziała Magda. – No dobrze, wierzę ci. Wierzę wam obydwu, choć w zasadzie twojej wersji nie słyszałem – zwrócił się do Karoliny. – Ale nie musisz mnie przekonywać, że nie spałaś z Pawłem, tylko obok Pawła. – Wziął Karolinę za rękę. – Tylko wyobraź sobie odwrotną sytuację. Gdyby to tak z mojego namiotu wyszła jakaś dziewczyna…

– To ja bym najpierw stłukła ją na kwaśne jabłko i wyrwała jej wszystkie kłaki z głowy, a dopiero potem odjechałabym z piskiem opon – odparła stanowczo Karolina. – Wiem, jak to wyglądało, i dziękuję, że zgodziłeś się mnie wysłuchać. Zachowałeś się bardzo… dojrzale. Ja naprawdę bym tak nie potrafiła. Ale już zgoda między nami? – spytała miękko. – Nie złościsz się już? Wszystko dobrze?

Adama wręcz paliło w kieszeni pudełeczko od Kruka. Mimo że – jak określiła to Karolina – zachował się bardzo dojrzale, zdenerwował się ogromnie. Choć, tak prawdę mówiąc, uwierzył dziewczynom od pierwszych słów, gdy Magda zaczęła mu wyjaśniać sytuację. No, głupio wyszło, ale w zasadzie nic takiego się przecież nie stało. Jednak złościł się, że musi jeszcze sam siebie o tym przekonać. Postanowił więc, że poczeka do jutra z ewentualnym wyjęciem tego pudełeczka z kieszeni.

Wrócili więc na kemping, Adam miał szczęście, bo akurat na tę noc został wolny domek, który natychmiast wynajął. W najgorszym razie przespałby się w samochodzie na rozłożonych siedzeniach, ale cieszył się, że spędzi tę noc z Karoliną. Nie widzieli się już tydzień i obydwoje byli stęsknieni.

Karolina się przebrała; do tej pory cały czas miała na sobie ten dres, w którym spała i w którym wyszła z namiotu. Przedstawiła Adama Pawłowi i Stefanowi, bo resztę jej paczki znał.

– Stary, głupio wyszło, nie? Sorry – przepraszał Paweł. – Ale podobno już wszystko wiesz i rozumiesz. Kurczę, ja mam dziewczynę, która nie przyjechała z nami, bo nie mogła dostać urlopu. O rany, co by tu było, gdyby to ona postanowiła mi zrobić dzisiaj taką niespodziankę! – Paweł złapał się za głowę. – Wydaje mi się, że gorzej by to zniosła.

– Ja też tak myślę – zaśmiał się Adam. – Karolina już mi szczegółowo opisała, co by się działo, gdyby to ona znalazła się na moim miejscu.

Cały dzień łazili po Gdańsku, zjedli dobry obiad, potem kolację. Wieczorem wrócili do Kamiennego Potoku i postanowili trochę posiedzieć na plaży. Był piękny wieczór, a niebo wyjątkowo usiane gwiazdami. Morze cichutko szumiało, wiatr ucichł i tylko drobniutkie fale rozbijały się o brzeg. Było wyjątkowo cicho i spokojnie, opodal siedziało parę osób, ale nikt nie wrzeszczał, nie śpiewał, nie hałasował, ludzie po prostu patrzyli w gwiaździste niebo i wdychali morskie powietrze.

– Wiesz? – powiedziała Karolina, przytulając się do Adama. – Moim ukochanym poetą jest Gałczyński. I wiesz, po prostu sam mi się teraz ciśnie na usta jeden z moich ulubionych fragmentów „Kroniki Olsztyńskiej". Wprawdzie nie jesteśmy nad jeziorem, ale woda to woda. I te gwiazdy… Posłuchaj:

Tyś jest jezioro moje,
ja jestem twoje słońce,
światłami ciebie stroję,
szczęście moje szumiące.
Trzciny twoje pozłacam.
Odchodzę. I znów wracam.
Miękko moim kędziorom
w twych zielonych szuwarach.
O, jezioro, jezioro
piękniejsze niż gitara!
A nocą przez niebiosa
zlatują sznurem długim
gwiazdy i na twych włosach
siadają jak papugi.

– Jakie piękne – zachwycił się Adam. – Ale że ty to tak
pamiętasz...
– O, ja znam bardzo dużo wierszy Gałczyńskiego – odrzekła ze śmiechem Karolina. – Mówię ci przecież, że to mój
ukochany poeta. Zresztą ty też dużo byś pamiętał, gdybyś
miał taką ciocię Ewę, która prawie od niemowlęctwa wierszami Gałczyńskiego mnie karmiła. I nie prowokuj mnie,
bo jak zacznę je recytować, to przesiedzimy tu do rana.
A zdaje się, że na dzisiejszą noc mieliśmy inne plany...

Następnego dnia, po śniadaniu, Adam jednak zdecydował się zrealizować swój plan romantycznych oświadczyn pod klifem w Orłowie. Nie wiedział, kiedy uda
im się znowu tu przyjechać razem, a lepszego pomysłu
na oświadczyny nie miał.
– Chciałbym zobaczyć twoje ulubione miejsce w Trójmieście – powiedział Karolinie.

– No przecież wiesz, że to klif orłowski.

– Świetnie, więc jedźmy tam, posiedzimy na molo, połazimy pod klifem, możemy nawet poleżeć na plaży, jeśli zechcesz.

Jednak gdy tam dojechali, okazało się, że na leżenie na plaży jest za zimno, więc tylko zdjęli buty i poszli plażą rybacką w stronę klifu. Znaleźli jakiś duży kamień, usiedli na nim i patrzyli na morze, pełne fal, bo wiało.

– Kocham morze, wiesz? – odezwała się Karolina. – A zaszczepiła we mnie tę miłość nawet nie mama, chociaż rodzice też uwielbiali tu przyjeżdżać, ale najbardziej ciocia Ewa.

I opowiedziała Adamowi o zeszytach „Pele-Mele" i wpisanym tam marzeniu Ewy: „domek nad morzem i córeczka".

– Domku nad morzem ciocia nie ma, ale córeczkę, szczególnie teraz, staram się cioci zastąpić.

– A wiesz co? – powiedział Adam. – Takie marzenie „domek nad morzem i córeczka" mnie też bardzo się podoba. – Czy moglibyśmy razem spróbować je zrealizować? – Wyjął z kieszeni pudełeczko od Kruka i wręczył je Karolinie, obejmując ją lewą ręką, bo nagle zachwiała się z wrażenia. – Wyjdziesz za mnie? – zapytał.

Karolina otworzyła pudełeczko; gdy zobaczyła delikatne cudo, które w nim się znajdowało, zamiast odpowiedzieć, zaczęła płakać.

– Co się stało? – zdenerwował się Adam. – Wygłupiłem się, tak? Może powinienem mieć jakieś kwiaty? Ale wiesz, oświadczam się pierwszy raz w życiu... I tak sobie pomyślałem, że oświadczyny tutaj byłyby najbardziej romantyczne – nad morzem, w twoim ukochanym miejscu na świecie. A może ty w ogóle nie chcesz za mnie wyjść?

– Głuptasie kochany – Karolina, pochlipując, wyciągnęła prawą rękę i podała mu pierścionek. – No, sam mi go włóż. Oczywiście, że wyjdę za ciebie, przecież już dawno wiedzieliśmy, że tak będzie. A płaczę, bo przecież jestem kobietą, nie? Płaczę, bo znalazłeś najwspanialsze miejsce na oświadczyny. Nie przy żadnych świecach ani w romantycznej knajpie, nie w domu, tylko właśnie tu, pod klifem, wśród mew i fal rozbijających się o brzeg. I to jeszcze po tej wczorajszej historii – rozszlochała się znowu. – Jesteś najwspanialszym facetem na świecie.

I już wyciągała telefon.

– Ciociu, Adam właśnie mi się oświadczył! – wykrzyczała. – Pod klifem orłowskim, wyobrażasz sobie romantyczniejsze miejsce? Powiedz tacie, bo mi się zaraz komórka rozładuje, zadzwonię do was wieczorem.

Pojechali do Gdańska, znaleźli jakąś miłą knajpkę i zjedli uroczysty obiad zaręczynowy. Karolina wypiła dwa kieliszki wina – za siebie i za Adama, który jako kierowca nie mógł sobie pozwolić na alkohol.

Ustalili, że pobiorą się w przyszłym roku, kiedy on już ukończy specjalizację.

– Choć właściwie po co mielibyśmy czekać – powiedział Adam. – I tak mieszkamy i żyjemy razem jak małżeństwo. A ja taki staroświecki jestem, że chciałbym, żebyś nosiła moje nazwisko. I żebyś swoją specjalizację zrobiła już jako Tuszyńska. Wiesz, miałabyś mniej papierów do zmieniania – zaśmiał się.

– Zastanowimy się nad tym, jak wrócę – odrzekła Karolina. – A może chciałbyś, żebym wróciła już dzisiaj, z tobą? – spytała.

– W żadnym wypadku – zaoponował Adam. – Wykorzystaj jeszcze ten tydzień urlopu, bo nie wiadomo, kiedy w przyszłym roku będziemy mogli się wyrwać na jakiś urlop.

– No dobrze – zgodziła się Karolina. – Ale już nigdy więcej nigdzie bez ciebie nie pojadę. Ta jedna historia mi wystarczy.

*

Po powrocie zadzwoniła do Ewy.

– Ciociu, mogę wpaść? Nasmażymy sobie placków kartoflanych i pogadamy.

– Jasne, przychodź zaraz po piątej, już będę w domu – ucieszyła się Ewa.

Karolina opowiedziała jej wszystko, począwszy od prośby Magdy o zamianę miejsc w namiotach i o niespodziewanym rannym przyjeździe Adama, o późniejszych wyjaśnieniach i romantycznych oświadczynach pod orłowskim klifem.

Wiedziała, że te oświadczyny spodobają się Ewie najbardziej, bo to ona nauczyła ich wszystkich kochać to miejsce.

– I, ciociu, wiesz, chciałam się poradzić co do terminu ślubu – powiedziała. – Bo początkowo zamierzaliśmy się pobrać w przyszłym roku, po ukończeniu przez Adama specjalizacji. Ale teraz on uważa, że nie ma sensu czekać, i chce żebyśmy wzięli ślub jak najprędzej. Powiedział też, że bardzo podoba mu się twoje marzenie o domku nad morzem i córeczce, jemu też by to bardzo odpowiadało; z tym że nie miałby nic przeciwko odwróceniu kolejności, a mianowicie najpierw córeczka, a na domek możemy jeszcze poczekać. Tata mówi, że mam posłuchać ciebie – uprzedziła pytanie Ewy. – Wiedziałam zresztą, że tak będzie, przeważnie zawsze opierał się na twoim zdaniu, aż czasami mamę to złościło.

– A ja ci poradzę, żebyś się wsłuchała w siebie i posłuchała swojego własnego zdania – odparła Ewa. – Kochasz go? Ufasz mu? Wierzysz w niego? Wyobrażasz sobie wasze wspólne dzieci? Wasze wspólne życie? Chcesz tego?

– Na wszystkie pytania: tak, tak, tak! – zawołała Karolina.

– A więc już wiesz, co robić – odrzekła z uśmiechem Ewa. – Nie ma sensu czekać.

Ślub odbył się w październiku 1997 roku. Na prośbę Adama, którego rodzicom bardzo na tym zależało, wzięli ślub kościelny. Karolina się zgodziła, bo w zasadzie było jej wszystko jedno.

*

Karolina jest mężatką. To nie do uwierzenia, przecież jeszcze nie tak dawno opowiadałam jej, że „pewna pani na Marsałkowskiej kupowała synkę z groskiem...", i legendę o warszawskiej Syrence, i zwiedzałyśmy podwórka na starej Pradze...

A tu proszę – już mężatka!

Na dodatek oświadczyła mi, że chcą z Adamem zawłaszczyć moje marzenie „domek nad morzem i córeczka". Trzymam mocno kciuki i pragnę z całego serca, żeby to im się udało, bo mnie to już raczej niepisane...

Znowu narzekam, choć ten wpis miał być zdecydowanie tylko optymistyczny! Więc niech taki właśnie będzie! Córeczki, takiej całej mojej własnej, już na pewno mieć nie będę, ale mam przecież Linkę, która zawsze była trochę moja. A teraz jest zupełnie moja, co zresztą sama mówi.

Natomiast jeśli chodzi o domek nad morzem – no cóż, wszystko jeszcze zdarzyć się może. Gram przecież w totolotka, hi, hi, hi!

Udało mi się nie napisać dziś nic o Maćku. Pomijając to zdanie.

Rozdział 22

Któregoś dnia, niedługo po ślubie Karoliny, Ewa kupiła – pod wpływem jakiegoś impulsu – nowe pismo dla kobiet „Matylda". Pismo jak pismo, okazało się typowo babskie, ale zawarta w nim propozycja ją zainteresowała. Otóż – zapewne w ramach promocji – ogłoszono tam konkurs walentynkowy na najpiękniejszy wiersz miłosny. Oczywiście, nigdzie do tej pory niepublikowany. Można było przysłać dowolną ilość wierszy, pod warunkiem że do każdego zostanie dołączony specjalny kupon konkursowy. Jeśli więc ktoś chciałby przysłać na przykład dwa wiersze, musiał kupić dwie „Matyldy", żeby mieć dwa kupony. Główną wygraną stanowił weekend dla dwóch osób w Paryżu, było więc o co powalczyć. Drugą nagrodą był weekend we dwójkę w Grand Hotelu w Sopocie, a trzecią – w Hotelu Kasprowy w Zakopanem.

Były jeszcze dwie nagrody pocieszenia – też weekendy dla dwóch osób, jeden w prywatnym pensjonacie w Szklarskiej Porębie, drugi – w Karpaczu.

Ewa postanowiła spróbować. Kiedyś pisała jakieś tam wierszydła, oczywiście głównie o miłości. Nawet niedawno natknęła się na pudełko, w którym leżały różne jej dokończone i niedokończone „dzieła".

Wybrała krótki wiersz pod tytułem „Przeczucie końca".

Wypełniła kupon, dołączyła wiersz i szybko wszystko wysłała, żeby się nie rozmyślić. A co tam, śmiała się w duchu, na pobyt w Paryżu nigdy nie jest za późno. Termin nadsyłania utworów upływał w połowie listopada, a wyniki konkursu miały być ogłoszone dwudziestego grudnia. Ponieważ w 1998 roku walentynki przypadały w czwartek, wygrany weekend obejmował sobotę i niedzielę szesnastego i siedemnastego lutego. Warunkiem otrzymania nagrody – w przypadku wygranej oczywiście – było uzbieranie wszystkich kuponów, które miały być drukowane w każdym z kolejnych numerów „Matyldy". Tak więc sprytny wydawca mógł się spodziewać, że przynajmniej te czytelniczki, które wyślą wiersze na konkurs, będą co tydzień kupować pismo.

Ewa też zanotowała sobie w kalendarzu, żeby w każdy wtorek aż do dwudziestego grudnia kupować „Matyldę". I śmiała się sama z siebie i ze swojego pomysłu. Oczywiście nikomu nic nie powiedziała.

Wigilię w tym roku mieli urządzić nowożeńcy w swoim mieszkaniu przy Woronicza. Karolina niezbyt umiała gotować, mówiła, że nie ma na to czasu – i teraz się denerwowała, bo poza Ewą i Maćkiem na Wigilię zostali zaproszeni także rodzice Adama, Maria i Witold Tuszyńscy. Byli to przemili ludzie, którzy uwielbiali swojego jedynaka i nic, co zrobił ich syn, nie mogło być złe czy niewłaściwe. Oczywiście więc nie mógł sobie wybrać nieodpowiedniej żony. Od samego początku państwo Tuszyńscy akceptowali i lubili Karolinę, choć jako praktykującym katolikom nie bardzo im się podobało, że młodzi przez jakiś czas mieszkali razem bez ślubu. Teraz jednak wszystko już było w porządku.

Ewa aktywnie włączyła się więc w świąteczne przygotowania i zrobiła tradycyjne wigilijne potrawy. Przyszykowała też mnóstwo przysmaków na pierwszy dzień świąt, bo w tym dniu wspólny obiad miał być u niej, a na drugi dzień wszyscy zostali zaproszeni do rodziców Adama, którzy mieszkali na Pradze-Południe.

Ewa zaprosiła też do siebie na świąteczny obiad siostry Olgierda, Helenę i Miłkę, jako że w dalszym ciągu utrzymywała z nimi kontakt, bo ich przyjaźni nie zaszkodził nawet rozwód z Olgierdem.

Ustalono, że prezenty gwiazdkowe będą jedynie symboliczne, Ewa jednak zamierzała kupić Maćkowi coś szczególnego. I nic nie mogła wymyślić. W końcu znalazła przepięknie wydany tom wierszy wybranych Konstantego Ildefonsa Gałczyńskiego. Wiedziała, że tego na pewno nie ma, a chciała, żeby miał. Chciała, żeby choć czasami wziął do ręki ten tomik i chociaż przejrzał wiersze, które ona w większości znała na pamięć i które po prostu kochała. Marzyła, że może zdarzy się tak, że tego samego dnia, o tej samej godzinie oboje będą czytali – choć każde z nich we własnym mieszkaniu – jeden z przepięknych wierszy miłosnych Gałczyńskiego. Może wtedy wreszcie Maciek pomyśli o niej nie jak o siostrze, którą przecież tak naprawdę nigdy nie była, tylko jak o kobiecie. Może w końcu zrozumie, że ta kobieta go kocha miłością bynajmniej nie siostrzaną. Bo owa miłość w ogóle Ewie nie przechodziła, a raczej się umacniała. Od śmierci Grażyny minęły prawie dwa lata i Ewa czasami myślała, że może warto byłoby wykonać jakiś gest, który by uświadomił Maćkowi, że jeszcze mógłby być w życiu szczęśliwy. Z nią, Ewą.

Kobietą, przyjaciółką, kochanką, żoną – nie siostrą.

Z drugiej strony zdawała sobie sprawę z tego, że w przyszłym roku kończy pięćdziesiąt lat, a ten wiek jawił jej się prawie jako koniec życia, starość i kres wszystkich marzeń. Maciek obchodził już pięćdziesiąte urodziny w tym roku, ale przecież dla mężczyzny wiek nie ma takiego znaczenia, jak dla kobiety. Ewa wprawdzie wyglądała świetnie, miała dobrą figurę, była szczupła i bardzo sprawna fizycznie. Owszem, delikatnie farbowała włosy, bo gdzieniegdzie zaczęły się w nich pojawiać srebrne nitki, głównie na skroniach, ale cóż to znaczy, prawda? Nikt, kto nie znał dokładnie jej wieku, nigdy nie dałby jej czterdziestu dziewięciu lat. Cóż z tego jednak, skoro ona wiedziała, ile tych lat ma.

Maciek też wiedział – tyle że Ewa nie miała pojęcia, iż zupełnie go to nie obchodziło. Od pewnego czasu bowiem zaczął właśnie dostrzegać w Ewie kobietę i początkowo go to zmartwiło. Uważał, że sprzeniewierza się w ten sposób pamięci Grażyny. Próbował odsunąć się nieco i zwiększyć dystans, ale Ewa i Karolina na to nie pozwoliły; każda organizowała częste rodzinne spotkania, na które przecież nie mógł nie przychodzić. Z czasem zaczęło mu się wydawać, że niekiedy Ewa także patrzy na niego nie jak na brata, tylko jak na mężczyznę. Potem doszedł do wniosku, że Grażyna na pewno nie chciałaby, żeby już do końca życia pozostał samotny, a gdyby to ona miała mu wskazać najlepszą towarzyszkę, wybrałaby właśnie Ewę. Nie wiedział, jak ma sobie z tym wszystkim poradzić, a nie miał nikogo, z kim mógłby na ten temat porozmawiać.

Zapadło mu jednak w pamięć to, co powiedziała Karolina, gdy tańczyła z nim walca na swoim weselu.

– Tatuśku – zwróciła się do niego tak, jak wtedy, gdy była promieniejącą radością małą dziewczynką – tatuśku, jestem taka szczęśliwa! Ale wiesz, byłabym jeszcze szczęśliwsza, gdybyś i ty ułożył sobie życie. I moim największym marzeniem byłoby, gdybyś zaczął to nowe życie z ciocią Ewą. – I już jej nie było, bo ktoś mu ją odbił w tańcu.

Nigdy potem nie wracali do tej rozmowy. Ale Maciek dobrze ją pamiętał...

*

Dwudziestego grudnia 1997 roku na biurku Ewy w banku zadzwonił telefon.

– Pani Ewa Brzozowska? – Ewa po rozwodzie wróciła do swojego nazwiska, gdyż jakoś bardziej jej się podobało niż „Gromień". A poza tym nie miała powodu, żeby czuć jakikolwiek sentyment do nazwiska Olgierda.

– Tak, to ja. Słucham panią?

– Mówi Matylda Maciejewska, wydawca i redaktor naczelna pisma „Matylda". – Usłyszała pełen energii stanowczy kobiecy głos. – Dostanie pani od nas oficjalne zawiadomienie, ale już teraz chciałabym z wielką radością poinformować panią, że w naszym konkursie walentynkowym pani wiersz zdobył nagrodę pocieszenia. Wygrała pani weekend dla dwóch osób w pensjonacie w Karpaczu. Bardzo mi miło, proszę przyjąć moje gratulacje, szczegóły znajdują się w liście, który może już jutro do pani dotrze.

– To jakiś żart, prawda? Kto mówi tak naprawdę? – Ewa nie uwierzyła.

– Nie, to prawda, mam nadzieję, że zebrała pani wszystkie kupony z „Matyldy" – oświadczyła ze śmiechem pani redaktor Maciejewska i rzuciwszy szybkie „do widzenia", odłożyła słuchawkę.

– Tak, mam kupony, do widzenia – odpowiedziała Ewa do głuchego już telefonu.

– Jakie kupony? Jaki żart? Kto dzwonił? – dopytywała się Hania, jej koleżanka z pokoju.

– Matylda… – odrzekła oszołomiona Ewa.

– Jaka Matylda, kto to jest? O co chodzi? – Oczywiście nie wiedziała, że Ewa wysłała wiersz na konkurs walentynkowy, bo Ewa wstydziła się komukolwiek do tego przyznać.

Ale teraz – o ile ta wiadomość była prawdziwa, a wyglądało na to, że owszem – i tak wszystko się wyda, bo nagrodzone wiersze miały być wydrukowane, a „Matyldę" czytało kilka koleżanek, Ewa widywała to pismo na ich biurkach.

Opowiedziała więc Hance wszystko o konkursie.

– Cudownie! – Hania wyskoczyła zza biurka i rzuciła jej się na szyję. – Ale z kim ty pojedziesz? – zastanowiła się natychmiast.

Właśnie, z kim ona pojedzie? Ewie przychodził na myśl jedynie, tylko i wyłącznie Maciek. Nie wiedziała natomiast, jak mu o tym powiedzieć i zastanawiała się, czy w ogóle chciałby z nią pojechać na weekend do Karpacza. A może uda się oddać wygraną Karolinie i Adamowi? O nie!, zbuntowała się nagle. Właśnie, że pojedzie. I to z Maćkiem. To będzie jej specjalny prezent gwiazdkowy dla niego, zdecydowała i nagle zaczęła się bardzo cieszyć.

*

Święta były bardzo uroczyste. Obie rodziny – Karoliny i Adama – „obwąchiwały się" troszkę, ponieważ poza krótką wizytą przed ślubem i weselem do tej pory nie spotkali się na dłużej. Ale wszystkie świąteczne dni upłynęły bardzo miło. Siostry Olgierda, zaproszone do Ewy na obiad, również polubiły rodziców Adama, a państwo Tuszyńscy bardzo sympatycznie odnosili się do Heleny i Miłki.

Zrobiło się trochę zamieszania z prezentami gwiazdkowymi, bo zgodnie z umową miały być symboliczne, a wyszło na to, że najskromniejszym prezentem okazał się tomik Gałczyńskiego, który Maciek dostał od Ewy. Maciek podarował jej piękny komplet: czapkę, szalik i rękawiczki, z czystej, dobrej jakościowo wełny, z pewnością dość drogi. Państwo Tuszyńscy kupili wszystkim zestawy markowych kosmetyków. Ewa, po konsultacjach z Karoliną, podarowała pani Marii, a właściwie Marylce – bo wszyscy przeszli na „ty" – elektryczny czajnik Philipsa, a Witoldowi zestaw do golenia z najnowszą, reklamowaną maszynką i kompletem zapasowych nożyków.

Karolina i Adam dostali kupiony wspólnie przez pozostałą czwórkę nowy telewizor, bo ten, który mieli dotychczas, dogorywał. Bardzo się ucieszyli, ale nakrzyczeli porządnie na wszystkich rodziców, że wydali tyle pieniędzy.

– Symboliczne prezenty, tak? – złościli się żartobliwie.

– No już, cicho, dzieci, to nasza pierwsza wspólna Gwiazdka – łagodziła Marylka Tuszyńska. – Następne pewnie nie będą takie bogate.

Ewa natomiast powiedziała Maćkowi:

– A ja mam dla ciebie jeszcze jeden, specjalny prezent, ale porozmawiamy o tym później, sami, dobrze?

– Dobrze – zgodził się Maciek. – Tylko jestem okropnie ciekawy, co to takiego. Kiedy będzie to „później"? – chciał wiedzieć.

– No cóż, nie denerwuj się, ale dopiero po świętach, kiedy już te wszystkie uroczystości się skończą. Wytrzymasz?

– A mam jakieś inne wyjście? – odparł ze śmiechem.

Drugi dzień świąt minął szybko i przyjemnie. Państwo Tuszyńscy mieli dość obszerne, trzypokojowe mieszkanie, z dużą jadalnią, sporym gabinetem i niewielką sypialnią. Meble były dość proste, jak wyjaśniła pani domu, robione na zamówienie przez zaprzyjaźnionych stolarzy, bardzo ładnie wkomponowane w pokoje, by nie zagracały powierzchni, przemyślane i funkcjonalne. Stół w jadalni rozkładał się w spory prostokąt, więc miejsca przy nim wystarczyło dla wszystkich. Naturalnie, obiad był wystawny, choć tak naprawdę nikt już nie miał siły na jedzenie.

A Marylka wnosiła i donosiła kolejne potrawy. Przecież nie mogła być gorsza od poprzedniczek. Ponadto umiała gotować i robiła to z pasją.

– Kto wymyślił te święta? – zapytał objedzony do niemożliwości ojciec Adama.

– Tego nie wiem, ale za to wiem, kto wymyślił choinki – odparła Ewa.

– Mogę się założyć, że Gałczyński – mruknęła cicho Karolina.

– Słyszę! – powiedziała Ewa. – I masz rację, ale nie będę was zanudzać całym wierszem, powiem tylko końcówkę, bo teraz już po prostu muszę – dodała Ewa; jak twierdzili jej znajomi, największa miłośniczka i znawczyni Gałczyńskiego, przynajmniej w całej Warszawie. – Posłuchajcie tylko tego maleńkiego urywka:

Moje kochane dzieci,
był taki czas na świecie,
że wcale nie było choinek,
ani jednej, i dzięcioł wyrywał sobie piórka
z rozpaczy, i płakała wiewiórka,
co ma ogonek jak dymiący kominek.
....
Więc już teraz, chłopcy i dziewczynki,
czy wiecie, kto wymyślił choinki?
czy już teraz każde dziecko wie to?
Chórem dzieci: TO TEN ODWAŻNY, DOBRY CZŁOWIEK,
CO MIESZKA W CHATCE NA NÓŻKACH SOWICH,
CO GO LUDZIE PRZEZYWAJĄ POETĄ".*

Ukłoniła się teatralnie i zebrała rzęsiste brawa za swój występ.

Wszyscy zebrani domagali się jednak całego wiersza, więc Ewa bardzo chętnie go zadeklamowała.

– Jak ty to robisz, ciociu? – spytała Karolina. – Wiem, że kochasz Gałczyńskiego, ale żeby znać na pamięć wszystkie te wiersze?

* Fragment wiersza „Kto wymyślił choinki".

– Jakie tam wszystkie, zaledwie maciupką część, on naprawdę bardzo dużo napisał. A znam te najukochańsze, które bardzo często czytam sobie wieczorem i one same zostały mi w pamięci. Czasem nawet nie wiem, że coś umiem powtórzyć, aż tu na jakieś hasło otwiera mi się odpowiednia klapka w głowie i mówię cały wiersz.

– A przecież ty także zarażona jesteś Gałczyńskim – powiedział Adam do Karoliny. – Wiesz, ciociu – Adam też tak Ewę nazywał – ona na plaży nad morzem też deklamowała mi Gałczyńskiego, wieczorem, przy gwiaździstym niebie. Był to wprawdzie wiersz o jeziorze, nie o morzu, ale powiedziała, że woda to woda, a wiersz jej się z gwiazdami skojarzył.

– „A gwiazdy na twych włosach siadają jak papugi..." – zacytowała niezbyt dokładnie, niemniej trafnie, Ewa.

– No właśnie coś takiego! – ucieszył się Adam.

Następnego dnia po świętach, już z samego rana, na biurku Ewy w pracy zadzwonił telefon.

– To o której mam przyjść po ten specjalny prezent gwiazdkowy? – zapytał Maciek.

– O, dzień dobry panu, ależ pan niecierpliwy – roześmiała się Ewa. – Przyjdź tak po piątej, tylko bądź już po obiedzie, chyba że chcesz zjeść to, co mi zostało po świętach. Ja już nie mogę patrzeć na jedzenie, ale herbatkę dobrą mam. No i... kawałek sernika, oczywiście.

– O, jak masz serniczek, to nawet bez żadnego innego powodu przyjdę! – Maciek był wielbicielem serników, a ten, który piekła Ewa, był według niego najpyszniejszy na świecie.

Była trochę zdenerwowana, bo zupełnie nie miała pomysłu, jak Maćkowi powiedzieć o tym wygranym przez nią walentynkowym weekendzie w Karpaczu. Jeszcze żeby to było w innym terminie, ale walentynki...

No więc rzuciła się od razu głową do przodu i kiedy już podała herbatę i postawiła na stole sernik, wyciągnęła z biurka karnet „...uprawniający do pobytu w pensjonacie Sasanka w Karpaczu, w dniach 16 – 17 lutego 1998 r.", wystawiony na panią Ewę Brzozowską z osobą towarzyszącą. Dopisek głosił: „Nagroda specjalna w konkursie walentynkowym «Matyldy»".

– Czy chciałbyś zostać moją osobą towarzyszącą i spędzić ze mną ten weekend?

– Ale, jak to, skąd, co to? – zarzucił ją pytaniami zadziwiony Maciek. – Oczywiście, że chętnie z tobą pojadę. Wszędzie, dokąd tylko sobie zażyczysz. Ale wyjaśnij mi wszystko od początku.

Ewa opowiedziała mu o konkursie, a nawet przeczytała wiersz, który zdobył tę „nagrodę specjalną", co zawsze brzmiało ładniej od „nagrody pocieszenia".

– Wiesz co? – powiedział z namysłem Maciek. – Uważam, że dwa dni to za mało na wypoczynek, zwłaszcza że do Karpacza jest dość daleko. A może zadzwonimy tam i przedłużymy, już na własny koszt, ten weekend jeszcze o kilka dni, chociaż do końca następnego tygodnia.

– Chciałbyś, naprawdę? – ucieszyła się Ewa.

– Bardzo chciałbym, od tak dawna nigdzie razem nie byliśmy... I pomyśl, nigdy nie byliśmy razem w górach. Zawsze tylko morze i morze.

Zadzwonili natychmiast i – o dziwo – udało im się przedłużyć pobyt do piątku, dwudziestego drugiego lutego.

– No, to teraz już się nie mogę doczekać – powiedział Maciek i przytulił Ewę do siebie.

Siedzieli na kanapie, zerkając na „Wiadomości". Maciek chciał po bratersku cmoknąć Ewę w policzek, ale ona akurat odwróciła głowę, chcąc coś powiedzieć, i usta Maćka – zamiast na policzku – wylądowały na wargach Ewy.

Cofnął się po chwili, chociaż tak jakby trochę niechętnie. Niemniej jednak był lekko speszony.

– Przepraszam – wybąkał.

– Nie ma za co, nawet mi się podobało – odrzekła odważnie Ewa.

Ale Maciek schował się już w skorupę i odsunął nieco.

– Mogę poprosić o jeszcze jeden kawałek serniczka? – powiedział grzecznie, żeby jakoś przerwać niezręczne milczenie.

Rozdział 23

Pan Stanisław Szyngweld spędzał święta u córki w Warszawie. Państwo Szyngweldowie mieszkali w Gdyni. Ich jedyna córka, Urszula, pod naciskiem rodziców, a zresztą także i z własnej woli, postanowiła zostać lekarzem dentystą. Ponieważ rodzice Urszuli o tej stomatologii myśleli już prawie od jej urodzenia, czyli od 1970 roku, właśnie w tym roku rozpoczęli rozbudowę domu, który do tej pory był dość skromnym, dwupokojowym domkiem.

Postawił go w 1938 roku Arnold Szyngweld, ojciec pana Stanisława, mieszkający przedtem z żoną w Gdańsku, właściwie w Danzig. W latach trzydziestych dwudziestego wieku atmosfera w mieście zaczęła się robić nie do wytrzymania, sprzedali więc swój ówczesny dom, który stał w tej „lepszej", niemieckiej części miasta i kupili działkę w pięknej okolicy w Gdyni – wówczas było to Wzgórze Focha, teraz to Redłowo. Tam wybudowali swój nowy dom – niewielki, taki, na jaki było ich wtedy stać, i osiedli w nim na stałe. Domek przetrwał wojnę, dla Niemców był za mały, działka też niewielka – około pięciuset metrów kwadratowych. Niemcy weszli, obejrzeli dom ze wszystkich stron, pozabierali, co im się spodobało, i na resztę machnęli ręką. Może dlatego, że pan

Arnold był wykwalifikowanym spawaczem i od wielu lat pracował w stoczni. Był tam zatrudniony również w czasie wojny, choć Niemcy większość załogi wymienili, sprowadzając swoich robotników. Jakoś nie rzucał się nikomu w oczy i udało mu się zostać prawie niewidzialnym.

W 1940 roku państwu Szyngweldom urodził się jedyny syn, Stanisław. Stasia interesowało tylko morze, od małego. Wślizgiwał się na kutry rybackie, czasami rybacy znajdowali go dopiero na morzu, gdy już nie warto było zawracać. Ale nie wiedzieć czemu, może dlatego, że był jedynakiem i kiedy nie biegał nad morze, siedział z mamą w kuchni, interesował się też gotowaniem i z czasem jego dania były nawet smaczniejsze od tych, które ona zrobiła. W rezultacie wylądował w Zasadniczej Szkole Gastronomicznej w Gdyni. W 1960 roku udało mu się zostać pomocnikiem kucharza na jednym ze statków handlowych i wreszcie, przechodząc kolejne szczeble kariery, został starszym kucharzem. Pływał prawie po wszystkich morzach świata i w zasadzie bardzo rzadko bywał w domu.

Boleli nad tym bardzo jego rodzice, którzy marzyli, żeby ich Stasio ożenił się i dał im chociaż jednego wnuka. Tak więc, podczas jednego z dłuższych urlopów syna, poznali go z Gertrudą Holtz, dwudziestoletnią córką znajomego pana Arnolda. Kaszubką z dziada pradziada. Było to w 1967 roku. Młodzi przypadli sobie chyba do gustu, skoro niedługo potem się pobrali.

Córka, Urszula, urodziła się w roku 1970. Dziadkowie nie nacieszyli się wnuczką zbyt długo, bo dwa lata później zmarła matka pana Stanisława, a wkrótce po niej – ojciec.

Pan Stanisław zarabiał dość dobrze, a wydawać w zasadzie nie miał gdzie. Gertruda skończyła technikum ekonomiczne i pracowała jako księgowa w Urzędzie Morskim w Gdyni. Jej zarobki nie były oszałamiające, ale wystarczały na życie, tak więc zarobki pana Stanisława były odkładane na wykształcenie córki i ewentualną rozbudowę domu. Ponieważ bardzo chcieli, żeby Urszula została dentystką, mieli zamiar dobudować do ich domku drugą część, z odrębnym wejściem i wydzielonym pomieszczeniem na gabinet stomatologiczny. W latach siedemdziesiątych dwudziestego wieku wizja prywatnego gabinetu dentystycznego była może dość śmiała, ale powoli udało im się zgromadzić dostateczne fundusze i kiedy córka już się na tę stomatologię dostała, ów cel stał się całkiem realny. W 1990 roku postanowili więc dokończyć rozpoczętą dwadzieścia lat wcześniej rozbudowę domu, wierząc, że ich marzenia się spełnią. Tymczasem los, jak to często bywa, zdecydował inaczej. Urszula chciała studiować w Warszawie, właśnie tam rozpoczęła naukę w Akademii Medycznej, i nikt nie mógł wtedy przewidzieć, że w tej Warszawie już zostanie. Toteż rodzice realizowali swój plan, choć rozbudowa domu szła dość wolno. Większość robót państwo Szyngweldowie wykonywali bowiem we własnym zakresie, z pomocą przyjaciół pana Stanisława, który przecież jeszcze pływał, więc pracę trzeba było przerywać. Ale też nie spieszyło się im zbytnio, bo wiedzieli, że przed Urszulą jeszcze kilka lat nauki.

*

W roku 1992, jeszcze na studiach, Urszula poznała Wiesława Kruszyńskiego, absolwenta Instytutu

Informatyki Politechniki Warszawskiej, pracującego już w Telekomunikacji Polskiej od dwóch lat. Poznali się na imieninach Bożeny, przyjaciółki Urszuli ze studiów. Wiesław, jakiś tam dalszy kuzyn solenizantki, w zasadzie unikał rodzinnych spędów – ot, taki był z niego dziwak, że nie bardzo lubił siedzieć przy stole, objadać się i rozmawiać z mniej lub więcej znajomymi ludźmi o polityce, pogodzie, sytuacji finansowej czy podobnych sprawach. To właśnie oznajmił Urszuli, obok której go posadzono, na jej uwagę, że zna Bożenę już kilka lat, a jego, Wiesława, widzi pierwszy raz w życiu.

– A, wiesz, matka się uparła, żebym dziś tu przyszedł, przez kilka lat udawało mi się unikać takich okazji i jakoś tak mnie zaskoczyła, że nie zdążyłem wymyślić powodu, dla którego nie mógłbym przyjść. O, tam trochę na lewo, naprzeciwko ciebie, w takiej błękitnej bluzce w paski, siedzi właśnie moja mama. – Pokazał ręką gdzie.

– Cieszę się! – odrzekła ze śmiechem.

– Z czego? – zdziwił się Wiesiek. – Z tego, że ma bluzkę w paski, czy z tego, że to moja mama?

– Z tego, że nie wymyśliłeś powodu, dla którego mógłbyś nie przyjść – odparła szczerze.

Wiesiek był bowiem od stóp do głów w jej typie. Wysoki, postawny, z szerokimi ramionami, jasny szatyn albo ciemny blondyn, jak kto woli, z kilkoma piegami wokół nosa. Uwielbiała piegi u mężczyzn, piegowaci byli jacyś tacy... do przytulania.

– A wiesz co? – Wiesław jej się przyjrzał. – Ja też się cieszę z tego samego powodu.

Urszula z kolei była całkiem w jego typie. Drobna, ale bynajmniej nie mimozowato wiotka, czarnula o dość długich włosach, dziś związanych w dwie urocze kitki.

287

Ujęła go ta jej fryzura, dawno takiej nie widział, większość dziewczyn z długimi włosami nosiła je rozpuszczone bądź związane w jeden kucyk z tyłu. Z tymi dwiema kitkami wyglądałaby jak... Pippi Langstrumpf, gdyby oczywiście była ruda i piegowata. Ale nie była – a mimo to jakoś tak mu się skojarzyła. Może przez te chochliki w oczach, których koloru nie był pewien. Raz były brązowozielone, raz ciemnozłote z szarymi plamkami. Cóż, jakie były, podobały mu się; w ogóle cała Urszula mu się podobała i cieszył się bardzo, że przyszedł.

I tak to się zaczęło, a trzy lata później pani doktor stomatolog i pan inżynier byli już po ślubie.

Wiesław był jedynakiem. Jego rodzice byli, jak to kiedyś mówiono, badylarzami spod Grójca i tam mieli piękny dom i uprawy. Wiesław urodził się dość późno, w 1967 roku, gdy jego ojciec, Jan, starszy od mamy Wieśka o dziesięć lat, był już po czterdziestce, a matka miała trzydzieści dwa lata. W roku 1990 państwo Kruszyńscy sprzedali cały swój podgrójecki majątek za dość znaczną sumę i kupili bliźniaczy domek na maleńkiej, trzystupięćdziesięciometrowej działce na warszawskiej Woli.

Druga część bliźniaka stała pusta, oczekując na lokatorów, umeblowana jednak i utrzymywana przez panią Zofię Kruszyńską w pełnej „gotowości bojowej", co wyrażało się w cotygodniowym odkurzaniu, wietrzeniu, pastowaniu, myciu kafelków i czyszczeniu wszystkiego.

– Mieszkanie musi być gotowe – mawiała pani Zofia – dla Wiesia i jego żony.

Tak więc po ślubie młodzi Kruszyńscy wprowadzili się do swojej części bliźniaka, ku niewypowiedzianej rozpaczy rodziców Urszuli, którzy już skończyli przebudowę domu i postawili drugą część również z myślą o potrzebach młodego małżeństwa, bez względu na to, kto miałby zostać mężem ich Urszulki.

Jednak rodzice Urszuli nie wiedzieli czegoś, czego nie wiedziała zresztą także i pani Zofia, mama Wieśka. Okazało się, że miała tak chore serce, że lekarze nie dawali jej szans na długie życie. Skłaniali się raczej ku miesiącom niż latom. Pan Jan opowiedział o tym młodej parze, prosząc oboje, żeby przy podejmowaniu decyzji, gdzie zdecydują się zamieszkać, wzięli pod uwagę stan zdrowia matki. Cóż, to był argument nie do odparcia i młodzi postanowili zostać w Warszawie.

Państwo Szyngweldowie, rodzice Urszuli, poznawszy powód takiego ich wyboru, nie mogli się sprzeciwiać. Oczywiste było natomiast, że wszystkie urlopy i inne dni wolne Urszula i Wiesiek spędzać będą w Redłowie.

Jednak, jak to zazwyczaj bywa, życie wywraca nasze plany i cele do góry nogami. I stało się tak, że pierwsza umarła mama Urszuli. I to właśnie na serce; zawał był nagły, niespodziewany i tak rozległy, że pani Gertruda umarła, zanim zdążyło dojechać pogotowie. Był rok 1996, jej mąż, pan Stanisław, miał dopiero pięćdziesiąt sześć lat i oczywiście jeszcze kucharzył na tych swoich statkach handlowych, zmieniając czasami taki na inny. Pogrzebem matki zajęła się Urszula, powiadomiona o wszystkim przez ciotkę Gertrudy, całkiem jeszcze sprawną osiemdziesięciolatkę mieszkającą w Gdańsku. Ją z kolei powiadomili sąsiedzi Szyngweldów.

Pan Stanisław odwiedził grób żony dopiero dwa miesiące po pogrzebie, bo wcześniej po prostu był na morzu.

Cóż miał zrobić? Wynajął dom wnukowi osiemdziesięcioletniej ciotki żony, który to wnuk właśnie się ożenił i młodzi na razie nie mieli gdzie się podziać. Mieszkanie rodziców było za małe, a babcia szczerze i po prostu powiedziała, że jest już za stara na zmienianie swoich przyzwyczajeń i ewentualne prawnuki, w związku z czym bardzo przeprasza, ale – choć mogłaby ich przyjąć, bo jej gdańskie mieszkanie jest dość spore – to nie chce mieć w domu żadnych lokatorów, choćby i najbliższych. Dobrze się więc złożyło, że pan Stanisław, który jeszcze parę lat chciał – i w zasadzie musiał – popracować, wynajął swojemu ciotecznemu wnukowi, czy jakie to byłoby pokrewieństwo – swój redłowski dom, a w zasadzie tylko swoją część. Tę nową, dla córki, zamknął na klucz, bo wierzył, że Urszula jeszcze kiedyś może tu zamieszka. Pieniędzy za wynajem nie chciał, „cioteczny wnuk" miał jedynie uiszczać wszelkie konieczne opłaty i podatki, dokonywać niezbędnych napraw, w miarę potrzeb, i dbać o wszystko, oczywiście. Umowę zawarto do 2000 roku, to jest do czasu, kiedy pan Stanisław będzie mógł przejść na wcześniejszą emeryturę z tytułu uprawnień inwalidzkich uzyskanych w wyniku chronicznego i pogłębiającego się schorzenia kręgosłupa. Cóż, tyle lat stania przy kuchni musiało odcisnąć jakieś piętno na tym biednym kręgosłupie. Kiedy pan Szyngweld nie był na morzu, mieszkał w tej pustej części domu, polerując wszystko i odnawiając, choć w zasadzie niewiele rzeczy wymagało tam odnowienia. Ale pan Stanisław był perfekcjonistą, toteż wszystko musiało być w idealnym porządku. Tak jak za życia jego żony Gertrudy.

Rozdział 24

Skoro udało się przedłużyć pobyt w Karpaczu do tygodnia, Ewa z Maćkiem zdecydowali, że pojadą samochodem. Choć w górach była zima, a więc śnieg, jednak – ponieważ w zasadzie nie znali Karkonoszy – doszli do wniosku, że samochód im się przyda, bo gdzieś tam zawsze sobie pojadą, choćby do Przesieki czy Szklarskiej Poręby, żeby obejrzeć, co tylko się da.

*

Jednak jadę z Maćkiem na ten walentynkowy weekend. Nawet dość chętnie się zgodził – i postanowiliśmy przedłużyć pobyt, już na własny koszt – o kilka dni. I – uwaga! – to był pomysł Maćka, choć dla mnie w to mi graj! Powiedziałam sobie, że raz kozie śmierć, teraz albo nigdy, i muszę go uwieść tam, w tym Karpaczu, choćby nie wiem co. W zasadzie to moja ostatnia szansa.

Mam czasami wrażenie, że stosunek Maćka do mnie jakby trochę się zmienił i stał się mniej braterski. Ale on chyba z tych, co to i chcieliby, i boją się. Bo jak tylko zaczyna coś iskrzyć, mój Maciejko natychmiast z powrotem zmienia się w starszego brata. Albo w żółwia chowającego się w skorupie.

A „tempus fuguje" i za chwilę może być naprawdę za późno. O ile już nie jest...

Więc nie mam zamiaru tracić tego „fugującego" czasu i postanowiłam zaszaleć w ciągu tego naszego wspólnego tygodnia. Zwłaszcza że będziemy mieli jeden pokój. No – w końcu to nagroda w konkursie walentynkowym...

Cieszę się – i wygląda na to, że Maciek też się cieszy.

– Ciociu – powiedziała Karolina – masz wrócić zaręczona. – I mrugnęła, dając mi wybór, czy mam to jej zdanie traktować poważnie, czy uznać za żart.

A więc potraktuję to poważnie. Córka kazała i już!

Wyjechali w piątek po śniadaniu i, z przerwami na kawę, drugie śniadanie i obiad, byli na miejscu około siódmej wieczorem. Podróż upłynęła bardzo przyjemnie, rozmawiali, słuchali radia i śpiewali razem z wykonawcami te piosenki, które znali.

Ponieważ personel pensjonatu został powiadomiony telefonicznie o ich przyjeździe, czekano na nich z kolacją, choć w zasadzie podawano ją o szóstej wieczorem. Ale najpierw zaprowadzono ich – z rewerencjami – do pokoju, w którym pobyt był właśnie ową nagrodą w konkursie „Matyldy".

– Proszę się rozlokować, a jak państwo będą gotowi, zapraszamy do jadalni. Wszystko przygotowane – powiedziała pracownica, chyba pokojówka, pomagająca im zanieść rzeczy na górę.

Maciek wcisnął jej dziesięć złotych, które wzbraniając się chwilę, w końcu jednak przyjęła.

Rozejrzeli się po pokoju. Wyglądał jak apartament dla nowożeńców, którym był w istocie – przecież w konkursie chodziło o wiersz miłosny. Trochę speszyło ich duże podwójne łoże, ale spostrzegli, że są dwie kołdry i dwie poduszki, więc żadne nic nie powiedziało.

Od tego spotkania po świętach do dnia wyjazdu jeszcze raz zdarzyło się tak, że oglądali razem film, siedząc obok siebie na kanapie w mieszkaniu Ewy, i przytulili się – prawie bezwiednie – do siebie, a po chwili film jakoś przestał ich interesować i zaczęli odczuwać swoją ciepłą bliskość. W rezultacie Ewa, powiedziawszy sobie w duchu: „raz kozie śmierć", wtuliła twarz w szyję Maćka i zaczęła go leciutko całować. Maciek najpierw zdrętwiał, potem próbował udawać, że tam, na tej kanapie, to wcale nie on siedzi, po chwili jednakże odwrócił głowę i pocałunki Ewy trafiły na jego usta. Nie były to już zresztą tylko jej pocałunki, ponieważ wargi Maćka stały się bardziej aktywne.

I właśnie w tej chwili życie znowu okazało całą swoją złośliwość, ponieważ zadzwonił telefon. Odskoczyli od siebie, bo dźwięk był głośny i natarczywy i, cóż, Ewa wstała, żeby odebrać. Dzwoniła Karolina, aby powiedzieć, że na jutro, czyli na niedzielę, mają cztery bilety na „Toscę".

– Ciociu, najmocniej cię przepraszam, jest mi bardzo niezręcznie, że tak późno z tym dzwonię, ale szczerze powiem, że dwa bilety były dla naszych przyjaciół. Zachorowało im jednak dziecko i nie chcą go zostawiać z opiekunką, tylko postanowili sami zostać w domu. Ponieważ wiem, że „Tosca" to twoja ukochana opera, może jednak poszlibyście z nami, ty i tata. Do taty nie dzwonię, bo po pierwsze na pewno i tak w tej chwili jest u ciebie, a po drugie z pewnością zrobi to, co ty zdecydujesz.

– Dobrze – odrzekła ze śmiechem Ewa, choć tak naprawdę była wściekła – wobec tego zaraz go spytam, bo rzeczywiście jest u mnie.

Maciek oczywiście się zgodził, a potem jeszcze przejął słuchawkę i porozmawiał chwilę z córką.

I tak magiczna chwila minęła.

Później już jakoś nie nadarzyła się taka okazja, choć wielokrotnie byli sami, niestety, czar nie nadchodził. Ewa była przekonana, że już nigdy nic z tego nie będzie, gdyż albo Maciek tak bardzo kochał Grażynę, że nie wyobrażał sobie innej kobiety na jej miejscu, albo postanowił, iż ona, Ewa, jest i zawsze już będzie tylko jego siostrą. A niech to diabli!

*

Dostali pokój na drugim piętrze, z okien mieli piękny widok na góry. Poza tym małżeńskim łożem, zajmującym centralne miejsce, były tu jeszcze dwie szafki nocne, a na każdej z nich lampka. Pod oknem, właściwie w rogu pokoju, stał stolik z dwoma wygodnymi fotelami, a w drugim rogu ustawiono elegancką białą toaletkę z taboretem.

Do pokoju wchodziło się przez maleńki korytarzyk, w którym wbudowano szafę ścienną. Po drugiej stronie były drzwi do sporej łazienki, nie tylko z wanną, ale i z kabiną prysznicową.

Elegancja Francja!

Mieli też duży balkon, a właściwie – loggię; stał tam składany stolik i dwa wygodne, rozkładane fotele.

Spodobało im się to „miejsce do leżakowania", teraz jednak raczej było za zimno na jakieś opalanie, choć w ciągu bardzo słonecznego dnia, gdyby tak porządnie otulić się kocami, które znaleźli w szafie, może by się udało troszkę na tym słońcu posiedzieć.

Na razie jednak chcieli zjeść kolację i odpocząć po długiej podróży, rozpakowali się więc i zeszli do jadalni.

Tam, przy dwuosobowym stoliku – z czego się bardzo ucieszyli – nie mieli bowiem ochoty na jakieś przypadkowe towarzystwo przy posiłkach, czekały na nich talerze, sztućce i koszyk z pieczywem. Po chwili kelnerka w białym fartuszku przyniosła im półmisek z wędliną, oznajmiając, że zaraz będą gorące gołąbki w sosie pomidorowym.

– Mogą być? – zapytała. – Bo nie wiedzieliśmy, na co państwo będą mieli ochotę, więc wybraliśmy sami. A tu jest jadłospis na jutro, proszę tylko postawić krzyżyki przy tych potrawach, które państwo wybiorą.

– Mogą być gołąbki, oczywiście, bardzo lubimy, dziękujemy – zgodnym chórem odpowiedzieli Ewa i Maciek.

– No popatrz, jakie luksusy, menu do wyboru. – Wiedziałaś, gdzie wygrać ten weekend – pochwalił Ewę Maciek.

Wybrali więc sobie dania na jutro, a potem jedli i jedli tę kolację, jakby byli nie wiadomo jak głodni, a tak naprawdę obydwoje chcieli jak najbardziej opóźnić moment, w którym będą musieli wrócić do pokoju i wleźć do tego małżeńskiego łoża.

Maciek też już od dawna nie uważał Ewy za siostrę. Zawsze mu się podobała, a ponieważ znał ją całe życie, nie zauważał upływu lat i bez przerwy widział w niej tamtą dziewczynę, z którą biegał w czasie wakacji po Trójmieście i pełnych uroku uliczkach warszawskiej Starówki. Kiedy zjawiła się Grażyna, owszem, pokochał ją i ożenił się z nią. Potem kochał ją jeszcze bardziej, bo dała mu Karolinę. Ale Ewę zawsze też kochał, jakby „obok", nie zdając sobie z tego sprawy. No i dlatego, że tak ułożyli swoje stosunki, wmawiając sobie – co zawsze zauważała Grażyna – ten bratersko-siostrzany układ.

Po pogrzebie Grażyny, której śmierć przeżył ogromnie, tym bardziej że była taka tragiczna i niespodziewana, Maciek zamknął się w sobie, uważając, że „romantyczną" część życia już ma za sobą. Dopiero słowa Karoliny, gdy tańczyli ze sobą walca na jej weselu, o tym, że on też powinien ułożyć sobie ponownie życie – „a najlepiej, tatuśku, z ciocią Ewą" – wstrząsnęły nim na tyle, że zaczął powoli rozważać taką ewentualność. Tym bardziej że wydało mu się nagle, że Ewa już od jakiegoś czasu nie widzi w nim brata, tylko… mężczyznę? Pewny nie był i nie wiedział, jak się zachować.

Po kolacji postanowili iść na spacer, spalić trochę tych gołąbkowych kalorii – no i odwlec moment, w którym… Właśnie, w którym co? Ewa też się zastanawiała, patrząc na to małżeńskie łoże, jak to dalej się potoczy. W zasadzie była zła, że są dwie kołdry, bo to przecież tak, jakby mieli dwa osobne łóżka. Ale przecież nie mogła poprosić o jedną większą, choć najchętniej właśnie tak by zrobiła. Znając Maćka i widząc jego reakcje na jej ostrożne próby zbliżenia, była pewna, że rycerski „braciszek", tfu, tfu, owinie się niczym kokon w tę swoją kołdrę na najdalszym końcu łóżka – i nie drgnie przez całą noc. Postanowiła więc trochę pomóc losowi. Szli główną ulicą miasta, na której – mimo dość późnej pory – niektóre sklepy były jeszcze otwarte.

– Wiesz, mam ochotę na jakieś dobre wino – powiedziała. – Trzeba uczcić tę wygraną, prawda?

– Oczywiście, ale zadziwię cię. – Maciek się roześmiał. – Mam w torbie dwie butelki bordeaux, wybrane i polecone przez sprzedawcę, bo sam, jak pewnie wiesz, specjalnym znawcą nie jestem. Podobno znakomite, więc albo go spróbujemy, albo jeśli wolisz, możemy coś kupić w tutejszym sklepie.

– To już żadnego wina dziś nie kupujemy. Może następnym razem – zdecydowała Ewa. – Teraz zobaczymy, co ci wybrał ten sprzedawca. Wracamy.

No, cóż, wrócili, tym chętniej, że zrobiło się całkiem zimno, a poza tym byli już jednak nieco zmęczeni.

I obydwoje – nie da się ukryć – zafascynowani tym małżeńskim łożem.

Ale stało się tak, jak przewidywała. Wino winem, nastrój nastrojem, a jak już, wykąpawszy się po kolei, wleźli do łóżka, Maciek ułożył się na samym końcu po swojej stronie opatulony kołdrą.

– O, do diabła – powiedziała dość głośno Ewa. – Maciejku kochany, chodź no tu do mnie – zażądała.

O dziwo, nie ociągał się wcale i szybko znalazł się na jej połowie łóżka, choć w dalszym ciągu okręcony tą swoją kołdrą. Ewa jednak natychmiast ściągnęła ją z niego i przytuliła się mocno, narzucając na nich oboje jedną kołdrę. I potem Maciek już wiedział, co ma robić, a obie kołdry spadły na podłogę, na co żadne z nich nie zwróciło uwagi.

– Ewusiu, pewna jesteś? – spytał tylko, zresztą już w mało stosownym momencie.

– Och, ty głuptasie! – westchnęła Ewa, wtulając się w niego jeszcze bardziej.

I później tak zasnęli, leżąc jedno przy drugim, jak dwie łyżeczki. Maciek podniósł tylko z podłogi jedną z kołder, bo przecież była zima.

Rano, po pobieżnej toalecie, wskoczyli znowu do łóżka i nie wychodzili z niego aż do momentu alarmu ogłoszonego przez budzik.

– Śniadanie – westchnęła Ewa. – Konia zjem z kopytami, nie pamiętasz, co tam było w menu na dzisiaj?

– Nic nie pamiętam, bo myślałem tylko o tym małżeńskim łożu i przeklętych dwóch kołdrach – odpowiedział Maciek, wyłażąc z łóżka. Nagle wybuchnął głośnym śmiechem. Śmiał się i krztusił, aż ją zezłościł.

– Co cię tak śmieszy? – Ewa nastroszyła się, zła, że nie wyjaśnił jej powodu swojego świetnego humoru.

Maciek właśnie podniósł jej piżamę – w niebiesko--różowe misie.

– Kocham cię! – powiedział, chichocząc dalej.

– No dobrze, to moja ukochana piżama, wcale nie śmieszna, tylko słodka. A jeśli chcesz wiedzieć, to mam też w walizce uwodzicielską koszulę nocną z koronkowymi wstawkami w strategicznych miejscach. Na dodatek powiem ci – tylko znowu się nie śmiej – że to twoja córka mi ją kupiła i wepchnęła do walizki. Nie przypuszczasz chyba, że w domu sypiam w czymś takim. No, ale wczoraj nie mogłam jej włożyć, choć i tak wiedziałam, że cię uwiodę. Pomyślałam jednak, że ta koszula mogłaby cię na tyle wystraszyć, że uciekłbyś do Warszawy. Na piechotę.

– Karolina? Taką koszulę? – śmiał się dalej Maciek. – Chociaż właściwie wcale się nie dziwię, bo już od swojego ślubu przekonuje mnie, że powinienem sobie na nowo ułożyć życie, i to właśnie z tobą. Pokaż tę koszulę – zażądał.

– O nie, mój panie, teraz idziemy na śniadanko, a koszulkę obejrzysz wieczorem, dobrze?

Jednak tak natychmiast nie zeszli na śniadanie. Przez całą tę dyskusję o koronkowej koszuli i przez efekty, które owa dyskusja wywołała, na pierwsze śniadanie trochę się spóźnili. Obsługa pensjonatu nie powiedziała jednak ani słowa, przyzwyczajona do tego, że pary z „apartamentu małżeńskiego" na ogół spóźniają się na śniadania.

Przez ten tydzień pobytu w Sasance wyjaśnili sobie nareszcie, co czują do siebie, i pojęli, że ich miłość nie jest zdradą wobec Grażyny. Rozumieli to obydwoje, rozumiała to przecież nawet Karolina.

Ale tacy już obydwoje byli – uczciwi i lojalni aż do szpiku kości, chociaż niepotrzebnie, nawet swoim kosztem. Dobrze się więc złożyło, że trafił się ten konkurs, ta wygrana, no i wreszcie – ich desperacja. W zasadzie desperacja Ewy...

Pooglądali trochę urocze miasteczka Karkonoszy i przyrzekli sobie, że kiedyś wrócą tu latem, gdy zwiedzanie będzie łatwiejsze. Najbardziej zachwycili się świątynią Wang, największą atrakcją Karpacza, mieszczącą się tuż przy wejściu do Karkonoskiego Parku Narodowego.

Podobały im się też Szklarska Poręba, Świeradów i Przesieka, podobało im się wszystko, co widzieli, bo oglądali to razem. Zachwycali się wszystkim, na co patrzyli „poprzez siebie", bo przede wszystkim wpatrywali się w siebie nawzajem, jak gdyby zobaczyli się po raz pierwszy. I w zasadzie naprawdę tak było, bo przedtem widzieli w sobie jedynie brata i siostrę – teraz natomiast – nareszcie jednocześnie – dostrzegli mężczyznę i kobietę. I podobało im się to, co ujrzeli. Maciek nie zauważał żadnych zmarszczek na twarzy Ewy ani niedoskonałości skóry, już przecież nie dwudziestoletniej, Ewa natomiast widziała mężczyznę w kwiecie wieku, ze zmarszczkami, owszem, ale takimi, które tylko dodają uroku dojrzałym mężczyznom.

Kochali się po prostu i choć ten stan trwał już od kilkunastu lat, dopiero teraz pozwolili sobie – w zasadzie głównie Maciek, bo Ewa wiedziała to już dawno – na dopuszczenie do siebie tej świadomości.

W przeddzień wyjazdu poprosili o kolację do pokoju i przy pachnących świecach, które Ewa kupiła specjalnie na tę okazję i porozstawiała na ochronnych talerzykach, Maciek wręczył jej pierścionek, wybrany wspólnie u „Jubilera" w Szklarskiej Porębie, ustaliwszy oczywiście przedtem, że nie będą dłużej marnować życia osobno.

Postanowili opowiedzieć wszystko Karolinie dopiero po powrocie, choć dzwoniła do nich co drugi dzień i podstępnie wypytywała oboje, jak im się podoba pobyt w apartamencie małżeńskim.

Podjęli decyzję, że pobiorą się jak najprędzej, uznając, że dostatecznie długo naczekali się na wspólne życie. Wybrali maj, bo był to ich ulubiony miesiąc. Ewa postanowiła, że jej wiązanka musi być z gałązek bzu. Jeszcze nigdy nie widziała, żeby jakaś panna młoda miała taki bukiet. A bzy Ewa kochała najbardziej. Maciek natomiast lubił wszystko, co lubiła Ewa.

Karolina z Adamem nie mogli się doczekać powrotu „rodziców Linki", jak mawiał o nich Adam, upewniwszy się przedtem, czy nie uraża w ten sposób uczuć żony, która przecież Grażynę, swoją prawdziwą matkę, bardzo kochała.

– Nic nie zmieni faktu, że moją mamą, najlepszą i najukochańszą, była mama Grażyna – oświadczyła mu wtedy. – Ale wiesz, ja właściwie zawsze miałam jakby dwie matki, bo ciocia Ewa uczestniczyła prawie w każdym wydarzeniu mojego życia. A już w tych najważniejszych zawsze. I może nawet częściej jakieś swoje dziecięce czy nastoletnie zmartwienia wypłakiwałam w rękaw cioci, a nie mamy. Czasami mamie wstydziłam się przyznać do tego czy owego, a bez oporów opowiadałam to cioci Ewie. I po śmierci mamy trochę lżej mi było znosić ten wielki smutek, wiedząc, że mam przy sobie ciocię – opowiadała mu.

Adam pokiwał głową; wiedział przecież, jak Karolina kocha Ewę.

– A czy wiesz, że na naszym ślubie odważyłam się szepnąć tacie, że chciałabym, żeby i on ułożył sobie życie, i powiedziałam, że najbardziej by mnie ucieszył, gdyby się związał z ciocią Ewą – ciągnęła. – Bo wiesz, jestem już dużą dziewczynką i widzę, jak ludzie na siebie patrzą. A oni od dawna patrzyli na siebie tak, jakby się kochali. Tylko każde z nich bało się zrobić ten pierwszy krok. I jeszcze, już na koniec, powiem ci, że na pewno nie zniosłabym, gdyby ojciec znalazł sobie jakąś dzierlatkę, bez względu na jej wiek. Natomiast gdyby mi oznajmił, że żeni się z ciocią, byłabym najszczęśliwszą kobietą na świecie.

– To ja też – zgodził się z nią Adam, który polubił i Maćka, i Ewę od pierwszej chwili i traktował ich jak swoich rodziców.

Zatem obydwoje stali się szczęśliwi, usłyszawszy – po powrocie Ewy i Maćka – o planowanym majowym ślubie.

*

No więc, kochany pamiętniku, zgwałciłam Maćka. Prawie dosłownie. Ale gdybym się nie odważyła, pomarlibyśmy osobno, takie dwa samotne zasuszone staruszki usychające z niespełnionej miłości. Lepiej późno niż wcale – zawsze powtarzałam, że wierzę w ludową mądrość i uwielbiam wszelkie przysłowia. No więc wprawdzie późno, ale zawsze!

Ewa Zielińska... niebawem.

Ja.

Karolina mówi, że jest szczęśliwa, i widzę, że naprawdę. Teraz tym bardziej będzie moją córeczką, więc... kto wie, może i marzenie o domku nad morzem jakoś nam się spełni...

Obecnie mam na głowie różne takie babskie sprawy, o których nigdy bym nie pomyślała, że mogą jeszcze kiedyś mnie dotyczyć. Przecież już byłam mężatką – i jakoś ślubem z Olgierdem w ogóle się nie przejmowałam. A teraz wertuję różne katalogi, oglądam wystawy i szukam tej jedynej, najpiękniejszej... sukni? Tylko że ja raczej nie noszę sukienek. Kostiumy, garsonki, a najczęściej i najchętniej – spodnie. Ale przecież nie wezmę ślubu w spodniach. Choć, w zasadzie, niby czemu nie???

Mam problemy, prawda?

Rozdział 25

Urszula z niedowierzaniem wpatrywała się w dwie czerwone kreski na teście ciążowym. Wprawdzie miała już dwadzieścia osiem lat i wcale nie było za wcześnie na dziecko, zresztą zawsze planowali z Wieśkiem, że kiedyś będą mieć dzieci, ale myślała, że jakoś to wcześniej ustalą, uzgodnią, wyliczą termin. Do głowy jej nie przyszło, że dziecko może sobie samo wybrać czas, w którym zechce przyjść na świat, najwyraźniej w ogóle nie zamierzając pytać o to rodziców. Zresztą mogła to przewidzieć, nie stosowali przecież żadnych środków zapobiegawczych.

Trudno, stało się, nie ma sensu teraz się tym martwić. Zaraz, zaraz... martwić? Przecież powinna się cieszyć i w zasadzie się cieszy, naprawdę. Dopiero teraz do niej dotarło, co się stało – będą mieli dzieciaaaczkaaa!!! Wydała indiański okrzyk i wyskoczyła z łazienki, wymachując testem.

– O rany boskie, co się stało? – zapytał Wiesiek, któremu z wrażenia gazeta wypadła z ręki. – Co to jest, czym tak machasz?

– Dziecko, Wiesiuńku, dziecko!

– Jakie dziecko, o czym ty mówisz? – „Wiesiuniek" nie rozumiał, co ma jakiś tam patyczek do dziecka. I jakiego dziecka, u licha? Czyjego, znaczy się? No, ale cóż, przecież był tylko inżynierem...

– Nasze, Wiesiu, nasze dziecko! – Urszula tańczyła po pokoju, nawet nie wyobrażając sobie, że będzie się aż tak cieszyć.

Bez pukania wpadła do drugiej części domu, zamieszkiwanej przez rodziców, a właściwie już tylko przez tatę Wieśka, pana Janka. Pani Zofia umarła półtora roku po ślubie syna z Urszulą.

– Tato – krzyczała – dziecko! Będziemy mieć!

– Skąd? – niezbyt inteligentnie spytał teść i potencjalny dziadek. – To znaczy, głupio mówię – zreflektował się od razu. – Chciałem wiedzieć, czy jesteś pewna i kiedy to będzie?

– Właśnie, ja też chciałbym to wiedzieć. – Za plecami Urszuli zmaterializował się kompletnie zaskoczony mąż.

– No, test mi wyszedł, przecież ci pokazuję!

Test testem, ale po dwóch tygodniach Wiesiek zaciągnął żonę do ginekologa, który wszystko potwierdził. Dziecko miało się urodzić w maju 1999 roku.

I urodziło się. Chłopczyk, co bardzo ucieszyło obu panów Kruszyńskich. Urszula w skrytości ducha miała nadzieję na córeczkę, ale gdy jej położyli na brzuchu Michasia, natychmiast zapomniała o marzeniach o córeczce i nie zamieniłaby swojego najpiękniejszego na świecie synka na żadną dziewczynkę.

Pan Jan miał cichą nadzieję, że nazwą syna po nim, więc żeby mu nie było przykro, chłopczyk otrzymał dwa imiona – Michał Jan. Urszula zgodziła się nawet, żeby w metryce było Jan Michał, bo to lepiej brzmiało, ale mówili na synka Michaś i dziadek Janek też przywykł do tego imienia. Mogli zresztą nazywać malca Duduś, Koko, Misio albo Michaś. Jak chcieli.

Najważniejsze, że w papierach było „Jan", czyż nie?

Urszula, która do tej pory nie prowadziła prywatnej praktyki, po dwóch miesiącach siedzenia w domu przy niemowlęciu zaczęła wyłazić ze skóry i wymogła na teściu zrealizowanie obiecanego prezentu ślubnego, czyli wyposażenie gabinetu dentystycznego w najnowocześniejszy sprzęt. Dla pana Jana nie był to wydatek ponad siły, gdyż już dawno miał zgromadzone fundusze, i to nie w polskiej walucie. Urszula dogadała się więc z Bożeną, najlepszą przyjaciółką ze studiów, u której zresztą poznała swojego męża, że poprowadzą ten prywatny gabinet we dwie. Na dodatek brat Bożeny był protetykiem, więc miały nadzieję, że im się uda. Tym bardziej że w pobliżu nie było dentysty. Wiedziały, bo obleciały pół Woli, jak mówiły.

Wiesiek wydrukował im piękne reklamówki, które porozkładały w pobliskich sklepach i porozlepiały na słupach, przystankach i wszędzie, gdzie się dało, mniej lub bardziej legalnie. No i pan inżynier informatyk zamieścił ogłoszenie w internecie. Wprawdzie internet nie był jeszcze tak powszechnie dostępny i popularny, ale w wielu miejscach już z niego korzystano. Oczywiście zamieściły też ogłoszenia w gazetach.

Ku ich miłemu zdziwieniu zaraz pojawili się pierwsi pacjenci i w niedługim czasie zdobyły sobie renomę. Może dlatego, między innymi, że ceny za ich usługi były dość umiarkowane. Ale postanowiły na razie cen nie podnosić, chciały najpierw wyrobić sobie solidną markę i zdobyć większą liczbę pacjentów.

Michaś był bardzo grzecznym i spokojnym niemow-
lakiem, mama mogła go więc – w czasie gdy przyjmowała pacjentów – spokojnie zostawiać pod czujnym
okiem dziadka Jana, który po prostu uwielbiał malca.
Zmiana pieluszki nie była dlań niczym nadzwyczajnym.
Urszula musiała więc tylko karmić synka. Ale przecież
nie pracowała bez przerwy, specjalnie zawarła spółkę
z Bożeną, żeby gabinet był czynny przez kilka godzin
dziennie – a nawet w soboty – i żeby mogły wymieniać
się godzinami przyjęć. Bożena nie miała jeszcze własnej
rodziny, mogła więc się dostosować do rozkładu zajęć
przyjaciółki.

We wrześniu, czyli gdy Michałek skończył już cztery
miesiące i był rozkosznym, tłuściutkim, uśmiechniętym
bobaskiem, przyjechał dziadek Stanisław, który właśnie
miał urlop przed swoim ostatnim rejsem. Postanowił nieodwołalnie, że od lutego 2000 roku przechodzi na emeryturę. Zdecydowanie zalecał mu to lekarz ortopeda
z uwagi na stan kręgosłupa.

Oczywiście Stanisław także zachwycił się Janem Mi-
chałem, bo w zasadzie nie było nikogo, kto by się tym
uroczym malcem nie zachwycał. Michaś naprawdę był
bardzo pogodnym i prześlicznym dzieckiem. Od razu podbił serce nowego dziadka, wyciągając do niego
łapki, zafascynowany chyba wąsami pana Stanisława,
bo nikt w jego otoczeniu czegoś takiego na twarzy nie
miał.

Urlop dziadka Stasia minął szybko i panu Szyngweldo-
wi bardzo nie chciało się wyjeżdżać, ale udobruchano go
obietnicą, że w lecie następnego roku, gdy już przejdzie
na emeryturę, wszyscy Kruszyńscy zjadą na urlop do Redłowa.

Pan Stanisław pielęgnował więc tę obietnicę w sercu i łatwiej mu było wrócić do domu, a następnie wyruszyć w swój ostatni „przedemerycki" rejs.

A Urszula z Bożeną rozwijały działalność stomatologiczną, czasami zawierając w gabinecie bardzo potrzebne znajomości. Jedną z nich nawet w bardzo dramatycznych okolicznościach. Któregoś dnia, gdy na fotelu dentystycznym siedziała około sześćdziesięcioletnia pani Stefania, z drugiego pokoju rozległ się rozpaczliwy płacz najmłodszego Kruszyńskiego. Akurat była pora dyżuru dentystycznego mamy Michasia, ale Urszula pewna, że przy synku jest przecież dziadek Janek, nie przejęła się tym zbytnio, przekonana, że po prostu trzeba dziecku zmienić pieluchę, co zaraz nastąpi.

Płacz jednak nie ustawał – przeciwnie, przybierał na sile, Urszula więc nie wytrzymała.

– Najmocniej panią przepraszam, pani Stefanio, zajrzę tylko, co tam się dzieje. – I pobiegła do drugiego pokoju.

Dziadek Janek leżał na podłodze, a Michał darł się w niebogłosy, bo nikt się nim nie zajmował.

Na szczęście Urszula nie domknęła drzwi i pani Stefania usłyszała jej krzyk:

– Tato, tato, co ci się stało? – Teść jednak nie odpowiadał, bo stracił przytomność. Pani Stefania wtargnęła bez zaproszenia do pokoju i przejęła rządy.

– Niech pani natychmiast dzwoni po pogotowie, a ja się zajmę dzieckiem.

Pogotowie przyjechało bardzo szybko i zabrało pana Jana do szpitala, z podejrzeniem zawału serca. Dziecku natomiast rzeczywiście należało jedynie zmienić pieluszkę, co pani Stefanii nie sprawiło najmniejszego kłopotu, jako że wychowała troje wnucząt.

Okazało się, niestety, że był to rzeczywiście zawał serca i mimo wysiłków lekarzy pan Jan po dwóch dniach zmarł w szpitalu.

I Wiesiek, i Urszula bardzo to przeżyli. Tata nigdy nie chorował na serce i na nic się nie skarżył. Okazało się, że jednak chorował – tylko, niestety, nic o tym po prostu nie wiedział.

O tyle mieli jednak szczęście, że pani Stefania zgodziła się – i to z wielkim entuzjazmem – zostać nianią Michasia. Zajmowała się nim najtroskliwiej, jak tylko można. Była po prostu stworzona do opieki nad dziećmi. Pulchniutka, okrąglutka, mięciutka, przytulaśna.

Kto poznał panią Stefanią,
Ten wolał od innych pań ją.
Coś w niej już takiego było,
Że popatrzeć na nią miło.*

Choć dalsza część już nie całkiem do tej właśnie pani Stefanii pasowała, początek od razu przychodził do głowy tym, którzy popatrzyli na panią Stefanię. I… znali „Słówka" Boya.

Mimo żałoby gabinet dentystyczny Urszuli i Bożeny mógł więc działać dalej.

Na dodatek rozwijał się coraz bardziej, przyjęły więc trzecią wspólniczkę i dokupiły drugi fotel dentystyczny z pełnym oprzyrządowaniem. Mogły sobie już na to pozwolić. Tą trzecią była Krysia, także ich koleżanka ze studiów, mama sześciomiesięcznego Mateuszka, którego pani Stefania z radością przyjęła pod swoje opiekuńcze

* Fragment wiersza „Stefania" Tadeusza Boya-Żeleńskiego.

skrzydła. Krysia po prostu przychodziła z nim do pracy i oddawała synka pani Steni, a ta opiekowała się obydwoma chłopcami, bardzo zadowolona z dodatkowego zarobku i z dodatkowego podopiecznego, dzieci bowiem bardzo kochała. A malcy baraszkowali razem, zadowoleni ze swojego towarzystwa.

Rozdział 26

Przygotowania do ślubu Ewy i Maćka szły pełną parą. Ewa, której ślub z Olgierdem był cichy i kameralny, teraz niemal wpadła w amok i organizowała wszystko z wielkim rozmachem. Zaprosiła już pół Warszawy, jak sama z siebie się śmiała; kupiła dwie wystrzałowe garsonki, jedną grubszą, drugą lżejszą – no bo kto może wiedzieć, jaka będzie pogoda? Dobrała do nich chyba z sześć bluzek w różnych kolorach i zamęczała Karolinę ubraniowymi dylematami. Zachowywała się jak wychodząca po raz pierwszy za mąż dwudziestolatka, którą tak naprawdę była – w sercu. Ciągała Maćka po różnych sklepach, w których wybierała mu garnitury, koszule, buty, a nawet skarpetki. Maciek poddawał się temu z pogodną biernością, w gruncie rzeczy zachwycony entuzjazmem przyszłej żony.

Data ślubu została ustalona, zaproszenia rozesłane, wszystko przygotowane. Powoli kończył się kwiecień i za moment miał rozpocząć się ten najpiękniejszy miesiąc – maj.

No i... życie znowu pokazało, że nie pozwoli sobą kierować. Któregoś dnia, na początku maja, dwa tygodnie przed ślubem, Ewa rano jakoś dziwnie się poczuła, była osłabiona i bolały ją wszystkie kości. Poszła, oczywiście, do pracy, ale czuła się coraz gorzej. Hanka, z którą siedziała w pokoju, wypchnęła ją do lekarza.

– Idź – powiedziała – bo mi tu jeszcze padniesz. To pewnie ten stres przedślubny, ale niech cię lekarz osłucha, bo może to jednak jakaś grypa cię dopadła. Zaraz, zaraz, a gorączkę masz?

– Nie wiem – odpowiedziała Ewa, czując się coraz dziwniej – nie mierzyłam.

Hanka, która była przewidująca i dobrze zorganizowana, wyciągnęła z szafki przy biurku termometr, strząsnęła i podała Ewie.

– Masz, tylko włóż go dobrze i trzymaj dziesięć minut.

Ku wielkiemu zdziwieniu Ewy termometr pokazał 39,2°C. Nic dziwnego, że tak źle się czuła. Bez protestów poszła do gabinetu lekarskiego. Lekarz badał ją, badał i kręcił głową.

– Przyznaję, że nie wiem, co pani jest – poddał się w końcu. – W płucach czysto, w oskrzelach cicho, gardło normalne. Dziwne... Dam pani trzy dni zwolnienia, może to po prostu nerwy, czasami tak bywa. Żadnych lekarstw nie przepisuję, proszę tylko dużo pić. Ma pani w domu jakąś aspirynę? Jeśli gorączka nie spadnie do wieczora, proszę łyknąć na noc dwie tabletki. No, a gdyby się nie poprawiało, proszę zajrzeć do mnie jutro. Może do jutra coś się wykluje...

I tak też się stało.

Ewa poszła do domu i wlazła do łóżka, zabroniwszy Karolinie i Maćkowi wstępu do mieszkania. Gorączka nie spadała, więc na noc połknęła te dwie zalecane aspiryny. Rano jednak czuła się równie źle, a gdy poszła do łazienki, żeby chociaż się ochlapać – na prysznic nie

311

miała siły – ujrzała na ciele dziwne krosty. Dużo krost. Wszędzie.

Ospa???

Ewa nie pamiętała, na co chorowała jako małe dziecko. A nie miała nikogo, kogo mogłaby spytać.

Zwlokła się więc z łóżka i poszła do lekarza. Na szczęście było blisko.

Doktor potwierdził jej przypuszczenia – miała ospę wietrzną. Przepisał odpowiednie leki, poinstruował, co i jak należy robić (głównie smarować te krosty i, oczywiście, nie drapać ich).

Przedłużył zwolnienie, kazał pokazać się za miesiąc. Wystawił też skierowanie do szpitala zakaźnego.

– Gdyby gorączka nie spadła po trzech, czterech dniach, proszę koniecznie iść do szpitala. Ospa nie jest groźna w wieku dziecięcym, jednak u dorosłych jej przebieg bywa gorszy i często dochodzi do różnych powikłań.

– Panie doktorze, jak to miesiąc? – spytała zrozpaczona Ewa. – Widzi pan, ja... ja... – zająknęła się.

– No, co „ja, ja"? – zaciekawił się pan doktor.

– Ja... ech... – odetkało ją – no, ja za dwa tygodnie biorę ślub.

– Niestety, ma pani pecha. A może szczęście – zaśmiał się z własnego, dla Ewy w ogóle nieśmiesznego dowcipu. – Choroba potrwa około sześciu tygodni. U dorosłych tak jest. Musi więc pani przesunąć to szczęśliwe wydarzenie.

Ewa była oszołomiona. Istotnie, śmieszne. Jasne, przecież nie mogło być za dobrze. Ślubu jej się zachciało? No to nic z tego. Przynajmniej w maju.

A właśnie że wyjdę za mąż w maju! – wrzasnęła w duchu. Czekałam tyle, to poczekam jeszcze trochę. Ale maja nie odpuszczę.

Maciek z Karoliną, oszołomieni nie mniej niż ona, poodwoływali wszystko, a ponieważ obydwoje przeszli ospę w dzieciństwie, dzielnie opiekowali się biedną chorą.

Gorączka przeszła po trzech dniach i gdy Ewa uspokoiła się już po rozczarowaniu wywołanym koniecznością przesunięcia ślubu, ta choroba zaczęła jej się nawet podobać. Leżała sobie w domu, w przytulnym łóżku, obłożona stosem książek i najróżniejszych smakołyków – i spokojnie czytała, czytała, czytała. Wszystko ją swędziało, jakoś to jednak znosiła. Była zła, że nie może się przytulić do Maćka, ale powtarzała sobie, że przecież jest dzielna i silna.

I jakoś wytrwała.

*

W połowie czerwca 1999 roku Karolina zaczęła źle się czuć. Kręciło jej się w głowie, miała dreszcze i podwyższoną temperaturę. Ponieważ bardzo rzadko się przeziębiała, zlekceważyła trochę te objawy i nikomu nic nie mówiąc, w dalszym ciągu chodziła do pracy. Tym bardziej że rozpoczęła specjalizację na okulistyce i bardzo była tym przejęta.

Pewnego dnia jednak zemdlała w pracy, na szczęście w dyżurce, nie przy pacjencie. Wezwany internista, zresztą dobry kolega Karoliny, Tomasz Kroszczyn, trochę kręcił głową, bo według niego coś tam „szemrało" w płucach, zlecił więc natychmiast wszelkie niezbędne badania, a po badaniach kazał iść przynajmniej na trzy dni do domu. Chyba żeby – odpukać – w badaniach wyszło coś złego, to wezmą ją na oddział. Na szczęście przy wizycie internisty był szef Karoliny, zawiadomiony przez zaniepokojone pielęgniarki, i poparł zalecenia Tomasza, każąc jej od razu wracać do domu.

Adam, który dowiedział się o wszystkim dopiero po powrocie z pracy, wpadł w panikę i natychmiast zadzwonił do Ewy, choć Karolina krzyczała, że kategorycznie zabrania. Ewa przyjechała, zresztą razem z Maćkiem – i tak zaczęli skakać koło chorej córeczki, że naprawdę ją zmęczyli do tego stopnia, iż wlazła do łóżka, włożywszy swoją ulubioną piżamę z Myszką Miki, na której widok Maciek dostał ataku śmiechu, przypominając sobie piżamę Ewy w niebieskie i różowe misie w apartamencie dla nowożeńców w Karpaczu.

– Och, tato, może ja mam zapalenie płuc, a ty mi tu śmiechy urządzasz – obraziła się Karolina.

– Ja go zaraz wyprawię do domu, bo tylko nam tu będzie przeszkadzał i zaraz ci opowiem, z czego się śmiał – odezwała się Ewa, także z uśmiechem.

– Dobrze, dobrze, zaraz sobie pójdę, tylko najpierw zmierz temperaturę, córeczko – poprosił Maciek. – Przez to twoje gadanie o zapaleniu płuc od razu wesołość mi przeszła.

Okazało się jednak, że Karolina ma tylko trzydzieści siedem i trzy, więc uspokojony Maciek dał się wyprawić do domu, wymógłszy na Ewie obietnicę, że powiadomi go, gdyby coś się zmieniło.

Wieczorem jednak gorączka się nie podniosła – wręcz odwrotnie – spadła do normalnego stanu, więc Ewa spokojnie pojechała do domu, opowiedziawszy najpierw

Karolinie historię o piżamie w niebieskie i różowe misie.

– I wiesz co? – powiedziała jeszcze, gdy już wyśmiały się porządnie z tych misiów. – Okazało się, że ta koszulka z koronkami, którą mi kupiłaś i prawie siłą wcisnęłaś do walizki, okazała się w ogóle niepotrzebna. Bo wyjęłam ją tylko po to, żeby twojemu tacie ją pokazać. Nie dał mi szansy jej włożyć – opowiadała Ewa, której stosunki z Karoliną były bardziej przyjacielskie niż matczyne, mogły więc obie bez skrępowania rozmawiać na każdy temat.

Maciek oczywiście o tym nie wiedział. Maciek był tatą i tak było dobrze.

Następnego dnia rano gorączka nie wróciła, Adam pojechał więc do szpitala, po stutysięcznych zapewnieniach żony, że gdyby się gorzej poczuła, natychmiast zadzwoni do niego.

Gdzieś około dziesiątej rano w mieszkaniu rozdzwonił się telefon.

– Obojętnie, czy to ty, tato, czy ty, mój mężu, dajcie mi trochę pospać – burknęła Karolina do słuchawki, już prawie ją odkładając.

– To nie twój tata ani twój mąż, mamusiu! – Usłyszała głos Tomka Kroszczyna. – To ja, Tomek. Gratuluję ci – powiedział.

– Tomaszu, poznaję cię po głosie, ale nie rozumiem, o czym mówisz. Weź pod uwagę, że naprawdę spałam, szczęśliwa, że nareszcie mogę. Czego mi gratulujesz? Czy pobiłam rekord świata w dobrych wynikach badań?

– Jak się czujesz? – wypytywał ją Tomek. – Nie masz już zawrotów głowy? A może wymiotujesz?

Do Karoliny zaczęło coś docierać.

– Czekaj, czekaj! – prawie krzyknęła w słuchawkę. – Czy ty naprawdę chcesz mi powiedzieć to, o czym dopiero w tej chwili pomyślałam? „Mamusiuuu"? Czy powinnam umówić się na wizytę do Kasi?

Kasia, o dziesięć lat starsza, była ich wspólną koleżanką, bardzo przez obydwoje lubianą. Poznali się w szpitalu, właściwie na obiadach, które jakoś wypadały im o jednym czasie. A przede wszystkim – Kasia była ginekologiem.

– Ale przecież mówiłeś, że coś mi tam szemrze w płucach.

– Bo trochę szemrało, ale płuca są w najlepszym porządku. Masz po prostu lekki nieżyt oskrzeli i to one ci, że się tak wyrażę, podszemrywały co nieco. A poza tym nic ci nie jest. A do Kasi umów się koniecznie.

– Dziękuję ci bardzo za najlepszą na świecie wiadomość, szanowny doktorze. Ale gdybyś gdzieś przypadkiem spotkał mojego męża, nie mów mu nic, dobrze? Rozumiesz chyba, że sama chcę to zrobić.

– Jasna sprawa! – odrzekł Tomek i się rozłączył.

Karolinie dopiero teraz podskoczyła gorączka, ale oczywiście z emocji. Z Kasią umówiła się za dwa tygodnie – żeby nie było za wcześnie.

Zadzwoniła do Adama i powiadomiła go, że są już wyniki badań – ma lekki nieżyt oskrzeli, a poza tym na nic nie jest chora. No, przecież nic nie skłamała – ciąża to nie choroba, każdy to wie. A ponadto w kwestii tej ewentualnej ciąży chciała mieć najpierw sto procent pewności.

Taką samą wiadomość przekazała też telefonicznie ojcu, ale gdy zadzwoniła do Ewy, zaczęła piszczeć w słuchawkę.

– Cioooociu! Zwolnij się z pracy, błagam! – zawołała. – Przyjedź do mnie natychmiast!

– O matko, co ci jest, Linuśka? – przestraszyła się Ewa.

– Ciociuuuu, nic mi nie jest, ale przyjedź! Tylko ty mi jesteś potrzebna. I to natychmiast! Dobrze? Możesz?

– No, spróbuję, pewnie będę mogła, bo nigdy się nie zwalniam, a mam mnóstwo nadgodzin. Powiedz mi tylko raz jeszcze, że mam się nie martwić, a jeśli to jest to, o czym myślę, to chyba nie wytrzymam... Już jadę! – oświadczyła Ewa.

– Tylko nie mów tacie ani nikomu – poprosiła Karolina, upewniając ją tym samym, że naprawdę ma dla niej tę wiadomość, której Ewa się domyśliła.

Adam wlepił zdumiony wzrok w stół, obficie zastawiony przeróżnymi smakołykami, sałatkami, surówkami, roladkami, galaretką z nóżek i jeszcze innymi wspaniałościami i przepięknie przybrany porozkładanymi tu i ówdzie gałązkami brzozy owiniętymi w ozdobne serwetki.

– Linka! – odezwał się niepewnie. – Jeśli o czymś zapomniałem, to przyznaję się bez bicia, zapomniałem. Ale o co chodzi? Rocznicę ślubu mamy w październiku i to nie są ani moje, ani twoje imieniny, urodziny także nie. Wygraliśmy w totolotka?

– Lepiej! – odparła Karolina. – Ale poczekaj jeszcze chwilę, dowiesz się wszystkiego, kiedy przyjdą rodzice.

– Rodzice? Wszyscy?

– Wszyscy – potwierdziła Karolina.

A gdy już przyszli rodzice, z których tylko Ewa była zorientowana, o co chodzi, ale udawała oczywiście, że nic nie wie, Karolina – usadziwszy wszystkich przy stole – wniosła uroczyście do pokoju dwie porcelanowe miseczki. W każdej było po kilka zwiniętych w ścisłe ruloniki karteczek. Postawiła te czarki przed Adamem.

– Wybieraj – powiedziała. – Z każdej po dwie kartki. Nie rozwijaj, tylko połóż o tu, na tym spodeczku. Te z lewej czarki – po lewej stronie, te z prawej – po prawej.

Wszyscy wpatrywali się w niego, szalenie zaintrygowani. Wyciągnął po dwa ruloniki i posłusznie ułożył je na spodeczku. Karolina odstawiła czarki z pozostałymi karteczkami na bok.

– A teraz rozwijaj po kolei i głośno czytaj – poleciła.

Adam sięgnął po te z lewej strony.

– Wiedziałam – mruknęła.

– Co wiedziałaś? – zdenerwował się Adam, trochę zirytowany tym przedstawieniem.

– Rozwijaj i czytaj wreszcie, bo wszyscy zaraz gremialnie popękamy z ciekawości, jeśli natychmiast się nie dowiemy, co tam jest – powiedziała pani Marylka.

– Wiktor – przeczytał Adam. Rozwinął drugą kartkę. – Bartłomiej.

– A teraz te z prawej strony – zarządziła Karolina.

Na jednej było napisane: „Anna", na drugiej: „Wiktoria".

– O co tu chodzi? – Adam spojrzał z nadzieją najpierw na Maćka, a potem na swojego tatę.

Obydwaj mieli takie same miny, jak on, czyli niezbyt mądre.

Natomiast pani Marylka rzuciła się najpierw na szyję Ewie, bo obok niej siedziała, a potem – przewracając krzesło, na co ona, zawsze taka cicha myszka, nawet nie zwróciła uwagi – skoczyła w stronę Karoliny, na szczęście wyhamowując w porę, bo Ewa już się obawiała, że przewróci i to drugie krzesło, a przy okazji Linkę.

– Oj, cieszę się, cieszę się, cieszę się… – zacięła się jak zepsuta płyta. – Mężczyźni! – Odblokowało ją po chwili. – Spójrz tylko na nich! – Roześmiała się, machając ręką w stronę swojego męża. – Wiciu! Dziadkiem będziesz!

– No wiesz co – zwrócił się do żony Adam – jak żyję, nie słyszałem o takiej metodzie informowania męża, że zostanie ojcem. O ile o to właśnie chodzi – dodał z niepokojem.

– A bo ja oryginalna jestem. Jeszcze tego nie wiesz? – Karolina objęła go za szyję. – Oczywiście, że o to chodzi. A mówię wam to teraz, bo już jestem całkiem pewna, mam za sobą wszystkie badania i zapewnienia lekarzy, że wszystko jest w najlepszym porządku. Poród w styczniu. A imię, mój ukochany mężu, wybierzemy wspólnie. Te na karteczkach to taka tylko zabawa, choć nie ukrywam, że przemyślałam sobie te imiona i tak się złożyło, że wyciągnąłeś akurat te, które najbardziej mi się podobają.

– Mnie też bardzo się podobają. Nawet w połączeniach – chłopiec nazywałby się Wiktor Bartłomiej, a dziewczynka – Anna Wiktoria. A wy co o tym sądzicie? – zwrócił się do całej czwórki rodziców, do których już od dawna zaliczali też Ewę.

Wszystkim imiona, a właściwie ich zestawy, podobały się bardzo.

– A co miało znaczyć to twoje „wiedziałam", gdy wybrałem pierwszą kartkę? – zapytał Adam, przypomniawszy sobie reakcję Karoliny, gdy sięgnął po rulonik z lewej strony.

319

– No, bo wiedziałam, że z lewej strony są męskie imiona i twoja podświadomość wybrała chłopca, czyli że będziesz wolał syna.

– Nic podobnego – zaprzeczył Adam. – Wolę albo syna, albo córkę, wolę to dziecko, które się urodzi. I żebyś nie myślała inaczej!

W styczniu 2000 roku urodził się Wiktor Bartłomiej. Ponieważ okazało się, że Karolina ma zespół preekscytacji serca, tak zwany syndrom WPW[*], trzeba było zrobić cesarskie cięcie. Tak zadecydowali lekarze, a Karolina, cóż, zaledwie okulistka, ani myślała się sprzeczać. Najważniejsze, że wszystko dobrze poszło i chłopiec urodził się zdrowy, ze wszystkimi paluszkami, uszkami i innymi narządami. Oczywiście od urodzenia był prześliczny! I miał wspaniały czarny lok na czubku głowy.

Okazał się jednak dzieckiem troszeczkę przekornym; zamiast spać, chciał jeść, a kiedy powinien jeść, wolał zajmować się czymś innym. I nie znosił zostawać sam w pokoju, choćby na chwilę. Gwałtowny protest było wtedy słychać – jak mawiali jego rodzice – aż w Trójmieście.

Miał już trzy miesiące i Karolina najchętniej wróciłaby do pracy, tym bardziej że chciała ukończyć specjalizację. Ale nie mieli pojęcia, co zrobić z synkiem. A rozwiązanie było takie proste! Mama Adama od dwóch lat była na emeryturze, a tata przechodził na emeryturę za kilka miesięcy. Pani Marylka i tak prawie codziennie przyjeżdżała do wnuka i naprawdę bardzo pomagała Karolinie.

[*] Zespół Wolffa–Parkinsona–White'a – zaburzenia przewodzenia serca.

Gdy więc jakoś przypadkiem zgadało się przy którymś z obiadów o tym, że Karolina chce dokończyć specjalizację, dziadkowie Tuszyńscy zaproponowali, że zaopiekują się wnukiem.

Karolina, po przedyskutowaniu sprawy z Adamem, przyjęła ich ofertę. Miała do nich absolutne zaufanie, mały przy babci zawsze dobrze się sprawował, nic więc nie stało na przeszkodzie, żeby spróbować.

Najpierw więc pani Marylka sama, a od lipca razem z mężem, opiekowała się Wiktorem Bartłomiejem, nazywając go z atencją dwoma dorosłymi imionami. Na osobności i po cichu był jednak Wiktusiem Bartusiem, co nikomu nie przeszkadzało. Rodzice mówili do niego po prostu „Wiktorku", czasami – „Wiktorku-potworku" – ale tylko wtedy, gdy nikt nie słyszał.

*

No, chciałam mieć córeczkę, a na razie zostałam babcią. Babcią!

Ale kino, zważywszy, że niedługo mam być panną młodą. Teraz wszyscy byli zajęci i podekscytowani „naszą ciążą", więc znowu przełożyliśmy ślub. Pocieszam się jednak, że ludowe przysłowie mówi – co się odwlecze, to nie ucieczce!

Skoro oboje z Maćkiem już wiemy, że chcemy być razem, to będziemy – a gdy czekaliśmy na to całe nasze życie, to jeszcze kilka chwil nie ma znaczenia. I tak przecież jesteśmy już teraz bezustannie razem. Mieszkamy na Złotej, bo stąd obydwoje mamy bliziutko do pracy.

Cóż więc zmieni jakiś papierek?

Choć… wyznam, że zawsze byłam tradycjonalistką. I tak mi zostało. Jednak chcę tego papierka. I choćby nie wiem co, doczekam się go z pewnością!

Ale baba ze mnie, co?

No i dobrze!

Przecież nie ma przepisu, który mówiłby, że najpierw trzeba wziąć ślub, a dopiero potem można zostać babcią. U mnie – na odwrót. Zawsze chciałam być oryginalna.

Rozdział 27

Pod koniec 2000 roku okazało się, że Urszula po-nownie jest w ciąży. Dziecko miało się urodzić w lipcu 2001.

Najbardziej ucieszyła się pani Stefania. Oczywiście to żart, ale nie taki całkiem daleki od prawdy. Urszula trochę się martwiła, że na jakiś czas będzie musiała prze-rwać pracę, a pracę swoją po prostu uwielbiała. Wielką radość sprawiało jej, gdy mogła ulżyć pacjentom w bólu, a jeszcze większą radość sprawiali jej ci pacjenci, któ-rzy przychodzili leczyć zęby w początkowej fazie cho-roby, gdy łatwej było ją opanować i naprawić szkody. Na szczęście współpraca z Bożeną i Krystyną układała się idealnie, Urszula wiedziała więc, że na te kilka miesięcy – czy może raczej tygodni, jak miała nadzieję – przejmą jej pacjentów.

Tata Stanisław zakończył już pływanie i większość czasu spędzał z rodziną w Warszawie, upierając się przy gotowaniu obiadów, czemu córka bardzo się nie sprze-ciwiała, bo jakoś kulinarnych zamiłowań po ojcu nie odziedziczyła.

Tak więc Urszula miała pewność, że z panią Stefanią i kucharzącym ojcem da sobie radę z drugim dzieckiem także.

Wiesiek cieszył się bardzo. I marzył o córeczce. Nawet miał wybrane imię – Joasia – ale nie zdradzał się ze swoimi marzeniami, żeby nie zapeszyć.

Urszula też cieszyłaby się z córeczki, bo synka już mieli. Ale gdyby urodził się drugi chłopiec, nie miałaby nic przeciw temu. Lubiła tych małych urwisów, a widząc, jak świetnie dogaduje się jej synek z synkiem Krystyny, sądziła, że trzeci malec też by się szybko dopasował do tego duetu.

Lekarza robiącego USG uprosili, żeby im nie mówił, co się urodzi. Chcieli mieć niespodziankę. Pan doktor się zgodził, choć ostatnio jakoś się dopytywał, czy aby na pewno nic nie chcą wiedzieć. Nie chcieli za żadne skarby! Pytali tylko, czy wszystko w porządku, i wystarczała im odpowiedź twierdząca.

– Panie doktorze – pytała Urszula – ma wszystkie nóżki? I wszystkie rączki?

– Owszem, owszem, wszystkie – potwierdził pan doktor, chichocząc dziwnie.

– A czemu pan się śmieje? – zapytał Wiesiek.

– Nic, nic – odpowiedział lekarz. – Po prostu ogólnie jestem zadowolony z życia.

Toteż nikt – nawet pani Stenia, choć ta ostatnia trochę się dziwiła, że Urszula jest tak bardzo gruba – nie był przygotowany na Asię i Jasię, które urodziły się jako identyczne bliźniaczki jednojajowe, nie do odróżnienia od dnia przyjścia na świat. I gdyby nie absolutna pewność, że same sobie nie mogą zamienić tasiemek na nóżkach (Asia miała różową, Jasia – czerwoną), pani Stenia chyba by uwierzyła, że tak właśnie robią. Bo gdy zaczynała płakać „różowa", niania odwracała się, żeby dać jej butelkę, a tu okazywało się, że „różowa" jest całkiem z życia zadowolona, a płacze „czerwona". W związku z czym na wszelki wypadek obydwie dostawały butelki.

Tata Stanisław okazał się bardzo pomocny, bo teraz tych wszystkich dzieci zrobiło się nieco dużo. Na szczęście dom, który kupili państwo Kruszyńscy, okazał się całkiem wystarczający, wymagał tylko drobnej przeróbki, aby można było dostać się z jednego mieszkania do drugiego bez wychodzenia na zewnątrz.

Na nieśmiałe sugestie pana Stanisława o przeprowadzce całej rodziny do Redłowa Urszula tylko wzruszała ramionami.

– Tato, przecież ja mam tu pacjentów, a Wiesiek dobrą pracę. Wiesz, że w tej swojej Telekomunikacji został już zastępcą dyrektora jednej z komórek. Więc nie ma o czym mówić, przynajmniej na razie.

To „przynajmniej na razie" dodawała tak na uspokojenie, wiedziała przecież, że raczej na pewno do Trójmiasta nie wrócą. Z przyjemnością natomiast spędzali tam urlopy. To znaczy – zamierzali spędzać, gdy tylko dziewczynki ociupinkę podrosną.

Na razie nie mogli marzyć o jakimkolwiek urlopie, nawet z panią Stefanią, która stała się już pełnoprawnym członkiem rodziny. Ku zadowoleniu wszystkich.

Jednak dziadek Stanisław nie zamierzał całkowicie rezygnować z oddychania ukochanym morskim powietrzem.

Tak więc gdy Michaś miał już trzy lata i trzy miesiące, w sierpniu 2002 roku, pan Stanisław uprosił Urszulę i Wieśka, żeby pozwolili mu pobyć z wnukiem w Redłowie chociaż przez dwa tygodnie.

Akurat wyprowadził się wnuk ciotki pani Gertrudy. Początkowo umowa na wynajem była podpisana do roku 2000, ale budowa się przeciągnęła, a ponieważ pan Stanisław i tak mieszkał u córki, nie było żadnego problemu, żeby lokatorzy zostali dłużej. Nawet wszyscy byli z takiej sytuacji bardzo zadowoleni.

Jednak w lipcu młodzi się wyprowadzili – i dziadek Stasio, oporządziwszy dom po lokatorach, mógł wreszcie gościć w nim chociaż jednego wnuka.

Umówił się nawet z sąsiadką, samotną panią po sześćdziesiątce, której mąż zmarł kilka miesięcy temu, że przeniesie się do niego na te dwa tygodnie – było przecież gdzie, dom też składał się z dwóch części – i pomoże opiekować się malcem. Sąsiadka, pani Katarzyna, zgodziła się na tę propozycję z wielkim entuzjazmem. Tym chętniej, że każde zajęcie pomogłoby jej uporać się z żalem po śmierci męża. Na dzieciach się znała, bo jeszcze dwa lata temu mieszkała z nimi córka z malutkim synkiem, która zamierzała rozwieść się z mężem i wyprowadziła się do mamy. Jednak po pół roku młodzi się pogodzili, wyjaśniwszy jakieś tam nieprawdziwe podejrzenia o zdradę – i, cóż, córka opuściła dom rodziców, zabierając oczywiście synka ze sobą. Niby nie mieszkali daleko, bo w Tczewie – ale dla pani Kasi taka wyprawa to już była... właśnie wyprawa. Tak więc zbyt często do córki nie jeździła. Młodzi natomiast przyjeżdżali jeszcze rzadziej, jak to w życiu.

Sąsiadka bardzo chętnie przystała na prośbę pana Stanisława i cieszyła się, że będzie miała towarzystwo i malucha pod opieką.

Jednak tak się nieszczęśliwie zdarzyło, że w piątym dniu pobytu w Redłowie Michałek spadł z dwóch schodków prowadzących do domu i złamał nóżkę w kostce. Obyło się na szczęście bez komplikacji, pogotowie zawiozło chłopca do ambulatorium, gdzie po prześwietleniu i stwierdzeniu prostego złamania, a nawet w zasadzie tylko pęknięcia, lekarze założyli mu gips, dali odpowiednie leki zapobiegające powstaniu skrzepu i pozwolili wziąć dziecko do domu. Oczywiście nieszczęśliwy dziadek zadzwonił do rodziców Michasia, którzy przyjechali natychmiast i zabrali chłopca do Warszawy. Pan Stanisław pojechał z nimi, bo przecież potrzebny był w domu do pomocy przy tych wszystkich maluchach, zwłaszcza przy tym jednym z nóżką w gipsie.

Rzecz jasna nikt nie miał pretensji ani do dziadka Stasia, ani do pani Katarzyny, ale oni obydwoje mieli ogromne wyrzuty sumienia, choć przecież bezzasadne, bo dziecka nie da się upilnować przez dwadzieścia cztery godziny na dobę. A z tych pechowych dwóch schodków mógł spaść nawet w obecności mamy i taty, tudzież całej pozostałej rodziny. I tak wszystko skończyło się szczęśliwie.

Jednak pan Stanisław nie ponawiał już propozycji zabrania wnuczka nad morze, postanowił cierpliwie poczekać, aż cała rodzina zdecyduje się wybrać do Redłowa. Oczywiście łącznie z panią Stefanią, wprawdzie „przyszywanym" członkiem rodziny, aczkolwiek absolutnie niezbędnym, szczególnie przy Asi i Jasi, które rosły jak na drożdżach.

*

Czas płynął, dzieci podrastały, a ich rodzice wciąż nie mieli jakoś czasu na wspólny wyjazd do Redłowa. Był już rok 2003, a do tej pory Wieśkowi tylko raz udało się wziąć w maju tydzień urlopu i załadowawszy do samochodu dziadka Stasia oraz Michałka, już trzyletniego, pojechali nad morze. Fatalnie jednak trafili, bo prawie cały czas padał deszcz i było zimno. Ojciec z synem zrezygnowali więc po trzech dniach i wrócili do Warszawy, zniechęciwszy się już całkiem do odpoczynku w Redłowie.

Dziadek Stasio zbuntował się jednak i postanowił trochę pomieszkać we własnym domu, spotkać się z sąsiadami, kolegami, odwiedzić ukochane miejsca w Trójmieście. Został więc i zapowiedział, że wróci przed zimą.

A niech trochę za mną zatęsknią, pomyślał. Nie przewidział jednak, że on sam będzie bardziej tęsknił. Ale się zawziął, ambicja nie pozwoliła mu wrócić zbyt szybko. Choć prawie się złamał, gdy w kolejnej rozmowie telefonicznej Michaś się rozpłakał i pytał, czy był niegrzeczny, że dziadek go zostawił i tak długo nie przyjeżdża.

– Nie, Michasiu, nie byłeś niegrzeczny – odpowiedział wzruszony pan Stanisław. – Niedługo do was wszystkich wrócę, ale muszę tu jeszcze pozałatwiać trochę spraw.

W istocie szukał jakiegoś lokatora, bo od wyprowadzki wnuka cioci żony, przez cały ten czas, kiedy dziadek Stasio mieszkał z rodziną w Warszawie, dom w Redłowie stał pusty, czym pan Szyngweld nieco się martwił. Ale znalezienie lokatora okazało się nie takie proste, byle komu domu wynająć nie chciał, a nikogo znajomego albo poleconego jakoś nie mógł znaleźć.

Któregoś dnia, zrezygnowany i zmartwiony, postanowił zrobić sobie przyjemność i pojechał do Sopotu. Ogromnie lubił siedzieć na samym końcu sopockiego mola i wdychać rześkie powietrze. Choć zawsze powtarzał, że zatoka to nie morze, jednak lepszy rydz niż nic, więc kiedy tylko było mu źle, szedł na molo w Orłowie, a gdy było mu bardzo źle – jechał na molo w Sopocie.

Siedział tam więc i obserwował ludzi spacerujących po molo, a w taką ładną pogodę – jak zazwyczaj w sierpniu nad morzem – urlopowiczów było wielu. Pan Stanisław z przyjemnością patrzył na rodziny z dziećmi, choć po chwili zrobiło mu się bardzo przykro. No proszę, tyle rodzin może sobie jakoś zorganizować urlop i wyjechać z dziećmi nad morze, płacąc niemałe pieniądze za pokój – a jego rodzina ma i jego, i dom w Redłowie po prostu w nosie i w ogóle tu nie zaglądają.

Nagle usłyszał głośne wołanie:

– Wiktor, poczekaj! Stój natychmiast! – Odwrócił się i ujrzał małego chłopaczka, który z szelmowskim uśmiechem pędził co sił w tłuściutkich nóżkach na koniec mola, akurat tam, gdzie siedział pan Stanisław. Za malcem biegła młoda kobieta, z obłędem w oczach i z rozwianym włosem.

Pan Stanisław wstał i rozłożywszy szeroko ramiona, złapał małego uciekiniera i zakręcił nim dookoła.

– Hej, sokole, dokąd tak pędzisz? – zakręcił nim jeszcze raz.

– Co to jest „sokole"? – koniecznie chciał wiedzieć Wiktorek.

– Sokół to taki ptak. Wolny, piękny i silny. Całkiem jak ty – odpowiedział ze śmiechem „łowca sokołów", oddając chłopca zasapanej matce.

– Oj, dziękuję, że go pan złapał – wykrztusiła młoda kobieta. – Chciał popływać w morzu, no niech pan sobie wyobrazi! I pobiegł, żeby wskoczyć do wody. O mało zawału nie dostałam. Wyrwał mi się i pognał. Muszę usiąść – powiedziała Karolina, bo to była właśnie ona.

Przyjechali z Adamem i „Wiktorkiem-potworkiem" zaledwie wczoraj, a ten mały demon od razu postanowił się utopić.

Nadszedł Adam, trzymając w rękach trzy porcje lodów.

– Czemu tak szybko pobiegliście? Nie mogłem za wami nadążyć, lody się roztopią – powiedział, patrząc ze zdziwieniem na nieznajomego mężczyznę, z którego kolan Wiktor w ogóle nie zamierzał zejść.

– Może ja się przedstawię. – Pan Stanisław skłonił głowę. – Stanisław Szyngweld, miło mi państwa poznać.

Karolina opowiedziała Adamowi, jak to ich synek postanowił popływać w morzu, przed czym uratował go właśnie pan Szyngweld.

Adam aż zbladł, słuchając.

– Czy pan jest tu sam? – zapytał.

– Owszem – potwierdził z nieszczęśliwą miną pan Stanisław.

– To zapraszamy pana na obiad. I absolutnie nie przyjmuję żadnej odmowy – oświadczył stanowczym tonem Adam.

– Ależ nie zamierzam odmawiać, bardzo chętnie zjem z państwem obiad. Trochę przykro jeść samemu. Moja rodzina niedawno wyjechała.

Zjedli dobry obiad, gawędząc miło, a pan Stanisław opowiadał różne anegdoty ze swojego kucharzenia na statkach. Mówił też o portach na całym świecie, w których był; nic więcej – poza portami – w zasadzie z tego świata nie widział.

Bardzo sympatycznie im się rozmawiało i nawet Wiktorek był wyjątkowo grzeczny.

– Jeszcze raz panu serdecznie dziękujemy za czujność i przytrzymanie naszego syna. Może do tego morza by nie wpadł, ale żona dostałaby zawału serca. – Adam potrząsnął ręką pana Stanisława, a Karolina ucałowała go po prostu w oba policzki.

– Ja też chcę dać buzi temu wujkowi – oznajmił Wiktorek i oczywiście wycisnął mokrego buziaka na policzku nowego znajomego.

– Do widzenia i życzymy wszystkiego najlepszego – pożegnali się Tuszyńscy, idąc w stronę dworca, tym razem mieszkali bowiem w Orłowie. Znaleźli jakąś prywatną kwaterę w internecie. Całkiem byli zadowoleni – i z pokoju, i z tego, że są w pobliżu swojego ukochanego klifu orłowskiego (albo redłowskiego, jak kto woli).

Następnego dnia pojechali do Gdańska i idąc Długim Pobrzeżem, zobaczyli, że można popłynąć statkiem na Westerplatte, a miejsce, gdzie sprzedawano bilety, jest bliziutko. Upewniwszy się więc co do godziny, o której odpływa statek, stwierdzili, że zdążą kupić bilety i postanowili pokazać Wiktorkowi to historyczne miejsce. Wiedzieli, że ich synek jest jeszcze za mały, żeby cokolwiek zrozumieć, uznali jednak, że nie zaszkodzi mu, jeśli obejrzy nowy kawałek świata. Poza tym mieli świadomość, że największą atrakcją dla małego będzie rejs statkiem. Adam poszedł więc po bilety i wsiedli. Razem z nimi – i z innymi pasażerami – płynęła bardzo sympatyczna grupa młodzieży, skupiona wokół kobiety w średnim wieku, z wielką energią komenderującej nastolatkami.

Gdy dopłynęli na miejsce, Karolina zapytała tę panią, czy nie będzie miała nic przeciwko temu, że pójdą we troje z jej grupą, słuchając opowieści o tym miejscu.

– Oczywiście, że nie, ale chyba państwa synek jeszcze niewiele zrozumie – odpowiedziała przewodniczka. – Jestem Ewelina Jaworska – przedstawiła się.

– Tuszyńska, miło mi – odwzajemniła się Karolina. – Wie pani, do czegoś się przyznam. Obydwoje z mężem kochamy Trójmiasto. Byliśmy tu już kilkanaście razy, ale tak się jakoś złożyło, że nigdy nie wybraliśmy się na Westerplatte. Aż wstyd. I wielki wstyd, że niewiele wiemy o tym miejscu, poza tym pewnie, co wiedzą wszyscy, to znaczy o przybyciu pancernika „Schleswig-Holstein" i bohaterskiej walce polskich żołnierzy pod dowództwem majora Sucharskiego.

– Ależ bardzo proszę, nie mam nic przeciwko państwa towarzystwu, zapraszam do nas, oczywiście jeśli moje opowieści państwa nie znudzą.

Tak więc przeszli z tą miłą grupą cały szlak turystyczny Westerplatte, a to wcale niemały kawałek drogi. Adam niósł Wiktora, który w pewnym momencie usnął sobie spokojnie na rękach taty. W sumie Adam i Karolina byli bardzo zadowoleni z tej wyprawy i zachodzili w głowę, jak to się złożyło, że byli tu pierwszy raz w życiu. Obydwoje.

Gdy dotarli do końca, czyli do kopca – pomnika Obrońców Wybrzeża, każdy przysiadł, gdzie mógł, odpoczywając po przejściu nie takiej znów krótkiej trasy.

Oczywiście Karolina nie byłaby sobą, gdyby nie zaczęła mówić półgłosem:

Kiedy się wypełniły dni
i przyszło zginąć latem,
prosto do nieba czwórkami szli
żołnierze z Westerplatte.

I bardzo się zdziwiła, gdy oto stanęła obok niej cała grupka młodzieży, deklamując razem z nią:

(A lato było piękne tego roku) – zaznaczyli za Gałczyńskim – i mówili dalej:

I tak śpiewali: Ach, to nic,
że tak bolały rany,
bo jakże słodko teraz iść
na te niebiańskie polany.

I wyrecytowali cały wiersz, a właściwie „Pieśń o żołnierzach z Westerplatte" Konstantego Ildefonsa Gałczyńskiego, najmocniej akcentując ulubiony fragment Karoliny:

I ci, co dobry mają wzrok
i słuch, słyszeli pono,
jak dudnił w chmurach równy krok
Morskiego Batalionu.

Kiedy umilkli, otrzymali rzęsiste brawa, bo nawet nie zauważyli, gdy stanęła wokół nich spora grupka słuchaczy.

– Dziwi się pani, skąd oni to znają? – zapytała ze śmiechem Ewelina Jaworska. – To moja grupa teatralna, jesteśmy z Poznania, miło mi państwu przedstawić moich podopiecznych.

To była bardzo sympatyczna i udana wycieczka.

Następnego dnia pojechali znowu do Sopotu, bo tym razem obiecali synkowi rejs po zatoce, a statek odpływał właśnie z sopockiego mola.

Rejs udał im się znakomicie, Wiktora trzymali obydwoje, każde z nich za jedną rękę. Malec wcale nie był z tego zadowolony i usiłował rykiem obwieścić swój stosunek do takiego ubezwłasnowolnienia, ale przechodzący obok marynarz mrugnął nieznacznie do państwa Tuszyńskich i zapytał chłopca:

– Synku, widzisz tu jakieś płaczące dziecko?

Wiktor ucichł i rozejrzał się wokoło. Rzeczywiście, nie widział. W pobliżu było kilkoro dzieci, ale wszystkie siedziały bardzo grzecznie. Popatrzył więc na pana marynarza i pokręcił przecząco głową.

– No widzisz, żadne dziecko nie płacze, bo wszystkich mazgajów natychmiast wysadzamy na brzeg i nie mogą z nami płynąć. Jeśli więc chcesz zostać na statku, musisz być grzeczny. Obiecujesz?

Wiktor skwapliwie kiwnął głową, a Karolina uścisnęła z wdzięcznością rękę marynarza.

Gdy wrócili, Karolina, trzymając Wiktora za łapkę, poszła z nim na koniec mola. Mały miał zalecone oddychanie morskim powietrzem, bo stwierdzono u niego jakieś zaburzenia endokrynologiczne. Stąd brały się u niego te napady złości. A Adam znowu poszedł po lody.

Nagle Wiktor o mały włos nie wyrwał się Karolinie.

– Mamo, mamo, popatrz, wujek tam stoi! Chodźmy do niego, ja go luuubię!

– Jaki wujek? – Karolina zaczęła się rozglądać i spostrzegła pana Stanisława, który już usłyszał, że Wiktor go lubi, bo usłyszeli to chyba wszyscy spacerowicze. Malec miał głosik donośny.

– O, dzień dobry, ja też cię lubię, bardzo się cieszę, że cię widzę – powiedział pan Stanisław. – A pan znowu dla mnie lodów nie przyniósł – zażartował, widząc

nadchodzącego Adama, który niósł trzy porcje lodów.
– Jak to dobrze, że się spotkaliśmy – mówił dalej.
– Bo ja w ramach rewanżu chciałem państwa zaprosić
do siebie na obiad. I nawet się przyznam, że specjalnie
tutaj przyjeżdżam o tej porze. Wczoraj też czekałem, ale
państwa nie było.

– Bo moja żona miała występ na Westerplatte! – zaśmiał się Adam i opowiedział panu Stanisławowi o wy-
cieczce i sympatycznej grupie teatralnej z Poznania.

– Ale jak to: do siebie na obiad, to pan mieszka
w Trójmieście? – zapytali razem Adam i Karolina i wszyscy wybuchnęli śmiechem. – Tylko mowy nie ma o jakimkolwiek rewanżu, po co pan będzie sobie taki kłopot
robił? Przecież nas jest trzy razy więcej, więc powinni-
śmy przynajmniej trzy razy pana zaprosić – zażartowała
Karolina.

– Przecież opowiadałem państwu, że jestem kucharzem. A jak kucharz nie ma dla kogo gotować, to jest
nieszczęśliwy.

– Mamo, mamo! – zawołał Wiktor, ciągnąc Karolinę
za rękaw. – Ja nie chcę, żeby ten wujek był nieszczęśliwy!
Ja go lubię, mówiłem ci przecież!

– No więc sami państwo widzą, sprawa przesądzo-
na. – I pan Stanisław podał swój adres, zapraszając ich
do siebie na następny dzień.

*

Karolina ściskając w ręce jedną, ale za to dłuuugą ró-
żę, i Adam z butelką dobrego czerwonego wina w plasti-
kowej torbie, prowadzili między sobą Wiktora, wędru-
jąc powoli ulicą Powstania Wielkopolskiego, przy której

mieszkał pan Stanisław. Samochód zostawili w Orłowie i przyjechali do Redłowa kolejką, Adam oświadczył bowiem, że nie po to kupował takie dobre wino, żeby patrzeć, jak Karolina sama je pije.

– Z panem Stanisławem – zaoponowała.

– Z panem Stanisławem – zgodził się Adam. – Ale i ze mną.

Stanęli wreszcie przed właściwym numerem domu i podziwiali z zazdrością piękne dalie rosnące wzdłuż ogrodzenia, starannie przystrzyżony trawnik i przeróżne barwne kępki kwiatów, stwarzające wrażenie pozornego bezładu, a w rzeczywistości starannie rozplanowane. Dom był porządnie pomalowany na jasnokremowy kolor i pokryty czerwoną blachodachówką. Miał dwa osobne wejścia, ale numer posesji był jeden. Z prawej strony do budynku przylegał garaż, też jasnokremowy. Od żeliwnej furtki z ozdobnymi zawijasami do ganku, po którym wchodziło się do środka, biegła ścieżka wyłożona szaro-czerwonawym piaskowcem. Natomiast od bramy do garażu prowadził osobny podjazd z kostki bazaltowej. Był też drugi garaż, wolnostojący, również z bazaltowym podjazdem.

Całość wyglądała bardzo ładnie.

Nie zdążyli nacisnąć dzwonka przy furtce, gdy w drzwiach stanął pan Stanisław.

– Witam, witam miłych gości, proszę wchodzić, czekam na państwa, furtka otwarta.

Gdy weszli, gospodarz starannie zamknął furtkę na zamek.

– Teraz możesz sobie wszędzie biegać, sokole – powiedział do Wiktora i mrugając, zwrócił się do jego rodziców: – Teren starannie zabezpieczony, proszę się nie martwić, niech robi, co chce.

– Ale przecież kwiaty panu podepcze – zmartwiła się Karolina.

I zmartwiła się jeszcze bardziej, widząc łzy w oczach pana Stanisława.

– Proszę się nie denerwować, zaraz go zawołam, nic tu nie napsoci.

– Pani Karolino, ja się nie martwię, że on tu napsoci, niech psoci, ile chce, w końcu jest dzieckiem. Ja tylko przez chwilę pomyślałem o swoich wnukach, które nigdy mi nie psocą, bo w ogóle tu nie przyjeżdżają… Ale nie będę państwa zanudzał swoimi sprawami, zapraszam do środka.

Zostawili więc Wiktora na zewnątrz, a pan Stanisław oprowadził jego rodziców po domu. Wyjaśnił, że druga część ma osobne wejście, może więc stanowić całkiem odrębne mieszkanie, ale w korytarzu są też drzwi, przez które można się tam dostać bez wychodzenia na dwór.

W domu były dwa niezależne systemy ogrzewania: gazowy i tradycyjny, na węgiel. Na poziomie piwnicy znajdowała się kotłownia, a także pomieszczenie gospodarcze i wejście do garażu. W tej mniejszej części na parterze była kuchnia, pokój z wyjściem na mały taras od frontu budynku, drugi pokój i łazienka. Druga, większa część składała się z pięciu pokoi – jeden z nich miał wyjście na duży taras od strony ogrodu – i, oczywiście, także z kuchni i łazienki. Centralne położenie domu na działce pozwalało na ewentualną dalszą rozbudowę, a już z pewnością dałoby się bez kłopotu dobudować piętro. Na razie był tylko strych.

– Mama, patrz! – Wiktor podtykał Karolinie pod nos mocno zaciśniętą, brudną piąstkę. – Mam mjówkę!

– krzyczał. – Mrrrówkę – poprawił się zaraz, bo wreszcie nauczył się wymawiać literę „r", choć – jak słychać – nie za każdym razem mu się to udawało.

– No to chodź, wypuścimy mrówkę do ogródka, niech wraca do swojej mamy. – Karolina wzięła go za drugą rączkę, jeszcze brudniejszą od tej z „mjówką". – A potem pójdziemy do łazienki i umyjemy ręce, bo wujek Stasio zaraz podaje obiad.

Obiad był wspaniały, nawet niejadek Wiktorek spałaszował świeżą flądrę, starannie obraną dla niego z ości. Zjadł też sporo kiszonej kapusty, której w domu „nie luuubił!". Pochłonął także porządną porcję pysznego krupniku, a na deser dostał prawdziwego ptysia z prawdziwą bitą śmietaną.

– Mama! – oznajmił. – Ty nie umiesz tak gotować. Nigdy w życiu tyle nie zjadłem.

– Oj, to prawda – westchnęła Karolina.

Adam dyplomatycznie milczał.

Pan Stanisław opowiedział im o swoim życiu i o śmierci żony; o tym, jak nawet nie mógł być na jej pogrzebie, gdyż pływał w tym czasie na statku, gdzieś na końcu świata. Mówił też, jak marzyli o studiach córki i te marzenia się spełniły, owszem, ale cóż z tego, skoro ona teraz mieszka z całą rodziną w Warszawie. I właściwie on także, bo co ma tu robić sam.

– Tam chociaż obiady im gotuję. – Westchnął i pociągnął nosem.

Pokazał oczywiście zdjęcia wnuka i wnuczek i ucieszył się, gdy zachwyciło ich tak duże podobieństwo Asi i Jasi, teraz już dwuletnich.

Czas upłynął bardzo szybko, butelka wina pomogła w zacieśnieniu znajomości – do tego stopnia, że Karolina,

Adam i pan Szyngweld zostali prawdziwymi przyjaciółmi, przechodząc mimo różnicy wieku na „ty".

– W końcu Wiktor mnie lubi, prawda? – cieszył się pan Stasio. – Więc muszę być jego wujkiem. A do wujka własnego syna nie będziecie przecież mówić „proszę pana".

Usłyszawszy, że ich ukochanym miejscem w Trójmieście jest klif, zaproponował, żeby przyjechali jutro po śniadaniu, to oprowadzi ich po całej Kępie Redłowskiej.

– Pokażę wam takie miejsca, których pewnie nawet strażnicy nie znają. W końcu tutaj się urodziłem i znam tu każdy kamień. Nie raz i nie dwa sturlałem się jako dzieciak z tego urwiska prawie do morza. I jakoś nigdy nic mi się nie stało, chyba zgodnie z zasadą, że Pan Bóg chroni dzieci.

– I pijaków – bezwiednie dodała Karolina.

– No, po pijaku to nigdy nie łaziłem na klif – zaśmiał się pan Stanisław. – A tak po prawdzie to ja rzadko kiedy bywałem pijany. Na morzu miałem mało okazji, a na lądzie były zawsze inne zajęcia.

Następnego dnia więc znowu się spotkali. Pan Stanisław, oprowadzając Tuszyńskich po różnych zakątkach Kępy Redłowskiej, wspomniał, że niedługo będzie musiał już wracać do Warszawy, bo córka mu płacze w telefon, że tęsknią do smacznych obiadków.

– Ale nie mogę znaleźć przyzwoitego lokatora. – I pan Stanisław opowiedział im o wnuku ciotki żony, który dotąd mieszkał u niego, czyli u swojego wujecznego dziadka, czy jakie tam były między nimi powiązania rodzinne, ale musiał, do licha, skończyć budować ten swój dom niedawno i się wyprowadził.

– Miałem nawet kogoś umówionego, ale to była rodzina z piątką dzieci, więc po kilku miesiącach zapewne bym nie poznał domu. Więc się nie zgodziłem.

Karolina już od wczoraj, gdy poznała losy pana Stasia – już teraz Stasia – zaczęła się bardzo intensywnie zastanawiać nad pewną możliwością. A gdy teraz w pewnym momencie spojrzała na swojego męża, poznała po jego minie, że i on o czymś myśli. Mam nadzieję, że o tym samym – westchnęła w duchu.

– Stasiu najmilszy! – Wzięła pod rękę nowego przyjaciela. – Wiesz, nie ma tego złego, co by na dobre nie wyszło. Przyszedł mi do głowy pewien pomysł, ale najpierw muszę go obgadać z mężem. Czy możemy spotkać się jutro? Może mielibyśmy dla ciebie pewną propozycję. Tylko tym razem to my zapraszamy na obiad. Jest taka restauracja w Orłowie przy Alei Zwycięstwa, może ją znasz? – spytała.

– Ja znam wszystkie restauracje w Trójmieście, co nie oznacza, że we wszystkich bywam – zaśmiał się pan Stanisław. – Wolę sam gotować. Ale takiemu zaproszeniu się nie oprę.

– To jutro czekamy na ciebie o piętnastej, może być?

Pan Stanisław był bardzo zaintrygowany, Karolina jednak nie chciała pisnąć ani słowa, choć po szerokim uśmiechu Adama była prawie pewna – nie tylko tego, że on wie, co jej chodzi po głowie, ale że w pełni aprobuje ten pomysł.

– Domek nad morzem, tak? – spytał Adam, gdy położyli już spać swoje umordowane szczęście i usiedli na ławeczce przed domkiem, w którym wynajmowali pokój w Orłowie.

– Bo wiesz, kochany, tak sobie obliczyłam, biorąc pod uwagę ceny nieruchomości w Warszawie i Trójmieście, że gdyby pan Stanisław, to znaczy Stasio, chciał się z nami zamienić, to za ten jego domek można by mu zaproponować dwa nasze mieszkania.

– Ale my mamy tylko jedno – zauważył Adam.

– Oj, naprawdę, nie myślisz chyba, że wyprowadzilibyśmy się bez mojego taty i cioci Ewy. Więc mamy aż trzy mieszkania, jedno nasze i dwa cioci. Ciocia byłaby zachwycona, jestem o tym przekonana. Przecież zdecydowała, że w przyszłym roku przechodzi na wcześniejszą emeryturę, a domek nad morzem był jej marzeniem od dzieciństwa, przecież wiesz. A tata zawsze robi to, co postanowi ciocia. Z pracą nie miałby problemu, mógłby się przenieść do oddziału NBP w Gdańsku, jestem przekonana, że przyjęliby go tam z otwartymi ramionami.

– Widzę, że naprawdę wszystko dokładnie przemyślałaś – odparł z uśmiechem Adam. – A gdzie my będziemy pracować, też już wiesz?

– Pewnie, że wiem – odpowiedziała. – Stasio mieszka przy ulicy Powstania Wielkopolskiego w Redłowie, prawda?

– No, tak – zgodził się Adam.

– A co jest przy ulicy Powstania Styczniowego w Redłowie?

– No co?

– Szpital Morski, proszę pana. A w śródmieściu Gdyni, dokąd samochodem z Redłowa jedzie się pewnie z dziesięć minut, znajduje się Szpital Miejski. Do tego mamy jeszcze z dziesięć szpitali w Gdańsku – wymieniała Karolina. – I co? Myślisz, że nie znajdą się tam etaty dla okulistki i pediatry?

– Jestem pod wrażeniem – powiedział Adam. – Skąd ty to wszystko wiesz?

– No, wypytałam Stasia. On przecież mieszka tu całe życie, więc chyba wie, gdzie są szpitale.

– Nie dziwił się twojemu zainteresowaniu służbą zdrowia?

– Nie, bo mu powiedziałam, że jesteśmy lekarzami i tak pytam z zawodowego nawyku.

Adamowi coraz bardziej podobał się pomysł Karoliny. Tym bardziej że Wiktorek miał kłopoty endokrynologiczne i Adam jako pediatra wiedział, że morski klimat doskonale leczy takie dolegliwości.

Rozmawiali więc o tym, że Maciek z Ewą mogliby zamieszkać w tej mniejszej części domu – mieliby dwa piękne pokoje, kuchnię, łazienkę, taras, osobne wejście – spodobałoby im się tam z pewnością. A w tej większej części ulokowaliby się we troje, a nawet wygospodarowaliby jeden pokój na prywatny gabinet lekarski, w którym przyjmowaliby pacjentów na zmianę – okulistka i pediatra. W razie potrzeby można by jeszcze nadbudować coś w rodzaju piętra i urządzić tam trzecie mieszkanie. Na przykład dla rodziców Adama, gdyby trzeba było zaopiekować się nimi lub którymś z nich na starość. W tej chwili Marylka i Witold – choć już obydwoje na emeryturze – cieszyli się jednak doskonałym zdrowiem i Adam wiedział, że z ukochanej Warszawy nic by ich nie wyciągnęło. Ale czas płynie i nie wiadomo, czy za kilka lat któreś z nich nie będzie wymagało pomocy syna i synowej.

O nadbudowie piętereka myśleli też pod kątem ewentualnych pokoi dla gości, bo mieli mnóstwo znajomych i przyjaciół, których liczba – po przeprowadzce Adama i Karoliny nad morze – mogła się gwałtownie zwiększyć. Żadne z nich nie miało nic przeciw temu, wręcz odwrotnie. Lubili towarzystwo i z przyjemnością zapraszaliby gości, szczególnie z dziećmi, żeby Wiktor miał towarzystwo.

Nie mogli się już doczekać następnego dnia i rozmowy z panem Szyngweldem.

Rozmowa, zgodnie z przypuszczeniami, potoczyła się nadzwyczaj korzystnie. Pan Stanisław i tak w zasadzie mieszkał w Warszawie, u córki. Zyskując, w wyniku zamiany, dwa mieszkania w Warszawie, miałby co – jak się wyraził – zostawić w spadku wnukom. Wprawdzie wnuków jest troje, ale przecież dom, w którym obecnie mieszkała cała rodzina, składał się z dwóch mieszkań, tak więc naprawdę wszyscy troje będą pod tym względem zabezpieczeni. A dopóki dzieci nie podrosną, oba mieszkania przynosiłyby dochód z wynajmu.

– Dzięki waszemu pomysłowi byłbym całkiem nieźle sytuowanym człowiekiem – cieszył się pan Stanisław.

– Dobrą partią! – zaśmiała się Karolina.

– Hi, hi, hi – zawtórował jej podekscytowany Stasio. – A wiesz – zamyślił się – nie znamy przecież dnia ani godziny. Kto wie, kto wie... Wczoraj na molo w Sopocie spotkałem dwie miłe panie. Jedna była bardzo, ale to bardzo sympatyczna... – rozmarzył się. – To znaczy obydwie były sympatyczne, ale jedna bardziej. Obydwie są z Warszawy. Ja już teraz też prawie warszawiak, może gdzieś się spotkamy – opowiadał z przejęciem.

Pan Stanisław oczywiście chciał sprawę ewentualnej – nie, nie ewentualnej, tylko ustalonej – zamiany omówić z córką i zięciem, tak samo zresztą Adam z Karoliną chcieli porozumieć się co do szczegółów z rodzicami.

Ale generalnie uznali, że transakcję zawierają. Podali sobie ręce na „przyklepanie" i wszyscy ściskali kciuki, żeby wszystko się powiodło.

– O, jak dobrze, że już nie muszę szukać lokatorów – westchnął z ulgą Stanisław, czym wielce rozbawił Adama i Karolinę, bo zabrzmiało to tak, jak gdyby uważał to za najważniejszy argument skłaniający go do tej całej zamiany.

– Ale, Stasiu, chcę coś zastrzec! – powiedziała stanowczo Karolina. – Zgadzamy się na tę naszą zamianę pod jednym warunkiem.

Pan Stanisław aż się skulił z obawy, że nie będzie może w stanie spełnić tego warunku i cały pomysł, który już mu się nadzwyczajnie spodobał, upadnie.

– Jakim warunkiem? – wyszeptał zmartwiony.

Adam też spoglądał zdziwiony na Karolinę, bo wczoraj przy omawianiu tego projektu o żadnych warunkach nie rozmawiali.

– A pod takim oto, że co roku, przynajmniej na miesiąc będziesz do nas przyjeżdżał i będziesz naszym gościem. Żadnej odmowy ani skrupułów absolutnie nie przyjmuję.

– Popieram ten warunek w całej rozciągłości – powiedział Adam i uśmiechnął się szeroko, widząc wahanie pana Stanisława.

Nastąpiły ogólne uściski, w których najintensywniej uczestniczył Wiktor. I wcale mu nie przeszkadzało, że nie wie, o co chodzi.

Rozdział 28

Po powrocie z urlopu Karolina zwołała rodzinną naradę. Zrobiła zwykłe kotlety schabowe z kapustą, które cała rodzina uwielbiała, oraz swoją specjalność – biały barszcz – który również bardzo wszyscy lubili. Na deser była sałatka owocowa z bitą śmietaną i do tego wszystkiego dwie butelki dobrego czerwonego wina, jako że – znowu zdaniem całej szóstki – pasowało do wszystkich potraw.

Jak widać, rodzina była bardzo zgrana i kulinarnie zgodna. Z wyjątkiem Wiktorka – bo ten jadł tylko to, co chciał, i tylko wtedy, kiedy miał ochotę. Ale rodzice nie przejmowali się jego humorami. „Chce, niech je, nie chce, niech nie je" – mówili, nie martwiąc się wcale, że dziecko umrze im z głodu. W końcu Adam był pediatrą i dobrze wiedział, jak postępować z takimi niejadkami. A mały właściwie nie chciał jeść tylko przy pani Marylce, bo wiedział, że babcia zawsze w takim przypadku zastosuje metodę „przekupstwa". Najlepszy efekt dawało opowiadanie bajek, a czasami jeszcze obietnica kupna nowego samochodziku. Adam, dowiedziawszy się o tych sposobach, zirytował się na mamę, w końcu jednak machnął ręką, bo wielka krzywda z tego tytułu nikomu się nie działa. Babcia była przecież nieocenioną opiekunką, więc po cóż ją zrażać krytykowaniem jej metod wychowawczych. W końcu jego, Adama, dobrze wychowała, prawda?

Po obiedzie więc Karolina – bo umówili się z Adamem, że to ona przedstawi sprawę – jąkając się nieco ze zdenerwowania, co niepomiernie zdziwiło Ewę, która nigdy nie widziała i nie słyszała Linuśki takiej niepewnej, rozpoczęła opowieść od momentu poznania pana Stanisława Szyngwelda.

Gdy Karolina w końcu przeszła już do sedna sprawy, Ewa zerwała się od stołu i wydała dziki okrzyk, po czym, nieco zawstydzona, usiadła na kanapie. Zawstydzona, bo nikt poza nią nie okazał żadnych emocji. Bo też chyba nikt z całej rodziny, poza nią, nie marzył o domku nad morzem. I nikt, nawet chyba Maciek, nie znał tak Karoliny.

Dlatego też Ewa od razu domyśliła się dalszego ciągu opowieści. Siedziała jednak na tej kanapie, już cicho, obgryzając z emocji paznokcie.

– Tak więc, nasi kochani rodzice – kontynuowała Linka – przemyśleliśmy całą sprawę bardzo dokładnie. Wiemy, że mama Marylka i tata Witold z Warszawy się nie wyprowadzą za nic na świecie. Przypuszczamy natomiast, że z radością będziecie spędzać u nas przynajmniej miesiące letnie – o ile, oczywiście, nasz pomysł uda się zrealizować. Sądzimy też, że cioci Ewie i tacie Maćkowi, którzy zarazili nas miłością do Trójmiasta, ten domek w Redłowie z pewnością spodobałby się tak bardzo, jak nam, i że chętnie przeprowadzicie się tam z nami. Ciocia szczęśliwie już niedługo przechodzi na wcześniejszą emeryturę, a dla taty przeniesienie służbowe w ramach NBP nie będzie chyba żadnym problemem – tłumaczyła pełna entuzjazmu Karolina.

Opisała dokładnie cały domek, dwa oddzielne mieszkania, ale z łączącymi je drzwiami – które, według uzna-
nia, mogą być otwarte, zamknięte albo nawet zamurowa-
ne – i możliwość dobudowania trzeciego mieszkanka, dla
gości, również niekrępującego, z osobnym wejściem.

– Dlaczego nikt nic nie mówi? – przerwała swoją
opowieść, patrząc pytająco na wszystkich siedzących
przy stole.

– Ja już się wypowiedziałam – odezwała się Ewa, sie-
dząca na kanapie, z której nie ruszyła się po wydaniu
swojego indiańskiego okrzyku. – Nie mogę nic mówić,
bo chce mi się tylko płakać z radości. Albo ze zdenerwowania, że coś nie wyjdzie.

– A ja, jak wiecie, zawsze zgadzam się z Ewą, więc nie
muszę się wypowiadać – oświadczył Maciek. – Płakać
nie będę, ale cieszę się bardzo i popieram.

Rodzice Adama tylko kiwali potakująco głowami. Nie
musieli już się odzywać, wszystko zostało powiedziane.

Karolina przedstawiła projekt, wstępnie uzgodniony
z panem Szyngweldem, polegający na tym, że domek redłowski byłby zamieniony na dwa mieszkania warszawskie – Adama i Karoliny na Górnym Mokotowie oraz
Ewy na Bielanach.

Mieszkanie cioci po wujku Władku w dalszym ciągu
zostałoby w rodzinie i można by je ewentualnie wynaj-
mować, a gdzieś tam, w dalekiej perspektywie, mogłoby
się przydać dla Wiktora, choćby na czas studiów, gdyby
na przykład dostał się na uczelnię w Warszawie.

– A na dobudowę tego pięterka wzięlibyśmy kre-
dyt, który ewentualnie spłacałoby się z opłat za wynajem mieszkania. Jeszcze coś mogłoby nawet zostać,

bo za mieszkanie w takim punkcie Warszawy pewnie więcej pieniędzy się dostanie, niż wyniesie rata kredytu.

Siedzieli, liczyli, kalkulowali, marzyli. Rodzice Adama obiecali dołożyć jakieś tam swoje parę groszy i zdecydowanie ucięli wszelkie protesty na ten temat.

– Skoro chcecie dobudować trzecie mieszkanie, które tak troszkę byłoby nasze, to chcemy tak troszkę w tym uczestniczyć. Wy dajecie swoje mieszkanie, Maćki dają swoje, a nas chcecie pominąć? A co to, my gorsi? – zaperzył się strasznie pan Witold i aż poczerwieniał na twarzy.

– Ależ nie, tato – dzielnie odparł atak Adam, pełen obaw co do widocznie podniesionego ciśnienia ojca. – My tylko nie chcemy, żeby cała rodzina finansowała nasze pomysły.

– A od czego jest rodzina? – zapytała Marylka Tuszyńska. – W ogóle nie ma o czym mówić. Pomysł jest świetny, podoba nam się bardzo, wszystkim się podoba, jak widzę, więc wszyscy przyłożymy się do jego realizacji. – Dobrze mówię? – Rozejrzała się po pokoju i zebrała brawa od całej trójki seniorów.

Po tych wszystkich uzgodnieniach Karolina zatelefonowała do pana Szyngwelda.

– Dzień dobry, kochany Stasiu, tu Karolina – odezwała się wesołym tonem.

– Przecież słyszę, poznaję cię po głosie, moja droga – ucieszył się pan Stanisław. – Czekałem na wasz telefon, bo przyznam, że moja rodzina strasznie się zapaliła do tej całej zamiany. Z jednej strony cieszę się z tego, a z drugiej jest mi przykro, bo w końcu to mój dom. I nikt go nie chce. – Głos mu się załamał podejrzanie.

– Ależ, Stasiu, my go chcemy! Bardzo chcemy! I przecież wiesz, pod jakim warunkiem się zamieniamy. Pod takim – a powtórzę to, na wypadek gdybyś nie pamiętał – że co roku będziesz nas chociaż latem odwiedzał – stanowczo oznajmiła Karolina.

– To ty, kochana, mówiłaś poważnie? – zapytał jeszcze trochę drżącym głosem. – Naprawdę chcecie, żebym do was przyjeżdżał?

– A kto nam będzie obiadki w wakacje gotował? – zażartowała Karolina. – Przecież to już uzgodnione, prawda?

– A, skoro obiadki, to prawda! – odpowiedział Stasio już innym głosem.

Teraz należało jeszcze ustalić szczegóły. Przede wszystkim Urszula i Wiesław Kruszyńscy powinni obejrzeć mieszkania i zadecydować, czy im się podobają. Poza tym, pan Stanisław, dowiedziawszy się o pomyśle dobudowania piętera, co zresztą bardzo pochwalał, zaoferował pomoc w wyszukaniu budowlańców. Znał przecież dziewięćdziesiąt procent mieszkańców Trójmiasta.

A Tuszyńscy dostali amoku – i chcieli wszystko załatwić jak najprędzej. Były rozważane dwa rozwiązania – albo przeprowadzają się natychmiast po załatwieniu spraw notarialnych i roboty na strychu będą prowadzone „nad ich głowami", z zimową przerwą – albo najpierw zostanie dobudowane piętero, a przeprowadzka nastąpi dopiero po zakończeniu wszystkich prac, czyli mniej więcej za rok, biorąc pod uwagę, że zaraz będzie już wrzesień.

Pan Stanisław, jako fachowiec przecież tak naprawdę od wszystkiego, uważał, że gdyby tak zacząć rozbudowę na przykład w połowie września, do zimy realne byłoby postawienie ścian i położenie dachu, przykrytego wstępnie papą. Natomiast, co zresztą zależało w dużej mierze od pogody – ostateczne zakończenie budowy to wrzesień przyszłego roku.

– Znam taką ekipę, której z absolutnym zaufaniem można zostawić klucze od domu i niech robią, co zdążą, do zimy. Pozałatwiamy spokojnie wszystkie sprawy papierkowe, a przeprowadzać się możemy na wiosnę przyszłego roku – zaproponował pan Stanisław.

I wszyscy przyznali, że to najrozsądniejszy pomysł. Jakoś obydwie rodziny miały do siebie zaufanie i powierzono panu Stasiowi dowodzenie całym przedsięwzięciem.

Urszula i Wiesław obejrzeli mieszkania i zaakceptowali oba. Biorąc pod uwagę ceny nieruchomości w Warszawie i Gdyni, obydwie strony uznały, że nikt nie będzie się czuł pokrzywdzony, gdy zamiana zostanie dokonana bez żadnych dopłat. Podpisano stosowny akt notarialny i pan Stanisław, zaopatrzony w niezbędne pełnomocnictwa, znowu pojechał do Redłowa, aby zająć się przebudową swojego – już nie swojego – domu. Oczywiście miał ze sobą plan przyszłego mieszkania – i „parę groszy" na zaliczkę. Następne płatności będą już realizowane przelewami bankowymi na podstawie faktur. Teraz Stasio miał tylko zawrzeć umowę z tą swoją zaufaną ekipą.

Rozdział 29

Rozpoczął się 2004 rok.

Ewa miała do wklejenia nowe zdjęcie do swojego pamiętnika, pod koniec stycznia bowiem zmarł Aleksander Kotwicz. Przeżył dziewięćdziesiąt sześć lat. Ciocia Alicja powiadomiła ją o śmierci wujka dopiero po jego pogrzebie.

– Ewuśka, kochanie, nie płacz, proszę – mówiła przez telefon. – Widzisz, nie gniewaj się, że dopiero teraz cię zawiadamiam, ale takie było wyraźne życzenie wujka Olka. Nie chciał cię odrywać od tego, czym teraz jesteś najbardziej zajęta. „Ona mi tu przecież w niczym nie pomoże", mówił. Więc przepraszam cię, dziecko, ale musiałam uszanować jego życzenie – tłumaczyła jej pani Alicja.

– Ale, ciociu, jak ty sama sobie poradzisz... – Ewa jednak płakała w trakcie tej rozmowy.

– Przestań, Ewuniu – zdenerwowała się ciocia. – A jak sobie radziłam do tej pory? Zapomniałaś chyba, że Olek był ode mnie o szesnaście lat starszy, czyli miał już prawie sto lat. W tym wieku nie bardzo można komuś pomagać, prawda? Na szczęście był w miarę sprawny aż do śmierci i nie sprawiał mi większego kłopotu. Mam panią Krystynę, pamiętasz ją chyba.

Tak, Ewa pamiętała panią Krystynę. Była sąsiadką wujostwa, mieszkała na trzecim piętrze w tym samym budynku. Pani Krysia straciła rodziców w wypadku samochodowym kilka lat temu. Ta samotna stara panna około pięćdziesiątki, jak kiedyś mówiło się na niezamężne kobiety w takim wieku, po śmierci rodziców przylgnęła do Kotwiczów, którzy stali się dla niej najbliższą rodziną. Zapewniali jej ciepło domowego ogniska, a ona pomagała im w różnych życiowych sprawach. I ten układ wzajemnej symbiozy doskonale się sprawdzał. Ewa była bardzo zadowolona z takiego obrotu rzeczy, gdyż uspokajało to trochę jej sumienie – ostatnio nie jeździła już tak często do Bydgoszczy, zaabsorbowana własnym życiem.

– Ciociu – poprosiła – przyrzeknij mi coś.

– Co, kochanie? – spytała pani Alicja. – Z góry się zgadzam, jeśli to tylko będzie w mojej mocy.

– Nie rób tak, jak wujek Olek. Przyrzeknij mi, że jeśli tylko źle się poczujesz albo jeśli coś się przydarzy, zawiadomisz mnie natychmiast. Ty albo pani Krysia, dobrze? I pamiętaj, że w moim domu zawsze jest miejsce dla ciebie. Powiedz słowo, a przyjeżdżamy po ciebie obydwoje z Maćkiem.

– Wiem, córuchna, wiem. Przyrzekam, że będę o tym pamiętać. Całuję cię. – I Alicja się rozłączyła.

*

Nie wklejam tu nowego zdjęcia jedynie dlatego, że nie mam osobnej fotografii wujka Olka. Mam tylko nasze wspólne fotografie z wakacji. Zostawię więc miejsce i zdjęcie tu się znajdzie, gdy ciocia mi je prześle. Już ją o to poprosiłam.

A zdjęcie powinnam wkleić, bo wujek zmarł parę dni temu. Owszem, żył dość długo, ale każda śmierć boli, bez względu na to, ile lat miał ten, kto umarł. Przelatują mi teraz przez głowę wspomnienia o Nim. Same dobre wspomnienia. Zastępował mi ojca – nie, nie zastępował – był nim przez parę lat. Nigdy tego nie zapomnę.

Teraz martwię się o ciocię i mam wyrzuty sumienia, że ostatnio zbyt rzadko odwiedzałam moją bydgoską rodzinę. Ostatnich członków mojej rodziny. Właśnie teraz zdałam sobie sprawę, że z rodu Brzozowskich i Dunińskich już tylko ja zostałam na świecie.

Krystyna Brzozowska, moja mama, zmarła w 1957 roku.

Jerzy Brzozowski, mój ojciec, zmarł w 1970 roku.

Więcej Brzozowskich nie było, byli jeszcze Dunińscy, czyli rodzice mojej mamy i cioci Alicji.

Wacław Duniński, mój dziadek, zmarł w 1959 roku.

Rozalia Dunińska, moja babcia (babunia), zmarła w 1960 roku.

Władysław Duniński, mój kuzyn (wujek? stryjek?), zmarł w 1997 roku.

I – teraz – nie Duniński, lecz mąż Alicji Dunińskiej, Aleksander Kotwicz, zmarł w 2004 roku.

Ich fotografie są w tym pamiętniku (zdjęcie wujka będzie). Jest też tu zdjęcie mojej najbliższej przyjaciółki, Grażyny, która zmarła tragicznie w roku 1996.

Przecież to nie pamiętnik, a rejestr zgonów. Źle brzmi, prawda? Ale też taki właśnie mam nastrój. Zły. Zły. Bardzo zły.

Za długo przecież nie mogę być szczęśliwa, zapomniałam już o tym.

*

Z początkiem wiosny prace w Redłowie ruszyły znowu pełną parą. Jesienią ubiegłego roku, dzięki wyjątkowo ładnej pogodzie, Stasiowej ekipie udało się postawić ściany zewnętrzne i wewnętrzne, a także zrobić strop, nowy strych i szkielet dachu, pokryty papą zabezpieczającą całość przed deszczami i śniegiem. Były już także schody prowadzące od tyłu domu na piętro. Nie wstawiono jeszcze drzwi i okien, choć wykonano już wszystkie otwory.

Na górze miały się znajdować trzy niewielkie pokoje, mała kuchnia i łazienka. Razem troszkę ponad sześćdziesiąt metrów kwadratowych.

Teraz więc należało to wykończyć, uzbroić, otynkować, powstawiać drzwi i okna, położyć porządny dach i... umeblować. Roboty dość sporo, pieniędzy też niemało. Cóż, połączonymi siłami całej rodziny i z bankowym „wsparciem" jakoś dawali sobie radę.

Od lutego 2004 roku Ewa była już na emeryturze. Maciek załatwił sobie przeniesienie służbowe do Oddziału Okręgowego NBP w Gdańsku, gdzie zaproponowano mu dobre, kierownicze stanowisko – od pierwszego marca. Cała rodzina podjęła więc decyzję, że najpierw przeniosą się Ewa z Maćkiem, a przeprowadzka Karoliny, Adama i Wiktorka nastąpi w lecie, najpóźniej jesienią, po zakończeniu – lub przy końcu prac budowlanych. Wszyscy mieli na względzie ruchliwość Wiktora, którego trudno byłoby upilnować, żeby na przykład nie wpadł do betoniarki, jak mawiał pół żartem, pół serio jego tata.

Adam załatwił sobie etat w Szpitalu Morskim w Redłowie, dosłownie na sąsiedniej ulicy, do pracy mógł więc chodzić na piechotę. Ordynator bardzo się ucieszył, gdy Adam wspomniał, że po zrobieniu „dwójki" z pediatrii chciałby pomyśleć o doktoracie. Wstępnie uzgodnili, że stawi się w szpitalu najpóźniej pierwszego sierpnia 2004 roku. Jeśli więc budowa nie skończyłaby się do tego czasu, do Ewy i Maćka dołączyłby na razie sam Adam, a Karolina z Wiktorem przyjechaliby za miesiąc lub półtora.

Ona też miała już przyrzeczoną pracę – w Szpitalu Miejskim w Gdyni, przy placu Kaszubskim. Udało jej się też załatwić w miarę elastyczny termin swojego startu na tamtejszej okulistyce, gdy wyjaśniła wszystko szczerze swojej przyszłej szefowej. Pani ordynator zrozumiała sytuację i zgodziła się poczekać. Do śródmieścia Gdyni z Redłowa był dobry dojazd, a Karolina bardzo lubiła jeździć samochodem. I jeździła lepiej od męża, choć oczywiście Adam polemizowałby z taką opinią. Tak więc na razie jeden samochód – ich niezastąpiony opel astra – wystarczyłby obojgu.

Maciek z Ewą też mieli oczywiście samochód, nowiutką, niedawno kupioną toyotę avensis.

Ale były przecież dwa garaże, z czego jeden, ten wolnostojący, na dwa samochody. Więc i samochód jakiegoś gościa będzie miał gdzie stanąć.

I wszystko poszło zgodnie z planem. Najpierw przeprowadzili się Ewa z Maćkiem; chodziło też o to, żeby już można było wynająć ich mieszkanie, bo pieniądze szły i szły.

Przydały się także, oj, przydały, te „grosze" rodziców Adama. Okazało się zresztą, że nie było ich wcale tak mało. Z tego powodu nawet doszło prawie do kłótni w rodzinie, bo Karolina i Adam nie chcieli przyjąć takiej sumy, jaką przeznaczyli dla nich Marylka i Witold. Ale w końcu przyjęli, bo pan Witold miał na swojego syna niezawodną broń. Przy jakichkolwiek sprzeciwach Adama natychmiast czerwieniał na twarzy i zaczynał gwałtownie łapać powietrze. A że naprawdę miewał kłopoty z nadciśnieniem, Adam kapitulował natychmiast.

– Synu – tłumaczył mu pan Witold. – Czy my mamy jakieś inne dziecko? Nie mamy, prawda? Więc kto się nami będzie opiekował na starość? Właśnie nasz jedyny syn, przynajmniej taką mamy nadzieję – dlatego chcemy mieć u was taki swój malutki kącik. I w ogóle nie ma o czym mówić – kończył dyskusję, czemu skwapliwie przytakiwała mama, kiwając energicznie głową.

Maciek szybko zaaklimatyzował się w nowym miejscu pracy. Dojazd miał prosty, a w razie jakichś złych warunków atmosferycznych, na przykład w zimie, mógł także dojeżdżać kolejką miejską.

Ewa szybko weszła w komitywę z panami budowlańcami i czasami nawet gotowała im obiady, żeby tylko praca szła szybciej. A ponadto meblowała mieszkanie, szyła firanki, wieszała zasłony, kupiła nowe dywany, zmieniła szafki w kuchni. Odkryła w sobie „kobiecą duszę", jak mawiała. Było więc co robić i w ogóle się nie nudziła. Wręcz odwrotnie, uważała, że ma za mało czasu, bo poza wszystkim codziennie musiała odwiedzić choć na chwilkę, swój ulubiony kącik Kępy Redłowskiej. Znajdowała się tam taka polanka, pokazana Ewie i Maćkowi przez pana Stanisława, z której widać było morze, a wokół szumiały drzewa.

W ogóle sobie nie wyobrażała, że mogłaby jeszcze pracować. Emerytura jej wystarczała, razem z pensją Maćka – niezłą przecież. O nudzie nie było mowy. Miała mnóstwo zajęć, choćby nadzorowanie panów budowlańców, którzy – co tu dużo mówić – pod okiem inwestora pracowali zdecydowanie gorliwiej niż pozostawieni samopas. Tym bardziej że w kwietniu przyjechał na dwa tygodnie pan Stanisław – teraz już Stanisław także dla Ewy i Maćka – i zajął się organizowaniem prac wykończeniowych – prowadzeniem elektryczności, całym oprzyrządowaniem wodno-kanalizacyjnym i ciepłowniczym i czym tam jeszcze trzeba było. Okazało się, że znajomych ma w każdej branży.

– Stasieńku, ty nasz aniele – mówiła do niego Ewa, podtykając mu upieczony własnoręcznie sernik, ulubione ciasto „anioła Stasieńka". – Bez ciebie byśmy tu zginęli. Jak to dobrze, że z nami jesteś.

A Stasio puszył się i cieszył, że ktoś lubi jego – choć już nie jego – dom. Cieszył się, że dom będzie żył dalej i służył przyjaznym ludziom.

*

Jak łatwo zapomnieć o życiu w stolicy. Jestem tu szczęśliwa jak nigdy. Spełniają się wszystkie moje marzenia. Nie mogę w to uwierzyć.

Trochę martwię się tylko o warszawskie groby wszystkich moich najbliższych. Znalazłam wprawdzie, poprzez wiszące na cmentarzu ogłoszenie, panią Jadwigę, która ma się zająć tymi grobami, ale jeszcze jej nie sprawdziłam, więc nie wiem, jak się z tej opieki wywiąże. Mam nadzieję, że wszystko będzie dobrze – a że się martwię, to przecież u mnie normalne. Martwię się zawsze i o wszystko, w większości przypadków zupełnie niepotrzebnie. No więc tłumaczę sobie, że teraz też niepotrzebnie.

I... martwię się dalej.

*

Ewa wysiadła z taksówki.

– Dziękuję. – Wręczyła taksówkarzowi pieniądze. – Teraz już sobie poradzę.

– A może ja tu na panią poczekam? – zaproponował. – Wyłączę licznik, bo jak pani tu przyjechała w takim szlachetnym celu, to chciałbym choć w ten sposób się dołączyć. Sam nie mogę trzymać zwierzaka, widzi pani, cały dzień w pracy. Żona też pracuje, dzieciaki na swoim. No, nie ma nikogo. A taki pies sam w domu nie zdzierży. Ale zwierzęta bardzo kocham.

Ewa przyjechała do gdyńskiego schroniska dla zwierząt. Całe życie chciała mieć psa i do tej pory nigdy nie miała na to warunków. Ale obiecała sobie, ba!, był nawet odpowiedni wpis w pamiętniku, w jednym z pierwszych zeszytów, że kiedyś w życiu będzie mieć psa. To „kiedyś" właśnie nadeszło. Miała – choć jeszcze nie mogła w to uwierzyć – swój wymarzony domek nad morzem, już przecież w nim mieszkała; miała też swoją wyczekaną, ciężko wypracowaną emeryturę; córeczkę też miała prawie swoją, zresztą razem z jej tatą; cóż, został więc tylko pies.

– To bardzo miłe z pana strony, dziękuję. – Z uśmiechem przyjęła propozycję taksówkarza. – Tylko, proszę się nie obrazić, ale psa chciałabym wybrać sama. Bez żadnej sugestii, dobrze?

– Ależ oczywiście – odparł taksówkarz. – Ja mogę w ogóle poczekać w samochodzie.

– Nie, nie, proszę ze mną wejść. – Ewa zauważyła trochę obrażoną minę jej kierowcy. – Będzie mi raźniej. Widzi pan, nigdy nie byłam w takim miejscu, ale wyobrażam sobie, że to ciężkie przeżycie.

Tak, miała rację. Ta wizyta naprawdę była ciężkim przeżyciem. Ewa nie zdawała sobie sprawy z tego, ile jest w takim schronisku biednych, bezdomnych, spragnionych ludzkiej miłości, domu i ciepła zwierząt. Serce jej się krajało, złapała swojego przypadkowego towarzysza za rękę, zadowolona, że tu z nią przyszedł. Opuściła głowę, nie mogąc na to wszystko patrzeć. Te oczy, te błagalne spojrzenia, machające ogony, popiskiwania, opuszczone uszy i… ta nadzieja malująca się na każdym pysku. Wszystkie prosiły: „weź mnie, weź mnie, weź mnie". Ewę rozbolała głowa. A przede wszystkim serce.

Weszli do biura, gdzie przywitała ich miła pani w średnim wieku, z kotem na ręku. Spod biurka wyjrzała wystraszona psia mordka.

– Dzień dobry – przywitała się Ewa. – Jestem Brzozowska, dzwoniłam do pani, ja po psa. Chcę wziąć jakiegoś, ale nie spodziewałam się, nie wiedziałam, nie mogę… – urwała, bo poczuła, że ma jakąś wielką kulę w gardle.

– Rozumiem. – Kierowniczka schroniska pokiwała głową. – Trudno wybrać. One wszystkie chcą, żeby je wziąć, nie każdy może się zmusić do dokonania wyboru. Znam to. Proszę mi powiedzieć, czego państwo oczekują. – Wzięła towarzysza Ewy za jej partnera, przynajmniej w kwestii wyboru psa. – Ja pomogę.

– Tak, dobrze. Bardzo dobrze. Rzeczywiście sama nie dałabym rady, dziękuję. Musi to być pies łagodny, bo w domu jest małe dziecko. W zasadzie to wszystko, czego oczekuję. Aha – i nie za stary, bo chcę, żeby długo z nami pozostał. O nic więcej niech mnie pani nie pyta, proszę wybrać, ja wezmę każdego. Każdego...

Towarzysz Ewy tylko skinął głową, kobieta uznała więc, że są to wspólne życzenia obojga.

Wręczyła Ewie kociaka.

– Niech pani go potrzyma, bo on nie chce sam zostać, zaraz strasznie płacze. Jacyś ludzie znaleźli go na dworcu kolejki podmiejskiej. Biegał tam, jakby szukał właściciela. Do każdego się przymilał. I teraz strasznie tęskni. A podobno koty nie przywiązują się do ludzi. Głupstwa jakieś. Ja już idę po psa. Nawet wiem, którego państwu polecić, mam nadzieję, że się spodoba. Aha, nazywam się Katarzyna Leszczyńska, miło mi państwa poznać.

Poszła.

– Gaduła, co? – mruknął taksówkarz.

Ale Ewa, kurczowo trzymając powierzonego jej kociaka, chyba nawet nie usłyszała. Wpatrywała się uporczywie w ścianę, nie chcąc patrzeć przez okno, żeby nie widzieć żadnego zwierzaka.

Po chwili drzwi biura otworzyły się znowu i weszła pani Leszczyńska, prowadząc na smyczy psa. Pies był prawie owczarkiem niemieckim, z jednym uchem nie bardzo „owczarkowatym", bo to ucho, zamiast dumnie sterczeć do góry, było w połowie oklapnięte. Drugie ucho było w porządku. Ale właśnie to felerne, opadające ucho nadawało psiakowi wesoły, łobuzerski wygląd, choć w tej chwili zwierzak nie sprawiał wrażenia bardzo wesołego. Wyglądał na przestraszonego i nawet trochę drżał.

Ewa podała kociaka taksówkarzowi i ukucnęła przy psie.

– Piesku, dzień dobry! Jaki ty jesteś piękny. I grzeczny. A ucho masz wspaniałe. Jedno i drugie. Nie bój się mnie. Pójdziesz ze mną? – Wyciągnęła rękę po smycz. Pies spojrzał na nią, potem na panią Katarzynę i znowu na Ewę. Machnął nieśmiało ogonem i przysunął się trochę do Ewy. Pogłaskała go po łbie i podrapała za tym oklapniętym uchem. Mogłaby przysiąc, że usłyszała psie westchnienie.

– To Filip – przedstawiła go pani Leszczyńska. – Ma dwa lata, jest zaszczepiony na wszystko, co potrzeba, zaraz pani dam jego książeczkę zdrowia. Pewnie ma trochę pcheł, no, mówię uczciwie, jak jest. Widziała pani, ile tu zwierząt, nie ma takiej możliwości, żeby wytrzebić wszystkie insekty. Ale z tym pani sobie poradzi. I tak na pewno pójdzie z nim pani do weterynarza. Tu, w schronisku, nie stać nas na tyle przeciwpchelnych preparatów, ile ich trzeba, więc... – Urwała. – Podoba się państwu? Filip jest bardzo łagodny, nawet za bardzo. Nie będzie z nim żadnych problemów. Jego pan umarł, a nikt z rodziny go nie chciał. Przywieźli go do nas, jest tu kilka miesięcy.

Pies, jakby wiedząc, że właśnie ma szansę na znalezienie nowego domu i nowych właścicieli, przysunął się jeszcze bliżej do Ewy i oparł łeb o jej udo.

– Jesteś mój, wiesz? – powiedziała do niego jego – już jego – pani, klepiąc go po grzbiecie.

Włożyła do schroniskowej skarbonki dwieście złotych, wzięła od pani Katarzyny książeczkę Filipa i skierowała się w stronę wyjścia. Ale kierowca taksówki nie ruszył się z miejsca. Stał, obejmując przytulonego doń kociaka i nie mógł się z nim rozstać. Kotek mruczał jak nakręcona pozytywka.

– A może pan go weźmie? – zaproponowała pani Leszczyńska. – Widzę przecież, że ma pan ochotę.

– Oj, tak, ochotę mam – przyznał pan taksówkarz. – Jakoś mnie tak ujął za serce. Ale, wie pani, nas prawie cały dzień nie ma w domu...

– Jak to? – zdziwiła się kierowniczka. – Ale przecież biorą państwo psa...

– Ja biorę psa – odezwała się Ewa.

– A to państwo nie...? – Spojrzała na nich zakłopotana. – Myślałam, że państwo... – zawahała się – że państwo są razem...

– Tak, przyszliśmy razem, ale tylko przypadkowo – wyjaśniła Ewa. – Pan mnie tu tylko przywiózł i towarzyszy mi, bo prosiłam, żeby wszedł i dodał mi otuchy.

– Sam się prosiłem – wtrącił taksówkarz, z niechęcią oddając kotka kierowniczce schroniska. – Wie pani, ja po niego jutro przyjadę, dzisiaj żonę ugadam. Może go pani dla mnie zostawić? Sądzi pani, że będzie mógł sam w domu siedzieć te kilka godzin? – upewniał się jeszcze.

– Załatwione. – Pani Leszczyńska wyciągnęła rękę. – To do jutra. A kot może sam zostać w domu, oczywiście. Widzi pan, kot to nie pies – tłumaczyła mu. – Nie trzeba z nim wychodzić na spacery, może sobie leżeć i spać. Spokojnie. Musi tylko mieć kuwetę, miskę z wodą i coś do jedzenia. A jaka radość z takiego mruczącego kłębka na kolanach wieczorem, w domu, po kolacji... – kusiła.

– Ja bym go wziął. Ja go chyba wezmę. Nie, ja go wezmę na pewno. Mur-beton. Ale przynajmniej muszę udawać, że uzgadniam to z żoną, więc nie mogę go zabrać dziś, bo gdybym postawił ją przed faktem dokonanym, nie byłaby zadowolona – tłumaczył taksówkarz, nie wypuszczając kociaka z rąk.

– Na pewno przyjedzie pan po tego kota? – spytała Ewa, gdy wsiadali do taksówki.

– Na pewno – przytaknął skwapliwie taksówkarz. – Bardzo się cieszę, że z panią poszedłem. A moja żona się zgodzi, muszę tylko udawać, że nie bardzo mi na tym zależy, to sama mnie będzie namawiać. Jutro rano oboje przyjeżdżamy po kotka.

*

– Linuśka, mamy psa! – krzyczała Ewa w słuchawkę. – Taki prawie owczarek niemiecki, tylko jedno ucho mu opada. Ale i tak jest przepiękny. Właśnie przyjechałam z nim do domu. Byliśmy już u weterynarza, lekarz mówi, że pies wygląda na zdrowego, zapisał jakieś witaminy, mam obrożę, smycz, miskę, posłanie, no – wszystko. Jest tylko zestresowany, oczywiście pies, nie weterynarz. Ale się nie dziwię, sama jestem zestresowana, a byłam w tym schronisku może raptem godzinę. Mówię ci…

– Ciociu, przystopuj trochę – przerwała jej Karolina – bo się zatchniesz. Oddychaj powoli i spokojnie. Cieszę się. A co na to tata? Jak ma na imię?

– Tata? – zaśmiała się Ewa. – Tata ma na imię Maciej, a z psa bardzo się cieszy. Wszystko akceptuje, jak to tata, wiesz przecież. Natomiast pies… w schronisku miał na imię Filip. Ale to takie banalne… nie podoba mi się, co drugi pies ma tak na imię. Chcę go nazwać inaczej, ale nic nie mogę wymyślić. Przychodzi mi na myśl tylko „Reks" albo „Azor". Przyznasz, że mało oryginalne obydwa. Może ty mi pomóż, dobrze?

– Ciociu, o rany, przecież to proste. Pies musi mieć na imię Klif. Żadne inne nie wchodzi w grę, sama przyznaj – Karolina nie miała żadnych wątpliwości, podała imię od razu, jak gdyby znała je od dawna. W zasadzie chyba tak było.

Ewa była zachwycona.

– Ależ oczywiście – powiedziała. – Że też mi to nie przyszło do głowy! Świetnie, dziękuję, ściskam, idę uczyć Klifa, jak ma na imię.

Pies bardzo łatwo nauczył się swojego nowego imienia. Wpatrywał się w Ewę jak urzeczony i reagował na każde jej słowo. Wiedział, że to jego pani, i miał nadzieję, że już tak zostanie. Na zawsze. Pana słuchał i poważał, ale widać było, że za przewodnika stada uznał Ewę.

– Jesteś dla niego samcem alfa – śmiał się Maciek.

– A ty jesteś zazdrosny, przyznaj się – droczyła się z nim Ewa.

Maciek przyznać się nie chciał, ale... prawda była taka, że naprawdę był trochę zazdrosny.

Cóż, jest tylko jeden samiec alfa w stadzie.

A tymczasem Ewa miała małe zmartwienie. Dwa dni po przywiezieniu Klifa zadzwonił telefon.

– Pani Brzozowska? – zapytał kobiecy głos w słuchawce. – Tu Katarzyna Leszczyńska ze schroniska w Gdyni.

Ewa wystraszyła się, że chcą jej odebrać Klifa. Przyszło jej do głowy, że może znalazł się poprzedni właściciel.

Zapomniała, że pani Leszczyńska mówiła, iż właściciel psa nie żyje.

– Nie oddam psa – powiedziała zdecydowanie. – Jest mój i nie oddam go nikomu.

– Spokojnie, nie chodzi o Filipa. Pies należy do pani – uspokoiła ją kierowniczka schroniska. – Chciałam tylko spytać, czy ma pani jakiś kontakt z tamtym panem, który mówił, że weźmie tego kotka, pamięta pani?

– Oczywiście, że pamiętam – przytaknęła Ewa. – Jeszcze w taksówce zapewniał mnie, że weźmie go na pewno, wieczorem przekona żonę i przyjadą po kociaka razem następnego dnia. Czyli powinni być wczoraj, prawda? Nie mam, niestety, do niego telefonu, nie przyszło mi do głowy, żeby wziąć numer. To taksówkarz, przywiózł mnie tylko. No i odwiózł, rzecz jasna. Może jeszcze przyjadą, wie pani, ludzie generalnie nie są zbyt słowni. Jutro, pojutrze, za trzy dni, dla niektórych to żadna sprawa.

– No, niby tak – smętnie przytaknęła pani Leszczyńska. – Mam nadzieję. Już się cieszyłam, że kolejny zwierzak znajdzie dom. Nie ma pani pojęcia, jak bardzo jest stresująca ta praca.

– Oj, chyba mam – odparła Ewa. – A jeszcze chcę pani powiedzieć, że pies ma teraz na imię Klif, nie Filip. Bo wie pani, my mieszkamy w Redłowie, zaraz przy Kępie Redłowskiej. A poza tym klif jest dla naszej rodziny miejscem szczególnym… – Urwała, czując, że gada jak nakręcona. – Przepraszam, jakoś się rozpędziłam. Za chwilę pewnie opowiedziałabym pani cały życiorys. Trzymam kciuki za kociaka. Na pewno znajdzie mu pani jakiś dom.

– Myślałam, że może pani by go wzięła – szepnęła pani ze schroniska.

– Na razie zostanę przy psie – powiedziała Ewa. – Widzi pani, my się dopiero przeprowadzamy. Z Warszawy. Może kiedyś. Muszę porozmawiać z rodziną. Będziemy w kontakcie, dobrze?

Ale ziarno zostało zasiane. Właściwie, pomyślała, dlaczego nie? Taki kociak przecież nie zajmuje dużo miejsca. Jednak przypomniało jej się, że Wiktor ma przecież problemy endokrynologiczne; nie wiedziała, czy dodatkowo nie jest uczulony na kocią sierść. Postanowiła, że poczeka; najpierw porozmawia z Adamem i Karoliną. Przecież jeśli się okaże, że mogą mieć także i kota, w schronisku zawsze jakiś się znajdzie. Albo dwa...

*

Niespodziewanie zadzwoniła Helena, starsza siostra Olgierda. Ewa utrzymywała kontakt z obydwiema, choć po jej rozwodzie z Olgierdem widywały się już trochę rzadziej. Nie dlatego, że Miłka i Helena miały pretensje do Ewy o ten rozwód, bo nie miały, tylko po prostu: najpierw choroba Władka, potem Karpacz, związek z Maćkiem, ospa wietrzna Ewy, a następnie ciąża Karoliny – wszystkie te wydarzenia osłabiły życie towarzyskie Ewy i kontakty z „dziewczynami Olgierda" siłą rzeczy stawały się rzadsze, coraz rzadsze, sporadyczne...

A po przeprowadzce do Redłowa już w ogóle na nic nie miała czasu, chociaż oczywiście przed wyjazdem z Warszawy zorganizowała spotkanie pożegnalne z Miłką i Heleną, zapowiadając, że zawsze będą mile widziane w jej redłowskim domu – ba!, że ona, Ewa, śmiertelnie się obrazi, jeśli nie odwiedzą jej chociaż raz w roku.

Ale cóż, rzuciła się w wir tego nowego życia, urządzając je od nowa, i tak naprawdę prawie zapomniała o wszystkich warszawskich znajomych.

I gdy teraz usłyszała w słuchawce głos Heleny, zaniepokoiła się trochę. Jej pierwszą myślą było: „coś się stało z Miłką". Pomyślała tak, jako że Helena chyba nigdy do niej nie dzwoniła, zawsze wszelkie sprawy uzgadniane były na linii: Ewa – Ludmiła.

– O, Helena! – Ewa prawie krzyknęła w telefon. – Czy coś się stało?

– Nie, dlaczego? – zdziwiła się starsza siostra Olgierda. – A właściwie tak, stało się. Stęskniłyśmy się za tobą. Czy ty wiesz, kiedy ostatnio rozmawiałyśmy?

Ewa zastanowiła się chwilę. W marcu? Przed przeprowadzką czy już po?

– A wiesz, rzeczywiście – przyznała uczciwie – nie pamiętam.

– No to ci przypomnę – zachrypiała w słuchawkę Helena. – W zimie. A tu już jesień za pasem. Opowiadaj więc, jak tam budowa, jak Trójmiasto, co w ogóle słychać?

– Zaraz wszystko opowiem, powiedz tylko, co z Miłką? Dlaczego to ty dzwonisz, nie ona?

Nie pomyślała, że takie pytanie jest trochę niegrzeczne, martwiła się po prostu o Miłkę. Nie o Helenę, która miała już osiemdziesiąt pięć lat, tylko o Miłkę, która była zawsze bardzo delikatna, jak sama o sobie mówiła, czyli po prostu bardzo rozpieszczona, jak uważała Ewa. Ale myślała to z sympatią, dlatego też zaniepokoiła się teraz, słysząc starszą siostrę, nie tę młodszą, choć też już całkiem nie najmłodszą – Miłka skończyła sześćdziesiąt dziewięć lat.

– No nic z Miłką, a w ogóle co znaczy: co z Miłką? – fuknęła Helena, choć po chwili zaśmiała się w słuchawkę. – A jednak ty dobrze znasz nas obydwie. Tak, masz rację, normalnie zadzwoniłaby Miłka. Tyle że wiesz... ona ma depresję.

– Co? Miłka? Depresję? – Ewa ze zdziwienia o mało nie upuściła słuchawki. Miłka zawsze była delikatna i przewrażliwiona, fakt. A jednocześnie była istotą o – jak się Ewie wydawało – żelaznym charakterze. Mimo swoich już prawie siedemdziesięciu lat nadal pracowała i była w pełni sił. Zarówno fizycznych, jak i umysłowych. Doskonale dawała sobie radę z komputerem, początkowo korzystając z niego jedynie w pracy, a później już także w domu – kupiła sobie laptop i popołudniami surfowała po internecie, odkrywając różne wirtualne światy, z Allegro włącznie. Miała jednak pewną wadę, o ile można było tak powiedzieć – mianowicie trochę była... hipochondryczką. Nie całkiem typową, nie chorowała na wszystkie choroby świata; natomiast cokolwiek jej dolegało, od razu było to nowotworem. Sama się z tego śmiała, a jednak... przy następnej kolce natychmiast ogłaszała, że ma „raka boku", czy tam czegokolwiek.

Ewa nie zdziwiłaby się więc, gdyby Helena ogłosiła, że Miłka podejrzewa u siebie kolejny nowotwór. Ale depresję???

– Wiesz co, Helenko – zdecydowała się nagle – a może przyjechałybyście do mnie chociaż na tydzień, jeśli tylko Miłka dostanie urlop. Albo na dłużej, na ile tylko możecie. Nawet dobrze się składa, bo za parę dni przyjeżdża Adam, to zabierze was ze sobą. Karolina z Wiktorem przyjadą dopiero we wrześniu, miejsca jest więc dosyć i o ile nie przeszkadza wam pewien rozgardiasz, bo jeszcze panowie budowlańcy trochę tu działają, zapraszam gorąco.

Ewie ten pomysł nagle zaczął się bardzo podobać i strasznie jej zależało, żeby „dziewczyny" zdecydowały się na przyjazd. Naprawdę dawno się nie widziały.

– Helena? – Ewa zawiesiła głos, słysząc, że tamta wzdycha w słuchawkę, ale nic nie mówi. – Helena??? – powtórzyła pytająco.

– Dobrze.

– Dobrze? Naprawdę? Ot, tak po prostu? – Nie mogła uwierzyć.

– Tak po prostu – odparła Helena. – Tylko, wiesz, nie mów Miłce, że to ja do ciebie dzwoniłam. I za nic nie mów jej o żadnej depresji. Powiemy, że to ty zatelefonowałaś i nas zaprosiłaś. A gdyby się dziwiła, dlaczego dzwonisz do mnie, nie do niej, wmówimy jej, że najpierw dzwoniłaś do niej, ale po prostu nie odbierała telefonu.

I przyjechały.

Okazało się, że źródłem depresji Miłki było pewne niedawne przeżycie.

Otóż któregoś wieczoru wracała z teatru, w którym była z przyjaciółką. Do domu dojechała taksówką, a więc zadowolona, że jest już u siebie, weszła do klatki schodowej i wsiadła do windy. Wprawdzie mieszkała na drugim piętrze i mogłaby wejść po schodach, kondycję miała niezłą, jednak wieczorem bała się chodzić po schodach, bo tam mógłby ją ktoś napaść. Zaraz po raku Miłka najbardziej się bała, że ktoś gdzieś na nią napadnie.

Ale skoro była już w swoim bloku i w swojej windzie, cóż mogłoby się jej stać?

I raptem… winda zatrzymała się między piętrami, zgasło światło. Miłka poczuła, że zaraz się udusi. Nigdy nie miała klaustrofobii, a teraz właśnie poczuła, że absolutnie ją ma. Mimo że to nie nowotwór...

Gardło jej się ścisnęło, nie mogła wydobyć z siebie głosu, chrypiała tylko cicho: „oocy!".

I – nagle – zdarzył się cud. Miłka usłyszała miły męski głos:

– Czy ktoś jest w windzie?

– Tak – krzyknęła, odzyskując energię. – Ja jestem. Pomocy!

– Chwileczkę, proszę się nie denerwować, zaraz pani pomogę – powiedział nieznajomy. Drzwi windy jakoś się otworzyły, lecz Miłka nie mogła wyjść, bo winda utkwiła między piętrami.

– Niech pani położy się na podłodze i wysunie nogi przez tę szparę w drzwiach – zaproponował jej wybawca. – Ja panią po prostu wyciągnę.

Zrobiła więc to, co proponował. I poczuła na sobie, na tych swoich nogach, jakieś ręce, które jednak – zamiast ją wyciągać – wędrowały po nogach w górę i w górę, całkiem niedwuznacznie zmierzając do... majtek Miłki.

O nie, kogo jak kogo, ale zboczeńców Miłka bała się chyba bardziej od nowotworu. I nienawidziła ich z całej siły. Jakimś więc nadludzkim wysiłkiem sama wypchnęła się tyłem z tej windy i wrzeszcząc gromko: „Ratunku! Ludzie! Zboczeniec! Ratunku!" – waliła owego bydlaka parasolką. Po głowie i wszędzie, gdzie tylko zdołała. Gwałtowność ataku i pewnie te krzyki przestraszyły zboczeńca, którym w istocie był „wybawca" – toteż uciekł jak niepyszny. A trzęsącą się w ataku furii Miłkę odprowadziła do mieszkania sąsiadka, która usłyszawszy hałas, szczęśliwie wyjrzała zza drzwi na klatkę.

Powiadomiona o wszystkim przez tę sąsiadkę Helena natychmiast zbiegła ze swojego trzeciego piętra i ujrzała leżącą na kanapie roztrzęsioną kupkę nieszczęścia, całkiem niepodobną do jej zawsze pogodnej i wesołej siostry.

A Miłka przeleżała tak na tej kanapie kilka dni, odmawiając wstawania, jedzenia, chodzenia do pracy – o wyjściu z domu w ogóle mowy być nie mogło. Zrozpaczona Helena wezwała więc lekarza do domu. Lekarz, po kilku konsultacjach z zaprzyjaźnionym psychiatrą, orzekł, że to depresja, i przepisał tabletki, po których Miłka przestała się trząść, zaczęła jeść, jednak zdecydowanie nie chciała sama wychodzić z domu. Lekarz zaproponował więc, żeby może gdzieś wyjechały, zmieniły otoczenie. Stąd pomysł Heleny, która zadzwoniła do Ewy, mając nadzieję na zaproszenie do Redłowa. Choć już teraz – a od owego incydentu minął prawie miesiąc – Miłka dochodziła już do siebie, cały czas jednak miała zwolnienie lekarskie i mogła wyjechać bez kłopotu. Pomysł wyjazdu bardzo się jej spodobał.

A w Redłowie pomógł jej odzyskać równowagę Klif. Miłka uwielbiała psy, a Klif był tak uroczy i przyjacielski, że podbijał wszystkie serca. Usłyszawszy jego historię i opowieść Ewy o wizycie w schronisku dla zwierząt, Miłka raptem odzyskała rezon.

– Och, Boże – powiedziała, tuląc do siebie psi łeb. – A ja się tu rozczulam nad sobą. Głupia baba jestem i tyle. Było – minęło, w sumie nic mi się nie stało. A gdy sobie przypomnę, jak natłukłam tego zboczeńca parasolką… – dostała ataku śmiechu. – Jeszcze po schodach za nim leciałam! – chichotała, ocierając łzy.

– Ale lekarstwa będziesz brała? – upewniała się jej starsza siostra. Pies psem, Helena jednak bardziej wierzyła w medycynę.

– Będę, będę, chociaż tylko dla twojego spokoju – zgodziła się Miłka.

Zostały jeszcze parę dni, Ewa powoziła je po Trójmieście, które znały i bardzo lubiły, chyba jak wszyscy. A że dawno tu nie były, chodziły wszędzie z dużą przyjemnością.

Pewnego dnia, idąc ulicą Kościuszki w Sopocie, Miłka spojrzała na tabliczkę z nazwą i ogłosiła:

– O, spójrzcie! Idziemy ulicą naszego wieszcza.

– Wieszcza??? – zdziwiła się niepomiernie Helena. Ewa nie powiedziała nic, ale brwi powędrowały jej w górę, ją też bowiem nieco zadziwił komunikat Ludmiły.

– No, wieszcza, wieszcza! Nie wiesz, kto to wieszcz? – syknęła zirytowana Miłka, wysuwając kolce. Helena czasami żartowała z siostry, przezywając ją Edytką – erudytką; Ludmiła miała bowiem na drugie imię Edyta.

Miłka więc nastroszyła się teraz, pewna, że Helena zaraz znowu ochrzci ją tym mianem.

Tym razem jednak starsza siostra była autentycznie zdumiona.

– No, wiem… – odrzekła niepewnie. – Wiem, kto to wieszcz. Ale… Kościuszko???

Miłka chciała coś odpalić, lecz w tym momencie dotarło do niej, co przed chwilą powiedziała i ryknęła głośnym śmiechem. Śmiała się tak, że zaraziła swoim śmiechem oczywiście i Helenę, i Ewę, a także najbliższych przechodniów, którzy nie wiedzieli wprawdzie, o co chodzi i z czego one tak się śmieją, uśmiechali się jednak także, bowiem śmiech Ludmiły był tak zaraźliwy, jak śmiech dziecka.

I tak to już było z „dziewczynami Olgierda"; Ewa uważała, że z nimi nikt nigdy nie mógłby się nudzić.

Niestety, przyszedł dzień, gdy musiały wracać do domu. Ewie zrobiło się smutno, ale szybko się pocieszyła; wiedziała, że na brak gości nie będą narzekać. Pod koniec września mieli przyjechać rodzice Adama – na oblewanie domu – i obiecali trochę zostać po tym oblewaniu, nie precyzując ile. Ewa wiedziała, że obydwoje Tuszyńscy niechętnie ruszają się z Warszawy, a jak już gdzieś wyjadą, zaraz chcą wracać. Nie przypuszczała więc, żeby ich wizyta trwała długo. Ale miała też nadzieję, że wreszcie namówi ciocię Alę, żeby ją odwiedziła razem ze swoją opiekunką, Krystyną. Wstępnie uzgodniły, że przyjadą obie na dwa tygodnie na początku października. Bardzo ładna pogoda nie była im potrzebna, bo przecież nie zamierzały wylegiwać się na plaży, więc październik im odpowiadał. Tym bardziej że obydwie nie znosiły upałów.

A za parę dni mieli przyjechać – już na stałe – Karolina z Wiktorem!

Rozpoczynali nowy rozdział swojego życia.

*

W końcu na dachu redłowskiego domu zatknięto wiechę – na znak, że budowa została ostatecznie zakończona. Zjechała się cała rodzina wraz z panem Stanisławem, uznawanym już dawno za krewniaka, przynajmniej przez Wiktora, który za każdym razem krzyczał: „Mój wujek przyjechał!" – i rzucał mu się na szyję.

„Wujek" miał zresztą swój pokój, w tej większej części domku, w której osiedli Karolina z Adamem. Było tam aż pięć pokoi, mieli więc salon, swoją sypialnię, pokój Wiktora, gościnny, zwany właśnie pokojem wujka Stasia – a ostatni, z wejściem z przedpokoju, przeznaczyli na prywatny gabinet lekarski. Jeszcze go nie urządzili, ale im się nie spieszyło. Zamierzali rozpocząć prywatną praktykę w przyszłym roku. Najpierw chcieli się trochę zadomowić w trójmiejskim świecie medycznym.

Wiktor z miejsca pokochał Klifa, a ten – jak to psy – natychmiast obdarzył malca równie gorącą miłością. Chodził za Wiktorkiem po całym domu i ogrodzie, pozwalał ciągnąć się za uszy i za ogon; przyjmował wszystko z radosnym wirowaniem ogona i uśmiechem na psim pysku.

Pies podobał się zresztą całej rodzinie, łącznie z „wujkiem Stasiem". Panu Stanisławowi nawet podejrzanie zaszkliły się oczy, gdy ujrzał Klifa.

– Wiesz – szepnął do Ewy – takiego samego mieliśmy, gdy byłem dzieckiem. No, podobnego, tylko ucho mu nie opadało. Jak miał dziesięć lat, wypłynąłem na swoim pierwszym statku i kiedy wróciłem, już nie żył. Potem już nigdy nie mieliśmy psa, jakoś się nie składało.

– Stasiu, przecież będziesz do nas często przyjeżdżał, prawda? – spytała Karolina, co potwierdził. – Więc pies jest też trochę twój. A teraz chodźmy na kolację.

Uroczystość oblewania nowego domu trwała do późnego wieczora, z przerwą na ułożenie do snu Wiktora, który – o dziwo – był tak zmęczony, że bez zbytniego sprzeciwu poszedł spać. Wymógł tylko, żeby wujek Stasio opowiedział mu przed snem bajeczkę. A wujek Stasio znał tych bajeczek naprawdę mnóstwo. Z całego świata.

Klif ułożył się przy tapczaniku chłopca i wyglą[d] na to, że tu właśnie będzie jego miejsce. Bo choć sa[m]cem alfa była Ewa, to jednak Klif, pies prawie obronn[y] a z całą pewnością opiekuńczy i pasterski, za swój obo[wiązek] wiązek uznał nadzór nad najmniejszym członkiem stada, osobnikiem omega, czyli Wiktorem. Nie wiedział, że tak naprawdę w tym stadzie bezapelacyjnie samcem alfa jest właśnie Wiktor. Jednak prawdziwa hierarchia stadna w ogóle psa nie obchodziła, ustalił ją sobie sam.

Gdy już wszystko zostało sprzątnięte ze stołu i pozmywane i gdy wszyscy członkowie rodziny ulokowali się w swoich pokojach, Maciek z Ewą wyszli cichutko na swój taras. Siedzieli, po prostu patrząc przed siebie, i odpoczywali po wrażeniach całego dnia. Prawie nie mogli uwierzyć, że cały rozgardiasz nareszcie za nimi i że wszystko jest już na swoim miejscu.

– Domek nad morzem, co? – szepnął Maciek, przytulając mocno Ewę. – Czy spodziewałaś się kiedykolwiek, że twoje największe marzenie się ziści?

– Domek nad morzem i córeczka – przypomniała mu Ewa.

Teraz miała to wszystko. I jeszcze więcej. A przed nią następny maj – i wreszcie wymarzony ślub.

Pozostało jeszcze tylko jedno. Marzenie z najwcześniejszego dzieciństwa. Jakie? No przecież Ewa miała zostać pisarką.

Oparta o ramię Maćka pomyślała: Dlaczego nie? Przecież podobno wystarczy tylko chcieć. A ja chcę – i to od tak dawna. Spróbuję więc spróbować, obiecała samej sobie.

*

...iś jest rzeczywistością, wczoraj było
...marzeniem" – przypomniały mi się słowa
...go pisarza, Paulo Coelho.

...e ktoś kiedyś powiedział, że nie ma marzeń, są
...o fakty, które albo wydarzają się same, albo ludzie tak mocno chcą, by się stały, iż pomagają im się
dziać.

Więc w moim wypadku tak właśnie było.

A wiecie, kto to powiedział?

Ja.

Bo dobrze wiem, co mówię...

Naprawdę!